NOUS SOMMES IMMORTELLES

Ouvrage publié sous la direction de
Élisabeth Samama

Pierre Darkanian

NOUS SOMMES IMMORTELLES

roman

Éditions Anne Carrière

Du même auteur

Le Rapport chinois, éditions Anne Carrière, 2021

ISBN : 978-2-3808-2343-1

www.anne-carriere.fr

À Kat et aux tout-petits, encore une fois,
À ma Ramdouche adorée.

Et aux enfants de la Goutte d'Or.

Écris donc ce que tu as vu :
le présent et ce qui doit arriver plus tard.

Apocalypse, 1-19

Je propose d'appréhender le monde, les gens et les créatures qui l'habitent comme sens principal et but de la Vie, de voir le monde, la terre et nos vies comme sacrés.

Starhawk,
Rêver l'obscur : Femmes, magie et politique

Prologue

La Goutte d'Or.

Une histoire, Montmartre en haut de la rue, le Sacré-Cœur dans le bleu du ciel, le style haussmannien, quelques rues pavées, une vie de quartier, un roman culte.

Pendant des siècles, sur cette butte ratatinée dans l'ombre de sa voisine, on avait cultivé des graines, des légumes et des vignes dont les raisins cuivrés avaient valu à son vin ce nom alchimique, *Goutte d'Or*. Personne n'y habitait à l'exception de quelques paysans et maraîchers qui depuis le Moyen-Âge bêchaient en amont de deux chemins illustres. À l'ouest, celui des Poissonniers qu'usaient les roues des charrettes acheminant la pêche des mers du Nord jusqu'aux halles de Paris. À l'est, la voie royale qui perçait le village de la Chapelle, de Notre-Dame à Saint-Denis. Parfois, les champs de labour devenaient des champs de bataille où s'enfouissait le sang des gueux insurgés que Charles le Mauvais avait massacrés, celui des plaies bénies de Jeanne d'Arc battant en retraite sans être parvenue à rendre Paris à son roi, celui des protestants, lors d'un nouveau siège que les soldats chrétiens de l'armée royale avaient sauvagement réprimé, celui de milliers d'autres.

Au XVIIIe siècle, on avait édifié une nitrière et cinq moulins sur un chemin de crête dont les meules souterraines broyaient le gypse pour fabriquer du plâtre. La *butte des couronnes* devint la *butte des cinq moulins*. Sous le poids des sabots, quelques chemins champêtres s'étaient dessinés entre la commune de la Chapelle et le chemin des Poissonniers au bout duquel une auberge isolée avait pris pour enseigne le nom des vignes oubliées, *À la Goutte d'Or*.

Paris repoussa ses limites juste avant la Révolution. Le mur des Fermiers Généraux, dont on ne pouvait franchir les barrières d'octroi sans s'acquitter d'une taxe sur ses marchandises, se referma sur les pieds de Montmartre et de notre petite butte. Loin de remplir les caisses de l'État, le mur rendit Paris murmurant et provoqua la saoulerie des faubourgs. Privés de leur pinard qu'on leur vendait hors de prix pour compenser l'octroi, les Parisiens fuyaient la sobriété dès que la nuit tombait sur l'enceinte où cabarets, bals et guinguettes poussaient comme du lichen. En ce temps-là, on édifia entre le chemin des Poissonniers et Montmartre un manoir de briques que par grandiloquence on appela *Château Rouge*. La petite butte demeura à la marge de tout ça, des murmures de Paris, de l'ivresse des faubourgs, de l'extension des villages de Montmartre et de la Chapelle. Son décor rural agonisa lentement. En face du mur des Fermiers Généraux, les moulins, la nitrière et les vergers cohabitèrent un temps avec un modeste hameau qui occupait le versant sud de la butte et qu'un particulier au nom rocambolesque de Trutat de Saint-Ange étendit à des lotissements qu'il avait fait bâtir en bordure de deux rues creusées en forme de croix de Saint-André.

Avec la construction du réseau de chemins de fer, la petite butte encore clairsemée de havres bucoliques devint un quartier ouvrier où immigrèrent les Provinciaux venus s'échiner à Paris et les Parisiens dont Paris ne voulait plus. À la surface friable des carrières de gypse, fleurirent des fabriques de machines à vapeur et des hôtels meublés qu'on appellerait des *garnis* où s'entassèrent les soudeurs de la Gare du Nord et les mouleurs des fonderies de la Chapelle. L'enceinte de Thiers inclut finalement les faubourgs qui furent officiellement intégrés à la capitale en 1860. Derrière le mur honni des Fermiers Généraux que l'on venait d'abattre, se dressait désormais l'enceinte de l'hôpital Lariboisière qui barrait encore la route de la petite butte.

Fut-ce la promiscuité miséreuse de ces gens-là ou leur tendance naturelle aux mœurs légères qui fit de ce quartier le ghetto ce qu'il est encore aujourd'hui ? Nul ne le sait. Toujours est-il que dès sa création, la Goutte d'Or s'auréola d'une réputation sulfureuse qui la rendit mythique autant qu'infréquentable.

On eut beau y planter la néogothique église Saint-Bernard en plein milieu, en l'honneur du moine Bernard de Clairvaux qui serait venu prêcher la deuxième croisade au village de la Chapelle, et saluer la piété de ses milliers de fidèles, Dieu lui-même échoua à mettre le quartier sur les rails de la vertu. Rue de la Charbonnière, des sirènes fanées et leurs chants éreintés attiraient les passants vers les maisons d'abattage. Au sommet de la butte, une impasse à peine éclairée et bordée d'aubépines menait à la guinguette du père Fauvet où l'on pouvait s'arsouiller et manigancer sans craindre la police qui déjà ne s'y aventurait plus.

Puis, il y eut les *soixante-douze jours* de 1871 et la Commune scella le destin de la petite butte en marge de Paris.

Le XXe siècle n'était pas encore né qu'on craignait la

Goutte d'Or et sa faune interlope. C'était le pays des filles de joies, des souteneurs et des margoulins. Celui des ouvriers et même des premiers Algériens venus s'y installer pas cher et pas loin des usines. Celui des bandes rivales, des arrangements entre amis et des règlements de compte. Le début du XXe fut secoué par plusieurs hordes de voyous, qu'on appelait *les Apaches*, qui se castagnaient contre leurs congénères de Belleville et de Clignancourt, et par Jeanne Weber, *l'Ogresse de la Goutte d'Or*, qui étrangla une dizaine d'enfants. C'était aussi le pays où les femmes travaillaient, luttaient, juraient, buvaient comme les hommes. Blanchisseuses, bonnes, michetonneuses, pétroleuses, Apaches en jupon !

Au beau milieu du quartier, à l'emplacement des anciens moulins, on entassa les gravats des travaux d'Haussmann et du creusement du boulevard Barbès, et pendant près d'un siècle, le sommet de la petite butte fut couronné d'une décharge que les enfants transformèrent en terrain vague qu'ils appelèrent le *démol*.

La Goutte d'Or connut quelques décennies de guerre. La guerre mondiale et ses bombardements tardifs. La guerre d'Algérie et ses luttes intestines.

Au fil du temps, les lotissements ouvriers virent se succéder des provinciaux du Nord et de l'Alsace, des Gervaise et Coupeau, des Belges, des Ritals, des Polacks, des Hispingouins, des Portos, des Arabes et maintenant des Africains, même des Chinois. Tous des pauvres, main-d'œuvre ou oisifs, isolés en plein Paris, derrière une enceinte invisible qui descendait le boulevard Barbès, longeait le métro aérien, et remontait à l'est les voies ferrées de la Gare du Nord jusqu'aux entrepôts de la SNCF où l'unique chemin d'évasion était une brèche ouvrant sur le chaos de la porte de la Chapelle. Tous des gens de passage, des occupants d'hôtels sociaux. Des petits appartements qu'on découpait en chambres individuelles, sans chiottes, sans entretien, où s'y rangeaient des hommes seuls ou des familles nombreuses.

Parce qu'elle devenait de plus en plus chère, Paris ne comptait plus que des riches et des vieux ; la Goutte d'Or, que des pauvres et des immigrés. C'était la main-d'œuvre pas chère et son regroupement familial, ses logements ébouleux et surpeuplés, son marché aux voleurs, ses tics et ses langages, sa sociabilité à l'air libre, son commerce souterrain, ses intrigues et ses crimes.

Il devenait urgent de tout changer.

Mais comme on ne pouvait imaginer que la Goutte d'Or fût aussi Paris, on envisagea sa mutation comme celle d'une banlieue rouge sans jamais soupçonner qu'elle s'enorgueillissait de son identité, de son histoire subite et sulfureuse, de ses rues obliques au dénivelé léger, de ses habitants retors et souvent basanés, de ses immeubles en pierre qui n'étaient pas plus branlants que ceux de Montmartre.

La Goutte d'Or ne s'en sortirait pas sans avoir été rénovée de fond en comble. Le début des années 1980 avait lancé la frénésie immobilière. Pour changer les gens, on reconstruirait les immeubles et remodèlerait les rues. On détruisit les milliers de lotissements insalubres, on bâtit des centaines de HLM proprets – pas plus de six étages avec des balconnets – on rénova les copropriétés, à coups de bulldozers, de subventions, de promesses de gentrification. On délogea les habitants. On les relogea au même endroit ou à peu près, ils s'y étaient attachés, les morfaloux ! On multiplia les sigles experts et les programmes urbains pour guider l'ascension de la Goutte d'Or vers le Sacré-Cœur. On créa des places, des piloris sous des arcades, des crèches, des écoles, un gymnase, on replanta un commissariat au beau milieu.

À l'ancien emplacement des cinq moulins, sur le *démol*, on creusa un grand square qu'on clôtura plus tard à cause des tapages et des trafics. On relogea d'abord les Arabes de Barbès-Rochechouart – premier-arrivé-premier-servi ! – puis ce fut au tour des Africains de Château Rouge. Tout allait changer, on allait bientôt s'y sentir comme dans le reste de Paris.

Rien ne changea.

La Goutte d'or demeura un faubourg.

De Paris.

De Montmartre.

Du genre humain.

Dans les logements neufs s'entassèrent les mêmes qu'avant, les immigrés, les chômeurs, les RMIstes, qui n'avaient toujours pas lu Zola. Dans les hôtels meublés, se mêlèrent de nouveau expulsés et *chibanis*, et l'église Saint-Bernard accueillit les sans-papiers. Dans les rues, les *hittistes* reprirent leur place le long des murs, en face du commissariat, ou à côté du kiosque de Barbès-Rochechouart, ils redéployèrent leurs cartons, rouvrirent les petits commerces de cigarettes et de chichas, hantèrent de nouveau les cafés, et investirent, ravis, les placettes et le square qu'on leur avait sortis de terre. Les boutiques ne se transformèrent pas en cavistes ni en crémeries. Les jours de marché, les Arabes des banlieues retrouvaient gaiement le boulevard de la Chapelle, les Africains, Château-Rouge. Pour les proprios, point de culbute. La Goutte d'Or demeura un quartier infréquentable et une intarissable source de faits divers.

Dès lors, le problème de la Goutte d'Or ne fut plus seulement l'habitat, mais le *bruit et l'odeur*. Il fallait changer les gens avant que le ghetto n'explose et n'éclabousse Paris. La mairie attribua une partie des logements sociaux à des *couches* dites *moyennes*, et devinant que les Blancs, une fois passé le pittoresque du village africain, ne ressentiraient pas le besoin de se faire défriser les cheveux, ni de becter du manioc à tous les repas, elle préempta des boucheries hallal en faillite, des bistrots congolais en fermeture administrative, et implanta fleuriste, librairie, fromagerie, charcuterie, et restos à l'ambiance tamisée. Et afin qu'ils ne fassent pas tous immédiatement faillite, elle les subventionna, comme elle finança les associations de riverains, les cours de langue, d'alphabétisation, de soutien scolaire, les programmes d'insertion professionnelle. On installa un point d'accès au droit, un centre musical, une bibliothèque, un théâtre ; pour tout bien faire, on compléta plus tard avec un centre culturel islamique, un club de jazz, une *Music Factory* dédiée au transculturalisme.

Quelques Blancs achetèrent des appartements avec vue sur le Sacré-Cœur. Certains mirent même leurs mouflets à l'école républicaine, avec le désir de jouer le jeu de la mixité sociale. Mais quand leurs gosses se mirent à baragouiner wolof, les Blancs les retirèrent de l'école d'en face pour le privé, ou bien ils se trouvèrent une passion soudaine pour le biélorusse qui leur permit une sectorisation du bon côté du boulevard. Des Arabes et des Noirs devinrent des *classes moyennes* et profitèrent de leur nouvelle situation pour se carapater dans les banlieues cossues. Ceux qui restèrent gardèrent leurs habitudes. Le vendredi soir, ils payaient des coups à l'épicerie ; le samedi, ils remplissaient leur sac à provisions d'ignames et de poissons séchés. Et les fortunes de l'import/export continuaient à plastronner à coups de klaxon dans les rues piétonnes. Et puis chaque année amenait son lot de nouveaux arrivants du Maghreb et d'Afrique noire qui ne connaissaient de Paris que *Barbès* pour les uns, *Château Rouge* pour les autres.

Tout avait changé, rien n'avait changé.

C'est dans les rues de cet éternel faubourg que convergèrent les phénomènes qui vont suivre. La chaleur, les disparitions, *Infrisme*... Et tant d'autres choses étranges. Étranges, du moins pour ceux qui ignorent qu'il existe, bien vivants parmi nous, des esprits, des sorcières, des fantômes, que le temps est une vue de l'esprit, que les époques se répondent, que le futur agit sur le passé autant que l'inverse, et que la Goutte d'Or est un trou noir dont on ne parvient jamais à percer l'horizon des événements.

Livre I

INFRISME

Cher Farell,
si tu restes au même endroit assez longtemps
le monde entier te passera sous le nez…

Audre Lorde,
« Poème pour un poète », *Charbon*

1

Janis, 2026

À la sortie du métro Château-Rouge, Janis poussait son caddie dans une allée d'échoppes montées le matin même, invectivait les mamas en boubou jaune et rouge qui lui barraient le passage, et se faisait *tchiper* en retour. Elle se fraya un chemin jusqu'au marché Dejean où elle acheta du poisson fumé sur un étal. À l'échoppe d'à côté, tenue par des Chinois, elle marchanda des tomates et du poivron vert. Elle descendait maintenant la rue, fendant la foule bruyante de son encombrant chariot qui s'engouffra enfin dans la rue des Poissonniers avec son effroyable odeur de viande crue et d'urine. Le soir venu, des milliers de sacs plastiques virevolteraient entre les hayons des camions-bennes, des cagettes éventrées joncheraient le bitume arrosé aux jets d'eau, des rongeurs bâfreraient les déchets aux saveurs exotiques. Rue Doudeauville, des groupes d'hommes, par dizaines, palabraient en wolof, en pidgin, en peule, en français. Des esprits qui s'échauffent au soleil, se hurlent dessus, se cognent un peu, se séparent et se réconcilient. Des vessies qui s'emplissent de bière tiède en canette, et s'écoulent sans pudeur au milieu des passants. Partout, des bites qui lansquinent à hauteur de gosses, calées entre deux bagnoles, et irriguent les trottoirs, gorgent les caniveaux, s'épanchent sous les portes cochères, investissent les halls d'immeubles… Plus bas, il y avait les Arabes, des hommes uniquement, qui vendaient des cigarettes aux passants, ou faisaient traîner l'expresso du matin jusqu'au soir, sans jamais recommander. Plus haut, des carcasses de *crackeux* vagabondaient de la Chapelle à la *Colline* en une procession de visages lacérés d'engelures. Des ribambelles d'échalas soudanais, à peine débarqués, exauçaient leur rêve d'Europe dans l'enclos boueux d'une bretelle d'autoroute. Sur les quais du métro Marcadet-Poissonniers, la cour des miracles se formait à la tombée du jour dans un parfum de fentanyl. Ici, au moins, Janis appréciait de pouvoir chantonner en pleine rue sans qu'on la dévisage. Et n'eussent été ces kyrielles de chibres en miction et ces vapeurs de pisse, la Goutte d'Or n'était pas loin de convenir à sa nature, disons, singulière.

Dans la cour de son immeuble de la rue Doudeauville, elle vida son caddie avant de l'attacher à la gouttière qui descendait le long de son atelier. Les voisins s'en plaignaient mais elle n'en démordait pas : avec tous les cinglés qui peuplaient le quartier, même un chariot à roulettes devenait objet de convoitise. Son atelier était un ancien hangar qui protubérait du fond de la cour, et que tout l'immeuble rêvait de récupérer pour le transformer en garage à vélos. Un rectangle aux vitres fumées pour s'abriter des regards, et une verrière pour éclairer la pièce. À l'intérieur, des livres, innombrables, des journaux, des toiles vierges, des tubes de couleurs, des pots de peinture. Un lit à côté d'un vieux poêle à bois, un fauteuil rapiécé, un semblant de canapé. Derrière le bar, un four, deux plaques, un frigo, un micro-ondes.

Janis se servit une bière fraîche. Elle écarta une mèche de

ses cheveux noirs que l'humidité avait rendus collants. Sur la toile qui lui faisait face, et qu'elle avait intitulée *Infrisme*, il y avait les signes « - 1 » tracés au pinceau noir sur un fond blanc. *L'infrisme*, c'était une théorie foireuse qu'elle avait empruntée à *Diabologum*, un groupe de rock indé toulousain du début des années 1990, plus expérimental qu'underground, dont l'apport à la culture musicale n'était pas resté dans les annales mais qui avait pour slogan *vous êtes des zéros, nous sommes des moins un*, une façon de se foutre des adeptes de la sous-culture, déjà en passe de devenir *mainstream. Sous-culture. Mainstream*! La voilà qui s'était convertie à l'odieux langage de sa mère ! L'*infrisme* était ensuite devenu un courant musical à part entière – enfin plus ou moins – dans lequel on rangeait des groupes adeptes du chanté/parlé pas très portés sur l'optimisme. Janis avait repris le concept à sa sauce, après que la Vielle Sorcière lui eut annoncé l'arrivée de son *œuvre pénultième*, dans une vision nocturne. En s'éveillant cette nuit-là, Janis avait compris que les choses allaient s'accélérer. Elle s'était emparée d'un pinceau, l'avait trempé dans un pot de peinture, et avait tracé les signes « - 1 » sur la toile blanche qui attendait depuis des mois sur le tréteau. Elle l'avait baptisée « *Infrisme* ». *L'infrisme* ou la « théorie du moins un ». Moins un avant zéro. Moins un avant *l'œuvre absolue.*

Évidemment, en attendant que l'on s'arrache l'œuvre « 0 », le monde se foutait éperdument de l'œuvre « - 1 ». Chaque fois que Janis sortait « *Infrisme* » de son caddie, les galeristes montmartrois affichaient des yeux ronds d'ignorance. Alors, elle était contrainte d'expliquer son travail, laborieusement, et il n'y avait rien de plus humiliant. Au fil de l'exégèse sur ses visions nocturnes (*syndrome de la vieille sorcière* dans le langage courant, *paralysie du sommeil* pour les médecins),

Janis voyait pâlir le visage de ses interlocuteurs, comme s'ils cherchaient à la faire sortir de toute urgence de leur périmètre vital. Immanquablement, elle s'énervait, mettant ces homoncules en garde contre la puissance transcendantale de son art, leur prédisant les pires tourments s'ils passaient à côté, maudissant leur progéniture et leur galerie sur plusieurs générations. Lorsqu'elle en arrivait à Fleury-Joseph Crépin, et à la mission qui lui avait été assignée par une sorcière hallucinée d'en achever l'œuvre médiumnique, le tout dans un but de pacification du monde, les galeristes menaçaient d'appeler la police.

Sur son ordinateur, Janis relança le dernier album de *Diabologum*, qui datait de 1996, juste avant que le groupe implose. Il avait incontestablement quelque chose de prophétique : son titre (*#3*) et les paroles de certains morceaux, comme *De la neige en été*, qu'elle écoutait en boucle.

Quand j'ai ouvert les yeux, le monde avait changé
Au milieu du mois d'août je crois qu'il a neigé
Il n'y avait plus personne aux terrasses des cafés
Et tous les magasins étaient fermés
[...]
Aujourd'hui série Z, problème de scénario
L'hiver est de retour six mois trop tôt
On s'attend donc au pire, il faut en profiter
On n'a pas tous les jours de la neige en été.

Si on était encore loin de la neige en été, le climat s'était incontestablement détraqué. Depuis la fin mai, les journées ne descendaient plus en dessous des quarante degrés. Malgré leur récurrence, l'humanité ne se faisait pas aux canicules.

Année après année, on sentait la catastrophe arriver mais hormis trier les ordures et recycler ses *jeans* en espérant que ça contribuerait à sauvegarder le permafrost, la réalité était que personne ne savait quoi faire. À supposer même qu'on rogne sur sa consommation de barbaque, son essence et son chauffage, les effets de ses minuscules efforts individuels sur le réchauffement climatique étaient si risibles qu'on en venait sans cesse à accuser l'*autre* – cet être ignominieux qui laissait couler l'eau en se brossant les dents. Alors, chacun jouait sa petite partition, y allait de sa dénonciation en espérant assurer sa place du bon côté de l'Histoire. Janis pensait qu'à force de ruminer, l'humanité succomberait sous le fardeau de ses propres angoisses sans même se laisser le temps de mourir de chaud.

Elle reprit une bière.

Derrière un accompagnement de guitare électrique, de synthé et de batterie, c'était une voix de femme rauque et lancinante qui pleurait maintenant : *il n'y a pas de pute sur terre, putain, comprends-le... /... si les gens peuvent piger une seule fois pour toutes que baiser c'est de la merde... /... un couple qui ne veut pas d'enfant n'est pas un couple, c'est n'importe quoi, c'est une poussière...*

De la neige en été et faire des enfants.

La magie prophétique de Diabologum tenait peut-être à sa force anti-visionnaire. Pour combattre le réchauffement climatique, la dernière ritournelle était de limiter les naissances. De plus en plus de femmes occidentales assumaient de renoncer à leur propre descendance pour mieux perpétuer l'espèce, et revendiquaient ce paradoxe comme un acte militant. Inversement, les jeunes mères de famille n'osaient plus exhiber leur progéniture sur le fond d'écran de leur smartphone. Et de fait, l'infertilité augmentait. On disait que c'était la suite logique de *l'écoféminisme* qui s'imposait progressivement comme la seule idéologie encore susceptible de sauver l'humanité de l'extinction de masse.

Janis, pour qui la question de l'enfant ne s'était jamais posée (manquerait plus que ça !), n'en pensait trop rien mais ne pouvait s'empêcher de songer que cet étrange phénomène, comme *l'infinie canicule*, avait véritablement commencé avec la disparition de sa mère et la publication de *L'Affliction de Médée*.

2

Janis, 2026

Janis vérifia que les écrans de vidéosurveillance fonctionnaient correctement. La nuit, quatre fois par semaine, dans la guérite souterraine, elle lisait des centaines de pages, visionnait des films oubliés sur son écran d'ordinateur, furetait à la recherche de pépites musicales qui seraient passées sous les radars de son ouïe mélomane. Elle faisait ce boulot depuis des lustres, et n'en aurait changé pour aucun autre. Ce n'était pas si mal payé, et surtout elle était seule au monde. Pas de patron sur le dos, ni de collègue à qui devoir causer, pas de syndicaliste pour lui dicter sa conduite, quasiment pas de passage. Quand une rare bagnole entrait ou sortait, la barrière automatique se levait, l'automobiliste adressait un signe de tête poli à la veilleuse de nuit qui ne le lui rendait pas. Des habitués – marginaux, camés, SDF – tentaient parfois un brin de causette, abreuvant Janis d'ennui avec leurs petites galères et leurs airs philosophes. « Pas le temps ! » leur hurlait-elle, agacée.

Il lui arrivait aussi de quitter son poste. Si l'occasion se présentait. C'est ainsi qu'elle découvrit les *colleuses* qui dénonçaient les féminicides sur les murs du quartier avec une puissance acide et crue. Des lettres noires sur carrés blancs qui disaient *À nos sœurs assassinées... On ne veut plus compter nos mortes... Aux femmes assassinées, la patrie indifférente...* À vrai dire, Janis se foutait pas mal du féminisme, sans doute parce qu'elle en avait soupé avec sa mère, et parce que son Roger, le seul homme qui avait compté, n'avait pas été le genre à la cogner – le pauvre bougre, avec son corps chétif, ce qu'il aurait ramassé ! Mais elle trouvait les formules bien ciselées. Et même s'il y en avait un peu partout dans Paris, ça la réconfortait de les lire ici, à la Goutte d'Or, où elles éructaient des murs comme des épitaphes à l'adresse des bistrots sans femmes.

Une nuit, une bande de filles s'échappa de son parking dans une odeur de colle industrielle. Janis abandonna sa cahute pour les suivre. Au croisement des rues Richomme et des Poissonniers, elle les vit coller *La colère des femmes gronde.* Rue Saint-Luc. *Un assassin à Paris, un ange au paradis.* Rue Saint-Bruno. *Silence on viole.* Rue Stephenson. *Les roses n'effacent pas les bleus.* Rue Ernestine. *Votre haine, nos mortes.* Par la suite, Janis regretta que leur cri singulier se soit perdu dans le brouhaha des revendications sociales, mais une fois qu'il y aurait eu les morts, les enfants disparus, la chaleur infernale, elle se dirait que les *colleuses* avaient sonné le tocsin de la révolution féministe.

Tout à sa quête de beauté, Janis installa sur la platine le vinyle que lui avait conseillé le disquaire de Soul Ableta, rue Marcadet, et sortit de son sac les bouquins achetés à la librairie de la rue Myrha. Ça amusait la galerie qu'une bonne femme comme elle, les cheveux en bataille et la mise extravagante, puisse parler de Beauté, comme si la Beauté n'était qu'une paire de loches et un rutilant pétard ! C'était ça aussi, bien sûr, mais pas seulement. D'ailleurs, Janis se défendait sur ce plan-là, avec ses seins plantureux qui débordaient des coussinets et son derrière qui dépassait d'assez loin les standards des magazines. Mais Janis voulait plus que ça ; elle voulait de la vraie Beauté. De celle qui sauverait le monde ! C'était la grande affaire de sa vie, la frénésie qui la tenait éveillée durant les nuits immobiles de son exil souterrain, et la faisait se ruer sur tout ce qui lui passait sous la main. Elle devait tout lire, tout voir, tout connaître. Dévorer, absorber, digérer. Pour, le moment venu, interpréter les messages de la Vieille Sorcière qui la guiderait vers *l'œuvre absolue*.

*

Cette histoire avait commencé vers sa dixième année, lorsqu'une forme obscure s'était détachée du rideau baigné par l'aurore et avait flotté vers son lit. Quand l'ombre s'était penchée sur sa poitrine, un susurrement de mots indistincts lui était parvenu aux oreilles, comme une oraison jaculatoire psalmodiée à son chevet, et Janis avait craint de finir étouffée dans le suaire immaculé de l'enfance. Puis, la présence s'était engouffrée dans son corps endormi et elle avait senti en elle un brasier de couleurs fauves et de comètes s'enchevêtrer en de longues arabesques, effrayantes de beauté. La chose avait ensuite virevolté sous le plafond de sa chambre où s'était étiré un ciel rouge, scintillant d'étoiles mortes. Janis avait vu *du sang et des langues de feu au-dessus d'un fjord bleu-noir*. Brusquement, le lancinant murmure avait disparu, et le paysage qui dansait au plafond avait plongé dans un silence absolu. On n'y entendait ni chants d'oiseaux, ni brise, ni clapotis. La nature s'était tue. Puis, le vaste silence s'était lézardé en un cri déchirant et lugubre. Pourtant, quand elle avait ouvert les yeux, il n'y avait plus ni fantôme, ni torpeur, ni beauté. Seulement le calme ordinaire d'un appartement qui s'éveille. La petite avait enfilé ses chaussons et couru dans la cuisine où sa mère buvait son café.

« J'ai entendu un cri ! *Un cri infini qui passait à travers l'univers et qui déchirait la nature.* »

Sa mère avait levé des yeux épouvantés, et laissé tomber sa tasse qui s'était brisée sur le carrelage. Janis avait alors su que, d'une manière ou d'une autre, sa vie serait désormais consacrée à savoir qui avait poussé ce cri lointain.

C'était madame Otoko qui, la première, lui avait parlé du *syndrome de la vieille sorcière*, un phénomène aussi vieux que l'humanité qui survenait pendant les phases de paralysie du sommeil. Il arrivait, en effet, que la conscience résiste un moment à l'endormissement du corps ou émerge juste avant son réveil et que face à l'inertie des muscles, le cerveau s'affole au point d'imaginer une présence malfaisante. Selon les époques et les régions, on avait accusé un *incube*, un *succube*, un *démon*, un *djinn*, un *fantôme*, mais le monde avait fini par s'accorder sur une chose : cette présence ne pouvait être qu'une femme. Et c'est ainsi que la *Mare* scandinave, une effrayante démone, avait donné son nom aux *cauchemars* de tous les pays – les *nightmares*, les *nachtmahr*, les *mareritt*, les *koszmar* –, à une époque où les fantasmes des moines dominicains la faisaient volontiers s'accoupler au Diable dans une jouissance atroce. Madame Otoko disait ignorer si la *Vieille Sorcière* était une vision hallucinée de l'inconscient, une construction mentale ou un être extérieur à soi-même mais, quelle que fût sa nature, peut-être avait-elle quelque chose à dire qui valait la peine d'être entendue.

L'hallucination poursuivit l'enfant pendant des mois. Toutes les nuits ou quasiment, à l'aube ou au crépuscule, le plafond de sa chambre s'animait de volutes et d'images colorées, avant que ne survienne un cri épouvantable qui la persuadait que la Vieille Sorcière voulait lui parler.

C'est en furetant dans la bibliothèque de sa mère, en feuilletant l'encyclopédie de l'art, que Janis tomba dessus. Le soleil couchant. Le ciel rouge sang. Les langues de feu. Le fjord bleu-noir.

« C'est un tableau très célèbre, qui s'appelle *Le Cri*, d'un peintre norvégien du nom d'Edvard Munch et qui est exposé à la Galerie Nationale d'Oslo », lui apprit sa mère lorsque Janis lui tendit l'ouvrage.

Du commentaire de l'œuvre, il ressortait qu'en réalité Munch avait réalisé cinq *Cri* – trois peintures, un pastel et une lithographie – entre la fin du XIXe et le début du XXe siècle. L'illustration était suivie d'un extrait du journal intime de l'artiste, daté de 1892.

> *Je me promenais sur un sentier avec deux amis – le soleil se couchait – tout d'un coup le ciel devint rouge sang. Je m'arrêtai, fatigué, et m'appuyai sur une clôture – il y avait du sang et des langues de feu au-dessus du fjord bleu-noir de la ville – mes amis continuèrent, et j'y restai, tremblant d'anxiété – je sentais un cri infini qui passait à travers l'univers et qui déchirait la nature.*

Janis avait refermé l'ouvrage.

N'était-ce donc que ça ? Son extraordinaire expérience n'était-elle qu'un rêve inspiré de ce qu'elle avait lu un jour dans cette encyclopédie ? Pourtant, elle ne se souvenait pas d'avoir vu ce tableau, encore moins d'avoir lu les notes de

Munch. *Je sentais un cri infini qui passait à travers l'univers et qui déchirait la nature.* Dans son rêve, aucune parole ne lui parvenait distinctement. Il n'y avait qu'un susurrement puis un cri insoutenable. Mais Jeanne avait apporté un soin particulier à rationaliser les choses, à exposer à sa fillette de dix ans les subtilités de la *trace mnésique* qu'on appelait aussi *mémoire freudienne*.

« Le souvenir est conscient mais la mémoire inconsciente. Ce qui signifie que l'inconscient peut garder la trace d'événements que la mémoire elle-même a occultés et qui ressurgissent parfois dans les rêves comme des réminiscences issues de l'enfance. En d'autres termes, on peut se rappeler certaines choses alors même que l'on ne se souvient pas...

— M'man, je l'ai entendu, ce cri ! »

Non, Janis avait forcément déjà vu ce tableau – on le voyait partout – et déjà lu le commentaire de l'œuvre – elle avait lu toute la bibliothèque.

« Inconsciemment, ton cerveau a probablement fait le rapprochement entre *ce visage qui criait* dans ton rêve et le commentaire de l'encyclopédie dont tu ne te souvenais pas. »

Sa mère lui cachait quelque chose. On aurait dit qu'elle s'était attendue à cette situation mais qu'elle refusait d'y croire. Alors, Janis s'était contentée de regarder Jeanne, comme à son habitude, avec ce sérieux qui la faisait se sentir niaise et nue.

« Ce n'est pas le visage qui crie, m'man. C'est la nature. »

Sa mère rouvrit l'encyclopédie. *Le Cri*. L'homme ne criait pas ; il se bouchait les oreilles.

Elle s'accroupit pour se mettre à la hauteur de sa fille et, lui saisissant la figure entre les mains, elle la fixa avec une effrayante intensité. Janis se souvenait de sa sidération rageuse, de la lueur obscure qui fendillait ses iris diaphanes.

Sa mère avait fini par la prendre dans ses bras. Dans leur appartement exigu où l'on s'était toujours aimé sans s'effleurer, c'était la première fois qu'on se laissait aller à de telles effusions. Jeanne l'avait couverte de caresses et de baisers, lui avait susurré des mots de mère aimante et protectrice.

Enfin, elle lui révéla ce que Janis avait toujours su.

« Ma chérie, nous sommes des sorcières ».

3

Janis, 2026

La mère et la fille allaient de brouilles en réconciliation. Chaque fois, c'était pareil : Janis faisait un esclandre et Jeanne exigeait des excuses que sa fille mettait des mois à lui présenter.

Ça avait commencé lors de son dernier passage au Garage, un an plus tôt. Après coup, Janis se disait que son tort avait été d'accepter l'invitation, et encore plus de s'être engagée à se tenir à carreaux tout en sachant que, compte tenu du thème de *l'expo-conférence*, la probabilité qu'elle respecte sa parole serait plutôt mince.

Le Garage, un minuscule hangar de la rue Léon réhabilité en espace culturel, exposait pour l'occasion des portraits au fusain : idoles accréditées par la propagande féministe d'Olympe de Gouges à Louise Michel ; ramassis d'actrices, américaines pour la plupart, que la *twittosphère* avait érigées au rang d'icônes après qu'elles y avaient sévi comme expertes en délation. Au-dessus des portraits, on découvrait en toutes lettres le thème de l'expo-conférence : *Les nouvelles sorcières*. Pour ne pas tout arracher, Janis avait dû se ronger les phalanges et se planquer dans un coin, du moins autant que le lui permettaient ses rondeurs, à bâfrer toasts végétariens et champagne tiède, ne parlant à personne – personne ne lui parlant non plus –, pas même à sa mère qui voltigeait entre les petits groupes de visiteurs, feignant de s'extasier devant ce que l'artiste, qui se faisait appeler Xenia, avait eu le culot de baptiser *Witches serial portraits*. Janis ne doutait pas un instant que la daronne en pensait la même chose qu'elle (nul). Lorsque ladite Xenia se mit à clabauder sur le patriarcat, sans omettre un poncif de la novlangue victimaire, Janis sentit que ça commençait sérieusement à lui picoter les tympans.

« Le patriarcat qui, par définition, se fonde sur les privilèges détenus par les hommes, n'est pas une fatalité mais une réalité sociale savamment construite au fil des siècles par une élite qui tire profit de ce système hiérarchisé dans lequel l'homme se situe en haut avec, bien sûr, différentes strates en fonction notamment de sa couleur de peau et de sa puissance économique, et dans laquelle la femme se situe en bas, avec la même logique de sous-classes. La grande réussite du patriarcat n'est pas tant l'émergence de cette oppression systémique que l'intériorisation, par les opprimées elles-mêmes, de cette oppression perçue comme une normalité ou l'ordre naturel des choses...

— Blablabla... ! l'avait interrompue Janis, d'abord discrètement, ne récoltant qu'un regard noir de sa mère et les « chut » des spectateurs les plus proches.

— ... et il est vain d'espérer la moindre égalité sans une refonte totale de la société pour que cesse l'intériorisation de l'infériorité féminine qui est le ciment de l'exploitation patriarcale...

— Ouin-ouin-ouin ! »

Cette fois, l'oratrice s'interrompit, éberluée par ce qu'elle doutait d'avoir réellement entendu. Jeanne serra le poignet de sa fille pour la faire taire. Après quelques secondes de flottement, Xenia reprit son intervention de sa voix haut perchée.

« Le féminisme ne vise pas seulement l'égalité entre les sexes mais l'égalité entre tous, ce qui suppose un processus de déconstruction identitaire – de genre bien sûr, mais également de race et de classe – et une remise en cause des structures de pouvoir. En ce sens, le féminisme est nécessairement anticapitaliste et antiraciste...

— Ouin ! Ouin ! Ouin !

— Chut, ça suffit enfin ! entendit-on dans l'assistance.

— ... et donc... et bien... ces militantes donc... ces femmes mais aussi les personnes racisées, non-hétérosexuelles, non-cisgenres et non-dyadiques...

— T'as oublié personne ?

— Bon, ça suffit maintenant ! avait fini par hurler Xenia, ulcérée.

— Janis, arrête immédiatement ! l'avait sommée sa mère.

— Enfin, m'man, tu vois bien qu'elle n'y connaît rien aux sorcières, bon sang !

Et en le disant, Janis pensa aux *Hexen* brûlées à la Renaissance, lesquelles étaient l'exact opposé de toutes ces *people* placardées au mur ! Les Hexen n'avaient rien de femmes puissantes qui menaçaient qui que ce soit. La plupart n'étaient que des campagnardes, des veuves grabataires, des sages-femmes, des bergères, des mendiantes, dénoncées par des voisins jaloux. Celles qui détenaient un réel pouvoir, celles qui auraient été susceptibles de renverser l'ordre établi, les *magiciennes*, les *médiums*, les *jeteuses de sorts*, n'étaient qu'une poignée, pas plus nombreuses qu'aujourd'hui, et se trouvaient loin des cercles dirigeants, des cités florissantes et des classes supérieures qui n'avaient rien de commun ni avec les innocentes, ni avec les ensorceleuses.

« Les vraies *sorcières* ne passent pas leur temps à le crier sur tous les toits ! » ajouta-t-elle l'œil furibard.

L'intervenante s'était effondrée en sanglots. « Chouineuse ! » avait renchéri Janis. Alors, perdant définitivement son sang-froid, Xenia n'avait pu s'empêcher de la traiter de « sorcière ! » – ce qui n'avait pas manqué de surprendre son auditoire.

« Exactement ! Et laisse-nous donc en dehors de tout ça ! » répondit Janis avant d'être entraînée dehors par sa mère.

Ce n'est qu'une fois seule dans son atelier, abandonnée à sa colère, qu'elle réalisa avec une honte indicible ce qu'elle venait d'infliger à cette pauvre Xenia : rien moins qu'un procès en *appropriation culturelle*...

Janis allait encore devoir s'excuser.

4

Janis, 2026

La reine mère ne lui adressant plus la parole depuis des mois, Janis avait dû ravaler quelques couleuvres et demander pardon à la petite mijaurée.

Cependant, le retour en grâce n'avait pas duré bien longtemps ; il avait suffi de quelques semaines à Janis pour récidiver. Afin de marquer le coup de leur rabibochage, Jeanne avait dégotté une originale qui tenait une officine dans une arrière-cour de la rue Polonceau. « Fameux, n'est-ce pas ? » ne cessait de répéter la galeriste en parcourant les croûtes qui barbouillaient ses murs. Une jeune femme nue, jambes écartées, prêtes à accueillir le langoureux va-et-vient d'un tiroir-caisse, un sac Gucci en bandoulière, ses cheveux blonds peroxydés, laissait entrevoir son front tatoué d'un *rottenien* « *I am an anti-Christ* ».

« C'est fort ! » s'enthousiasmait hypocritement Jeanne.

La photo était belle, techniquement irréprochable, les couleurs parfaitement équilibrées entre le sombre et le suave.

« Un artiste formidable. Un autodidacte, très engagé, qui bouleverse les convenances et remet en cause les nouveaux diktats de la société de consommation.

— Et qui ne craint pas de provoquer, acquiesçait la

daronne.

— Il adore choquer les petits-bourgeois, en effet. Janis, qu'en pensez-vous ? »

Janis en pensait que ça faisait des décennies que l'art enfilait des tiroirs-caisses, des cartes bleues et des concombres dans des cons humiliés, pour dénoncer les hypocrites valeurs judéo-chrétiennes de la société capitaliste où la femme n'était qu'un agneau sacrifié sur l'autel de la consommation. Elle en pensait que le photographe avait encore trouvé un moyen de se pignoler aux frais d'une fille bien faite à qui il avait vendu la soupe de la *contre-culture.* Soixante ans que nous parvenaient, par vagues déferlantes et furieuses, les mêmes ondes gravitationnelles de la supernova warholienne...

« Fameux, dit Janis.

— N'est-ce pas ?

— Puissant, ajouta sa mère.

— C'est beau comme du papier peint fabriqué par un rouleau d'usine.

— Janis !

— Courageux comme un maquisard de 46.

— Brigitte, je vous avais prévenue que ma fille était un peu...

— ... brute de décoffrage. Mais j'adore les gens bruts de décoffrage, assura-t-elle dans un sourire polaire. Janis, je ne veux pas vous faire perdre votre temps avec mon papier peint, vous avez une toile à me présenter m'a dit votre mère ?

— Je ne l'ai pas encore vue mais ça risque d'être plutôt... *conceptuel*, l'avertit Jeanne.

— J'adore le conceptuel, ne vous en faites pas. Voyons donc ça », proposa-t-elle, se tournant vers le caddie de Janis stationné dans l'entrée.

Janis sortit la toile qui gisait sous un drap. Sa mère

eut un mouvement de recul, comme frappée de stupeur. Décidément, elle n'y comprenait rien non plus.

« Moins un ? s'étonna Brigitte.

— *Infrisme.*

— Un quoi ?

— *Infrisme.* C'est la théorie du moins un.

— Moins un ? Avant... ?

— Avant l'œuvre zéro, l'*œuvre absolue.*

— C'est le titre de votre prochaine toile ?

— On peut dire ça. Mais si vous exposez *Infrisme*, vous aurez la priorité pour l'œuvre zéro.

— L'œuvre zéro... Elle est en cours ?

— Pas encore. Je suis une artiste médiumnique. Mes productions sont le reflet de mes hallucinations, et je ne les commande pas.

— J'adore la peinture médiumnique.

— J'ai reçu pour mission d'achever l'œuvre de Fleury-Joseph Crépin.

— Tiens donc ? J'ai participé à l'organisation d'une expo sur lui il y a quelques années. Lui, Victor Simon et Augustin Lesage. »

Enfin quelqu'un qui connaissait Crépin et qui ne semblait pas prendre les médiumniques pour des barjots.

« Alors, vous savez que Crépin est mort avant de terminer ses quarante-cinq tableaux fantastiques...

— Oui, je me souviens de ça. Il entendait des voix, n'est-ce pas ? »

Au début de la guerre, alors qu'il ne connaissait rien au dessin ni à la peinture, Crépin avait vu sa main lui échapper et se mettre à dessiner des formes sur un papier, tandis qu'une voix dans sa tête lui intimait de peindre trois cents tableaux pour que la guerre s'arrête.

« Il a peint sa trois-centième toile le 7 mai 1945, veille de l'armistice… Puis, la voix lui a intimé de peindre quarante-cinq nouveaux tableaux fantastiques pour que la paix règne enfin sur le monde…

— … mais il est mort avant d'avoir achevé son quarante-cinquième tableau, n'est-ce pas ? Combien lui en restait-il à peindre ?

— Deux. Voici le quarante-quatrième.

— Vous perpétuez son œuvre en quelque sorte ?

— C'est ce que j'ai compris au cours d'une hallucination.

— Vous avez toujours admiré Crépin ?

— Je ne m'étais jamais intéressée à sa peinture à vrai dire. Jusque-là, et depuis l'enfance, mes hallucinations me faisaient voyager dans certaines œuvres de Pieter Brueghel l'Ancien. J'ai toujours été persuadée que je déambulerais un jour dans son chef-d'œuvre, *Le Triomphe de la Vérité*, dont parle son premier biographe mais que l'on n'a jamais retrouvé.

— Quel rapport avec Crépin ?

— Un jour, la Vieille Sorcière m'a embarquée dans un univers de couleurs qui n'avait rien à voir avec Brueghel…

— La Vieille Sorcière… ?

— C'est l'être qui m'apparaît dans mes hallucinations nocturnes et qui me fait entrer dans des tableaux. C'est comme ça que je l'appelle du moins.

— Continuez, Janis.

— Je pense que la Vieille Sorcière m'a missionnée pour achever l'œuvre de Crépin, et que sa quarante-cinquième toile n'est rien d'autre que le chef-d'œuvre inconnu de Brueghel. »

Dans son dos, Janis sentait le silence consterné de sa mère. Une fois de plus, sa fille ne pouvait s'empêcher de révéler sa douce folie.

Brigitte contempla de nouveau la toile de Janis, « - 1 » tracé de travers au pinceau sur une toile immaculée…

« Ma chère Janis, à dire vrai, je n'ai jamais beaucoup aimé la peinture de Crépin… Trop enfantine, trop figurative, trop appliquée, et je pense qu'elle a surtout bénéficié de l'intérêt que lui vouait André Breton, dans l'un de ses délires surréalistes. Mais elle a indéniablement un *style* si l'on peut dire. Crépin avait beau se dire médiumnique, il travaillait comme un acharné, des nuits entières à dessiner ses formes et ses figures sur les pages de ses cahiers d'écolier. Il les reproduisait ensuite scrupuleusement sur ses toiles par petits points, par gouttelettes de peinture. Une par une. Les tableaux de Crépin sont féeriques, ses couleurs vous émerveillent, elles vous sautent aux yeux au milieu de décors orientaux. Peu importe qu'il ait entendu des voix, comme il le disait, ou qu'il ait tout inventé pour se faire mousser ; peu importe que sa trois-centième toile ait arrêté la guerre ou qu'il l'ait achevée le 7 mai parce que la capitulation de l'Allemagne était imminente…

— C'est la voix !

— Ce que je veux vous dire c'est que Crépin avait du talent.

— Crépin n'avait aucun talent. C'est la voix qui guidait son pinceau !

— Janis, dans votre *Infrisme*, il n'y a rien. Pas d'histoire, pas de sensation, pas de provocation ni de conviction. Votre toile est vide. Il ne suffit pas d'entendre des voix pour se dire artiste. Et encore moins pour piétiner l'œuvre d'un réel artiste comme l'était Crépin. Sans parler de Brueghel l'Ancien évidemment… »

Janis l'avait toisée d'un air de rage et de pitié. Comment

un peintre médiumnique pouvait-il avoir du talent quand il ne faisait que prêter son pinceau à l'au-delà ? Et puis qu'y connaissait-elle, cette guenon, à la peinture, à l'art, au talent ? Cette pimbêche qui jouait à se donner la frousse avec ses images moribondes ! La pleutre, l'*avortonne* ! « Un peu de tenue, Janis ! » Sa mère essayait de la calmer – mais comment se tenir ! Vraiment, quelle rigolade ! Elle ne savait pas à côté de quoi elle passait, cette morue ! *Infrisme*, ce n'était rien du tout : juste le tic-tac avant la grande explosion. Et quand *l'œuvre zéro* éclaterait au grand jour, elle se repentirait de l'avoir éconduite ! Elle le prendrait en pleine trogne son *Triomphe de la Vérité* ! Elle s'en boufferait les cuticules, se ratatinerait comme un mollusque, finirait en camisole ! Tôt ou tard l'ignominieuse galeriste, lancinée par une vengeresse angoisse, viendrait la supplier à genoux de bien vouloir lui faire l'honneur d'exposer un gribouillis sur ses lambris crasseux !

« Au revoir, n'écoutez pas ma fille, elle n'en pense pas un mot ! » finit par conclure Jeanne en parvenant à faire sortir sa fille.

Ébahie par le spectacle, la galeriste eut la certitude étrange que cette drôle de bonne femme, rosie par la colère, non seulement disait vrai, mais qu'elle allait dans un avenir très proche influer sur la marche du monde.

Et cet *Infrisme* qu'elle avait hâtivement jugé dénué de sens lui apparut soudain comme l'annonce d'un événement considérable, quelque chose qui la dépasserait.

*

Malgré les trente-huit degrés, mère et fille burent une bière à la terrasse du Mistral, rue Saint-Matthieu.

La daronne avait beau avoir ses habitudes à l'Olympic ou au 34, la vue sur Saint-Bernard finissait toujours par avoir raison de ses réticences, surtout à l'heure où le soleil rougeoyait derrière le clocher. Janis savait pourtant que l'église ne lui évoquait pas que de bons souvenirs. Jeanne y avait passé ses jeunes années, traînée par sa propre mère, à subir des confessions forcées, des messes interminables, des contritions bigotes. Elle y avait usé le bois des prie-Dieu au point que ses genoux, comme sa foi, en avaient gardé une sécheresse indélébile. Par rancœur, Jeanne avait élevé sa fille loin des croyances et des bondieuseries mais l'église Saint-Bernard les avait rattrapées. Elle vous envoûtait, vous incitait à prendre le temps. À caresser la pierre. Gravir ses marches. Contempler sa façade et ses arcs-boutants, son porche en saillie, son gâble qui devançait sa grande baie ogivale, ses chaperons, ses gorges et ses reliefs, ses tourelles biscornues, ses arcatures aveugles, ses pinacles à crochets, sa flèche noircie par l'érosion. Il fallait rendre grâce. Pas forcément à Dieu mais à l'édifice qu'on lui avait dressé, à sa beauté torturée, à son architecture immodeste, à sa vanité de petite cathédrale. Il fallait saluer ses Christs rédempteurs, ses Vierges à l'enfant, ses chimères échappées des moulures, ses saints recroquevillés dans les voussures du portail. Et la fille comme la mère en avaient fait le temple de leur spiritualité païenne, le réceptacle de leurs méditations impies.

En attendant leur commande, Jeanne râlait. Il était temps pour sa fille d'apprendre à gérer son impulsivité. On ne pouvait pas débarquer chez les galeristes en crachant sur ce qu'ils exposaient, pour s'étonner ensuite qu'ils n'accueillent pas une toile blanche barrée d'un « - » et d'un « 1 », le tout en leur expliquant qu'elle était l'héritière médiumnique d'un obscur plombier zingueur dont tout le monde se foutait…

« Sa galerie ne méritait pas *Infrisme*.

— Janis, j'ai mis des heures à trouver quelqu'un qui daigne te rencontrer ! Et pour une fois, elle connaissait Crépin.

— Elle n'y connaissait rien, m'man. Rien de rien. »

Sa mère continua à la sermonner sur sa manie de la fourrer dans de sales draps chaque fois qu'elle la trimballait quelque part ou qu'elle lui présentait qui que ce soit, mais Janis n'écoutait déjà plus. Elle connaissait l'antienne : Janis devait mettre un peu d'eau dans son vin sans quoi sa quête de l'*œuvre absolue*, en plus de lui pourrir la vie, la mènerait droit à l'asile. *L'œuvre absolue* ! Ça ne voulait rien dire. C'était un concept de ratée, un mirage derrière lequel on planquait sa paresse et sa médiocrité, une facilité pour justifier que rien ne valait jamais la peine qu'on se mette au travail. Le premier artiste venu savait que *l'absolu* brillait comme un soleil dont il fallait profiter des rayons à bonne distance, sans quoi ils vous brûlaient les ailes. Romain Gary avait tout dit sur le sujet. Son absolu à lui était de jongler avec sept balles, comme il avait vu faire Rastelli, le maître en la matière, un pied sur un goulot de bouteille. Mais il n'y était jamais parvenu. Et vers sa quarantième année, après avoir longtemps erré parmi les chefs-d'œuvre, Gary avait compris que la septième balle n'existait pas. Tout simplement. Pas plus que la huitième pour Rastelli ou la neuvième pour un autre. Vraiment, c'était à se demander si Janis avait retenu quoi que ce soit de tout ce qu'elle avait lu. Voilà à quoi aurait dû lui servir la littérature. À ne pas perdre de temps avec tout ça.

« Rastelli a jonglé avec huit balles, c'est la neuvième qui lui manquait.

— Bon Dieu, Janis ! Peu importe combien de balles ! Ce que veut dire Gary, c'est que la balle ultime demeurera toujours inaccessible, comme *l'œuvre absolue* !

— *La véritable tragédie de Faust, ce n'est pas qu'il ait vendu son âme au diable, c'est qu'il n'y a pas de diable pour vous acheter votre âme.*

— Laisse le Diable en dehors de ça, je t'en supplie ! hurla Jeanne sans que sa fille ne comprenne bien pourquoi. Et puis, s'il te plaît, cesse aussi d'importuner le monde avec ton *Triomphe de la Vérité* ! Tous les spécialistes de Brueghel disent que ce tableau n'existe pas, et que son chef-d'œuvre n'est autre que le *Triomphe de la Mort* que tu connais par cœur ! Quant à faire des liens entre la toile de Crépin qui doit sauver le monde et le chef-d'œuvre de Brueghel qui est décédé quatre siècles plus tôt, je ne sais même plus quoi te dire, ma pauvre enfant...

— Alors, dis rien, m'man. »

La serveuse apporta les pintes. Janis en avala les premières gorgées avec une avidité surjouée, pour signifier à sa mère que son attention était désormais dédiée à la dégustation du houblon.

« Ah, quelle chaleur ! proclama-t-elle d'un ton conclusif en agitant sa pinte à moitié vide à destination de la serveuse. Sale temps pour les grosses ! »

Sa mère se renfrogna dans sa chaise avec un air de princesse offensée, entamant son verre pendant que sa fille achevait le sien. La voilà qui prenait la mouche ! Plus Janis feignait l'indifférence, plus son cirque était désopilant. Maintenant, elle sirotait sa pinte avec componction, comme si elle dégustait un thé à la cour d'Angleterre. Mais elle aimait trop la bibine ! Dès qu'elle en avait avalé la première gorgée, un irrésistible goût de *revenez-y* lui chatouillait les papilles. Pareil pour Janis.

Il en allait de la bière comme d'à peu près tout le reste. Elles étaient opposées en tout mais mère et fille s'accordaient sur l'essentiel.

Leur physique n'avait en commun qu'une étrange singularité. Parce qu'elle n'avait jamais assumé sa silhouette efflanquée, Jeanne se cintrait dans un chemisier austère à col montant d'où descendait jusqu'aux reins une natte grise qui la faisait ressembler à une fermière de Grant Wood. Mais ses yeux, d'un bleu translucide, que sa fille aux iris ordinaires lui jalousait un peu, suffisaient à vous envoûter. Janis provenait d'un autre moule. Elle laissait sa chair et ses rondeurs déborder librement de ses débardeurs dont le tissu s'aventurait rarement au-delà de ce que requérait un vernis de pudeur. Elle avait toujours pris le parti de s'en foutre, de sa mise comme de son physique, et elle ne comprenait pas pourquoi sa mère, malgré ses obsessions féministes, avait passé sa vie à poser sur son reflet un regard d'homme.

Leurs goûts étaient aussi différents que pouvaient l'être ceux d'une mère et d'une fille. Bien qu'elle s'en défende, Jeanne avait tiré de sa profession de traductrice une attitude et des références très américaines, avec son intellectualisme de prof de Berkeley, son *name-dropping*, ses *seventies*, et son horripilante manie de gangrener notre belle langue avec des anglicismes. Elle disait *Mick* pour Mick Jagger et classait le monde en catégories (*punk*, *protopunk*, *cyberpunk* ; *féminisme 1re vague*, *2e vague*, *3e vague*...) dont les plus nobles remontaient immanquablement à ses propres vingt ans ! La fille, quant à elle, n'éprouvait pour le continent fétiche de sa mère qu'une curiosité lointaine. Ce qui l'étonnait, c'était de n'avoir jamais vu sa daronne sortir du quartier. La rue

Ordener, le boulevard Barbès, le boulevard de la Chapelle et les voies ferrées de la Gare du Nord la maintenaient encagée à la Goutte d'Or. Janis non plus s'aventurait rarement au-delà, mais, elle, n'avait pas dédié sa vie à sublimer la culture des Amerloques.

Par des chemins détournés, le sens qu'elles assignaient l'une et l'autre à l'existence aboutissait malgré tout au même idéal : il fallait sauver le monde. Des rares souvenirs de son enfance, Janis gardait le traité de Lénine, ou plutôt son titre, qui occupait une place centrale dans leur épanouissement personnel. Sa mère disait que la *question léninienne* était la seule à se poser, celle à laquelle il fallait sans cesse revenir, celle qui justifiait leur interlude terrestre, et qui ne cesserait de les tourmenter.

Que faire ?

Jeanne avait trouvé dans le féminisme et la Goutte d'Or un semblant de réponse. Janis ne l'avait jamais vue se consacrer qu'à l'un ou à l'autre. Sa mère disait que tout était lié, que le féminisme requérait une unité de lieu, que c'était le seul moyen d'en finir avec la bougeotte, l'esprit de conquête et l'insatisfaction. Le bonheur était au coin de la rue. Toute sa vie, prétendait-elle, elle avait voyagé en Amérique du Nord par la seule pensée. La musique, les films, les bouquins... Tout était devenu accessible. Il fallait profiter des progrès technologiques sans en cautionner les excès. Défendre son patrimoine, saluer ses voisins, privilégier la lecture plutôt que les week-ends à New York. De toute façon, on n'avait plus le choix. L'humanité devait remplacer la *croissance* par la *culture*, en faire son nouveau paradigme, l'essence même de la civilisation. Avec ses traductions, elle faisait voyager ses concitoyens au bout du monde tout en épargnant le CO2. En réalité, hormis quelques poétesses et essayistes comme

Audre Lorde ou Andrea Dworkin (et Carol Schäffer bien sûr), elle avait surtout traduit de la littérature jeunesse et de la *fantasy* – mais la reine mère ne renonçait jamais à justifier un travail alimentaire par des prétentions militantes. Certes, elle reconnaissait qu'elle aurait bien approché d'un peu plus près les États-Unis durant les *seventies* mais elle n'avait pas eu le courage ou la lâcheté de quitter le chevet de sa propre mère mourante. Elle était restée scotchée à la Goutte d'Or. À l'entendre, c'était Hélène Cixous et son *continent noir* qui l'avaient maintenue ici parce que femmes et Noirs menaient le même combat. Janis écoutait sa mère pérorer sur la convergence des luttes alors que la réalité était beaucoup plus triviale : si elle habitait à la Goutte d'Or c'était parce qu'elle y était née et que c'était moins cher que dans le reste de Paris. Point final ! Quarante ans que sa mère adressait de longues lettres à la mairie, réclamant pour les immigrés des logements décents, sans lesquels ceux-ci ne pourraient jamais rien espérer – de même que la femme n'avait rien pu créer avant d'avoir *une chambre à soi* ! Quarante ans que les pouvoirs publics s'arrachaient les cheveux pour faire de la Goutte d'Or un coin présentable. Quarante ans que sa mère les accusait de procrastiner, de se désintéresser des pauvres et des vrais problèmes. Quarante ans qu'on déversait des milliards, en francs, en euros, en subventions, en préemption, en éducation, en associations, en police, en culture, et la Goutte d'Or continuait à tenir les murs, à vendre sous le manteau des cigarettes et du bédo, à palabrer sur les trottoirs, à voler, à cracher, à vomir, à pisser dans les rues...

Que faire ?

Pour tâcher de répondre, Janis avait lu tout ce qui lui passait sous la main. Les livres de sa mère, bien sûr, et les encyclopédies. Bientôt, ça n'avait plus suffi, alors la petite avait fait toute seule le trajet jusqu'à la bibliothèque Robert Sabatier, à côté de la mairie d'arrondissement – le bout du monde! – pour parfaire son éducation. Janis ne se souvenait pas d'avoir beaucoup causé les premières années de sa vie. Il fallait qu'elle se renseigne sur la planète où on l'avait débarquée. Pour ça, elle devait maîtriser la science, le corps humain, l'histoire, les arts et les lettres, l'astrophysique...! Pas le temps de jacter. Bien que déboussolée, sa mère l'avait accompagnée dans sa quête et sa précocité. À six ans, l'Éducation nationale avait voulu lui coller le cul sur une chaise au milieu des pisseurs de son âge et l'en ressortir au bout de quinze ans, plus ignare qu'elle n'y était entrée. Janis n'avait pas tenu deux heures. Sans dire un mot, elle écrivit au tableau l'alphabet grec, déclina Π jusqu'à la trentième décimale, et mordit la chair d'un camarade qui avait eu le culot de moquer ses rondeurs. La maîtresse finit la journée sous Xanax. Finalement, contre des rendez-vous réguliers chez le psychologue et chez l'orthophoniste, Janis échappa à la grande mascarade, et poursuivit son éducation à domicile. Une fois par an, une inspectrice venait fureter dans leur trois-pièces en désordre, avec sa voix apprêtée et sa bienveillance sournoise, pour évaluer les acquis et les comparer aux objectifs du ministère. Elle s'asseyait à la table du salon, joignait les mains, un sourire académique aux lèvres, attendant que Janis fasse la preuve de ses apprentissages et de sa citoyenneté. Et, pour conjurer la gêne, la petite fille se contentant de fixer sur elles des yeux consternés, Jeanne lançait à la volée des phrases creuses que l'inspectrice avait le chic de reprendre en y ajoutant une intonation interrogative et un vernis de profondeur. Bien sûr, cette dernière ne manquait jamais d'aborder la question du *lien à ce père absent*... Janis, ça l'avait toujours fascinée que les gens ne comprennent pas qu'elle puisse se foutre éperdument de l'identité de son géniteur. Sa mère avait bien dû préparer dans sa tête une note explicative qu'elle dégainerait *le moment venu*, lorsque Janis lui poserait la question fatidique. Mais le *moment* n'était jamais venu. Janis ne voulait rien savoir. Si elle n'avait pas de père, c'était que sa conception devait relever d'une rencontre pas très gaie, comme un viol, un abandon ou une baise sordide dans un cloaque. Il n'y aurait rien à en dire de toute façon. Et elle avait sans doute dans le sang autant de gènes-bourreaux que de gènes-victimes, alors à quoi bon retrouver la trace de l'ordure à laquelle elle devait l'existence ? Comparée au mystère des trous noirs, l'affaire était, reconnaissons-le, d'assez faible importance.

Avant les apparitions de la Vieille Sorcière, Janis n'avait quasiment aucun souvenir de son enfance, hormis ses lectures. Avait-elle échangé un seul mot avec sa mère ou madame Otoko pendant tout ce temps-là ? C'était peu clair, mais ça ne l'avait pas empêchée de se sentir aimée. Il y avait des sons, des odeurs, des images éparses qui devaient dater de cette époque et qui s'entortillaient dans son esprit. En y repensant, toute sa culture ou à peu près lui venait de sa mère. Bowie, Led Zep, Patti Smith. Pareil pour le cinéma. Hitchcock, Kubrick, Carpenter. Et la littérature. Lovecraft, Flannery O'Connor, Joyce Carol Oates, Stephen King. Janis n'avait pas eu d'autre choix que d'ingurgiter aussi la prose féministe de la bibliothèque du salon. Elle avait trouvé les essais souvent chiants ou trop longs, mais elle avait aussi eu de belles révélations (le genre de trucs qu'on n'enseignait pas à l'école). C'était le prix à payer pour avoir la paix avec la daronne et s'y retrouver dans son charabia de *mouvements* et de *tendances*... La reine mère disait que c'était aussi une façon de rattraper les millénaires que les femmes avaient traversés comme des passagers clandestins. Et bien que la gent féminine possédât elle aussi son lot de gourdasses, Janis devait reconnaître qu'elle n'avait pas tout à fait tort.

Chez les Meyer, même si chacune l'était à sa façon, on était sorcière de mère en fille. Si pour Janis, être sorcière avait à voir avec ses hallucinations et *l'œuvre absolue*, pour sa mère c'était une autre affaire. Jeanne avait découvert ses pouvoirs tardivement, dans sa vingtaine peut-être, mais au fond, elle avait toujours senti qu'elle avait un *je-ne-sais-quoi* de différent. Elle supposait que ça venait de son éducation religieuse, de ses matinées à l'église Saint-Bernard et de sa propre mère qui bégayait du matin au soir les mêmes versets de l'Apocalypse, ce qui devait lui avoir un peu déréglé le ciboulot. Elle datait sa crise mystique de la mort d'André, *son amour de jeunesse*, un étudiant *maoïste* avec qui elle avait fricoté entre Vincennes et Saint-Germain-des-Prés, et qu'une bande de fachos avait assassiné en juin 1973. C'était le seul homme dont Jeanne avait parlé à sa fille, laquelle l'aurait bien imaginé être son géniteur mais comme elle était née en 1980, ça aurait supposé une sacrée grossesse ! En tout cas, sa mère avait cru entrer en contact avec l'esprit d'André, et c'était ainsi qu'elle avait entamé sa petite excursion au pays de l'ésotérisme, même si Janis pensait que l'âge d'or du LSD l'y avait sans doute aidée. Jeanne parlait parfois du *wicanisme dianique* ou de *l'hypothèse Gaïa* d'un ton docte, pour y avoir été initiée du temps de Vincennes, mais depuis qu'elle était née, Janis l'avait surtout connue fourrée chez Madame Otoko, à tirer les cartes, jouer au tarot, interroger les esprits, ce qui n'avait rien d'inhabituel dans ce quartier de cartomanciennes et de marabouts. Ensemble, les deux voisines avaient développé une sorte de cabinet d'expertise en gestation. Des couples en mal d'enfant venaient les consulter et, en s'adonnant à un rituel obscur ou en se frictionnant de *je-ne-sais-quel* onguent, la femme était censée tomber enceinte dans les mois qui suivaient. Ça ne marchait pas à tous les coups, mais le taux de grossesses inespérées était plutôt bon !

*

« Janis, on ne peut pas continuer comme ça, finit par déclarer sa mère. Tu m'avais encore promis... »

Cette fois, l'argument fit mouche. Après les mois de brouille qui avaient suivi son incartade avec Xénia, Janis n'avait pas attendu longtemps avant de trahir à nouveau son pacte de non-agression.

« Pardon, m'man. Je suis désolée.

— Janis, tu es toujours désolée. Tu... Je suis fatiguée... »

Sa mère cacha son visage dans ses mains pour pleurer, ce qui était proprement exceptionnel dans leur petit duo. Et Janis se sentit atrocement coupable. Sa présence sur terre ne lui sembla avoir été programmée que pour cet instant précis : faire pleurer la reine mère, décevoir sans cesse, irrémédiablement, la personne qu'elle aimait le plus au monde, la fourrer dans le pétrin, sans le vouloir, sans faire exprès, sans s'en rendre compte, sans voir le mal, juste parce qu'elle était obnubilée par cette folle histoire d'*œuvre absolue* et que tout le reste, en comparaison, lui paraissait inutile et fade, et elle songea que Jeanne, malgré son mystère, malgré ses *pouvoirs*, aurait peut-être espéré que sa fille soit autre chose qu'une *originale* trimballant son Infrisme de galeries en expos, quelque chose d'un peu plus accommodant qu'un être asocial rétif à l'école, à l'université, à l'entreprise, à toute forme d'autorité ou d'institution, d'un peu plus ambitieuse qu'une gardienne de parking. Et Janis aurait voulu l'embrasser, l'étreindre comme du bon pain, enlacer son corps chétif, la réconforter de ses bras chauds, lui murmurer un *merci* à l'oreille, un *je t'aime maman*, pour lui faire comprendre qu'elle avait pleinement conscience de ce que signifiait être sa mère, de ce que ça supposait comme don de soi, comme sacrifice, comme douloureuse résignation.

« Pardonne-moi », s'excusa sa mère en essuyant ses larmes.

Janis ne trouva rien à dire. Alors, elle se tut.

La fille raccompagna Jeanne jusqu'au bas de son immeuble, dans le coude de la rue Francis Carco, là où un siècle plus tôt *l'Ogresse* avait commencé sa série d'infanticides. En remontant la rue Stephenson, ni l'une ni l'autre ne prononça un mot. Mais la daronne, avant de s'engouffrer dans la porte cochère, lui lança un « Je t'aime, ma chérie », inhabituel et sincère, que Janis accueillit avec un mélange de douceur et d'amertume, et qui lui faisait dire aujourd'hui, avec un peu de recul, que sa mère savait alors qu'elles ne se reverraient plus.

5

Janis, 2026

Ces derniers temps, passant sous les fenêtres de la rue Francis Carco, même à la nuit tombée, Janis ne voyait ni lumière ni scène de vie. Elle finit par entrer dans l'appartement de son enfance dont elle avait conservé la clé, sans rien constater d'anormal si ce n'était que le trois-pièces était étonnamment bien rangé. Elle en était repartie rassurée de pas y avoir trouvé le corps inerte de sa mère jouant à cochon pendu. Tout était possible, surtout dans cet appartement dont on disait qu'il avait été occupé par *l'Ogresse...*

Au fil des semaines, Janis se fit à l'idée que sa mère avait pris la poudre d'escampette. Après tout, si elle avait besoin de quelques jours loin de sa fille et du quartier pour se persuader qu'elle était encore vivante, eh bien soit, roulez jeunesse ! Elle en profitait peut-être pour découvrir que la terre ne se limitait pas à la Goutte d'Or. Sans doute était-elle allée à la rencontre d'une Américaine en vogue pour la convaincre de lui laisser traduire son œuvre – une poétesse, une essayiste, une militante... Ce n'était qu'une incongruité de plus dans leur petit duo qui ne fonctionnait pas plus mal qu'un autre soit dit en passant. Et puis, Janis n'était pas seule au monde. Madame Otoko habitait juste au-dessus de chez sa mère si elle avait besoin de quoique ce soit, même si Janis n'avait jamais eu besoin de rien ni de personne, ni à douze ni à quarante ans passés. Et bien que sa mère soit l'un des rares êtres humains qu'elle fréquentait encore avec madame Otoko, elle n'avait simplement pas l'inquiétude dans le sang. Ça allait contre ses principes de détachement et d'indépendance.

Bref, sa mère avait disparu depuis quatre mois.

Mais ce soir, Janis la croiserait au Garage, c'était certain. Jeanne viendrait trinquer au succès de *L'Affliction de Médée*, le bouquin de Carol Schäffer auquel elle avait secrètement consacré une bonne partie de son existence. Et cette fois, Janis se tiendrait convenablement, même si elle devait engloutir à nouveau un plein chaudron de vociférations *hétéro-patriarco-capitalistes*.

En guettant l'arrivée de sa mère, elle avait navigué au milieu des journalistes et des habitués, essayant de se faire toute petite, ce qui n'était pas simple. L'éditrice de sa mère avait organisé ce raout en l'honneur de *L'Affliction de Médée*. Probablement la seule personne avec Janis à savoir que la daronne se cachait derrière le pseudonyme *Lysistrata*.

Les murs du Garage, que le cagnard avait fait gondoler, étaient tapissés de dessins et d'enluminures tirés de *L'Affliction de Médée*. On y voyait des signes et des volutes, d'apparences abstraites, où Janis reconnaissait cependant des silhouettes familières – pygargues, corbeaux, harpies – si bien qu'elle craignit un moment de souffrir d'un de ses délires paréidoliques qui lui faisait un peu trop souvent contempler le visage du Christ ou de la Vierge dans la forme des nuages ou le clair-obscur d'une tartine grillée. Des phrases du recueil, qu'une voix féminine psalmodiait à travers une enceinte, dansaient du sol au plafond par projection lumineuse tandis qu'en fond sonore, des grillons, des hululements et un bruissement de feuillage rappelaient la quiétude d'une nuit en forêt. Il y avait aussi, encadrées un peu partout, des vieux instantanés pris au Polaroid qu'elle avait vus longtemps traîner chez la daronne sans s'y intéresser. En légende de l'un d'eux, elle lut :

Lilith's camp, Forêt de Willamette, Oregon, 1979

C'était le campement où Carol Schäffer et ses *Hexen Holocaust* avaient vécu à l'époque où elles s'étaient adonnées à leurs odieux massacres. Les clichés n'avaient rien de passionnant mais depuis quelques mois, tout ce qui, de près ou de loin, touchait à *L'Affliction* – comme on disait *La Recherche* chez les initiés proustiens – faisait l'objet d'un culte. Derrière le filtre jauni des vieilles photos, une tripotée de gouinasses s'activaient les seins à l'air. Sur certaines, on les voyait labourer la terre, sur d'autres, elles érigeaient une charpente, partageaient un repas, allumaient un feu de camp. Parmi elles, on distinguait Carol Schäffer, parfois de face, souvent de dos ou de profil. Compte tenu de la qualité du grain et de la similitude de toutes ces silhouettes saurées et malingres, Janis avait du mal à les distinguer les unes des autres.

Comprimée par une foule raffinée qui semblait prendre plaisir à s'agglutiner systématiquement là où elle immobilisait sa chair, Janis ne persévéra pas dans son analyse, se sentant en outre illégitime à grossir les rangs des badauds venus admirer des clichés qui avaient passé quelques décennies à portée de ses yeux, rangés dans une boîte à chaussures.

Malgré sa silhouette encombrante, Janis n'eut finalement aucun mal à disparaître, et se mit à tendre l'oreille vers les conversations, en quête de fulgurances. La plupart des discussions, du moins les rares que la canicule n'avait pas vinaigrées, tournaient autour des *Hexen Holocaust*, de leurs faits d'armes, du procès, de la biographie lacunaire de Carol Schäffer, de son mutisme, de sa relation épistolaire avec Lysistrata mais personne ne parlait véritablement de *l'œuvre* elle-même. Ses mots, ses arabesques, ses enluminures, sa profondeur – ou sa supercherie d'ailleurs. Et tout en critiquant la superficialité de ses contemporains, Janis songea qu'elle non plus n'avait pas encore lu *L'Affliction*, du moins pas *d'une traite*. Pour l'avoir vécue au contact de sa mère, elle en connaissait par cœur la genèse, et avait en tête des passages, mais n'était jamais parvenue à se le coltiner entièrement.

On entendit soudain s'élever un brouhaha, comme si le Garage était subitement honoré par une présence divine. Janis songea à sa mère – ce qui était ridicule puisqu'elle veillait à demeurer anonyme –, avant de voir Alice Brucker, entourée d'une petite cour, se frayer un chemin parmi la foule. Bien que l'attention générale fût subitement monopolisée par la nouvelle venue, chacun fit en sorte de ne rien laisser paraître de son excitation, au risque de surjouer l'indifférence comme c'était l'usage en présence d'une célébrité. En soi, l'arrivée de la Brucker n'avait rien de surprenant. Alice était une pionnière du féminisme – *la féministe en chef!* aurait ironisé la daronne. Et puis, il fallait bien reconnaître que c'était son # qui avait sorti *L'Affliction de Médée* de l'indifférence dans laquelle il était destiné à barboter. Janis se mit alors à espérer que sa mère ne viendrait pas. Ne tirer aucune gloire du succès d'une œuvre à laquelle elle avait consacré sa vie témoignait d'une certaine maîtrise de soi, mais s'il fallait y ajouter la vision de son *ennemie jurée* se jetant dans les bras de son éditrice, ça risquait de faire trop pour Jeanne.

Janis ne put s'empêcher d'admirer le visage d'Alice, encore plus parfait qu'à la télévision. Elle avait le même âge que sa mère mais en paraissait vingt ans de moins.

Sa beauté avait quelque chose d'intolérable.

Janis se souvenait d'avoir éprouvé un sentiment similaire à l'été 1996, lorsque des centaines de sans-papiers – Maliens pour la plupart – avaient occupé l'église Saint-Bernard avec l'autorisation du curé, en attendant qu'on veuille bien régulariser leur situation. Pendant deux mois, des riverains, dont Jeanne et Janis, avaient passé leurs journées à organiser des distributions de nourriture, des corvées de linge, des animations pour les gamins, des rencontres avec les pouvoirs publics… Le temps d'un été, la Goutte d'Or était devenue le centre du monde ! Même le *showbiz* s'y était mis. Chaque soir, en rentrant dans leur petit appartement de la rue Francis-Carco, mère et fille regardaient le journal télévisé en espérant apercevoir leur bouille dans la cohue. C'était leur premier combat commun, et le dernier peut-être. Un matin, après une nuit dans l'église, elles avaient vu l'épais portail céder sous les coups de hache, de bélier, de merlin, et d'épaules de centaines de CRS. Au milieu des décombres et d'une foule larmoyante, il y avait cette actrice qui s'était laissé embarquer au poste, et dont Janis n'avait pu s'empêcher de contempler le visage lisse et blanc, les yeux magnétiques, la minceur déraisonnable, la perfection obscène. La daronne avait longtemps ressassé la médiatisation de l'Actrice qui semblait l'accabler davantage que le sort des Maliens. Janis la soupçonnait de lui reprocher d'être simplement trop belle pour être sincère.

L'espace d'un instant, bien qu'elles fussent séparées par une dizaine de mètres et une centaine de pique-assiette, leurs regards se croisèrent. Alice Brucker l'avait fixée, elle, Janis, l'artiste ratée, l'invisible gardienne de parking. Dans le bleu de ses yeux, Janis avait même cru discerner une lueur de bienveillance. Et elle s'était fait la réflexion que, de toute la soirée, c'était sans doute la seule personne à avoir remarqué sa présence.

Sa mère ne viendrait pas.

Elle devait encore lui en vouloir d'avoir insulté la galeriste malgré sa promesse de se tenir tranquille après l'épisode Xénia. De n'avoir pas pris la peine de lire le bouquin auquel elle avait consacré vingt ans de sa vie. D'avoir gâché son plaisir au moment du fulgurant succès de *L'Affliction de Médée*. De n'avoir jamais été capable de la rendre heureuse et fière de sa rejetonne.

Janis se sentit accablée par l'existence.

Il était temps de rentrer.

Et de laisser les vraies féministes célébrer entre elles le retour des sorcières.

En quittant le Garage, Janis aperçut Youssef, le *mineur isolé* que sa mère avait pris sous son aile, tapi derrière un platane de la rue Léon. Il devait attendre Jeanne pour lui taper de quoi s'acheter à bouffer. Janis n'eut pas le courage de le prévenir qu'il poireautait pour rien.

6

Jeanne, 17 mars 1961

« *Le Corbeau*, d'Edgar Allan Poe, traduit par Charles Baudelaire... »

Debout sur l'estrade, Youssef se raclait la gorge et, dans des frottements compulsifs, tâchait d'arranger les plis de sa blouse. Jeanne et Alice, qui partageaient un pupitre au premier rang, observaient avec compassion son petit corps blême que le tableau noir dans son dos semblait sur le point d'engloutir. Elles croisaient les doigts pour qu'il parvienne à réciter sa leçon, sans pouvoir s'empêcher de songer qu'un nouvel échec provoquerait un fou rire général et que cette perspective, bien que cruelle, ne les répugnait pas totalement.

« Prophète ! – dis-je, – être de malheur ! oiseau ou démon ! toujours prophète ! par ce Ciel tendu sur nos têtes, par ce Dieu que tous deux nous adorons, dis à cette âme chargée de douleur si, dans le Paradis lointain, elle pourra embrasser une fille sainte que les anges nomment Lénore, embrasser une précieuse et rayonnante fille que les anges nomment Lénore. « Le corbeau dit... »

Youssef avait récité d'une seule traite la première des trois strophes, sans écorcher une syllabe, avant de marquer une pause abrupte qui fit craindre à Jeanne que les rouages de sa mémoire ne soient de nouveau grippés.

« C'était très bien jusque-là. Continue..., l'encouragea la maîtresse alors que la sueur commençait à emperler son front et que, des derniers rangs, fusaient les premières moqueries.

— *Le corbeau...*, lança-t-il pour essayer de trouver les deux mots qui revenaient tout au long du poème et qu'il était impossible d'oublier.

— *Jamais plus !* » souffla Mohamed du fond de la classe avec une voix nasillarde qui se voulait l'imitation d'un croassement.

Aussitôt, éclata dans la classe le fou rire que Youssef redoutait. Et bien qu'elles eussent pitié de leur camarade qui, dans une hideuse grimace et des suffocations plaintives, tâchait de réfréner ses larmes, Jeanne et Alice ne purent s'empêcher de céder, elles aussi, à l'hilarité générale.

« Youssef, s'énerva la maîtresse, on ne va quand même pas remettre ça chaque vendredi jusqu'à la fin de l'année ! Quand réussiras-tu enfin à assimiler ces trois malheureuses strophes ?

— *Jamais plus !* » répéta Mohamed, ce qui valut à ce dernier une nouvelle heure de colle et, à la classe, un nouvel éclat de rire.

Youssef regagnait sa place sous les railleries lorsque retentit la sonnerie. Jeanne s'assura que la maîtresse avait le regard porté sur le fond de la classe pour s'emparer discrètement du compas qui traînait sur son bureau, avant de se précipiter avec Alice dans le couloir au bout duquel les attendait, encastrée entre les briques rouges des bâtiments scolaires, la cour encore déserte. Dehors, la chaleur insolite et le ciel aride conféraient à cette fin d'hiver une ambiance estivale. Depuis des semaines, les températures dépassaient de très loin les normales saisonnières et les lourdes pluies d'octobre semblaient avoir épuisé les réserves de nuages. Les deux fillettes s'assirent en tailleur sous les branches bourgeonneuses du grand marronnier, à l'abri du soleil, des ballons importuns et des indiscrétions, en attendant Youssef. Alors que la cour s'emplissait de blouses marine et d'excitation, elles le virent sortir du bâtiment principal et les chercher du regard sans en avoir l'air. Quand il les aperçut, il courut vers elles de peur qu'elles ne lui faussent encore compagnie.

« Vous ne le faites pas sans moi, hein ? prévint-il, tout essoufflé, en s'asseyant à leurs côtés.

— T'es sûr de vouloir le faire ? lui demanda Jeanne avec ce sourire malicieux qui la quittait rarement et qui lui valait sa réputation d'insolence.

— Bien sûr que je veux le faire.

— On va le faire pour de vrai, pas pour de faux.

— Je sais bien.

— Tu n'as pas peur ?

— Mais non. Pourquoi est-ce que j'aurais peur ? Je suis pas une fille, moi. »

Alice et Jeanne éclatèrent de rire.

« T'as beau être un garçon, tu ne cours pas aussi vite que nous.

— Vous êtes parties avant moi !

— Et t'es moins fort à l'escalade ! avait ajouté Alice.

— Ce sont mes semelles qui me font glisser chaque fois !

— Et t'as une moins bonne mémoire ! s'esclaffèrent-elles.

— Bon, ça suffit ! Si vous voulez pas le faire, faut me le dire tout de suite... C'est vous qui avez peur !

— Allez, calme-toi, et retrousse une manche. »

Jeanne et Alice étaient les seules filles de l'école élémentaire. Puisque la loi l'y autorisait, Madame Brucker avait jugé normal d'inscrire sa propre fille dans l'établissement qu'elle dirigeait. Elle y avait aussi accueilli Jeanne en se disant qu'à deux, les gamines affronteraient mieux les jeunes mâles. En réalité, leur intégration s'était faite sans encombre. Jeanne et Alice connaissaient déjà les petits durs du *démol*, le terrain vague où elles avaient gagné leur respect à force de remporter les défis, de battre les plus âgés aux billes comme à la course, de jouer les funambules sur le parapet, d'escalader murs et grillages. Les deux fillettes étaient inséparables. Alice était la plus belle avec son carré blond, ses immenses yeux gris clair et son minois aux pommettes subtilement tachetées de rousseurs, mais Jeanne aussi avait *quelque chose*. Son charme ne tenait pas tant à ses cheveux raides et châtains ni même à ses yeux clairs mais à cet éternel demi-sourire qui faisait penser qu'elle se foutait joyeusement de tout. L'une et l'autre tournaient le monde en dérision, les événements comme les gens, imposaient leurs règles et leurs envies, et se précipitaient vers le danger dès qu'elles en avaient l'occasion. On les appelait *les petites sorcières* à force de les croiser dans les rues avec leur chapeau vissé sur le crâne, leur balai entre les guiboles, en train de jeter des sorts aux passants. Loin des regards adultes, les petites sorcières allaient parfois jusqu'à éviscérer des cadavres d'oiseaux pour préparer des chaudrons, mais ça restait des trucs de gosses. Et puis, elles avaient définitivement gagné leurs galons en chapardant aussi bien que les garçons.

« Vous êtes prêts ? » demanda Jeanne une fois que Youssef

et Alice eurent relevé la manche de leur blouse.

L'idée leur était venue après que la maîtresse avait lu un récit de voyage d'Henry Morton Stanley qui rapportait une coutume d'une tribu du Congo, consistant à s'entailler l'avant-bras et à échanger son sang dans un élan de fraternité. Jeanne sortit de sa blouse le compas et en fit scintiller l'acier sous un rayon que le marronnier avait autorisé à s'engouffrer entre ses folioles. Elle approcha la pointe de son poignet sans oser en percer l'épiderme.

« Ça va faire très mal, avertit Alice.

— Et on risque de se faire prendre si ça saigne trop, renchérit Youssef.

— Si vous avez peur, dites-le !

— Non, mais on n'est pas obligés de le faire dans la veine, ça va pisser le sang je te dis.

— Alors, où ?

— Sur le bout du doigt par exemple », proposa Alice qui s'entailla la pulpe du majeur tout en laissant échapper un cri aigu.

Puis ce fut au tour de Jeanne.

« À toi maintenant », dit-elle en tendant le compas à Youssef, consciente que leur ami regrettait de s'être fourré dans une telle situation. La vue du sang le faisait tourner de l'œil. Mais il était trop tard pour se dégonfler. Il devait leur prouver qu'il méritait l'amitié que tous les garçons lui refusaient. Youssef ne savait rien cacher de ses sentiments, même les plus inavouables comme la peur et le chagrin, et encore moins ceux qu'il éprouvait pour l'une et l'autre, surtout pour Alice et sa blondeur parfaite.

« Qu'est-ce que tu attends ? » intervint cette dernière.

Un gros corbeau vint se poser sur une branche où germaient quelques bogues précoces ; il plongea ses yeux étonnamment clairs dans ceux de Jeanne. Le poème de Poe lui revint en mémoire et elle songea à faire un bon mot, mais la gravité avec laquelle le volatile la fixait lui fit peur. Elle se méfiait de ces charognards et de leur réputation funeste.

« Le sang va finir par coaguler sur notre doigt ! insista Alice. Tant pis pour toi, on le fait toutes les deux. Tu ne seras pas notre frère de sang. »

Youssef se piqua aussitôt le bout du doigt sans le percer.

« Il veut pas s'enfoncer !

— T'es qu'un trouillard ! »

Jeanne donna alors un coup brusque sur le haut du compas dont la pointe incisa profondément la chair. Youssef poussa un hurlement qui, heureusement, ne détonna pas trop dans le tohu-bohu de la récréation mais qui, par réflexe, fit tourner la tête d'Alice vers l'autre extrémité de la cour où sa mère était occupée à remonter les bretelles de gamins du cours préparatoire.

« Allons-y ! »

Les fillettes rapprochèrent leur majeur ensanglanté. Youssef tendit le sien pour que se mêlent leurs fluides et que, de leur rituel approximatif, naisse entre eux une amitié éternelle.

La goutte de leur sang coula le long du doigt de Jeanne. Plutôt que d'éclater au sol et de se diluer dans les interstices du bitume, elle s'y déposa avec la légèreté d'une perle sur son écrin. Subjugués par sa rutilance et sa rotondité parfaite, ils la virent être aspirée par le bitume, sans laisser aucune trace, comme si elle avait été lapée par un vampire caché sous l'asphalte. Tous trois furent traversés par la sensation que ce qui venait de se passer n'était pas normal, d'autant que la mère d'Alice leur avait dit un jour que l'école avait été construite sur un ancien cimetière.

« Dorénavant, vous ne vous moquerez plus de moi ? » leur demanda Youssef d'une voix blanche. Jeanne et Alice se regardèrent comme si elles mesuraient enfin la portée de leur engagement.

« Jamais plus », promirent-elles d'un même timbre.

À ces mots, le corbeau aux yeux clairs croassa depuis sa branche avant de s'envoler lorsque la sonnerie retentit.

Jeanne et Alice attrapèrent chacune une main de Youssef pour lui prouver la force de leur serment. Ainsi escortées de leur frère tout neuf, elles s'en retournèrent en classe sans se douter que bientôt elles ne le reverraient…

… *jamais plus.*

7

Janis, 2026

Chez madame Otoko, il y avait toujours le même vin blanc à robe dorée, dont celle-ci disait qu'il avait donné son nom au quartier, à l'époque où Paris s'entourait de terres agricoles pour survivre et de pieds de vignes pour que survivre en vaille la peine. Afin de rendre grâce au Ciel de l'avoir inventé, on fit en sorte que le vin demeurât l'affaire de Dieu et sa récolte celle des moines. Madame Otoko disait aussi que la terre n'oubliait rien et que tout le sang qui avait coulé ici, celui de Jeanne d'Arc, mais aussi celui des sorcières, des brigands, des innocents et des victimes des guerres de religion, avait continué à irriguer les pieds de vignes. Que c'était au sang versé qu'on devait ces raisins aux reflets safranés, semblables à de l'or. Pour préserver le secret de sa provenance, madame Otoko servait le breuvage dans un carafon, rempli au robinet d'un tonnelet en chêne qu'on la voyait parfois transporter sur un diable. Elle devait acheter un cubi dont elle vidait le contenu dans son tonnelet mais elle s'efforçait d'en faire oublier le prix famélique sous un voile de mystère. Les premières gorgées emplissaient Janis d'une ivresse calme et soudaine que ne démentaient pas les suivantes, et elle demeurait ainsi de longues heures, radieuse et apaisée, à écouter la vieille dame lui raconter le quartier, ses gens, ses anecdotes, ses crimes, ses façades et ses interstices. Le temps et l'espace se figeaient alors en un bloc gélatineux où s'engluaient les époques et les êtres, les vivants comme les morts, tous captifs de la Goutte d'Or. Ce n'était pas seulement la voix de la voisine qui sortait de sa bouche, c'étaient aussi celles de ses *chères âmes mortes.*

Madame Otoko connaissait les histoires de l'ancienne voisine, Aïda Boutella, qui lui avait raconté la guerre mondiale, la guerre d'Algérie et tout ce qu'elle-même tenait de Perrine Lamey, qui avait aussi habité l'immeuble et connu l'Ogresse, les Apaches, la Grande Guerre, et celles de Thérèse Dederlin, encore une vieille voisine, qui avait battu le pavé de la Goutte d'Or à l'époque de la Commune et ainsi de suite... Et la conteuse prétendait dans un sourire qu'il lui suffisait de tirer le fil qui la reliait à toutes ces femmes pour remonter jusqu'à Jeanne d'Arc. Il fallait l'entendre parler de sa *chère Aïda*, de sa *divine Perrine*, de sa *bonne amie Thérèse* comme s'il se fût agi de vieilles camarades avec qui elle avait papoté la veille alors qu'elles avaient toutes clamsé depuis des lustres – cinquante ans, un siècle, mille ans ! Enterrées, putréfiées, bouffées par les vers ! Et les voilà qui, chaque soir, déboulaient, ponctuelles et fringantes, entre les murs lépreux de son deux-pièces, avides de rouvrir la malle à souvenirs. Prêtes à l'éventrer s'il le fallait !

Janis n'avait pas de souvenir sans madame Otoko. Débarquée du Congo à la fin des années soixante-dix, du temps où l'on disait encore *Zaïre*, elle avait emménagé à l'étage du dessus. Au quartier, on pensait qu'elle avait fui son pays pour trouver une vie meilleure mais la réalité était plus sordide. Elle devait à une mèche blanche et raide un statut d'*enfant sorcier* qui lui avait valu de découvrir un peu trop tôt l'errance dans les rues de Kinshasa. Janis supposait qu'elle avait été envoyée en France à la faveur d'un réseau de proxénètes. En tout cas, ici, elle avait commencé par bosser, comme madame Boutella, à la clinique de la Pergola avant de devenir assistante maternelle. Au quartier, elle était connue pour sa magie. Tirer les cartes. Lire les lignes de la main. Réparer les petits bobos du cœur. Et pour son art, qu'elle partageait avec la reine mère, de provoquer les grossesses. Des voisins, des blédards, des associations, des policiers, des candidats en campagne, des journalistes parfois, toquaient à sa porte, la coinçaient dans le grand barouf du marché Dejean, venaient la consulter au square Léon, à l'ombre des arbres de Judée. On lui racontait ses problèmes, on lui demandait conseil ou d'éloigner les mauvais sorts. On l'écoutait évoquer les ancêtres, les drames, les anecdotes, avec la précision d'une encyclopédie et la drôlerie d'un feu follet.

Pour Janis, comme pour Jeanne, madame Otoko était l'amie de leur mère avant d'être la leur, ce qui expliquait l'étrange cohabitation du *madame Otoko* et du tutoiement, de la déférence et du badinage, du respect et de l'intime. Depuis toute gosse, Janis montait à l'étage sans justification. Elle s'asseyait dans un coin avec un bouquin ou regardait sa voisine cuisiner avant de jouer au tarot. Depuis qu'elle vivait seule, à une rue de là, les visites de Janis étaient moins fréquentes mais elles n'avaient jamais cessé.

« Elle commence à vraiment m'inquiéter la reine mère...

— Ça fait combien de temps que tu n'as plus de nouvelles ?

— Quatre mois environ.

— Et ça n'est que maintenant que tu t'inquiètes ?

— Elle me faisait la gueule à cause d'une galeriste, alors je ne voyais rien d'anormal à ce qu'elle ne retourne pas mes appels. Mais j'étais convaincue de la croiser la semaine dernière au Garage et elle n'est pas venue. J'ai même l'impression qu'elle a quitté le quartier, ce qui serait une première...

— Tu n'en sors pas beaucoup plus, Janis.

— Certes. Je me dis qu'elle s'est peut-être éclipsée pour enfin exaucer son rêve d'Amérique...

— Son rêve d'Amérique ?

— Elle m'a confessé un jour que son rêve aurait été de passer les *seventies* aux États-Unis mais qu'elle avait dû y renoncer pour s'occuper de sa mère mourante. Elle aurait eu envie de m'épargner ça... Je ne suis pas étonnée qu'elle ne t'en ait jamais parlé. Ça casse un peu le mythe de l'éternelle sédentaire.

— Et tu crois qu'elle serait partie pour que tu ne sois pas obligée de t'occuper d'elle ?

— Je n'en sais rien. Elle est en pleine forme donc ça n'a pas beaucoup de sens. Et puis, il y a toute cette histoire autour de *L'Affliction de Médée*..., commença Janis avant de se reprendre, songeant que sa mère ne lui en avait sans doute jamais parlé. Enfin bref, j'envisage toutes les hypothèses. Tu n'es pas inquiète, toi ?

— L'inquiétude est inutile. Tu connais ta mère mieux que moi de toute façon.

— Je n'en suis pas certaine. »

Janis avala son verre en silence, autant contrariée par la disparition de sa mère que par le pinard tiède qui constituait quand même un crime de lèse-majesté.

« Ce qui me turlupine c'est que je ne retrouve pas non plus Youssef, son protégé, qui traîne habituellement devant l'église. Je l'ai croisé l'autre soir en sortant du Garage mais depuis, impossible de remettre la main dessus. Ni lui, ni ses copains. Évaporés, eux aussi. »

Ces derniers jours, Janis avait cherché en vain les *mineurs isolés*, ces jeunes, que l'on disait *marocains* par facilité mais qui venaient de tout le Maghreb et qui, une nuit de printemps, avaient surgi des profondeurs du square Alain Baschung, sans parents, sans papiers, sans espérances, et qui se montraient rétifs à toute forme d'autorité. Il y avait surtout des garçons mais s'y mêlaient également quelques filles. La journée, on les trouvait en face de l'église Saint-Bernard, allongés sur les bancs du square Saïd Bouziri, ou rassemblés par grappes rue de Jessaint et rue de la Charbonnière. Des policiers, des riverains, des associations avaient voulu les interroger, les renvoyer chez eux ou leur venir en aide, mais les *mineurs* n'avaient rien à dire, nulle part où aller, besoin d'aucune aide. Ils se contentaient de hanter les rues en bande sans aspiration ni contrainte. Ils survivaient de larcins, se défonçaient au Rivotril, dormaient dans des squats et s'enorgueillissaient de refuser les refuges et les foyers, dévalisaient les pharmacies de leurs anxiolytiques, fuguaient des hôpitaux dès qu'on leur avait dispensé les soins indispensables ou refourgué du Lyrica. Rue des Islettes, place du Lavoir, des bagarres éclataient au grand jour entre les mineurs de Fès et ceux de Tanger, ivres de leur liberté sauvage. Les orphelins du square Baschung avaient compris les codes du pays qu'ils avaient fini par atteindre : les moins de treize ans ne risquaient rien, les moins de seize pas grand-chose, les moins de dix-huit n'allaient pas en prison pour des vols de portables ou des agressions sans arme, et les jeunes majeurs n'avaient qu'à mentir sur leur âge. Même leurs victimes compatissaient à leur sort, souhaitaient les protéger, eux qui n'étaient que des enfants. On était loin du Maroc et de ses peines féroces. Ils étaient les *protopunks* inconscients de la génération mondialisée, se foutant de tout, mordant les mains tendues, raillant la bienveillance, hypocrite ou sincère, sans jamais penser au futur qui n'avait de toute façon aucune raison de les rassurer. Ils s'approprièrent les aires de jeux et la lumière des réverbères. Les policiers recensèrent la première année près d'un millier de gardes à vue rien que pour eux. Les commerçants et les *dealers* craignirent pour leurs affaires. Les journalistes en firent un marronnier qu'ils réimprimaient aux heures creuses de l'actualité. Au fil des mois, éducateurs et policiers réussirent à nouer un semblant de contact. On apprit qu'ils avaient traversé la mer sur des embarcations de fortune, erré en Espagne, erré à Berlin, à Stockholm, et qu'ils rodaient désormais à Paris, entre Barbès et la Chapelle, dans un pourpris de ruelles qui les rapprochait de ce qu'ils avaient connu au bled, la langue vernaculaire, les odeurs, les combines. On imaginait des mères éreintées dans les usines délocalisées du textile et des pères noyés dans l'alcool ou le détroit de Gibraltar. Ils étaient les enfants de la Méditerranée et des rêves qu'elle avait ensevelis. Avec le temps et l'habitude, les mineurs finirent par faire partie de l'identité du quartier si bien qu'on pouvait y résider sans jamais les voir.

D'ailleurs, personne ne s'était aperçu de leur disparition.

Janis avait surpris sa mère un jour, assise sur les marches de l'église dans son chemisier écru, causant avec un gamin à la bouille endurcie et au regard plus noir que ses bouclettes. Elle se demandait ce qu'ils pouvaient se raconter, lui en arabe, elle en français. Janis avait passé son chemin, laissant sa mère et ce môme à la dérive enveloppés dans l'ombre de la petite cathédrale. Par la suite, elle les avait souvent croisés, le p'tit Youssef et ses acolytes, qui rayonnaient autour de sa mère, sans la railler, ni l'alpaguer. On aurait dit un essaim d'anges rebelles escortant Lucifer. Ils la suivaient jusqu'à la rue Doudeauville avant de battre en retraite. Janis n'avait pas cherché à comprendre. C'étaient les affaires de Jeanne qui prétendait que le gamin lui rappelait un ami d'enfance. Et maintenant Janis aurait voulu en savoir un peu plus, mais on disait au quartier qu'on les avait vus rejoindre le square Alain Baschung un soir, pour y passer la nuit, et qu'ils n'en étaient jamais ressortis. Personne ne s'en était plaint.

« Tu sais ce qu'elle manigançait avec les p'tits Marocains ? »

Madame Otoko éclata de rire.

« Rien de bien compromettant je pense.

— Et Youssef, tu le connais ?

— Je discute avec lui à l'occasion.

— Je les croisais souvent ensemble, ma mère et lui. Il lui rappelait un de ses copains d'école qui avait le même prénom. Tu vois de qui elle parle ?

— Tu sais bien que *mes chères âmes mortes* me disent tout.

— C'est l'ancienne voisine qui t'en avait informée ?

— Madame Boutella, oui, on peut dire ça. Youssef était très copain avec ta mère quand ils étaient gamins. Il habitait l'immeuble.

— Tu sais pourquoi ils se sont perdus de vue ?

— Parce qu'il a disparu le 17 octobre 1961, pendant la manifestation des Algériens. »

Janis marqua une pause.

« Pendant la manif contre le couvre-feu ?

— Oui. Le jour des massacres.

— Quel âge avait Youssef ?

— Comme Jeanne. Huit, neuf ans.

— Qu'est-il arrivé ?

— Sa mère a perdu sa trace sur le pont Saint-Michel, au milieu de la cohue.

— On n'a jamais retrouvé son corps ?

— Non. Jeanne est persuadée que la police française l'a balancé dans la Seine, ce qui est une hypothèse plausible mais non certaine.

— Et madame Boutella, elle en pensait quoi ?

— Elle ne savait pas. En tout cas, la mère du gosse ne s'en est jamais remise. Elle est morte au début des années quatre-vingt. C'était son fils unique.

— Et maintenant, ce sont les mineurs isolés qui ont disparu, comme ma mère...

— Ils ont disparu comme ils étaient apparus.

— J'espère qu'ils vont bien...

— *Je ne t'ai jamais dit mais nous sommes immortels* », entonna madame Otako avec son air malicieux.

Ça, c'était madame Otoko. Quand elle ne racontait pas ses histoires ou n'éclatait pas de rire, elle ne parlait que par aphorismes, sentences ou citations. Janis s'y était habituée, bien sûr, à cette manie d'embobeliner le fond de sa pensée d'énigmes, de paraboles et de traits d'esprit. Et elle qui passait ses nuits à guetter les apparitions d'une sorcière hallucinée ne pouvait rien lui reprocher. Mais elle aurait parfois aimé l'entendre lui répondre simplement par un conseil pratique que Janis aurait pu suivre sans se tourmenter.

« Demain j'irai chez elle. Il est temps que je commence à enquêter sur sa disparition. »

8

Jeanne, 3 février 1963

Alors, il y eut une bataille dans le ciel : Michel et ses Anges combattirent le Dragon. Et le Dragon riposta, avec ses Anges, mais ils eurent le dessous et furent chassés du ciel. On le jeta donc, l'énorme Dragon, l'antique Serpent, le Diable ou le Satan, comme on l'appelle, le séducteur du monde entier, on le jeta sur la terre et ses Anges furent jetés avec lui !

Le curé soupira en se massant les tempes. La mère de Jeanne l'avait supplié de la laisser monter à l'ambon si bien qu'il avait fini par céder, espérant sans doute qu'elle s'était assagie. Et puis, les fidèles étant de moins en moins nombreux, il fallait bien récompenser les plus assidus. Mais à peine avait-elle rejoint le chœur que sa mère avait dégainé sa bible de poche, l'avait ouverte sur les pages cornées de l'Apocalypse et, sans prêter la moindre attention au passage de l'Évangile qu'elle était supposée lire, elle avait déclamé *La chute des anges rebelles*, le timbre halluciné et les yeux fous. Jeanne sentait, à quelques rangées dans son dos, le regard compatissant d'Alice, et était si gênée qu'elle en venait à regretter l'école dans ces moments-là, comme dans tous ceux qu'elle passait à se scier les genoux sur le bois des prie-Dieu. Il ne lui restait plus qu'à lorgner les statues, les nervures et les angelots. Saint-Augustin et Saint-Christophe, debout sur leurs culs-de-lampe, qui accueillaient les fidèles de part et d'autre de l'entrée ; *l'envie*, une chimère à tête de hibou dont le bec mordillait un cep de vigne ; la *vanité*, avec sa tête de femme et ses pieds de chèvre, la main droite pleine de perles, la gauche serrant une plume de paon ; *l'avarice*, avec sa tête cornue et sa bourse pleine enserrée dans ses griffes ; la *paresse*, la bouche ouverte, couchée sur sa queue ; les deux anges agrippés aux pinacles du buffet d'orgue ; les gargouilles dont les cous oblongs dépassaient de l'abat-voix de la chaire à prêcher ; les vitraux de Saint-Simon, Saint-Jacques, Saint-Thomas ; les toiles marouflées dans les recoins ; la statue de Saint-Pierre ; les deux Thérèse planquées dans la chapelle du Carmel ; une miniature en stuc de la grotte de Massabielle au goût incertain ; les tableaux du chemin de Croix qui remontaient vers l'autel ; le confessionnel où sa mère se claquemurait toutes les semaines ; le retable de Saint Bernard de Clairvaux qui avait donné son nom à l'église ; la chapelle de Jeanne d'Arc, dans le collatéral de gauche, avec sa statue dédiée, son autel, et son médaillon qu'un ancien vicaire de la paroisse avait réalisé en l'honneur de son passage sur la petite butte en septembre 1429…

*

Jeanne n'avait jamais connu sa mère autrement qu'accaparée par ses bondieuseries et rongée par ses angoisses d'apocalypse. Madame Boutella, la voisine algérienne qui semblait vivre ici depuis mille ans, prétendait qu'elle n'avait pas toujours été comme ça. À une époque, l'église était même le dernier endroit où elle aurait eu l'idée de se réfugier. À force de se renseigner et de recouper les informations, Jeanne en avait déduit que sa mère avait mené une vie dissolue quand elle était plus jeune, sans doute à l'époque où elle travaillait comme *femme de chambre* dans plusieurs hôtels du quartier. L'un d'eux au moins, le Royal Hôtel, qui faisait l'angle de la rue de Fleury et du boulevard de la Chapelle, était une maison de passe bien que son rez-de-chaussée fût occupé par une antenne du commissariat qu'on appelait « la vigie Fleury ». Encore aujourd'hui, une file de mecs attendant de gagner les étages s'étirait de jour comme de nuit devant chez les flics. Janis se doutait bien que sa mère avait dû être un peu plus que femme de chambre mais tout ça lui semblait flou et surtout très lointain. Selon Madame Boutella, elle avait changé subitement après une nuit de bombardements – alliés mais approximatifs – qui avaient ravagé une partie du quartier, en avril 1944. Elle était alors entrée dans une crise mystique qui l'avait conduite à fréquenter quotidiennement l'église et à apprendre par cœur l'Apocalypse... Sa mère ne lui en avait jamais parlé comme elle ne lui avait jamais parlé de rien.

Jeanne était née le 25 mai 1952 de Barbara Meyer et de père inconnu. Les années de débauche maternelle avaient dû s'étirer encore quelques années après la guerre et elle, Jeanne, devait sûrement son existence aux aléas d'un coït tarifé... À la Goutte d'Or, l'absence de père n'était pas trop gênante. Alice n'avait pas connu le sien. Celui de Youssef était mort au début de la guerre d'Algérie. Et l'école accueillait son lot d'enfants de putains et d'ouvrières éplorées. Personne ne trouvait à jaser. En tout cas, Jeanne n'en avait jamais souffert.

Sa souffrance avait plutôt pris la forme d'un confessionnal.

Le plus étonnant était qu'en dehors des messes, du

catéchisme, des confessions et des prières, Barbara n'était pas du genre à la tenir par le colbac. Elle suivait peu sa scolarité, ce qui n'avait jamais empêché sa fille d'être première de classe *ex aequo avec Alice*, comme elle se plaisait toujours à le préciser. Jeanne pouvait se balader librement dans les rues de la Goutte d'Or, du moment qu'elle n'en franchissait pas les limites et qu'elle rentrait avant la fin du jour. La gamine n'aurait jamais eu l'idée d'aller plus loin. Sa vie était ici, et les rares fois où elle traversait le boulevard Barbès, c'était pour se rendre chez Tati de l'autre côté du passage piéton. Les logements exigus peinaient à contenir les grandes fratries, et tous les gosses vivaient dehors. Mohamed avait huit frères et sœurs, Farid six. Il n'y avait que Youssef pour être enfant unique, comme Alice et Jeanne, mais c'était parce que son père était mort trop jeune. Les gamins se retrouvaient sur le parvis de l'église ou sur le *démol*, et le quartier tout entier devenait un terrain de jeu.

Jeanne avait toujours vécu dans le même trois-pièces, passage de la Goutte d'Or, en face du dispensaire de l'assistance publique. Sa mère avait récupéré l'appartement à la suite des bombardements d'avril 1944, qui avaient amputé la rue Myrha d'une partie de ses immeubles. Les loyers étaient bas et la loi de 1948 faisait rempart contre les expulsions. Madame Boutella lui avait dit que leur loyer était encore moins cher que le reste du quartier parce que c'était ici que Jeanne Weber, *l'Ogresse de la Goutte d'Or*, avait étouffé une dizaine d'enfants au début du siècle. Et depuis qu'elle le savait, Jeanne entendait des cris de gosses résonner dans les parois de sa chambre.

*

Alors que les cloches sonnaient enfin leur air glorieux, Jeanne et Alice s'élancèrent au-dehors sans un regard pour leurs mères, manquant de déraper sur les pavés de la place qui avaient disparu sous une neige de velours. Depuis trois mois, Paris vivait en dessous de zéro. Madame Boutella disait qu'on avait connu des jours pires, en 54 et 56, mais qu'aucun hiver n'avait duré si longtemps. Il avait débarqué sans prévenir au milieu de l'automne, et semblait si confortablement installé qu'on peinait à croire qu'il décamperait un jour. Rue des Poissonniers, un vent glacial sifflait comme si la Sibérie soufflait depuis Saint-Ouen. On commençait à manquer de tout. De mazout et de charbon. De fruits et de légumes. D'espoir et de soleil. Rue Dejean, les échoppes étaient tristes et rabougries, les étales faméliques dissimulés sous des toiles, des bâches et des couvertures. On ne trouvait quasiment plus de poireaux ni de carottes. Le primeur de la rue Poulet disait qu'à la campagne les champs étaient gelés au point qu'il devenait impossible d'en extraire la moindre racine. Des saveurs saugrenues avaient éclos sur les étalages. Des rutabagas qui rappelaient aux vieillards leur hiver 1917, des haricots verts d'Espagne, des choux hollandais, des oignons d'un peu partout. Pour le moment, la viande ne manquait pas mais on commençait à craindre pour l'avenir si février persistait dans son intransigeance. Un lointain soleil d'Afrique du Nord continuait à briller par éclaboussures, à travers les brèches des cageots meurtris, maculant la chaussée blanche d'une écume colorée de pommes, de citrons et de mandarines. Boulevard Barbès, rue Stephenson, des Citroën et des Renault transies patinaient sur la glace en guettant les saleuses. Dans beaucoup de *garnis,* dans autant de HLM, le chauffage avait rendu l'âme. L'école de Jeanne, rue Pierre Budin, avait une nouvelle fois fermé ses portes pour quelques jours. C'était l'une des raisons pour lesquelles elle aimait la neige. C'était aussi parce qu'elle embellissait les rues grises, qu'elle recouvrait les ordures et compensait les odeurs d'épices. Malgré la bise qui s'engouffrait dans les lézardes, les flocons faisaient oublier les façades charbonneuses et les courettes sombres. Et puis, Jeanne aimait encore plus l'hiver 63 depuis qu'on colportait que des loups avaient été aperçus aux portes de Paris.

Enfin, Jeanne et Alice atteignirent les escaliers du passage Léon qui menaient au *démol*, six mètres en contre-haut de la rue Polonceau. Sous la neige, Jeanne le trouvait encore plus beau qu'à l'ordinaire. C'était plus qu'un monticule chauve, bordé de façades aveugles. Le *démol* ressemblait à un nuage de coton qui voltigeait à hauteur de ciel.

« Attention aux Harkis ! » leur hurla Mohamed en les voyant gravir les dernières marches du passage Léon pour le rejoindre sur le *démol*.

— Qui sont les Harkis, aujourd'hui ? demanda Alice.

— Medhi et Farid.

— Oh, trop nuls. Ils ne courent même pas vite. »

Mohamed les regarda, décontenancé. Jeanne et Alice savaient qu'elles avaient la cote, et que personne ne se serait risqué à les décevoir.

*

D'aussi loin qu'elle se souvenait, Jeanne avait grandi en pleine guerre d'Algérie. Si le conflit avait été vécu en métropole comme un déchirement, une lutte fratricide, un cas de conscience, avec ses contingents, ses gros titres, ses débats interminables, ses manifestations, ses répressions, ses attentats, son atmosphère lourde et souffreteuse, il était malgré tout demeuré relativement lointain pour la plupart des gens. On pouvait difficilement l'ignorer ni n'en rien penser, mais on pouvait sans mal continuer à vivre dans une confortable indifférence, sans s'engager, ni s'y intéresser vraiment.

À la Goutte d'Or, en revanche, la guerre d'Algérie avait marqué les chairs.

Madame Boutella racontait que la guerre avait éclaté à l'été 1955, le jour de l'Aïd-el-Kebir, vers quatorze heures, à cause d'une interpellation. Rue de la Charbonnière, le marché aux voleurs avait pris fait et cause pour les deux malfrats que la police embarquait et le quartier avait viré à l'émeute. Pour échapper à la vindicte, les flics s'étaient réfugiés dans leur panier à salade avant de percuter deux badauds en démarrant en trombe. Des centaines d'Algériens avaient pris d'assaut le commissariat de la rue de Deauville, et pour cibles des commerces *haram* et des visages pâles. Rue Léon, rue Stephenson, rue Myrha, des dizaines de passants avaient été molestés, des voitures saccagées, des vitrines brisées, une boucherie incendiée. En rentrant chez elle avec Jeanne dans la poussette, Barbara avait vu un touriste hollandais, en route vers le Sacré-Cœur, se faire passer à tabac par dix excités. Le soir, les violences avaient continué sur le boulevard de la Chapelle. Les flics avaient fini par tirer dans le tas. Le lendemain, à Lariboisière, tous les camps avaient déploré des blessés, mais pour cette fois au moins, on avait évité les morts.

Depuis lors, la tension n'était plus retombée. À cause des règlements de comptes entre *frontistes* du FLN et *messalistes* du MNA, pour savoir qui mènerait l'insurrection. Du racket pour financer la résistance, avec son cortège de menaces et d'exécutions. Cafetiers, bouchers, boulangers, putes et maquereaux, ouvriers ou oisifs, en famille ou isolés, tous les Algériens avaient dû mettre au pot. Paradoxalement, le meilleur atout du FLN avait été la nomination de Maurice Papon à la tête de la préfecture de police. Du jour au lendemain, une chape de plomb recouvrit la Goutte d'Or, et les commerçants excédés cessèrent de rechigner à payer l'impôt. La présence policière était alors insidieuse : surveillances, renseignements, infiltrations. Papon traquait la bête. Une fois ferrée, on faisait une descente brutale. On alignait les faciès basanés en rang d'oignon le long des façades grises. On confisquait les papiers. On embarquait ceux qui n'en avaient pas, ou qui n'en avaient plus. Direction le Vel d'Hiv ou Vincennes pour des interrogatoires qui n'en finiraient plus.

Mais c'est l'arrivée des *Harkis* qui plongea la Goutte d'Or dans la guérilla urbaine.

Un matin de novembre 1960, dans une brume suspecte, on vit se pointer un groupe de FAP, les Forces Auxiliaires de Police qui regroupaient quelques centaines d'Algériens extirpés du bled, et pas les plus tendres, auxquels Papon avait promis un salaire et une situation. En quelques heures, ils avaient réquisitionné trois cafés-hôtels de la rue de la Goutte d'Or dont ils avaient évacué *manu militari* les occupants. Au 25, s'étaient installés les gradés, c'est-à-dire les Français ; au 29, le gros des troupes ; tandis qu'au 28, on avait aménagé les étages en bureaux et les sous-sols en caveaux des supplices.

À Paris, les auxiliaires étaient surnommés les *supplétifs* ou les *calots bleus*.

Au quartier, ils étaient les *Harkis* ; et rien d'autre.

Le soir de leur installation, ils furent canardés par deux

commandos frontistes ; et pendant des mois, les rues de la Goutte d'Or résonnèrent de cris, de rafales et de déflagrations dont les échos, depuis, ne s'étaient jamais tus.

Jeanne avait eu sa première vision.

Un jour de décembre, remontant la rue Affre, de retour du marché, elle eut un pressentiment en apercevant l'église Saint-Bernard pointer tristement sa flèche noire vers un nuage de pluie. Elle crut discerner, dans un repli du ciel, un visage accablé. Jeune, moustachu, les yeux clos. Retentit un premier coup de feu, qu'elle aurait pu prendre pour un pétard s'il n'avait été accompagné de hurlements affolés. Puis, le murmure d'une fusillade, courte, distante, du côté du boulevard de la Chapelle. Une nouvelle pétarade, impérieuse et drue, avait alors remonté la rue de la Charbonnière en même temps qu'enflait la clameur publique. Jeanne avait aussitôt rebroussé chemin en faisant claquer ses bottines sur le trottoir détrempé.

C'est alors qu'elle le reconnut, à l'angle de la rue de la Goutte d'Or, pâle sous son calot bleu.

Un supplétif effrayé, presque hagard, se hâtait vers la mort, mû par le suicidaire instinct du devoir que lui conféraient son uniforme marine et sa mitraillette qu'il portait en bandoulière, comme une gibecière trop lourde. À aucun moment, Jeanne ne craignit pour elle-même. Elle se sentait dotée du pouvoir de rectifier le cours des choses, par un croche-pied ou un appel au secours, qui contraindrait l'auxiliaire à arrêter sa course. Mais elle n'avait rien fait, craignant sans doute que l'histoire échappe à sa fatalité. L'un de ses compatriotes finit par surgir au croisement. D'un coup de revolver, il lui avait fauché ses vingt ans avant de prendre la fuite vers la rue Stephenson où l'attendait le même sort que celui qu'il avait réservé au Harki. Jeanne approcha du corps gisant et de son visage décalotté. Il était tel qu'il lui était apparu dans le ciel de l'église Saint-Bernard. Une fine moustache reliait ses joues glabres. Et même si, du haut de ses huit ans, elle l'associait à un monde étranger, celui des adultes, elle fut saisie par sa jeunesse et par l'absurdité de sa mort, de la main d'un compatriote qui lui avait survécu de quelques secondes seulement.

Jeanne demanda si elle n'était pas dotée d'un pouvoir *surnaturel*. Pour autant, elle ne fut pas traumatisée. Ni par la tuerie de décembre, ni par la bataille de Paris, ni même par sa prémonition que la mère d'Alice qualifia de *reconstruction mentale*, un drôle de tour joué par son inconscient pour atténuer la violence de la scène à laquelle elle avait assisté.

Pour Jeanne, la guerre était une sorte de chat perché, immense et excitant. Alice et elle sillonnaient le quartier, repérant les patrouilles, anticipant les descentes, alertant les épiceries et les cafés FLN. Chaque rue, chaque trottoir de la Goutte d'Or regorgeait de morts et d'anecdotes, de mares de sang, de silhouettes tracées à la craie, de guet-apens et de cavales. Rue Pierre l'Ermite, un Français avait pris trois balles par des frontistes alors qu'il regagnait son domicile. Rue Léon, on retrouva le cadavre d'un Algérien. La même nuit, rue de la Charbonnière et rue de Panama, deux de ses compatriotes furent étranglés et ficelés comme des gigots avant d'être abandonnés dans des sacs à patates. Rue des Islettes, un Harki en civil fut enlevé en plein jour dans le coffre d'une Peugeot, et son corps strangulé déposé sur un trottoir du Marais. Rue Émile Duployé, l'un de ses collègues fut séquestré toute une semaine dans un hôtel, et son cadavre balancé dans la Marne. Rue Myrha, une patrouille fut arrosée depuis les toits à l'arme automatique, et un gamin écopa d'une balle perdue. Rue de Chartres, des auxiliaires essuyèrent des rafales de mitraillettes et des jets de grenades. Quelques numéros plus loin, un attentat matinal tua le tenancier d'un café. Rue des Gardes, un supplétif se fit plomber ainsi qu'un passant déveinard. Rue Cavé, un Harki hors service succomba à la terrasse d'un bistrot. Rue de Fleury, une sentinelle prit une balle dans la poitrine. Rue Stephenson, un frontiste en cavale fut abattu par ses poursuivants. Quant à la rue de la Goutte d'Or, il s'y était brisé tant de conspirations et de destins, échoué tant de grenades et de derniers soupirs, scellé tant de convois mortuaires et d'opérations commandos, accumulé tant de sang sous son macadam, qu'il était impossible de tenir le compte de ses meurtrissures.

Chaque exaction contre les Harkis entraînait une rafle. Un dimanche soir, allongée sur son lit, Jeanne entendit des cris et des bris de verre en provenance de la rue. De la fenêtre du salon, elle ne voyait pas grand-chose, mais elle n'oublierait jamais le bruit de cette nuit-là. Les saccages, les ratonnades, l'immonde barouf de la folie. « Ils recommencent », commenta sa mère en se prenant la tête entre les mains. Et Jeanne comprit que sa mère détestait, non pas les Arabes, mais la guerre et les hommes qui la faisaient.

Le lendemain matin, la Goutte d'Or ressemblait à un village saccagé. Des tables et des chaises gisaient sur les trottoirs, au milieu des débris de vaisselle et de tessons ensanglantés. Sur la chaussée, on croisait des cageots défoncés, des tonneaux, des cadres, des casseroles, une épave de juke-box. Alice et Jeanne serpentèrent prudemment entre les débris, dans un anormal silence, que brisaient seulement le crissement de leurs bottines sur le verre pilé et les pleurs des femmes voilées dont les hommes avaient disparu dans l'obscurité aiguë de la nuit. La haine avait agi en uniforme mais sans discernement.

Jeanne se souvenait aussi des cris échappés des caves du numéro 28. Depuis sa chambre du passage de la Goutte d'Or, il aurait dû être impossible de les entendre. Pourtant, certaines nuits, ils l'empêchaient de dormir. À vrai dire, elle ne savait pas s'ils étaient réels ou si elle les avait fantasmés à cause du récit de Youssef. Après y avoir passé soixante-douze heures, son oncle avait raconté au gamin les coups, la gégène, l'eau de javel et *la bouteille*, ce qui avait consisté à lui enfoncer un tesson dans le cul pour le faire parler. Et depuis que Jeanne savait les sévices que les Harkis faisaient subir dans la pénombre de leurs sous-sols, elle entendait des cris. Même si c'était impossible, même si c'était trop loin, même si Papon avait fini par en fermer officiellement l'accès, même si la guerre était terminée, certains soirs, elle entendait des cris échappés du fond des caves, comme surgissaient parfois des parois de sa chambre ceux des petites victimes de *l'Ogresse*.

En juin 1961, les auxiliaires quittèrent le quartier pour s'installer au fort de Noisy. La situation se calma un temps, mais dès le mois d'août, les *nuits bleues* de l'OAS succédèrent aux calots des Harkis.

Et puis, il y eut le 17 octobre 1961.

Tous se souvenaient des familles joyeuses, des gamins endimanchés, de la liesse bariolée qui, malgré la pluie de cette fin d'après-midi, s'était emparée du lacis des ruelles. Youssef s'apprêtait à manifester contre le couvre-feu récemment imposé aux Algériens. Des années plus tard, Jeanne comprendrait que, pendant que femmes et enfants se préparaient à la manif au son des youyous et du raï de Cheikha Remitti, les policiers français, remontés comme des hyènes après une vague d'attentats, mijotaient leur vengeance aux portes de Paris, et que le FLN, en encourageant les siens à s'y rendre, les envoyait à l'abattoir. Une fois délestée de ses familles algériennes, la Goutte d'Or prit une allure de bourg abandonné, auquel une pluie désespérante et drue acheva de donner un air sinistre.

Jeanne guettait par la fenêtre les youyous et les rires qui annonceraient le retour de la manif. Un moment, elle crut voir Youssef entrer seul dans leur immeuble et en ressortir quelques minutes plus tard avec une grande dame vêtue tout en noir. Mais c'était impossible. Il n'avait aucune raison de ressortir à cette heure-ci, et encore moins avec une inconnue. En s'en allant, la dame tourna la tête et le regard qu'elle jeta à Jeanne la terrifia.

Le lendemain, à l'école comme dans les cafés, chacun enregistrait ses doléances et le compte de ses disparus. Quasiment aucun des hommes n'en était revenu. Sur les grands boulevards et sur la place de l'Étoile, il y avait eu des coups de feu, des patrouilles avaient exfiltré mères et enfants pour mieux molester les hommes, et les embarquer dans des fourgons et des bus spécialement affrétés ; dans le quartier de Saint-Michel, des policiers en uniforme avaient arraché des nourrissons aux mains de leur mère, ils s'étaient acharnés sur des vieillards, fracassant leurs bidules sur leur crâne dégarni ; au pont de Neuilly, la police avait jeté des Algériens dans la Seine. Jeanne accueillit les récits des femmes avec un mélange de révolte et d'incrédulité. Sa mère prétendait qu'il ne fallait pas prendre au mot tout ce que racontaient les femmes arabes – encore moins les Kabyles réputées pour leur talent à enjoliver les choses, exagérer leurs souffrances, ériger la moindre broutille en une affaire d'État ; derrière leurs lamentations se dessinait la stratégie du FLN pour susciter la compassion.

En tout cas, Youssef ne revint jamais.

*

« Les Harkis ! hurla Mohamed en voyant débouler Farid et Medhi au bout de la rue Polonceau.

— Sauve-qui-peut ! » alertèrent Jeanne et Alice à leur tour tout en balançant depuis le parapet du passage Léon les boules de neige qu'elles avaient préparées.

Et dans un désordre de braillements et de cavalcades, une ribambelle de gosses dégoulina du *démol* pour tenter d'échapper aux assaillants. Jeanne vit Omar et Younès se faire toucher par une boule des Harkis, et devenir automatiquement Harkis à leur tour. Pareil pour Mohamed. Les rangs du FLN se réduisaient comme peau de chagrin tandis que s'étoffaient ceux des auxiliaires. « Elles partent par-là ! » entendit crier Jeanne alors qu'elle s'élançait vers la rue Léon, accompagnée d'Alice. Au croisement avec la rue Myrha, après avoir miraculeusement échappé à une rafale de boules de neige, elles hésitèrent à se réfugier dans la salle de cinéma. À la différence de la vieille peau du Barbès Palace, l'ouvreuse du Myrha les avait à la bonne, et à moins que la salle n'affiche complet, Jeanne et Alice pouvaient y pénétrer à l'œil, en échange d'un sourire. Toutefois, en entraînant dans leur sillage une troupe de mioches, algériens de surcroît, elles craignaient de perdre ce privilège. Aussi poursuivirent-elles leur route à toute berzingue dans la fine dénivelée de la rue Léon, laissant échapper un nuage de buée à chaque expiration. Les pieds ankylosés dans leurs bottines et les mains dégantées rougies par le froid, Jeanne et Alice hésitèrent à bifurquer dans la rue Doudeauville avant de poursuivre tout droit, jusqu'à l'angle de la rue d'Oran, à hauteur de la clinique de la Pergola, qu'on surnommait *l'avortoir*.

« Oh les gros nuls ! » crièrent Jeanne et Alice à l'attention de Mohamed et Farid, qu'elles distinguaient au loin, marchant le dos courbé, la main sur la poitrine, exténués.

Touchés dans leur orgueil, les deux garçons se remirent à courir.

« Sauve-qui-peut ! » s'écrièrent-elles alors, ravies de les voir se relancer à leurs trousses.

Alors qu'elles entamaient la portion la plus raide de la rue Léon, que bordait le mur de l'école, elles aperçurent une silhouette familière à l'angle de la rue Pierre Budin.

C'était Youssef.

Il se tenait droit, immobile, ses yeux noirs et graves plongés dans les leurs. Elles s'arrêtèrent net, bouche bée, manquant de glisser sur l'asphalte verglacé. Elles ne s'approchèrent pas tout de suite, effrayées de revoir leur ami, exactement là où elles l'avaient laissé cette nuit maudite du 17 octobre 1961, il y avait plus d'un an ; une éternité.

« Youssef ? ».

Sa mère l'avait perdu sur le pont Saint-Michel alors qu'elle rebroussait chemin pour échapper à la furie des bidules. La dernière image qu'elle avait gardée de son fils était son visage apeuré. Elle l'avait appelé. À l'infini. En vain. Éreintée, elle avait fini par rentrer au petit jour, espérant que son gosse avait retrouvé, du haut de ses neuf ans, le chemin jusqu'à la Goutte d'Or sans croiser la flicaille. Le lendemain, comme les jours suivants, elle avait fait le tour des lieux de rétention, Versailles, Coubertin, Vincennes. Il n'y avait aucun môme ni dans les registres des flics, ni dans ceux des hôpitaux, et encore moins à la morgue ; elle ne devait pas s'inquiéter, le soir du 17 octobre, on n'avait compté ni morts ni blessés graves. Mais sur la pierre taillée du quai de Conti, un peu en aval de l'endroit où elle avait perdu la trace de Youssef, elle avait vu une inscription au feutre noir :

ICI ON NOIE LES ALGÉRIENS

C'était comme découvrir l'épitaphe du tombeau de son fils.

Jeanne et Alice, elles, continuaient à se persuader qu'il avait été arrêté par erreur et qu'il débarquerait un matin dans leur classe, prêt à leur raconter le détail de ses péripéties. Et puis, le 5 juillet 1962, jour de l'indépendance, alors que le *démol* se transformait en une immense bamboche, elles aperçurent, en contrebas, la mère de Youssef qui traînait son hébétude dans la rue Polonceau. Le mouton, les youyous, les rires ; tout était devenu fade. Depuis, Alice disait qu'elle n'aurait jamais d'enfant tandis que Jeanne pensait au contraire qu'il ne devait rien exister de plus puissant que l'amour maternel.

Elles s'approchèrent timidement de Youssef comme on aborde un fantôme.

Il portait le même manteau que le soir du 17 octobre 1961, en plus sale et froissé. Il avait la même silhouette fine et osseuse, la même figure émaciée, les mêmes boucles indociles, et le regard dur des gamins dont les désillusions avaient trop rogné l'enfance. Mais quelque chose sonnait faux. Ce n'était pas tant sa peau terreuse et glabre qu'une dissonance dans l'attitude ; son absence de sourire peut-être. On aurait dit une habile copie qui ne résistait pas à un examen scrupuleux. C'était Youssef et ce n'était pas lui. Son teint n'était pas hâlé mais poussiéreux. Ses cheveux semblaient sortir d'un bain de boue. Et Jeanne avait songé qu'il était trop tard pour reparaître, que son absence comme la douleur de sa mère faisaient désormais partie de leur existence, que Youssef aurait lui-même beaucoup de mal à retrouver sa place, que son retour risquait de chambouler la frêle harmonie du monde.

Il s'échappa par la porte de l'école entrouverte, et Jeanne fut convaincue qu'il avait lu dans ses pensées. Elle en eut honte.

« Youssef ! »

Sans se concerter, Jeanne et Alice s'élancèrent à sa poursuite.

Elles traversèrent le couloir de l'école, jetèrent un œil dans les salles attenantes.

Enfin, elles poussèrent la porte au fond du couloir qui donnait sur la cour, là même où la goutte de leur sang mêlé avait été aspirée dans le goudron, sans laisser aucune trace, comme si un vampire assoiffé l'avait lapée sous le bitume.

Derrière la porte, la neige continuait à tomber, exactement au même rythme que dans la rue Léon, mais à la place de la cour de récréation s'étendait un cimetière.

Sa taille dépassait largement l'enceinte de l'école Pierre Budin, et semblait avoir absorbé celle de la rue d'Oran et celle de la rue Marcadet, au mépris des lois de la physique. Jeanne eut l'impression de s'immerger dans une peinture vivante au chromatisme austère. Dans un large enclos, quelques marronniers malingres surplombaient une neige sale. Des branches calcinées griffaient le sommet des caveaux. D'autres, au contraire, zébraient le ciel d'éclairs sinistres. La lumière assommante qu'on devinait derrière les nuages donnait à la scène une couleur rousse, annonciatrice d'une journée sombre. Seules les tombes et les stèles saillaient du sol enneigé. Le long du mur d'enceinte, sur des branches décharnées, sur le rebord des sépultures, des oiseaux au plumage noir – merles, pies, corneilles, corbeaux – gardaient leurs billes fuligineuses rivées sur leurs silhouettes.

Au fond du cimetière, Youssef les dévisageait avec mélancolie.

Jeanne eut un pressentiment atroce, la conviction qu'il fallait se tenir loin de ce qui se tramait ici, dans ce cimetière éructé du passé. « Ne t'approche pas, Jeanne ! ». Gamine, elle avait conspué Ève, cette crétine à qui le destin avait fait payer sa curiosité morbide. Mais voilà qu'elle était à son tour incapable de résister au fruit défendu. « Ne t'approche pas, Jeanne ! » En la mettant en garde, sa conscience attisait sa fascination. Était-ce donc vrai, ce que l'humanité disait des femmes et de leur indiscrétion ? Jeanne savait ce qu'elle allait faire. Elle s'enfoncerait dans le cimetière et rejoindrait Youssef. Elle suivrait sa trace. Bien sûr, un jour ou l'autre, dans une seconde peut-être, elle regretterait son choix. Mais ce dont elle espérait se souvenir, même si elle en doutait, c'était qu'il n'y avait pas eu de choix. Pas plus que pour Ève. Ne pas s'enfoncer dans ce paysage d'hiver, ne pas s'aventurer dans la maison des morts, ne pas enjamber leurs squelettes, ne pas sillonner leurs tombeaux, c'était renoncer à ce qui justifiait l'existence. C'était accepter de ne rien comprendre aux voix et aux visions qui la hantaient depuis l'enfance. C'était renoncer à devenir ce qu'elle était déjà. C'était exiger d'Ève qu'elle sacrifiât l'humanité pour le confort de son jardin d'Éden.

Du coin de l'œil, Jeanne repéra noms et dates que

n'avaient pas dissimulés les flocons. Marcel Petit 1748-1812, Lucienne Reland 1762-1816, Marie Lesage 1796-1823, Baptiste Lebrantu 1818-1871... Les deux filles finirent par atteindre le fond du cimetière où ne dépassaient du sol que des monticules de neige dépourvus de pierres tombales. On aurait dit des taupinières.

« Youssef ? »

Il se tenait à quelques mètres, blotti derrière un arbuste mort qui en se rétractant avait pris la forme d'une croix chrétienne. Sur la branche horizontale, elle lut : *Johanne, †1871*

Et sur le visage de Youssef, elle comprit ce qui clochait, ce qui faisait qu'il était à la fois lui-même et un autre, ce qui expliquait la mélodie dissonante de son retour. Cette couleur grise, terreuse, les cavités obscures où s'enfonçaient ses yeux, la vase qui lui entortillait les cheveux et lui ravinaient les joues, sa chemise trempée dans ce matin neigeux... Il lui rappelait le harki apparu dans le ciel de l'église Saint Bernard. C'était bien Youssef qui se tenait face à elles, mais il était mort. Et alors que les filles se rendaient progressivement à l'évidence de ce visage meurtri, elles n'étaient plus si certaines que leur ancien ami leur veuille du bien.

Deux mains surgies de terre leur agrippèrent les mollets et les attirèrent sous le sol du cimetière.

9

Janis, 2026

Janis passa l'après-midi dans le trois-pièces de sa mère, en espérant tomber sur elle, de retour d'on ne savait trop où. Elle alluma le poste de télévision, et fut instantanément projetée au milieu d'un de ces débats endiablés dont regorgeaient les chaînes d'information en continu. À en croire le bandeau qui défilait en bas de l'écran, deux hurluberlus que l'opinion publique avait érigés en *experts* s'écharpaient à propos de la dernière saillie d'Alice Brucker. Il n'était plus question que d'elle. On décortiquait ses faits et gestes, on commentait ses propos, on disséquait ses tweets et ses *petites phrases*, on dénonçait ses *dérapages*, tout en déplorant qu'une même personnalité accapare le temps d'antenne... La télévision était un fléau, et chaque fois qu'elle l'allumait, Janis se souvenait pourquoi elle ne la regardait plus.

À l'antenne, les deux *experts* menaçaient d'en venir aux mains. Le premier, un politologue, beuglait qu'Alice Brucker avait dépassé les bornes et devait démissionner de toutes ses fonctions – et peu importait qu'en l'occurrence elle n'en occupât aucune. En face de lui, une *influenceuse* de vingt-deux ans aux trois millions de *followers*, le traitait de vieux réac. La scène à l'origine de leurs échanges enflammés repassait en boucle. À l'occasion d'une visite au sein d'un foyer de femmes battues, on entendait Alice Brucker affirmer que si elle était élue à la présidence de la République, elle se laisserait la possibilité de ne nommer que des femmes au sein de son gouvernement.

« Non mais vous vous rendez compte ? s'insurgeait le politologue, au bord de l'apoplexie. Ce qu'elle préconise, c'est l'étoile jaune, c'est l'apartheid contre le mâle blanc !

— Ce n'est pas ce qu'elle a dit, lui répondait *l'influenceuse* tout en lorgnant ouvertement son smartphone. Et sauf erreur de ma part, le mâle blanc n'a encore jamais subi de génocide. Il a plutôt eu tendance à les perpétrer... »

Le politologue s'étrangla littéralement.

« Ça n'a pas semblé beaucoup vous déranger qu'à peu près tous les gouvernements du monde ne soient composés que d'hommes depuis cinq mille ans, continuait-elle. Et pourtant, il était là, le véritable apartheid, elle était là, l'étoile jaune portée par la moitié de l'humanité. Alors, qu'y aurait-il d'aberrant à tenter, pour la première fois, un gouvernement composé uniquement de femmes ? On serait encore très loin de rétablir l'équilibre. Si on commence au moins par abolir vos privilèges, peut-être arriverons-nous à éviter des millénaires de guerres et à minimiser les conséquences de la catastrophe écologique que *vous* nous avez concoctée...

— Mais comment osez-vous ? hurlait maintenant son interlocuteur. Ce n'est rien connaître à rien... C'est... C'est honteux... C'est...

— C'est la réalité.

— ... Et ton confort de petite-bourgeoise ? reprit-il, ulcéré, en répudiant le vouvoiement. Ton électricité ? Tes bains chauds, ta vapoteuse et ton blog de connasse ? Internet, ton smartphone, ton wifi ? Pas une femme derrière tout ça !

Que des mecs, rien que des mecs ! Et ça vous arrangeait bien quand il fallait dépecer le mammouth ? Quand fallait se faire découper en tranches à Alésia, plomber à Waterloo, gazer à Verdun ? Pas une gonzesse dans les tranchées ! Alors faudrait peut-être pas me faire chier avec les privilèges du mâle blanc ! Et puis, si vous vouliez le pouvoir, vous n'aviez qu'à le prendre. La réalité, c'est que si vous aviez pris les rênes du monde, ça fait bien longtemps qu'on ne serait plus là pour en parler. On serait tous morts, bouffés par les hyènes, pétrifiés par l'hiver, avant même d'avoir découvert le feu !

— Comment veux-tu qu'on prenne les rênes du monde, connard, quand vous passez votre temps à nous violer le corps et l'esprit, viriliste de mes deux !

— Féminofasciste... ! »

Janis éteignit le téléviseur.

Elle fit un nouveau tour du propriétaire dans l'espoir de déceler un indice sur la disparition de sa mère. Dans sa chambre, les meubles n'avaient pas bougé depuis quarante ans. Son sommier sans pieds, son bordel de fringues et de bouquins à même le sol, et sur la vieille console un répugnant bocal contenant le *sang d'Ouranos*, le genre de bibelots ésotériques dont raffolait Jeanne... Dans le salon, Janis se pencha sur le tourne-disque où reposait *Pearl*, l'album posthume de l'idole maternelle. En temps normal, Janis détestait Joplin. Trop bruyante. Mais, cette fois, écouter *Move Over* la ramena en enfance. Janis s'empara de l'encyclopédie de l'art, coincée sur une étagère de la bibliothèque entre *Que faire ?* de Lénine et *Printemps Silencieux* de Rachel Carson.

Brueghel.

Avec une bouffée de nostalgie, Janis y retrouva ses toiles préférées, celles dans lesquelles la Vieille Sorcière l'avait faite entrée si souvent.

*

Après que Janis avait mis en rapport sa première hallucination et *Le Cri* d'Edvard Munch, la Vieille Sorcière, comme validant cette étape, était revenue flotter à son chevet dans un bourdonnement indistinct et sinistre. Alors, Janis avait su résister aux mauvaises conseillères que sont la peur et la raison. Bien qu'incapable de parler, elle avait pensé « Je t'écoute », assez fort pour être entendue. Mais la Vieille Sorcière s'était tue, l'invitant à regarder en l'air.

Au plafond de la chambre avait alors jailli une coruscation qui avait emporté Janis vers une contrée inoubliable. Face à l'océan, entre des dunes arides, elle respirait une odeur d'incendie. Le ciel clair se cendrait progressivement d'un angoissant nuage de soufre. Au loin, une nuée volcanique rougeoyait derrière une colline jusqu'à une petite église en bois dont l'ombre surplombait une mer grise et calme. Deux navires en flammes bordaient l'horizon. Plus près, des embarcations s'abîmaient en face d'une tourelle immergée tandis qu'un bataillon blême rejoignait la côte en pourfendant les flots. Des hurlements sauvages lacérèrent le silence. Janis se retourna sur un paysage supplicié. Des squelettes animés, des cercueils, des carcasses, des estrapades, des agonies, du soufre, des cris. Sur la dune voisine, un mort-vivant monté à une échelle détachait un cadavre d'une potence sous le regard inerte de ses congénères. Sur une autre, un homme agenouillé, les yeux bandés, s'apprêtait à se faire décapiter par un zombie. Agglutinés dans l'enclos d'une chapelle, des dizaines d'autres squelettes en toge blanche levaient un bras au ciel devant des fossoyeurs. À leurs pieds, encerclant un coteau meurtri, des cavaliers et des fantassins faméliques prenaient en tenaille des humains en sursis. Parcourant la dune, Janis aperçut en contrebas une armée morte qui surgissait d'un rocher par une fissure béante. La désolation était partout, au bout des cordes et des lances, sur les roues et les gibets, dans les eaux gelées d'une douve, dans le croassement des corbeaux, entre les ridelles d'une charrette où s'entassaient les crânes, dans un cercueil à roulettes tiré par deux squelettes en pèlerine ; elle n'épargnait personne. Ni les paysans, ni les rois, ni les moines. Ni les vieillards, ni les enfants. Ni les poissons, ni les arbres. Tous y passaient, courageux ou couards, innocents ou coupables, pieux ou incroyants. L'unique échappatoire était une trappe rouillée qu'une horde ébouriffée rejoignait au son des tambours en espérant échapper à la fatalité qui se refermait sur elle. Dans cette contrée macabre, il n'y avait, pour se réchauffer l'âme, nul espoir de rédemption, nulle trace de paradis, ni même le pourpre du sang. Il n'y avait que la mort. La mort et la beauté.

À son réveil, Janis se précipita vers la bibliothèque du salon. Dans l'encyclopédie illustrée, elle trouva facilement l'article sur *Pieter Brueghel, dit Brueghel l'Ancien*.

Janis avait rôdé comme un fantôme dans *Le Triomphe de la Mort*.

Selon ses recherches, limitées alors à l'article de l'encyclopédie et aux informations glanées au gré de ses visites à la bibliothèque Robert Sabatier, la vie de Brueghel demeurait entourée de mystères. L'essentiel des éléments biographiques le concernant tenait en quelques pages d'une même source, *Le Livre des peintres*, qu'un certain Karel Van Mander avait publié en 1604. La date de naissance du peintre oscillait entre 1525 et 1530, et le lieu menait à un village oublié des Pays-Bas espagnols dont l'artiste aurait pris le nom pour patronyme mais qui changea progressivement de *Brueghel* à *Bruegel*. On savait qu'il avait été l'élève de Pieter Coecke, dont il avait plus tard épousé la fille Marie, qu'il avait été membre de la guilde de Saint-Luc d'Anvers et qu'il était allé puiser en Italie l'inspiration de ses *paysages alpestres*, et ce avec un tel succès qu'on disait de lui qu'*en traversant les Alpes il avait avalé les monts et les rocs pour les vomir, à son retour, sur des toiles et des panneaux*. Il avait poursuivi sa carrière avec une série sur *les Vices ou les sept péchés capitaux* puis s'était attelé à représenter *Les Vertus*. Ses estampes, à la fois démoniaques et drolatiques, lui avaient valu, en plus d'une grande notoriété, d'être surnommé *le second Bosch* ou *Pierre le Drôle*. Ce n'était finalement qu'une dizaine d'années avant sa mort qu'il s'était mis à peindre ses thèmes de prédilection – en tout cas aucune toile antérieure ne nous était parvenue. Des fêtes paysannes, des scènes bibliques imbriquées dans un décor de Flandre, et des univers fantastiques, qu'on appelait ses *diableries*. On savait aussi qu'il était mort à Bruxelles en 1569, et que l'une de ses dernières volontés avait été d'anéantir plusieurs estampes qu'il trouvait trop *mordantes* et susceptibles de porter préjudice à sa veuve. Karel Van Mander disait enfin qu'il avait peint un tableau du *Triomphe de la Vérité* qu'il considérait comme son chef-d'œuvre, et que l'on n'avait jamais retrouvé même si les spécialistes soutenaient que Van Mander parlait du *Triomphe de la Mort*.

Feuilletant de nouveau la vieille encyclopédie, Janis songea que sur la quarantaine de tableaux de Brueghel parvenus jusqu'à nous, elle n'en avait *visité* que trois.

Le Triomphe de la Mort. Dulle Griet. La Chute des Anges rebelles. Et les trois correspondaient à une même série, celle des *diableries*, que Brueghel avait réalisée entre 1562 et 1563 après avoir défloré le sujet sur des estampes. Souvent, les toiles de Brueghel donnaient lieu à des interprétations opposées. Une même scène pouvait démontrer son admiration pour son sujet, tout comme sa dérision. À force de contempler ses festivités champêtres, on lui avait prêté des sympathies paysannes, peut-être même une basse extraction ! D'autres au contraire y voyaient le mépris goguenard du bourgeois pour le bas peuple. De même, ses scènes bibliques pouvaient aussi bien refléter la grandeur de sa foi que masquer son irrévérence. *Dulle Griet*, que Janis avait traversé des dizaines de fois en songe, était l'une de ses toiles les plus controversées. Elle devait son titre à Karel van Mander qui avait décrit « une Dulle Griet, faisant razzia devant l'Enfer et qui a un regard de démente et est affublée de façon étrange et bariolée. » Dans le folklore flamand, *Dulle Griet ou Margot l'enragée* était le symbole de la mégère dont la fureur pouvait aller, selon une expression de l'époque, jusqu'à provoquer *une razzia devant l'enfer*. La plupart des exégèses disaient que Dulle Griet représentait la vision que l'homme avait de la femme en ce temps-là. Irrationnelle, dépensière, cupide, hystérique. On riait de sa cuirasse et de son air possédé. On la disait attirée par le diable, capable de toutes les perversions pour parvenir à ses fins. Pourtant, chaque fois qu'elle se trouvait immergée dans *Dulle Griet*, Janis ressentait autre chose. Elle se moquait pas mal de ce que Brueghel ou le Flamand du XVIe siècle pensait de la Femme, de son hystérie supposée, de son avidité ou de sa déraison. Elle se souvenait qu'elle avait d'abord erré sur un bout de plage, subjuguée par un triangle de ciel encore clair que recouvrait lentement de pourpre des donjons en flammes. Sur une mer calme, glissait un voilier. Sur la berge, en contrebas, elle avait vu un gibet sans corde et des hommes nus qui remontaient le coteau rocheux au sommet duquel elle se dressait. Après une première immersion de quelques secondes, et malgré ses recherches, Janis n'avait pas reconnu le tableau où la Vieille Sorcière l'avait emmenée. Mais la deuxième fois, lorsqu'elle avait pu tourner le dos à la mer, elle avait compris que son coin de ciel bleu n'était qu'un détail dans un tableau d'ensemble. L'atmosphère y était plus rouge, plus sombre encore que dans *Le Triomphe de la Mort*. Un géant affalé sur le toit d'une chaumière évacuait à la louche les pièces de monnaie qui lui sortaient de l'arrière-train, tandis qu'une barque où trônait une boule de cristal tenait en équilibre sur sa tête. Un œuf gigantesque gisait à flanc de falaise, le crâne coiffé d'une cage à singes et la coquille percée d'une harpe noire. Une armée de ménagères enturbannées fourmillaient sur un pont, pillaient une chaumière, récoltaient les pièces dégoulinant du derrière du géant, combattaient des soldats alliés à des démons, *ligotaient le diable sur un coussin*, sans ordre, sans logique, sans morale. Un rempart couronné de créneaux ouvrait un œil possédé et une gueule dentelée sur les portes de l'enfer devant lesquelles Dulle Griet, fière sous son heaume et sa cuirasse, passait sans s'en soucier, les bras remplis de bijoux, l'épée à la main. Janis n'y avait vu ni dérision ni burlesque.

Elle avait vu des femmes se révolter et la peur changer de camp.

*

Sur la platine, Janis Joplin chantait maintenant *Buried*

alive in the blues. Janis en trouvait l'accompagnement musical quelconque mais les paroles la plongeaient dans une torpeur méditative. *Something here's trying to pollute my brain, I'm buried alive in the blues.* La complainte contaminait sa propre humeur. Le timbre rocailleux avait une résonnance mélancolique, résignée, loin des notes séditieuses de *Cry baby* ou de *Summertime.* Joplin semblait émerger d'outre-tombe chaque fois qu'elle entonnait ce titre posthume. Et dans le cerveau endolori de Janis, le son du vinyle se mêlait aux souvenirs de ses hallucinations *brugheliennes.* Il lui semblait que c'était Dulle Griet qui chantait, sans remuer les lèvres. Dulle Griet, Joplin, sa mère.

Being buried!
Being buried!
Being buried alive in the blues!

Janis lâcha l'encyclopédie qui tomba au sol.

Ce qui venait de se passer était impossible. Elle avait pourtant l'esprit bien disposé à l'égard des phénomènes étranges. Mais jusque-là, le surnaturel ne s'était manifesté qu'en songe. Et bien qu'elle s'en défendît, elle avait toujours gardé en tête le discours scientifique qui expliquait en partie ses hallucinations. La *paralysie du sommeil*, le *syndrome de la vieille sorcière*, la *mémoire freudienne*, la *trace mnésique*. Même mince, partielle, décevante, il pouvait y avoir une justification rationnelle à tout ce qu'elle avait expérimenté jusque-là. Ce qui venait de se passer au beau milieu de l'encyclopédie, en revanche, n'en avait aucune.

Margot l'enragée avait jeté sur elle un coup d'œil furtif.

Janis attendit plusieurs minutes avant de ramasser

l'ouvrage et de chercher la bonne page. Margot continuait de la fixer. Dulle Griet avait ses yeux noirs et indifférents à l'enfer. Et pourtant, elle la regardait. Dulle Griet cherchait à lui dire quelque chose, à s'échapper de son immobilité contrainte. Tout en la fixant, elle jetait des coups d'œil dans une autre direction, comme pour attirer son attention. Janis se tourna vers l'endroit que la peinture semblait lui indiquer du regard. Au pied du bureau, où trônaient la vieille machine Adler et le MacBook de sa mère, un tas de cartons s'abritaient de la poussière sous un voile blanc. En le retirant, Janis eut l'impression de découvrir le corps nu de la daronne.

10

Jeanne, années 1960

Très tôt, Jeanne avait été obsédée par ce qu'elle appelait sa *laideur* et qui, en réalité, n'était rien d'autre que l'amère péroraison de l'enfance, lorsque les corps et les minois des petites filles commencent à s'étirer dans des proportions absurdes, sans qu'elles aient le temps de s'adapter à cette mutation. Jeanne ne s'était pas couchée belle un soir et réveillée laide un matin. Mais elle était persuadée qu'un mauvais génie s'était emparé de la charmante esquisse de ses premières années pour en gâcher l'achèvement. Au fil des mois, son buste, ses membres, son visage s'étaient amincis jusqu'à transformer la gamine solaire qu'elle était en une adolescente longue et revêche qui avait traversé le collège et le lycée comme une ombre, convaincue que *les autres,* ces êtres cruels et sûrs d'eux qui roucoulaient en bande, s'écartaient en la voyant, craignant la contagion.

La première fois qu'elle avait remarqué un changement s'opérer en elle, c'était juste après sa sortie de l'hôpital Lariboisière.

*

Jeanne se souvenait d'avoir repris conscience dans une opacité blanche. Elle gardait en mémoire des heures cotonneuses, passées à l'intérieur d'elle-même, bouche et yeux clos, emprisonnées dans un crâne ramolli, incapable du moindre rêve ni de pensée rationnelle. Elle avait eu l'impression qu'elle resterait toujours comme ça, ni éveillée, ni endormie, aveugle et prisonnière d'un corps inerte, à subir les manipulations, les perfusions, les messes basses et la lumière crue. Les heures étaient devenues des jours, et les jours peut-être des semaines, un mois ou toute une vie. Un ronronnement métallique et lointain surgissait, quelques secondes, puis se taisait et vrombissait à nouveau. La voix de sa mère, dans un mélange de réconfort et de désespoir, lui récitait l'Apocalypse. Un murmure inconnu lui intimait, en douceur, de dessiller les paupières. Elle se souvenait surtout qu'un *blues* ignoble s'était emparé d'elle. Comme toutes les petites filles, elle s'était déjà rongé les sangs pour des angoisses futiles, à l'annonce d'*une interro surprise* ou d'une mauvaise note, qui lui avait fait se dresser les cheveux sur la tête. Mais elle n'avait encore rien ressenti de comparable. Le *blues* qui l'envahissait était palpable et tout-puissant. Un être malfaisant semblait s'être infiltré sous son crâne. De jour comme de nuit, son horizon butait sur une même blancheur sombre qui rendait son existence inutile et ses espoirs vains. Elle avait fini par croire qu'elle n'en réchapperait pas.

Un matin, une après-midi peut-être, elle ouvrit les yeux sur ce même brouillard impénétrable mais cette fois, avec le temps, elle discerna des contours. Un plafond, des murs, un sol. Puis, un lit à ridelles, une table de chevet, des carreaux. Sous sa paume, des draps frais respiraient la lavande. Que faisait-elle ici, dans cette chambre si lumineuse qu'il lui avait fallu plusieurs minutes avant de parvenir à fixer la fenêtre ?

Au-dehors, ça ne ressemblait pas encore au printemps mais Paris s'extirpait de son interminable hiver. Au loin, Jeanne reconnut le viaduc en métal du métro aérien qu'elle regardait souvent passer depuis le pont Jean-François Lépine.

Au-delà, saillant des toits en zinc et des cheminées rouges, la flèche de l'église Saint-Bernard transperçait la Goutte d'Or.

Elle n'avait aucun souvenir en dehors de son quartier. Toute son enfance, elle avait tourné en rond dans un enclos dont elle n'aurait su dire s'il avait été sa geôle ou son asile. Son chez-soi, sa mère, son école, son église, Alice, Youssef, Mohamed, Farid, son terrain de jeu, toute sa courte vie tenait dans l'angle de deux boulevards, et elle se demanda si en réalité elle n'avait simplement jamais éprouvé le besoin de s'aventurer ailleurs. Et maintenant que, par la force des choses, elle s'y trouvait, *ailleurs*, elle s'étonnait que ce fût possible. Franchir le boulevard de la Chapelle et contempler la Goutte d'Or depuis Lariboisière, comme une astronaute observerait la terre depuis l'espace.

Sa mère, en la trouvant consciente, afficha un regard incrédule, proche de l'effroi. Elle se signa, rendant grâce à la Vierge et à Jeanne d'Arc, avant d'embrasser sa fille. Au moins, ça changeait de l'Apocalypse. Au cours des jours suivants, Jeanne grappilla quelques détails sur les raisons de sa présence ici. Cour de récréation. Glissade sur la neige. Hypothermie.

Chaque fois qu'elle chercha à en savoir davantage, on la somma de se reposer.

Quand elle fut en état de retourner au *démol*, Mohamed et Farid ne lâchèrent rien de plus, de peur de s'attirer les foudres maternelles. Il ne fallait pas traumatiser la petite miraculée. Mais leurs bonnes intentions n'avaient pas résisté longtemps à l'insistance de Jeanne.

« En arrivant devant l'école, on voit Alice effondrée dans la neige au milieu de la rue Pierre Budin, commença Mohamed.

— Et quand on se rapproche, on voit son visage tout blanc.

— Elle respirait de manière étrange. Han ! Han ! Han !

— Alors, moi, je fonce jusque chez la mère d'Alice pour la prévenir. Et je lui dis « madame Brucker, venez vite, y a Alice qu'est tombée dans la neige, elle est toute pâle et elle respire bizarrement ! » Elle me pose des tas de questions – normal – mais je lui dis qu'on n'a pas le temps.

— Ensuite, il y a eu un tas d'infirmières et de médecins qui se sont penchés sur elle...

— Et là moi, je dis « bah elle est où Jeanne au fait ? »

— Et donc, tout le monde s'arrête de parler. On était tellement concentrés sur Alice qu'on avait pas eu le temps de penser à toi, tu comprends ?

— Et là, d'un coup, y a Alice qui ouvre les yeux et qui dit...

— ... « Jeanne ! »

— ...en montrant quelque chose du doigt.

— On comprend qu'elle désigne l'école...

— Du coup, on se dit qu'y a un problème.

— Bah ouais, parce qu'on était dimanche...

— Madame Brucker nous dit d'aller voir. Elle passe la clef de l'école au père de Karim qui était sorti de son bistrot.

— La porte était fermée à double tour.

— Donc, forcément, t'avais pas pu y rentrer.

— Mais on y va quand même, pour en avoir le cœur net.

— Dans la cour de récré, on t'a enfin trouvée...

— Couchée par terre !
— T'avais le visage enfoui dans la neige.
— T'étais complètement gelée !
— Tellement gelée qu'on t'a crue morte.
— Même tes cheveux, ils étaient gelés ! »

Jeanne avait dû être transférée à l'hôpital Lariboisière où elle avait passé plusieurs semaines, d'abord inconsciente puis en observation.

« Jeanne, lui demanda Farid, toi non plus tu te souviens de rien ? Comme Alice ? »

Elle se souvenait de leur grand jeu, le FLN contre les Harkis, de leur attente sur le *démol*, du fait que tous les garçons avaient été touchés par des boules de neige ennemies, qu'ils étaient devenus des Harkis à leur tour, qu'elles avaient couru à toutes jambes avec Alice pour échapper à leurs assaillants, qu'elles avaient glissé alors qu'elles galopaient dans la pente de la rue Léon... Et puis ?

« Vous avez dû escalader le mur de l'école pour pas qu'on vous attrape...
— Toi tu y es arrivée...
— Mais Alice a pas réussi.
— Elle a dû glisser...
— ... et tomber dans la neige. »

Jeanne reconnut le trottinement d'Alice dans les escaliers du passage Léon qui grimpaient au *démol*. La perspective de la revoir l'emplit de bonheur. Elles avaient vécu quelque chose de mystérieux, hors du commun. Elles avaient partagé la même mésaventure, le même oubli, la même angoisse. Leur amitié en deviendrait encore plus forte. Pourtant, une fois face à face, elles ne trouvèrent rien à se dire. Quelque chose s'était brisé. Jeanne n'aurait su dire quoi. Alice fuyait son regard. C'était la petite fille que Jeanne avait toujours connue, blonde, menue, les yeux clairs, les traits fins, mais sa beauté lui semblait prodigieuse et injuste. Elle se sentait jalouse, et comme pour l'en punir, Alice posa sur elle des yeux cruels.

Pour la première fois Jeanne se sentit *laide*.

*

Pendant plusieurs années, elles continuèrent à s'asseoir au même pupitre, à se partager la tête de classe, à se rendre l'une chez l'autre. En apparence, elles étaient toujours inséparables, mais Jeanne doutait qu'elles soient encore amies. Quand Alice avait la meilleure note, elle y revenait sans cesse, insidieusement, vantant la difficulté de l'exercice et les mérites de sa copie. Quand c'était l'inverse, elle ignorait Jeanne. La peur de la solitude remplaçait le manque. La compétition se substitua à l'émulation. Leur amitié se transforma en habitude. Plus Alice se montrait froide et distante, plus Jeanne redoublait d'efforts pour regagner une affection qui lui semblait pourtant de moins en moins précieuse.

Avec les années, elles virent moins les garçons du *démol*. Mohamed et Farid étaient encore inscrits au collège mais ne venaient quasiment plus. On avait plus de chance de les croiser derrière l'église, occupés à fumer, ou au marché aux voleurs à refourguer ce qu'ils venaient de chourer sur les marches du Sacré-Cœur. Ils jouaient aux *voyous* tandis que Jeanne et Alice se révélaient n'être que des *filles*. Quant à Youssef, son souvenir était devenu si trouble et si lointain qu'elles doutaient l'avoir connu un jour.

Pendant un temps, leurs bonnes notes suffirent à les

convaincre qu'elles avaient encore quelque chose en commun, un don surnaturel qui les maintenait au-dessus de la mêlée et qui les obligeait à demeurer solidaires. Comment auraient-elles pu frayer avec les *autres* ? Elles avaient toujours été premières de classe mais depuis leur accident, les facilités dont elles faisaient preuve étaient irrationnelles. Elles donnaient à leurs professeurs l'impression de déjà tout savoir, tout maîtriser, tout dominer, les cours d'histoire comme les problèmes de mathématiques, et il leur suffisait de lire un poème pour le réciter par cœur. Parfois, elles s'amusaient à annoncer le sujet de composition du lendemain et, la plupart du temps, elles voyaient juste.

Toutefois, le partage des prix d'excellence ne suffit à raviver leur proximité d'antan, et un samedi d'octobre finit par avoir raison de leur amitié. Alice, qui s'était cent fois déguisée en princesse, en fée, en sorcière, avait ouvert à son amie, fardée comme les tapineuses de la rue de la Charbonnière. Mascara, rouge à lèvres, talons hauts. Dans la salle de bains où, plongée dans son reflet, Alice découvrait sa beauté, Jeanne avait pris sa *laideur* en plein visage. Sa face oblongue, ses cheveux longs et gras, son grain irrégulier. Ses épaules trop larges, ses bras interminables, ses doigts effilés. Ses seins hésitants, ses fesses monotones, ses jambes étiques. Seuls ses yeux, d'un bleu délavé, presque translucides, échappaient au désastre et accaparaient l'attention. Jeanne avait toujours eu les yeux bleus mais récemment ils s'étaient éclaircis, ce qui était impossible. On aurait dit deux opales, d'une beauté anormale. À eux seuls, ils pouvaient corriger le tableau d'ensemble comme ils pouvaient aussi y ajouter un éclat terrifiant.

Dès lors, tout avait changé.

Au collège, Alice se prenait désormais pour Bardot.

Chignon crêpé, guêpières, cigarette, capeline... Et durant des mois, Jeanne imagina qu'en s'accrochant à son amie, sa beauté finirait par déteindre un peu sur elle. Elle se pâmait devant ses tenues et ses coupes, sans jamais s'offusquer de ses silences inexorables, de ses poses, ses postures, ses minauderies. Elle barbotait dans la fange de l'humiliation, y noyait sa révolte, affamait sa fierté jusqu'à l'anorexie. Au cours de l'année, d'autres filles découvrirent une saine alchimie entre leurs traits réguliers, leurs chevelures épaisses, leurs silhouettes élancées, leurs poitrines frétillantes. Jeanne vit des chérubines revenir d'un week-end transformées en petites dames, des timides devenir sûres d'elles, des ennemies de toujours s'unir autour de leur saloperie de bottes en cuir. Les *élues* de l'adolescence s'apprêtaient à jouir pleinement de ces belles années dont l'aurore crépitait. Pour Jeanne, rien ne marchait. Les coiffures, les jupes, les pantalons, le maquillage, la cigarette, les silences, les poses, les rires, l'empathie ; tout sonnait faux. Elle n'avait que ses yeux diaphanes, lesquels teintaient son visage d'une tristesse désespérée. Jeanne aurait rêvé d'être un de ces garçons, moches mais populaires, qui savaient jouer au foot ou à la guitare. Chez eux, la laideur ne semblait pas briser les amitiés. On disait les filles plus précoces ; Jeanne les trouvait cruelles et désespérément peu solidaires de leur sexe. Au fil des mois, elle s'était dissoute dans le nouveau groupe d'amies d'Alice, parvenant un temps à occuper le rôle de la discrète que l'on tolère, puis elle devint invisible avant de se sentir encombrante.

Un jour que l'on parlait des tenues pour un bal masqué, Jeanne suggéra qu'elles se déguisent en sorcières. Pour une fois, sa voix ne s'était pas perdue dans l'indifférence.

« Toi, t'as pas besoin de déguisement », répondit Alice.

Et pendant que ces connasses en riaient aux larmes,

se gargarisant du surnom de *sorcière* qui la poursuivrait jusqu'au bac, Jeanne se sentit chuter du mauvais côté de l'adolescence.

Au lycée, elle ne trouva aucun réconfort chez les timides que la meute effrayait. Pour affronter le monde, durant ces années douloureuses qu'elle appela *son long hiver*, Jeanne n'eut que ses bulletins de notes pour contempler en fin d'année l'exquise petite gueule d'Alice Brucker enrager en recevant son deuxième prix pendant qu'elle lui raflait le premier. Et Janis Joplin pour se convaincre que de la laideur pouvait éclore le sublime.

Women is losers
Women is losers
Women is losers, Lord, Lordy, Lord,
So now I know you must-a heard it, Lord, it's true,
Men always seem to end up on top…

Jeanne avait été happée en plein boulevard de la Chapelle, à la lisière sud de la Goutte d'Or. De chez Sauviat, le disquaire qui ne diffusait habituellement que de la musique orientale, s'échappait une lamentation rauque. *Les femmes sont perdantes… Les hommes semblent toujours finir au sommet…*

« JA-NIS-JO-PLIN », avait dit le disquaire en séparant bien chaque syllabe alors qu'elle franchissait le seuil de sa boutique.

JANIS JOPLIN.

Il avait désigné un vinyle posé au-dessus d'un bac.

Big Brother and the Holding Company.

Jeanne s'empara de la pochette. Tout lui plaisait. La police du titre qui rappelait un western. Les enluminures colorées sur les bords. La fleur psychédélique avec son pédoncule qui protubérait de la marge de gauche et ses pétales qui se déployaient au centre, chacun à l'effigie d'un membre du groupe. Le sourire de Joplin derrière un filtre bleu.

« Quarante francs », ajouta le vendeur.

Elle n'avait pas d'argent, ni sur elle ni chez elle. Pourtant, il le lui fallait, ce disque. Elle partit en courant, l'album entre les mains. Elle ne sut jamais si le vendeur l'avait poursuivie sur le boulevard. Elle disparut dans la foule du marché aux voleurs et en ressortit par la rue de la Charbonnière. Elle continua à courir à travers la Goutte d'Or jusqu'à l'église Saint-Bernard où elle resta longtemps planquée sous la statue de Jeanne d'Arc, à demander pardon.

Janis Joplin.

Pendant des années, Jeanne se procura tout ce qui pouvait relater la gloire, la carrière, les débâcles de la chanteuse. Elle courut au Barbès Palace dès la sortie de *Monterey Pop*, le documentaire de D.A. Pennebaker, et y retourna aussi longtemps qu'il resta à l'affiche, inlassablement subjuguée par *Pearl* chantant *Ball and Chain* au festival de Monterey.

« *Wow, that's really heavy!* »

Par opposition à Alice et à ses idoles franchouillardes, les Bardot, les Sheila, les Claude François, Jeanne se tourna avec dévotion de l'autre côté de la Manche et de l'Atlantique. Elle arborait désormais un nouveau look, celui de ses idoles – coupe sauvage, lunettes de soleil, *pattes d'eph* –, fascinée par tout ce qui lui semblait *sortir du rang*. Les Stones, les festivals hippies, Monterey, Woodstock...

Avec les résultats du bac, elle confirma sa supériorité sur Alice ; le jury lui décerna les *félicitations* et à personne d'autre dans son lycée. Elle repéra son ancienne amie, fumant au milieu d'un groupe de garçons. Jeanne tenait sa victoire, et voulait qu'Alice expie ses fautes. Qu'elle ploie le genou. Qu'elle morde la poussière. Qu'elle paye pour le mal qu'elle lui avait fait. Pour sa trahison, pour la *sorcière*, pour les couleuvres qu'elle lui avait fait bouffer. Dans cinq minutes, c'en serait fini pour elle du lycée. En septembre, elle entrerait à la Pergola et deviendrait aide-soignante. Un jour, elle serait sage-femme ou infirmière. Elle ne craignait plus rien ni personne.

« Bravo, Alice, pour ta mention très bien », dit Jeanne en se contentant d'un plissement de lèvres, très discret, juste ce qu'il fallait de sourire mesquin et vengeur pour sceller son triomphe.

« C'est plutôt à moi de te féliciter », lui répondit Alice en tirant sur sa clope.

Elle demeura placide au milieu de son petit groupe. Jeanne songea qu'elle pouvait être sincère. Qu'en ce dernier jour d'école, elle avait des remords. Qu'elle repensait à leurs jeunes années, leur amitié de petites filles, à leur pacte de sang.

« Merci ».

Elle aurait dû s'arrêter là, et signer la paix des braves. Mais elle ne put s'empêcher d'enchaîner :

« Les félicitations du jury, je ne m'y attendais pas... »

Alice sourit avec condescendance.

« Le bac, j'm'en fous. Je suis prise en prépa à Condorcet. Et tes *félicitations du jury* te seront pas d'un grand secours pour avorter des gosses à la Pergola. »

Sa réflexion provoqua les rires de toute la bande. Un léger tremblement remplaça le sourire en coin de Jeanne. Un grand con cria « eh les gars, venez féliciter Janis Joplin ! »

et les moqueries se propagèrent dans la cour avec une contagion féroce. Tous riaient d'elle, même les ajournés. Une bonne âme finit par retirer la feuille qu'un imbécile avait scotchée dans son dos.

Sous son portrait peu flatteur tiré à traits grossiers, on pouvait lire «*prix du garçon le plus laid du campus*». C'était le titre que d'autres crétins de l'université du Texas avaient décerné à Janis Joplin quelques années auparavant et qui l'avait plongée dans la dépression.

«Comme ton idole».

Ce furent les derniers mots qu'elle entendit de la bouche d'Alice, hors écran interposé.

11

L'Affliction de Médée, 2026

Depuis qu'elle avait une dizaine d'années, Janis avait toujours vu sa daronne entretenir une relation épistolaire avec une criminelle anglaise qu'un jury populaire de Salem, en Oregon, avait condamnée à l'une de ces peines absurdes dont le système judiciaire américain avait le secret. *Perpétuité plus cinquante ans*. Au fil des ans, Janis comprit ce qui avait valu à Schäffer son châtiment (des actes de torture et des enfants sacrifiés) mais ce n'est qu'au moment de l'improbable médiatisation de *L'Affliction de Médée* que Janis se fit une idée plus précise sur ses crimes.

Le 23 mai 1980, au beau milieu de la forêt nationale de Willamette, deux policiers avaient débarqué à *Lilith's camp*, un *Women's land* comme il en pullulait à l'époque en Oregon, où une communauté de femmes vivait coupée du monde. Les policiers étaient à la recherche de la jeune Joan Smith, portée disparue depuis des mois, lorsqu'ils étaient tombés sur Carol Schäffer, recroquevillée au milieu d'une clairière et de cabanes abandonnées. C'était là qu'ils avaient découvert le corps calciné de six nouveau-nés, des petits garçons, dans les cendres d'un feu de bivouac ainsi que sept *pénis* (adultes cette fois) suspendus au portique d'entrée du campement, ce qui n'avait pas dû laisser beaucoup de place aux circonstances atténuantes ni à la clémence du jury, d'autant plus que Carol Schäffer était demeurée mutique jusqu'à sa mort en 2010. Malgré ses investigations, la police n'était jamais parvenue à retrouver qui que ce soit. Ni les parents des nourrissons, ni les propriétaires des pénis, ni Joan Smith ni une seule autre fille des *Hexen Holocaust*, la secte dont Schäffer était le gourou et dont le nombre de participantes avait dû avoisiner la douzaine. *L'affaire* avait eu à l'époque un certain retentissement en Oregon mais était demeurée relativement confidentielle dans le reste du pays, encore traumatisé par le meurtre de Sharon Tate une décennie plus tôt.

Comme elle l'expliquait dans la préface de *L'Affliction de Médée*, la reine mère (du moins sous son pseudonyme de *Lysistrata*) avait entendu parler de ce qui n'était alors qu'un *fait divers* dans une interview que Margaret Atwood avait donnée en 1990 au *Paris Review*, célèbre revue littéraire. Aussitôt, Jeanne avait écrit à Carol Schäffer sans trop savoir pourquoi, ni rien espérer. Elle ne se souvenait pas de ce qu'elle avait pu lui raconter dans sa première lettre – par définition, elle ne conserva que celles de Carol. Une chose est sûre, elle ne faisait allusion ni à *l'affaire* ni à la condamnation de son interlocutrice, et voulait s'adresser à Carol *de femme à femme*, ce qui n'avait pas dû arriver souvent à cette dernière. Deux mois plus tard, elle reçut un pli en provenance de l'*Oregon Women's Correctional Center* de Salem. Une compilation éparse de dessins cabalistiques, de photos jaunies par les années et de feuillets entièrement noircis d'une minuscule prose manuscrite et irrespirable. Jeanne n'eut pas le temps de remercier sa correspondante de son envoi, ni de déchiffrer l'intégralité de ses amphigouris, qu'elle réceptionna un nouveau colis, assez semblable au précédent, puis un troisième, puis des dizaines d'autres à intervalles réguliers. C'est ainsi que commença leur singulière correspondance d'où naîtrait l'œuvre maudite de la poétesse infanticide, Carol Schäffer, à laquelle sa mère serait secrètement liée.

Jeanne dactylographia les premières lettres, classa les clichés, reproduisit les dessins sur papier Canson, espérant y trouver, sinon une cohérence, du moins une porte d'entrée ; un fil conducteur ou une direction. Mais même étourdie par l'afflux incessant des pages et des illustrations, égarée dans les méandres des pleins et des déliés, déboussolée par la tortuosité des phrases et des arabesques, elle ne craignit jamais que l'étrange matériau accumulé et organisé au fil des années puisse être l'œuvre d'un cerveau détraqué. Et lorsqu'elle abandonna l'idée de déceler une trame, une intrigue ou une chronologie, elle commença à percevoir un semblant d'harmonie.

Avec le temps, leurs échanges s'espacèrent mais pendant vingt ans, Jeanne compila les missives de Schäffer avec la folle intuition qu'elles finiraient par constituer un *tout* que les féministes du monde entier brandiraient un jour comme une relique.

Et puis, les lettres cessèrent d'affluer.

Jeanne s'inquiéta pour Carol, la relança plusieurs fois par courrier, avant de s'assurer auprès de l'administration pénitentiaire qu'elle était bien vivante ou qu'elle n'avait pas été transférée ailleurs ni simplement libérée, ce qui paraissait plus improbable encore. On lui confirma qu'elle n'avait pas quitté l'exiguïté de sa cellule mais personne ne pouvait l'obliger à lui répondre. Alors, Jeanne réexamina la dernière lettre de Carol avec plus d'attention et réalisa qu'elle constituait l'ultime coup de pinceau au tableau d'ensemble. Il lui fallut encore quelques mois pour relier, mettre en page, illustrer cet étrange objet. Elle soumit à l'autrice un titre choisi en référence à la sorcière mythologique qui avait assassiné ses propres enfants.

Carol ne lui répondit pas.

Jeanne ne sut jamais si le colis lui était arrivé, si elle l'avait ouvert, ni même si elle avait conscience que leur correspondance avait pu remplir si pleinement la vie d'une autre femme, et surtout constituer un *tout* parfait.

Quelques mois plus tard, la prison pour femmes de Salem lui annonça le décès de Carol.

Et *L'Affliction de Médée* croupit encore dans un tiroir pendant quinze ans.

Et puis, très récemment, au nom de ses principes (*le féminisme est intrinsèquement anticapitaliste*), Jeanne avait diffusé le manuscrit sur internet sans chercher à protéger les droits de quiconque, ni les siens ni ceux de Carol, ce qui alimenta a posteriori la légende du *chef-d'œuvre maudit*. Pour la beauté du geste, Jeanne se fendit ensuite de le faire éditer en grand format. Un petit éditeur de la rue de Tombouctou lui offrit la maquette dont elle rêvait.

Dans la préface, Jeanne affirmait qu'il fallait concevoir cet étrange opuscule comme une sorte de *péan*, ces poèmes lyriques que les Grecs avaient d'abord réservés à Apollon avant d'en composer à la gloire de toutes leurs divinités. La même profondeur, la même exaltation, mais aussi les lenteurs, les redondances, les barbifiantes louanges. Le *péan* de Carol Schäffer rendait grâce à un être étrange, à la fois extérieur et présent en chacun de nous, qu'elle appelait *la*

Déesse, mère de la Nature et des enfants de la terre. Il y était aussi beaucoup question des *sorcières*, des *dénonciations*, des *bûchers*, de leurs procès iniques, mais aussi de leur aura et de leur pouvoir magique. Elle n'écrivait pas *witches*, en anglais, mais employait le mot allemand, *hexen*. En plus de la beauté du chant, Jeanne était séduite par sa temporalité incertaine et complexe, assez semblable à celle qui semblait habiter le cerveau de son autrice, si bien qu'on finissait par se demander si le leitmotiv de *la chasse aux sorcières* était un événement passé ou un drame à venir. Lysistrata disait que l'on ne pouvait pas comprendre *L'Affliction* sans savoir qu'au tournant des années soixante-dix, l'humanité s'était enfin dessillé les yeux sur le génocide des Juifs qu'elle occultait depuis trois décennies, et sur celui des sorcières qu'elle avait relégué aux facéties de l'Histoire depuis trois siècles ; sans savoir qu'à l'époque, même si on avait réévalué depuis à cinquante ou cent mille le nombre de victimes, on disait que la chasse aux sorcières avait aussi fait six millions de morts.

L'Affliction de Médée
de Carol Schäffer
avec la participation de Lysistrata

Comme Médée, *Lysistrata* était un emprunt à la Grèce antique et renvoyait à la pièce éponyme d'Aristophane dans laquelle une Athénienne parvenait à mettre fin à la guerre entre Sparte et sa propre cité après avoir convaincu les femmes de se refuser à leurs maris tant qu'ils continueraient à s'entretuer.

Durant les premières semaines de commercialisation, sur les trente-cinq exemplaires tirés, un seul fut vendu, à la librairie de la rue Myrha, sans doute à Alice Brucker ; en tout cas, c'est grâce à son tweet que *L'Affliction de Médée* finit par sortir de l'anonymat. Janis découvrit alors que derrière ce titre étrange et cette *Lysistrata*, se cachait la correspondance entre Carol Schäffer et sa mère qui, depuis cette parution, avait disparu.

Alice Brucker.

Prononcer son nom en présence de la daronne, c'était comme invoquer le tétragramme divin au milieu de juifs orthodoxes. Alice et sa mère avaient passé leurs jeunes années ensemble, à la Goutte d'Or, liées par l'une de ces amitiés que l'on pensait indéfectibles et que l'adolescence avait fait voler en éclat. Il avait dû se passer quelque chose, dans le fourmillement incertain qui congédiait l'enfance. On ne savait pas bien quoi. On pensait que la beauté d'Alice était peut-être devenue trop évidente pour que Jeanne n'en prenne pas ombrage.

Les souvenirs d'enfance de sa mère, Janis les tenait en partie de madame Otoko. Mais chaque fois que le visage d'Alice Brucker apparaissait sur l'écran, ce qui devint fréquent dès les années 1980, Jeanne laissait parler sa rancœur. Tandis que l'une avait traversé une adolescence solitaire, l'autre était devenue l'effigie de l'école avec ses traits fins, son timbre caressant et ses intonations lascives. Après le lycée, Jeanne avait sabordé sa carrière d'aide-soignante avant de devenir traductrice, le cul toujours vissé à la Goutte d'Or. Pendant ce temps, Alice avait prospéré loin du quartier. Elle avait été de la première fournée de femmes à intégrer Polytechnique puis le corps des Mines. Elle avait ensuite batifolé de ministères en commissions, occupé des postes de cheffe de cabinet et de conseillère spéciale, avant de faire carrière dans le privé, où elle avait cumulé les conseils d'administration et les jetons de présence. Chaque fois qu'elle débarquait quelque part, elle était la première femme. Son intuition la plaçait toujours aux balbutiements de ce qui allait marquer son époque. Minitel, Internet, smartphone, intelligence artificielle... À longueur d'interviews, celle que les médias désignaient comme l'une des chantres du féminisme, rappelait ses origines modestes, sa mère directrice d'école et son père inconnu, son enfance à la Goutte d'Or où elle avait conservé le petit appartement familial bien qu'elle n'y habitât plus, et récitait à qui voulait l'entendre le mantra républicain – *école publique, égalité des chances et méritocratie.*

À l'orée de la vieillesse, la déferlante *#metoo* lui avait donné un nouvel élan pour réaliser un ultime rêve : devenir la première *présidente* de la République. Elle commença par balancer un troupeau de porcs qui l'avaient reluquée d'un peu trop près, et elle acquit rapidement une réelle légitimité au sein des milieux féministes. Pour l'annonce de sa candidature, elle diffusa son *#afflictiondemédée* et le lien vers l'article d'un obscur blog reprenant l'essentiel de la *préface* de la daronne, en plus de quelques détails sur *les Hexen Holocaust.*

C'est ainsi que l'opuscule attira sur lui l'attention de ses millions de *followers* et qu'en quelques mois il s'imposa en France comme un chef-d'œuvre maudit, même si Janis savait que c'était dû non pas à ses indéniables qualités littéraires mais aux tribulations de sa gestation et aux préoccupations du monde dans lequel il avait subitement émergé (*Zeitgeist et happenstance*! aurait dit la daronne).

C'est ainsi que jaillit l'étincelle de *la guerre des sexes.*

*

Le *hashtag* d'Alice provoqua un drôle d'engouement pour *L'Affliction de Médée*, ce bouquin mystérieux que personne n'avait lu. On chercha à en savoir plus, non seulement à propos du manuscrit que l'on pouvait se procurer facilement sur le Net, mais aussi sur Carol Schäffer et Lysistrata. Pour faire face à la demande, son éditrice dut en tirer plusieurs milliers d'exemplaires avant que ses concurrents ne se ruent à leur tour sur cette mine d'or *libre de droits* en apparence. Les articles abondèrent sur le recueil comme sur les Hexen Holocaust. On s'insurgeait contre une Alice Brucker qui ambitionnait de devenir Présidente avec de telles références ! D'autres la défendirent ardemment, affirmant qu'il fallait séparer les *actes* du *symbole*. Chacun y alla de sa minuscule opinion, de son microscopique avis. On condamna sans réserve ou on porta aux nues. Et bientôt, le sujet dépassa les frontières françaises pour revenir comme un boomerang vers le pays qui croyait s'en être débarrassé en l'occultant quarante ans plus tôt, là où tout avait eu lieu, les massacres, le procès, la rédaction des lettres, là où Carol Schäffer était morte après trente ans à croupir dans une cellule.

C'est *l'affaire Russel Parker* qui avait obligé l'Amérique à affronter *ses démones*.

Peu après le tweet d'Alice Brucker, Ruth Orthlin, professeure émérite en *Gender and Women's studies* à l'université de Berkeley depuis les années quatre-vingt, mit en ligne un de ses articles publié dans *Ms. Magazine* – (Summer, 2026, p. 14), un trimestriel féministe fondé par Gloria Steinem en 1971 et que la vague *#metoo* fit renouer avec ses heures glorieuses. En quelques pages, Ruth Orthlin livrait son interprétation très personnelle de *L'Affliction de Médée*, dont elle venait d'achever la lecture, mais également des crimes et des motivations de Carol Schäffer, qu'elle présentait comme une sorte de pionnière de l'écoféminisme radical.

« Les crimes de Carol Schäffer et des Hexen Holocaust (si odieux soient-ils) ont au moins le mérite, par leur spécificité, d'illustrer les deux principaux dilemmes auxquelles la femme est depuis toujours confrontée, celui de la maternité et celui de la domination masculine.

Pour mieux comprendre ces actes, sans pour autant les justifier, il est indispensable de les replacer dans le contexte de l'époque tout en les interprétant à la lumière des décennies qui nous ont menés à la réalité pré-apocalyptique dans laquelle nous vivons aujourd'hui. Bien qu'aucune date certaine n'ait pu leur être attribuée, les infanticides comme les mutilations des membres virils ont été commis, selon toute vraisemblance, entre l'été 1978 et le début de l'année 1980, c'est-à-dire au début de la lente prise de conscience à propos du réchauffement climatique (la première conférence mondiale sur le Climat à Genève date de février 1979).

Au regard de la concomitance de ces deux événements, il me semble que condamner les actes des Hexen Holocaust sans les analyser à la lueur de l'anthropocène serait aussi inique que de condamner celui de Seth, la mère de Beloved dans le roman de Toni Morisson, sans prendre en compte l'atrocité de l'esclavage, et plutôt que de caricaturer leurs motivations par des explications d'ordre exclusivement psychopathologique ou psychédélique, il serait intéressant de les rechercher du côté de la conscience écologique et féministe.

Peut-être leurs infanticides cachaient-ils l'allégorie de leur horrifique questionnement intérieur, qui taraude désormais chacune d'entre nous en ces temps d'angoisse climatique : dois-je perpétuer une espèce dont la survie constitue paradoxalement son principal péril ?

La mutilation des pénis dissimulait-elle les cris de révolte contre la virilité, cette appropriation violente de l'autre et de la nature, et le capitalisme qui en découle ?

Les crimes constituaient-ils la première alerte contre la catastrophe écologique ?

La violence n'était-elle pas à la hauteur de l'enjeu ?

L'Affliction de Médée nous indique-t-elle la marche à suivre pour la survie de l'espèce ? ».

Cette parution entraîna de violentes attaques contre *cette psychopathe* de Schäffer et les *féministes dégénérées* qui en avaient fait leur idole, tout comme des tweets laudateurs et des saillies enthousiastes en l'honneur de cette martyre de l'écoféminisme. Mais ce qui transforma le débat en *guerre des sexes* fut la prise de position du professeur Russel Parker.

Russel Parker enseignait la littérature comparée à l'université de Stanford depuis une vingtaine d'années. Il était réputé pour être apprécié par ses étudiants comme par ses pairs pour son érudition et une sorte de flegme irrévérencieux qu'il semblait conserver en toutes circonstances. À la parution de l'éloge de Ruth Orthlin dans *Ms. Magazine*, Parker répondit à sa collègue et ancienne professeure, dans un article sobrement intitulé *Jeanne d'Arc, réveille-toi !* L'article était sorti dans *Zyzzyva* (*Summer* 2026, n° 137, p. 10) un magazine papier édité à San Francisco, plutôt confidentiel mais apprécié des littérateurs, et qui tenait son titre et son slogan (*the Last Word*) du dernier mot du dictionnaire.

« J'ai eu le plaisir de lire, sous la plume de la très respectée Ruth Orthlin (qui pour la petite histoire fut ma professeure au lycée d'Eureka avant d'être ma chère collègue en littérature, et dont j'ai déjà eu l'occasion de saluer à plusieurs reprises la thèse "Représentation féminine dans la littérature masculine moderne : du rôle de façade objectivée à la subjectivité fantasmée") que l'opuscule, récemment découvert, de Carol Schäffer, intitulé *L'Affliction de Médée*, porterait en lui les germes de la révolution écoféministe. Que certaines femmes – dont je partage sans ambages les souffrances et les combats – voient dans la noirceur de cet étrange poème, dont je concède n'avoir lu que quelques extraits, le fier tocsin de leur révolte, voilà une chose que, sans la cautionner tout à fait, je peux comprendre. Les incontestables injustices et cruautés dont les femmes de tous les pays ont été les victimes depuis des siècles légitiment que celles-ci tiennent à puiser dans une œuvre ô combien douloureuse le courage et la force de crier à la face du monde, et plus particulièrement à celle de l'homme, leur désarroi, leur haine enfouie, voire leur désir de vengeance.

J'y vois là une saine colère, dont je me réjouis et que, plus encore, j'encourage.

En revanche, que des féministes radicales refusent d'établir une distinction entre une œuvre et la personnalité de sa créatrice, qu'elles ne soient prêtes à concéder la moindre nuance entre ce qui peut éventuellement relever du génie torturé et ce qui procède objectivement de l'abomination, qu'elles perçoivent dans les diaboliques forfaits de Carol Schäffer les prochaines étapes du programme écoféministe, voilà qui me titille un peu ; pire, me terrifie ! Si *L'Affliction de Médée* est censée concentrer, comme je l'ai lu ici et là, et pas que sous la plume approximative et bancale de Mme Orthlin, l'ensemble des qualités réputées féminines, il me semble pour tout le moins contradictoire, pour ne pas dire surréaliste, de présenter son autrice comme un modèle de bienveillance ! Faut-il rappeler que madame Schäffer, dont ma collègue louerait presque l'humanité, a trucidé et brûlé six gosses – que des garçons évidemment – dans des circonstances si atroces qu'aucun d'entre eux n'a pu être formellement identifié, et qu'elle avait pour passe-temps de trancher et collectionner les membres virils... ? Faut-il rappeler qu'en quelques décennies d'emprisonnement, celle-ci n'a jamais pris le temps de réfléchir à la monstruosité de son comportement et au malheur des petits êtres, comme des grands, qu'elle a soustraits au bonheur de l'existence ? Faut-il rappeler que son unique travail de repentance a consisté à transposer ses massacres en vers et en peinture ?

Et que dire de l'attitude de Mme Orthlin, dont les obsessions victimaires suintaient déjà les pages de sa thèse absconse et pédante, qui prend la liberté de prêter à une psychopathe-infanticide (qui n'a elle-même jamais pris la peine d'expliquer son acte, si tant est qu'elle le pût, ni exposé un quelconque embryon de pensée politique) des ambitions écologiques ? des considérations anti-patriarcales ? des velléités révolutionnaires ?

Pour ma part, loin de considérer les exactions de Carol Schäffer comme un acte militant et encore moins comme une marque de courage, j'y vois au contraire le parfait contre-exemple de la douceur féminine et de sa prétendue intelligence réfléchie. Comment en effet ne pas admettre que l'infanticide Schäffer est la preuve tangible que la violence est intrinsèque à l'être humain, qu'il soit mâle ou femelle ? Et si je ne nie aucunement que la violence, physique et morale, a été jusqu'ici le quasi-monopole de l'homme, les Hexen Holocaust nous rappellent opportunément qu'elle n'est pas intrinsèquement liée à la qualité de mâle mais à celle d'être humain et, sans doute, à l'exercice du pouvoir.

En érigeant Carol Schäffer au rang d'icône, les hystériques de tout bord avancent désormais à visage découvert : leur idéologie ne nous garantit en rien un monde sans guerre, sans terrorisme, sans fusillade, sans tuerie de masse. Leur soudaine passion pour cette sociopathe dévoile au grand jour leur perversité morbide et l'absurdité de leur logique victimaire qui va jusqu'à transformer les tueuses d'enfants en doux petits êtres qu'il convient de protéger. Plutôt que de ravaler sa fierté mal placée face à l'aveu de son cuisant échec, Mme Orthlin a préféré, encore et toujours, ressortir sa panoplie éculée de petite prosatrice, non pas pour s'offusquer des crimes d'une psychopathe, mais pour accuser des nourrissons assassinés du bien-fondé de leur propre existence ! Mais peut-on encore s'étonner d'une telle dérive lorsque l'on connaît l'embarbouillement quasi orgiaque dans lequel pataugent nos élites intellectuelles, en particulier celles des lettres et de l'enseignement, depuis que des thésardes laborieuses et obsessionnelles du même acabit que Mme Orthlin, qui ne doit sa titularisation qu'à son lesbianisme déluré et à son art de la culpabilisation permanente, ont infusé dans les esprits malléables de nos étudiants leurs névroses fascisantes d'hystéro-féministes, où l'homme est le responsable exclusif de leur misère morale, de leur détresse affective, de leurs minuscules maux et méprisables tracas !

Enfin quoi ? Suis-je donc le seul sur cette foutue planète à percevoir que derrière les pleurnicheries de ces faiseuses d'opinion s'avance à pas feutrés l'increvable bête immonde ? Que sous le velours écarlate de l'écoféminisme radical se cachent les chemises brunes, les foulards et les burqas, les charniers d'hommes blancs ?

Jeanne d'Arc, réveille-toi, elles sont devenues folles ! »

Le lendemain de la publication de l'article, Ruth Orthlin le diffusa elle-même sur les réseaux sociaux, et devant le tollé qui s'ensuivit, Russel Parker nia obstinément être l'auteur de ce torchon, menaçant de poursuivre en justice toute personne qui insinuerait le contraire, à commencer par l'éditrice de *Zyzzyva*. Toutefois, cette dernière confirma, preuves à l'appui, que l'article était authentique et qu'après avoir été horrifiée par sa lecture, elle avait pris la décision de dévoiler le vrai visage de l'intelligentsia mâle américaine. Surtout, on retrouva sur YouTube une vidéo que le professeur de Stanford, manifestement ivre, avait lui-même mise en ligne et dans laquelle il apparaissait, attablé dans la pénombre de sa cuisine, en train de lire, ou plutôt de déclamer, le texte qu'il semblait alors très fier d'avoir adressé à la rédaction du journal. On le voyait en appeler, en des termes extrêmement crus, à *la guerre des sexes*, enjoignant tous les hommes à prendre les armes (tout en mimant un geste obscène) pour mettre au pas les milices *hystéro-féministes.*

Et pendant quelques jours, *la guerre des sexes* eut effectivement lieu.

Certains hommes, mais aussi un nombre non négligeable de femmes, virent dans l'appel du professeur Russel Parker le point de départ de la reconquête masculine. C'était le moment d'en finir avec le déséquilibre du monde moderne qui tenait à cette idée incongrue selon laquelle la femme serait l'égal de l'homme, non pas seulement en droits, ce qui pouvait s'entendre, mais en tant que *copie conforme*, dont il devenait impossible de souligner toute différence.

Il existait chez la femme une vocation naturelle à se tourner vers le foyer comme il existait chez l'homme une inclination profonde à s'emparer des affaires du monde extérieur, et la négation de cet axiome expliquait les désordres de ce début de siècle. Face à cet élan de conservatisme, les hommes furent violemment sommés par leur entourage – femme, mère, fille, cousines, amies – de prendre position contre les propos délirants du professeur Parker et de ses adeptes, et de célébrer le miracle de *L'Affliction de Médée* – qu'au demeurant quasiment personne, homme ou femme, n'avait lu. Et en dehors d'une frange d'irréductibles *inférioristes*, les femmes affichèrent une telle solidarité que chaque homme dut y aller de son misérable *tweet*, de son *post*, de son *like*, ou de son laïus enflammé lors d'un dîner mondain – même si chacun garda enfoui dans un repli de sa conscience les motivations, souvent peu glorieuses, qui forgeaient sa conviction (paix des ménages, lâcheté, séduction, espoir de coït – tout à la fois).

Et puis, ce qu'il advint du professeur Parker convainquit les derniers récalcitrants d'exprimer, eux aussi, leur admiration pour *L'Affliction de Médée*. Après avoir nié en bloc, Russel Parker dut, face à l'évidence de sa vidéo YouTube, confesser qu'il était sans doute l'auteur de l'article de *Zyzzyva*, mais plaida qu'il n'avait conservé aucun souvenir ni de sa rédaction ni de sa lecture en ligne, et encore moins d'avoir déclamé les propos belliqueux appelant à la guerre des sexes et au réveil patriarcal. Et sans pouvoir rien attester, il avança qu'il avait probablement fait l'objet d'un complot, dont les ressorts (*deepfake* ? GHB ? AVC ? ictus amnésique ?), lui échappaient, mais qu'il pensait pouvoir relier à ses écrits et à ses cours notoirement pro-féministes qui avaient dû heurter des institutions conservatrices (FBI ? CIA ?

Républicains ? suprémacistes ? KKK ? lesbiennes radicales ?), ce qui expliquait sans doute cette monstrueuse machination dont la finalité visait, manifestement, à faire passer *l'un des hommes les plus féministes du monde*, comme il se qualifiait, pour un odieux misogyne, et ainsi décrédibiliser les mâles dans leur ensemble. Parker diligenta lui-même des analyses médicales sur sa personne, et des recherches informatiques furent menées par plusieurs geeks sur sa vidéo YouTube, mais aucune anomalie ne put être détectée. De toute façon, le professeur n'eut pas le temps d'affiner sa défense qu'il fut rattrapé par plusieurs scandales qui le rendirent définitivement inaudible. Six de ses anciennes étudiantes portèrent publiquement contre lui des accusations de harcèlements et d'agressions sexuelles, en expliquant qu'il avait à l'époque usé de son prestige et de l'admiration qu'il savait susciter chez ses élèves pour obtenir leurs faveurs. Parker cria de nouveau à la cabale mais, le soir même, son épouse et sa propre fille *twittèrent* qu'elles étaient *particulièrement bien placées pour savoir que ces femmes disent vrai.* Dès lors, l'homme ne chercha plus à se défendre. Il fut licencié de Stanford, quitté par sa conjointe, renié par sa gosse, jeté hors de chez lui, et son visage devint l'emblème du *faux-féministe* et de son anti-slogan (*l'homme qui crie trop fort son amour pour les femmes n'aime que les baiser*). On perdit un temps la trace du professeur avant qu'il ne soit identifié à San Francisco, errant entre les eucalyptus et les cyprès du *Golden Gate Park*, hagard, clochardisé, une barbe loqueteuse entortillée à ses guenilles. Le grand jeu de l'été consista à le traquer dans les allées du parc ou à le débusquer dans les branches d'un conifère, et à se filmer à ses côtés en multipliant les moqueries et les bons mots sur sa déliquescence physique et sociale, avant de poster son scoop sur les réseaux en espérant gagner le respect des inquisitrices du féminisme. Au fil des semaines, le monde se désintéressa du professeur défroqué mais les habitués du *Golden Gate* disaient qu'ils l'avaient longtemps croisé lors de leur balade matinale, se nourrissant de racines et de pommes de pin, toujours mutique, les traits creusés et le regard fuyant. Un jour, dans l'enceinte du jardin botanique, on retrouva les vêtements qu'il arborait en toute saison – un manteau noir, une chemise beige, un pantalon de velours et des Nike décrépits – empilés au pied d'un arbre, ainsi que sa longue barbe, touffue et sale, abandonnée là, tel un postiche, comme s'il s'était désagrégé.

Personne n'en entendit plus parler pendant des semaines jusqu'à ce qu'une joggeuse découvre sur un sentier forestier de Willamette, à un bon millier de kilomètres de San Francisco, un cadavre nu dont se repaissaient trois bêtes hideuses. La thèse du suicide en forêt et du corps dépecé par les chiens errants ne tint pas longtemps face aux éléments de l'enquête : le professeur de Stanford avait été *atrocement mutilé*, sans autre précision, et abandonné sur le site de l'ancien campement des Hexen Holocaust.

Russel Parker devint le trophée de la première victoire des féministes dans la guerre des sexes.

Paradoxalement, ce qui marqua le plus l'opinion ne fut pas la violence dont avait été victime le Professeur de Stanford mais cette peur insidieuse qui avait infusé les esprits mâles du monde entier à l'idée d'être collectivement déconsidérés par les femmes.

On appela ce phénomène *la terreur féminine*.

Dès lors, *L'Affliction de Médée* fut présentée comme une œuvre hors du monde et hors du temps. L'écriture, le rythme, les dessins, les couleurs, la mise en page, la disposition typographique, son génie modeste, constituaient une nouvelle forme d'expression en soi, *totalement féminine*, dans laquelle l'homme apparaissait comme un paramètre extérieur, une sorte de variable d'ajustement, une poussière tournoyant dans leur environnement. Et puis, le fait que l'autrice et sa découvreuse dédaignèrent toutes deux la gloire et la rente renforça le mythe de l'objet sublime qui portait en lui toutes les dispositions que l'on prêtait généralement aux femmes. On disait les hommes aussi *intellectuellement* incapables de comprendre *L'Affliction* que *physiologiquement* inaptes à enfanter. Quant aux détractrices farouches et aux lectrices dubitatives, on les disait victimes des millénaires de patriarcat et proches de la collaboration. Bientôt, *L'Affliction* devint l'un de ces bouquins que l'on trouvait exposé en évidence dans toutes les bibliothèques et Carol Schäffer, l'incarnation de la terreur féminine. On disait même que son visage était celui de toutes les femmes du monde.

Et Janis avait remarqué, sur le *mug shot* que la police de Salem avait pris lors de son interpellation et qu'on retrouvait désormais sur les murs de tous les bars branchés, que les traits ordinaires de la criminelle lui rappelaient un peu les siens autant que ceux de la daronne.

12

Janis, 2026

Janis s'installa à la terrasse du Mistral, où n'étaient attablés qu'un couple de touristes, alors qu'à l'intérieur, une petite foule profitait de la climatisation. Les premières nuits de novembre prolongeaient *l'infinie canicule*. Depuis quelque temps, Janis ne ressentait plus rien. Elle n'avait plus sommeil, plus soif, plus faim et, chose plus étrange encore, alors que tout Paris suffoquait, elle ne souffrait plus de la chaleur. Elle qui avait toujours sué, qui n'avait jamais porté d'anorak en hiver, elle dont la mère disait que le sang ébouillanté des sorcières lui coulait dans les veines, la voilà qui ne craignait plus le cagnard ! Toute la journée, elle avait trimballé son spleen dans les rues arides, sans croiser personne.

La serveuse apporta leur assiette aux deux touristes attablés devant elle, et repartit aussitôt dans son abri réfrigéré, sans prendre la peine de prendre la commande de Janis. Un nuage vespéral se forma au-dessus de l'église où les corbeaux se mêlèrent aux gargouilles. Janis eut l'impression qu'ils l'épiaient de leurs yeux funestes où brillait le même air triste que dans ceux de la reine mère. C'était devenu une habitude ces derniers temps, cette sensation étrange de la reconnaître partout. Devant les étals du marché Dejean, remontant la rue des Poissonniers, conversant avec le caviste de la rue Myrha, dans le timbre de Joplin, dans les orbites de Dulle Griet, dans les rides des gargouilles et le plumage des corbaques…

Alors qu'elle lorgnait les entrecôtes des touristes en espérant que l'appétit lui viendrait, Janis eut la conviction qu'on avait pris possession de son corps. Le monde lui apparut tel que le voyait sa mère ; désespérant et cruel.

Dans l'assiette des touristes, il n'y avait ni flaveur ni tendreté. Seulement, une chaire morte, un tissu musculaire arraché à sa carcasse. Il y avait des bétaillères surpeuplées, des bouveries étroites, des étourdissements sauvages, des pistolets d'abattage, des affalages à la chaîne. Il y avait des bêtes allongées sur un tapis roulant, agitées de soubresauts, des bataillons de vachettes engrossées dans leur enclos, des agneaux arrachés à leurs parents, des veaux éventrés, des millions de poulets décapités et pendus par les pieds, des poussins étouffés sous des dépouilles maternelles, des milliards de tonnes d'émissions de CO2… Manger de la barbaque au XXIe siècle était une incongruité, un vestige des cavernes, un stigmate des temps barbares. Quelque chose qu'on évoquerait avec incompréhension dans les prochains siècles, comme on repensait aujourd'hui avec sidération au temps où les femmes n'avaient pas le droit de vote.

« Et merde ! » pesta Janis en quittant la terrasse du Mistral sans avoir commandé.

Au même moment, les corbeaux de l'église Saint-Bernard s'envolèrent en un essaim noir et bruyant.

*

De retour dans son atelier, Janis contemplait son

Infrisme. Elle avait beau le nier, lâcher des jurons compulsifs et insanes, les mots de la galeriste l'avaient blessée. « Il n'y a rien. Votre toile est vide. » C'est vrai qu'il n'y avait pas grand-chose. « -1 ». Mais *vide* et *rien* n'étaient pas synonymes. Ou alors on méprisait les ondes, les hormones et la télépathie, on oubliait le ciel, l'air et l'atmosphère, on ignorait la matière et l'énergie noires, on se foutait de l'univers en expansion... Enfin, quand même ! L'univers en expansion, ça n'était pas *rien*, nom de Dieu ! À y regarder de plus près, sur ce fond blanc et sans âme, Janis voulait bien admettre que le rendu n'était pas exceptionnel. Mais il ne fallait pas oublier qu'*Infrisme* n'était qu'une annonciation. C'était l'Ange Gabriel, pas le petit Jésus. Alors, il n'y avait rien d'anormal à ce que l'on reste sur sa faim en espérant la suite. C'était même l'objectif. Ce qu'il manquait à *Infrisme*, c'était un support digne de l'*œuvre absolue* qu'il préfigurait. Quelque chose de plus grandiose qu'une toile et un tréteau. Quelque chose qui claquerait aussi fort que les messages des *colleuses*.

En tout cas, depuis que Janis avait achevé *Infrisme*, tout avait foutu le camp. La daronne s'était volatilisée. Les petits Arabes aussi. Et une peinture de Brueghel s'était mise à lui faire de l'œil... Pour couronner le tout, on avait cambriolé son atelier quelques jours plus tôt. Ses toiles vierges, ses pinceaux, ses châssis avaient disparu, sans oublier son fauteuil cramoisi et ses tabourets de bar ! Le tout sans effraction, même s'il fallait reconnaître qu'il lui arrivait de ne pas fermer la porte à clef alors qu'elle n'oubliait jamais d'accrocher son caddie à la gouttière. Dieu soit loué, on n'avait pas osé détrôner *Infrisme* de son tréteau.

Janis lorgna le seul carton qu'elle avait pu rapporter de chez sa mère. Les autres attendraient ; il fallait qu'elle ménage son coccyx. Il n'y avait pas les lettres originales de Schäffer mais les précédentes versions de *L'Affliction de Médée,* dactylographiées au fil des ans. À chaque ligne, Janis reconnaissait la patte maternelle et se demandait à quel point cette dernière avait pris des libertés avec les lettres originales. Pour en avoir le cœur net, Janis allait devoir se plonger dans la correspondance avec Carol Schäffer, où qu'elle soit.

Au milieu des différentes versions de *L'Affliction*, il y avait aussi des coupures de presse sur Carol et les Hexen Holocaust. Des articles que sa mère avait conservés dans des pochettes plastiques : un numéro de *The Paris Review* (*No. 117, Winter 1990*) corné à l'interview de Margaret Atwood (*The Art of Fiction No. 121, by Mary Morris*) qui y faisait brièvement référence, et quelques magazines plus récents. En particulier, Janis tomba sur un exemplaire du *Macabre Cadaver Magazine* (qui s'annonçait comme un *magazine of speculative fiction, art and poetry* et qui avait périclité au bout de trois ans), lequel contenait le fameux article intitulé *Retour à Mulberry Lane* (*No. 7, march/april 2009, p. 25*). Paradoxalement, ce reportage anonyme et rédigé à la première personne constituait l'enquête la plus complète sur les Hexen Holocaust bien qu'il se présentât comme une *fiction* et qu'on n'y apprît pas grand-chose... Au moment de l'engouement planétaire pour *L'Affliction*, il avait circulé un peu partout sur le Net, et tous les papiers qui avaient été publiés par la suite l'avaient pris pour référence. On y suivait une journaliste, probablement à l'automne 2008, qui avait pris prétexte d'une commande du *San Francisco Magazine* pour retourner à *Mulberry Lane*, la communauté lesbienne où elle avait passé deux ans à la fin des années soixante-dix et où résidait encore une ancienne amante. Au fur et à mesure du reportage, elle délaissait son sujet initial pour s'intéresser à ce que son *ex* lui racontait à propos du Lilith's camp du temps des Hexen Holocaust…

Janis avait lu par ailleurs qu'une autre journaliste, du *Los Angeles Times* cette fois (Mona Stahl, *Monday, October, 19, 2026, p. 2*), avait récemment mené l'enquête pour enfin faire la lumière sur les Hexen Holocaust et découvrir qui pouvait bien se cacher derrière l'article du *Macabre Cadaver*. Toutefois, elle avait été confrontée à la même difficulté que sa collègue : les archives du dossier judiciaire avaient effectivement brûlé en 1988 lors de l'incendie d'une partie du sous-sol du tribunal de Salem. De plus, la journaliste du *Macabre Cadaver* n'avait pas pu être identifiée. Et la prétendue commande du *San Francisco Magazine* n'avait jamais existé. En revanche, tous les éléments factuels que la journaliste du *Los Angeles Times* avait pu recouper par elle-même (le titre de propriété de *Lilith's camp*, la vieille Ford abandonnée, la disparition de Joan Smith, les rumeurs de fantômes dans la forêt de Willamette, le déroulement des opérations de police ou le manque d'investigations réalisées à l'époque) s'étaient révélés exacts. Quant à Carol Schäffer, on lui avait confirmé à la prison pour femmes de Salem qu'elle était demeurée murée dans le silence pendant ses trente ans de détention. Bref, l'autrice de *Retour à Mulberry Lane* s'était probablement servie d'un vieux fait divers pour broder une histoire d'épouvante.

Janis retrouva aussi dans les cartons de sa mère le numéro 121 d'un trimestriel, intitulé *Lilith's Quarterly*, et qui, en guise de date, affichait une référence au nombre de cycles lunaires écoulés depuis *la renaissance de la Déesse* (« *362nd lunar cycle since rebirth of the Goddess* »). Janis savait que le camp des Hexen Holocaust, Lilith's camp, portait le même nom que le magazine (et que la première femme d'Adam…), et elle en avait déduit qu'il devait s'agir de leur canard local. Il y était beaucoup question de la Déesse et des sorcières mais les articles étaient extrêmement hétérogènes. On y trouvait des psaumes alambiqués sur la réappropriation du corps et les merveilles de la nature rédigés dans un style azimuté, mais aussi des biographies très documentées de plusieurs sorcières qui avaient été brûlées à la Renaissance.

Janis voulut prendre une bière. Elle n'avait pas soif mais c'était une manière de remettre un peu de normalité dans un quotidien qui devenait surréaliste. Elle ouvrit le frigo et éclata de rire en constatant qu'on lui avait aussi piqué ses bières. Encore quelque chose qui, aux yeux des malfaiteurs, avait plus de valeur que son *Infrisme* ! Elle chercha alors à s'assoupir sur son matelas, en espérant trouver le sommeil qui, comme la faim et la soif, la fuyait depuis plusieurs jours. Les yeux clos, elle pensa à sa mère, aux mineurs disparus, à son cambriolage, à *Infrisme*, aux Hexen Holocaust et aux sorcières… Elle s'imaginait à califourchon sur un balai, dépassant les toits en zinc et les cheminées, tournoyant, voltigeant, virevoltant au-dessus des immeubles, piquant vers le macadam, se redressant juste avant l'impact, repartant dans les airs, zébrant la nuit d'une traînée lumineuse, survolant l'église Saint-Bernard, entortillant sa flèche de ses rotations, et le ciel de la Goutte d'Or de ses arabesques et de ses cabrioles ! La voilà qui fonçait dans la ligne droite de la rue Stephenson, bifurquait rue Doudeauville, bombardait rue des Poissonniers, frôlait le boulevard Barbès, coupait par la rue de la Goutte d'Or et repartait pour un tour ! Bon Dieu, quel pied ! Emportée par son élan, elle négocia mal son virage rue de Jessaint, manquant de heurter une lucarne mais, plutôt que de s'y cogner, elle traversa une chambre de bonne avant de se retrouver de l'autre côté de l'immeuble, rue Stephenson. Alors Janis ne s'embarrassait plus des feux tricolores. Elle était invisible, inaudible, insoupçonnable ; elle était un courant d'air qui s'insinue, infuse, observe, écoute, et repart aussitôt.

Dans la pénombre de la rue Léon, un groupe de colleuses garnissaient le mur de l'école de leurs grands carrés blancs.

Nous sommes les petites-filles des sorcières que vous n'avez pas pu brûler !

13

Jeanne, 1971-1972

« Jeanne, tu nous prends en photo avec Jean-Paul et Michel ? »

Jeanne se saisit de l'appareil photo.

« Comment ça marche, ce truc ? »

Elle s'en voulut de jouer à la nana *concon*, hermétique à la technique, mais André se fit un tel plaisir de la chambrer en lui montrant comment fonctionnait son engin qu'elle ne regretta pas sa petite ruse. Chaque fois qu'elle s'était montrée un peu trop maligne avec les mecs, à remettre en cause leur théorie ou à donner l'impression de leur expliquer le monde, ça avait viré au pugilat, au point qu'elle en était parfois venue à regretter le temps du lycée, avec ses notes et ses remises de prix, qui rabattaient d'emblée les caquets prétentieux.

« C'est bon ? Jean-Paul, Michel, venez pour la photo s'il vous plaît. »

Jeanne n'en revenait toujours pas. Qu'elle fût en couple avec André, un des types les plus en vue de Vincennes. Que Sartre et Foucault, le temps d'une journée, soient devenus *Jean-Paul* et *Michel*. Que tout ce petit monde, ses nouveaux amis et ces gens illustres, se retrouvent ici, dans son quartier, place Polonceau.

Que la Goutte d'Or soit devenue, pour quelques heures au moins, le centre de l'univers.

De toute façon, chaque fois qu'elle voulait s'en détacher, la Goutte d'Or finissait par retrouver sa trace.

*

Le 4 octobre 1970, Jeanne Meyer avait enfin cru *trouver* son destin, ou *y échapper* plutôt. Ça faisait trop d'indices pour ne pas y voir une relation mystique entre l'idole et la groupie. La ressemblance physique, le prix du *garçon-le-plus-laid-du-campus*, la même désespérante envie de s'envoyer en l'air avec le premier connard venu, et maintenant, Joplin qui rejoignait ce que l'on appellerait plus tard *le club des vingt-sept*, le jour où Jeanne songeait justement à se tailler les veines pour couper court à son mal-être.

Seules les *moches*, les *laiderons*, les *tromblons*, les *tas*, les *thons*, les *cageots*, les *boudins* étaient autorisés à bronzer sous le soleil de Janis. Celles qui avaient subi les sarcasmes de la cour d'école. Celles qui avaient connu la solitude des bals de fin d'année. Celles qui se faisaient accuser de viol éthylique si elles ébruitaient leurs ébats. Celles qui ne pouvaient compter sur aucune marche solidaire, aucune compassion. Celles qui souffraient sans pouvoir s'estimer victimes de rien. Pour la première fois, les laides voyaient au ciel flotter leur étendard et le monde se prosterner devant elles. *Le-garçon-le-plus-laid-du-campus* était devenu *la-fille-la-plus-cool-de-l-histoire-du-rock* et s'envoyait Jimi Hendricks, Leonard Cohen, Jim Morrison...

JIM MORRISON !

Pour Jeanne, sa *laideur* n'était plus l'encombrant chariot

qu'on trimballe de pièce en pièce. Elle s'habillait, se coiffait, pensait Janis. La petite fille sage était devenue *cool, branchée, désirable.* Si cool qu'elle avait planté la Pergola au bout de quelques mois pour s'inscrire au centre expérimental de Vincennes, l'université gauchiste que la droite avait sortie du bois, en toute hâte, pour vider la Sorbonne de ses excités du mois de mai.

La mort de Janis Joplin fut le détonateur pour tout quitter. Ce n'était pas que son boulot d'aide-soignante qu'elle plaquait. C'était la Goutte d'Or et son étouffant vase clos. Tout ce que Jeanne savait de l'université de Vincennes, c'était qu'il n'avait pas fallu dix jours aux maoïstes et à ses profs séquestrés volontaires pour en saccager le campus flambant-neuf. La France avait assisté, consternée, à l'anéantissement du labeur des travailleurs que les étudiants prétendaient défendre. Les images avaient fait la une de la presse. Des portes défoncées, des vitres brisées, des murs couverts de graffitis, les urnes des élections étudiantes jetées du quatrième étage et gisant dans le bassin, des bulletins de vote et du PQ tapissant le hall d'entrée...

Et pourtant, un matin de janvier 1971, Jeanne traversa Paris pour monter dans un bus dédié à tous ceux qui, comme elle, désertaient l'ancien monde. En pénétrant dans le hall, elle fut prise de nausées. Une odeur de clope et d'urine, pire qu'à la Goutte d'Or ! Étudiants, professeurs, simples curieux ; personne n'entrait à Vincennes sans sa clope fumante. Jeanne ne tarda pas à s'y mettre aussi.

Il suffisait de se pointer au bureau des admissions pour s'inscrire en n'importe quoi – psychosociologie, philosophie, littérature anglo-saxonne. Il n'y avait ni contrôle à l'entrée, ni examen de fin d'année. Seulement quelques *UV* importées des universités américaines. Les slogans de soixante-huit tenaient lieu de projets pédagogiques, et l'échiquier politique s'étirait de Staline à Mao. Vous poussiez n'importe quelle porte, vous tombiez sur Deleuze, Lapassade, Châtelet, Badiou, Lyotard prêchant, haranguant, *socratant*, debout sur le gazon ou assis sur un coin de table au milieu d'étudiants grimpés les uns sur les autres dans un nuage de clopes. Dans les amphis, dans le souk de l'entrée, sur les pelouses, les débats, les AG, les grèves, les actions, se poursuivaient à l'infini entre gens tous d'accord. On parlait *capital, bourgeoisie, révolution, prolétariat.* Et Jeanne était entrée à *l'International situationniste*, parce qu'elle avait lu Guy Debord et Georges Bataille, parce qu'il fallait bien donner le change, faire semblant de s'engager, parce que le mot lui plaisait, parce qu'elle voulait échapper à tout le reste, les *trotskistes*, les *maoïstes*, les *anarchistes*, les *nihilistes*, qu'elle se foutait éperdument de la *bourgeoisie* et du *prolétariat* et encore plus de savoir si elle appartenait à l'une ou l'autre. À Vincennes, Jeanne sut qu'elle avait enfin trouvé sa place. *La forêt pensante* était *l'endroit où il fallait être*, l'épicentre culturel du début des *seventies.*

Un barbu avec qui elle partageait des cours lui proposa un jour de boire un coup avec des militants de la Gauche Prolétarienne. Après un topo sur l'amour libre, il embrassa la brune assise à côté d'elle. Jeanne s'engouffra dans la brèche. En entortillant sa langue à celle du barbu, elle pensa, dix-huit piges, première galoche, une bonne chose de faite. Le gars n'était pas trop mal en plus. Puis, elle avait fait ça avec Éric, un disciple de Deleuze, grand, dégingandé, un étrange duvet blond en guise de collier de barbe, un peu godichon mais plutôt tendre. Deux puceaux s'allégeant de leur fardeau chez les parents d'Éric, place Daumesnil, en plein après-midi. Dans son lit simple, il s'y était pris comme un manche mais ça lui avait plu, et elle lui assura qu'il avait été super. En rentrant chez sa mère, passage de la Goutte d'Or, que l'on venait de rebaptiser *rue Francis Carco*, elle s'en voulut d'avoir instinctivement fait peser sur Paul le succès de leur premier coït. De s'être sentie obligée de ménager sa virilité. D'éprouver du soulagement plutôt que de la joie, comme si elle venait de rayer une commission sur une liste de courses.

Elle renouvela l'expérience dans un lit parental, dans une chambre de bonne, parfois dans les fourrés, mais rapidement elle fut attirée par André, un enragé maoïste autour duquel gravitaient caciques et courtisanes, et ça avait tourné à l'obsession. André avait un côté agaçant et sectaire, à sans cesse ouvrir sa gueule, et à distribuer ses anathèmes contre les *pseudo-révolutionnaires coupés des masses populaires*. Il était connu pour quelques faits d'armes. On disait qu'il avait participé au lynchage d'un militant d'extrême-droite inscrit à Vincennes pour mieux cerner l'ennemi. Jeanne l'avait aussi vu saccager le stand des éditions Champ Libre, dans le hall d'entrée, et tous les exemplaires du bouquin de Simons Leys, *Les Habits neufs du président Mao*, dont le point de vue d'expert sinologue sur *la révolution culturelle* différait légèrement de celui de Vincennes et de Saint-Germain-des-Prés. Si Jeanne trouvait sordide de prétendre combattre le fascisme en recourant à ces méthodes, elle y voyait néanmoins un moyen de se placer du bon côté de la meute et de prendre sa revanche sur le lycée. Et puis la hargne qui submergeait André à tout instant lui conférait une sincérité touchante.

Tout s'était précipité entre eux quand, le matin du 27 octobre 1971, un Algérien de quinze ans s'était fait abattre dans le hall du 53, rue de la Goutte d'Or. La concierge déclara que Djilali Ben Ali, qui habitait au premier étage, avait frappé au carreau de sa loge. À peine lui avait-elle ouvert la porte qu'il s'était jeté sur elle pour l'étrangler. Alerté par ses cris, Daniel Pigot, le compagnon de la concierge, s'était emparé de son fusil de chasse et avait logé une balle dans la tête de son agresseur. Cette affaire faisait suite à une campagne de presse en réaction à la nationalisation du pétrole algérien. *Minute*, *L'Aurore*, *Le Figaro* avaient dénoncé la spoliation des compagnies françaises. L'opinion avait suivi, et la petite enclave algérienne qu'était la Goutte d'Or en avait pris pour son grade. Tous les matins, les murs du quartier étaient zébrés de slogans racistes. *Dehors les Algériens. Ils nous chassent, chassons-les. Pas de pétrole, pas d'embauche. Pas de pétrole, pas d'alcool.* Jeanne entendait ici et là qu'on n'en pouvait plus des Arabes, qu'il en venait de plus en plus depuis l'indépendance, que le quartier devenait la médina. Rue Myrha, la boulangère rechignait à les servir. Rue des Poissonniers, on disait que la pharmacienne leur refourguait des médocs périmés. Rue de la Charbonnière, des travailleurs algériens avaient trouvé closes les portes de leur hôtel et leurs affaires sur le trottoir. Alors, lorsque les maoïstes commencèrent à s'emparer du sujet dans l'un des amphis enfumés de Vincennes, Jeanne fit circuler le bruit qu'elle avait bien connu *Djilali*. Il ne fallut pas deux jours à André pour venir lui parler alors qu'elle l'espérait sans y croire.

« C'est toi, Jeanne ? »

Elle leva sur lui ses lunettes de soleil qui ne servaient qu'à obscurcir la pénombre. Il était beau avec son col roulé rouge sous sa veste en velours. Pour seule réponse, elle haussa des sourcils interrogateurs.

« On m'a dit que tu connaissais la famille du jeune Algérien qui s'est fait assassiner, rue de la Goutte d'Or ? »

Jeanne rabaissa ses lunettes d'un mouvement lent sur le bout du nez, juste assez pour lui faire découvrir ses yeux diaphanes.

« Djilali ? C'était comme un membre de ma famille. »

En réalité, elle avait connu l'un de ses frères au collège, et n'avait que vaguement aperçu Djilali parmi les jeunes qui tenaient les façades. Comme tout le monde, elle avait appris son prénom au moment de son décès. Mais en l'entendant, *Le grand timonier de Vincennes* l'avait regardée avec une telle admiration qu'elle n'avait pas regretté cette infime entorse à la vérité.

La Goutte d'Or lui devait bien ça.

Par l'intermédiaire de madame Boutella, Jeanne organisa une rencontre entre la famille Ben Ali et le petit groupe d'André. Il fallait voir les maoïstes pénétrer dans la Goutte d'Or, arpenter ses rues sales et ses trottoirs encombrés, tenter de se dépêtrer des racoleurs, des cireurs de godasses et des vendeurs à la sauvette. En pénétrant dans l'immeuble des Ben Ali, rue de la Charbonnière, tous furent saisis d'effroi en découvrant l'escalier noir et branlant, les putes des premiers étages, les paliers de traviole, les couloirs puants. Mais ce n'était rien comparé au logement des parents de Djilali. Les matelas sur la tranche. Le réchaud à même le sol. L'évier débordant de vaisselle. Les gosses entassés. Et l'odeur de chiotte. On leur avait proposé du thé et des gâteaux secs. Jeanne avait été la seule à accepter.

Elle se souvenait du visage interloqué de la mère quand André, écoutant à peine son récit, décréta au sujet de la mort du gamin : « c'est du racisme ». Madame Ben Ali ne comprenait pas pourquoi ces inconnus, des Français de surcroît, lui assénaient des vérités sur le meurtre de son fils alors qu'elle-même se demandait encore ce qui avait bien pu se passer. Certes, Pigot et sa femme ne devaient pas porter les Arabes dans leur cœur mais leur mobile lui semblait plus trivial, et devait se situer du côté d'une vilaine jalousie sur fond de conflit de voisinage. Djilali était jeune et beau, un peu impulsif et arrogant. Un petit voleur, certes, mais aussi un tendre. La femme de Pigot se prenait souvent le bec avec son oncle et sa tante qui tenaient une boutique au rez-de-chaussée de l'immeuble de la rue de la Goutte d'Or. Alors, à la première occasion, Pigot avait dégainé le fusil de chasse.

« C'est du racisme ! n'en démordait pas André. Le même racisme que celui qui a gangrené les anciennes colonies françaises et qui est aujourd'hui en train d'infuser toutes les strates de la société. Voilà ce que c'est que de donner libre cours aux éditos fascisants de Minutes et du Figaro ! Il y a des journalistes qui ont du sang sur les mains. Mais aussi les miliciens de l'Ordre Nouveau et ceux du CDR. Sans oublier la police de Pompidou qui participe aux tueries des Arabes ou bien qui ferme les yeux, ce qui revient au même. Leurs mains hideuses dégoulinent du sang de votre fils ! Ce sont tous ces fascistes qui sont derrière son meurtre. Ne vous y trompez pas !

— Il n'y a qu'à voir comment ils vous traitent ! embraya l'un de ses camarades. Regardez votre quartier, vos rues infâmes, vos immeubles branlants...

— Regardez le cloaque dans lequel vous vivez ! » renchérit André en balayant la pièce d'un geste de dégoût.

La famille Ben Ali eut un drôle d'air. On venait de prendre un de leurs gosses, et maintenant une bande d'inconnus piétinait leur dignité.

« Les travailleurs arabes ont besoin de vous. Il ne faut rien laisser passer. Il faut médiatiser le meurtre de Djilali pour qu'il ne demeure pas impuni. Nous pouvons organiser une grande marche avec Sartre, Foucault, Deleuze, Mauriac !

— Et le Comité Palestine se joindrait à nous ! » ajouta Jeanne.

La mère de Djilali savait que des Arabes du quartier étaient membres du Comité Palestine, ce qui lui parlait davantage que les compagnons de la Gauche Prolétarienne.

La grande manifestation contre le racisme réunit plusieurs milliers de personnes sur le boulevard Barbès, dont quelques *huiles* comme Sartre et Foucault. Ainsi démarra le *Comité Djilali*. Les maoïstes investirent le quartier, tout comme les militants du MTA, le Mouvement des Travailleurs Arabes. Et Jeanne s'envoya en l'air avec André, *le grand timonier de Vincennes*, un peu exalté sur les bords, mais rudement bien gaulé.

*

« Un petit sourire, Jean-Paul ! ».

Bien qu'elle l'ait dit sur un ton détaché, ça sonnait faux. Elle avait espéré qu'il ne relèverait pas. Mais Sartre voyait tout. Son œil en vrille sembla lui rappeler qu'ils n'étaient pas du même monde. En sa présence, comme en celle de tous les mandarins, Jeanne se sentait mal à l'aise. Elle fut ensuite incapable de lui adresser la parole, ni de croiser son regard, et se contenta de suivre le mouvement en queue de cortège pendant qu'André plastronnait avec les têtes d'affiche.

« Travailleurs arabes, entonna Sartre au mégaphone alors qu'il s'immobilisait devant un hôtel de la rue de Chartres. Le meurtre de Djilali Ben Ali ne restera pas impuni...

— Nous vengerons Djilali ! l'interrompit André.

— Nous vengerons Djilali ! » reprirent les maoïstes.

Sartre leur jeta un regard consterné.

« Travailleurs arabes… », reprit-il au mégaphone.

Cette fois, ce fut le gérant de l'hôtel qui l'interrompit.

« Messieurs, faut pas rester plantés devant chez moi, sinon les clients peuvent plus entrer…

— Nous sommes là pour vous défendre ! s'interposa André.

— J'ai besoin de personne, et surtout pas de toi. Allez, dégagez, y en a qui travaillent. »

André s'apprêtait à pénétrer en force dans l'hôtel quand Foucault le saisit par le bras.

« Du calme. Allons ailleurs. »

Le cortège poursuivit sa route dans le quartier. À chaque passant, Sartre distribuait ses tracts sur le *racisme de l'État français* et *la condition du travailleur arabe*, et Jeanne n'osait pas faire remarquer qu'ici personne ne savait lire.

*

Leur relation dura près d'un an, jusqu'à l'automne 1972. Cette après-midi-là, elle accompagna André chez ses parents, rue de Seine. La première fois qu'elle y avait pénétré, l'appartement avec ses poutres et ses bouquins partout l'avait fait se sentir toute petite. Les parents d'André travaillaient dans l'édition et paraissaient si jeunes et accueillants à côté de sa propre daronne qu'elle en avait été pétrifiée même s'ils faisaient tout pour la mettre à l'aise. Dans la grande cuisine au fond du couloir, pendant que la mère préparait un plat de pâtes en répétant « à la bonne franquette » d'un air jovial, le père défendait le sort du prolétaire en ouvrant une bouteille de rouge ; et Jeanne se doutait bien qu'André avait dû se vanter que *sa nouvelle copine* habitait la Goutte d'Or. Même s'il y avait quelque chose d'assez cocasse à les entendre défendre le prolétariat dans leur cuisine bourgeoise, pendant près d'un an, elle prit plaisir à écouter leurs conversations endiablées qui contrastaient avec le silence tragique des rares dîners qu'elle partageait encore avec sa mère.

« J'ai recouché avec Éric ».

Jeanne avait lâché ça alors qu'elle était encore à poil dans le lit avec André, la clope au bec, simplement pour donner le change après la révélation de sa dernière aventure. Comme Sartre et Beauvoir, André disait qu'ils se devaient *l'amour nécessaire*, mais qu'ils pouvaient s'autoriser des *amours contingentes*. La seule obligation était de tout se dire. Et il ne s'en privait pas. Il y avait eu Marie-Jo un soir de pluie parce que les choses s'étaient présentées ainsi. Puis, Élise, qu'il avait sautée chez lui. Fanny dans un buisson de Vincennes. Margaux chez ses parents. Et maintenant, Anne-Sophie. Chaque fois, Jeanne avait su ravaler ses larmes pour ne pas se voir reprocher son attachement aux *baudruches de petite-bourgeoise,* comme la monogamie, le mariage ou la fidélité. Elle était libre d'en faire de même, mais elle n'en avait pas envie. Pour ne pas perdre la face, elle n'avait rien trouvé de mieux que d'inventer une nuit avec cet Éric qu'elle n'avait plus recroisé depuis des mois.

André bondit du plumard et partit fumer à la fenêtre. Elle lorgna son profil renfrogné. Elle crut bon de reprendre son charabia sur les *amours nécessaires* et *contingentes*, mais André demeurait muet. Alors, elle eut honte de sa nudité et elle se rhabilla. En refermant la porte, sans avoir obtenu l'aumône d'un mot, elle sut que c'en était fini de leur histoire.

Elle ne revit jamais André.

Chez elle, sa mère lisait dans le salon. Jeanne s'effondra en larmes à ses pieds. À la douleur de s'être fait larguer, il allait falloir ajouter les remontrances maternelles sur sa vie dissolue.

« Qu'y a-t-il, mon bébé ? »

Il y avait qu'elle était laide, piteuse, négligeable ; qu'elle était idiote, qu'elle était rejetée, qu'elle avait le cœur brisé, et qu'elle ne pouvait s'en prendre qu'à elle-même de s'être, en toute conscience, entichée d'un connard.

« C'est un garçon qui t'a fait du mal ? »

Jeanne leva vers sa mère des yeux embués, sentant un fluide acide et bileux lui brouiller le cerveau. Mère et fille passèrent un long moment à se fixer, chacune s'étonnant de voir briller dans l'œil de l'autre la même flamme haineuse.

« Moi aussi, tu sais, les hommes m'ont fait du mal. »

Jeanne cessa de pleurer.

« Mon père aussi ? »

Sa mère lui caressait les cheveux.

« Oui, ton père en particulier.

— Est-ce qu'il t'a... ».

Jeanne ne put aller au bout de cette question qu'elle avait toujours gardée dans un coin de sa tête sans vraiment douter de la réponse.

Sa mère eut un sourire, un peu mesquin, presque cruel.

« Non. C'est moi qui l'ai violé. »

Jeanne demeura interdite, ne sachant quoi penser de cette repartie saugrenue. Fallait-il la prendre au mot ou s'agissait-il d'une pirouette ?

« Je l'aimais. Lui aussi, du moins à sa façon. Mais il était incapable de me voir autrement que pour ce que j'étais. Pour ce que j'avais été, en tout cas, du temps du Royal Hôtel... »

Jeanne hésita à prononcer le mot :

« Une *prostituée* ?

— Lui disait une *pute*. »

Jeanne accusa le coup.

« C'était un client régulier. Je m'étais entichée de lui. Mais c'était la guerre. Lui attendait que ça passe. Et puis, il s'est fait choper un soir par des gars de la Résistance. Le Royal Hôtel était un repère de sous-officiers des troupes d'occupation. Il y avait des bidasses en permission, des SS, des agents de la Gestapo, et quelques caciques du régime qui géraient Lariboisière et les gares alentour. C'était surtout ça qui intéressait la Résistance. Ils ne lui ont pas laissé le choix. Il devait obtenir des renseignements en vue de préparer les bombardements des gares.

— Quel genre de renseignements ?

— Des horaires, des allées venues, des effectifs, ce genre de choses. Le but était de limiter les capacités de déplacement de l'armée allemande, d'empêcher l'acheminement des troupes de la région parisienne vers la province pour préparer le débarquement...

— Qu'est-ce qu'il risquait s'il ne le faisait pas ? Il aurait pu les dénoncer...

— Le vent commençait à tourner ; avec tous les soldats allemands qu'il avait fréquentés au Royal Hôtel, il risquait de se faire fusiller à la Libération. Et puis, c'était une manière de se racheter une conscience. Au fond, à part quelques irréductibles, tout le monde n'a pas la délation dans le sang, et les Français souhaitaient le départ des Allemands.

— Tu l'as aidé à obtenir les renseignements ?

— Je n'ai pas fait que l'aider. C'est moi qui lui ai filé toutes les informations que j'obtenais sur l'oreiller...

— Tu devais être préparée aux bombardements d'avril 1944 dans ce cas ?

— Disons que je n'ai pas été surprise.

— Qu'est-ce qu'il t'est arrivé, ce soir-là ?

— J'ai perdu connaissance. Je sais seulement que j'ai passé cinq jours sous les décombres d'où je suis ressortie miraculée... Et que tout a changé pour moi.

— Qu'est-ce que tu veux dire ?

— Je voulais arrêter cette vie-là.

— Tu as quitté le Royal Hôtel ?

— Pas tout de suite. Mais dans ma tête, c'était très différent. Et pour lui aussi. Je n'étais plus une prostituée, il n'était plus un client minable. Nous étions des *résistants*.

— De la dernière heure...

— Certes, mais beaucoup n'ont pas eu le courage de l'être. Et tu sais, la torture et la mitraille avaient le même goût en 44 qu'en 40. J'ai adoré cette période-là en tout cas. Le risque. L'impression de rattraper en quatre mois quatre ans d'immobilisme. Il a participé aux combats qui ont précédé la Libération de Paris, autour de la gare du Nord, pour empêcher la retraite des troupes allemandes. On en a moins parlé que ceux de la rue de Rivoli, mais les fusillades furent sanglantes. Il y eut des dizaines de morts rue de Compiègne, rue de Maubeuge, boulevard de la Chapelle, rue des Gardes... Il a risqué sa vie à ce moment-là. C'est ensuite qu'il s'est montré moins courageux.

— Pourquoi refuses-tu de prononcer son nom ?

— Au moment de la Libération, de la liesse, je l'ai rejoint sur la place de l'église Saint-Bernard où il faisait le fier avec ses nouveaux camarades Francs-tireurs... C'est là qu'ils m'ont... C'est là que ses frères, des vieux habitués du Royal Palace, m'ont reconnue et m'ont accusée de collaboration horizontale comme on disait…

— Et lui, ne t'a pas défendue ?

— J'ai découvert ce jour-là qu'il avait déjà une femme et des enfants…

— Il s'était servi de toi pour obtenir les renseignements.

— C'était la guerre après tout, on faisait ce qu'on pouvait. Et puis, on n'a pas d'enfant avec des mauvaises filles… Et ses frères n'ont pas été très *aimables*… mais ça n'a plus d'importance. Ce qui a de l'importance, c'est ce que j'ai fait ensuite. »

Sa mère s'interrompit, les yeux dans le vague.

« Nous sommes des sorcières, ma chérie. Nous avons des pouvoirs, nous pouvons lancer des sortilèges. Tu les découvriras. Mais tout ça n'est pas grand-chose. Nous pouvons faire beaucoup plus. Nous gardons la mémoire du passé. Tout ce que j'ai vécu, tu l'as vécu aussi. Tout ce que ressentira une sorcière à l'autre bout du monde, tu le ressentiras également. C'est comme si nous ne formions qu'une seule et même femme malgré nos consciences multiples. Ça nous donne des pouvoirs, comme celui de modifier le cours des événements. En bien ou en mal. Nous avons toujours le choix mais parfois la tentation est trop forte…

— Qu'est-ce que tu racontes, maman ? l'interrompit Jeanne avec épouvante.

— Tout ça a à voir avec l'agencement du monde. Il ne faut pas utiliser ses pouvoirs pour soi mais pour la bonne marche des choses… C'est ce que je n'ai pas fait.

— Qu'en as-tu fait ?

— J'ai pénétré les corps et les consciences. Trop souvent. Je me suis vengée. Contre tous ceux qui m'avaient fait du mal.

— Et moi, alors ? Dois-je ma naissance à ta vengeance

contre mon père ?

— Tu es la seule vengeance que je ne regrette pas. Même si tous les jours je prie pour que la malédiction ne se poursuive pas avec toi.

— C'est pour ça que tu lis sans cesse l'Apocalypse ?

— C'est pour que Dieu me pardonne. »

C'est alors que Jeanne réalisa ce que tout le quartier tenait depuis des années pour acquit. Sa mère était folle.

14

Goutte d'Or, 2026

Il commença à se passer des choses étranges à la Goutte d'Or. On ne sait plus très bien si un événement marqua le début du phénomène, ou si le phénomène naquit de la concomitance de ces événements particuliers, mais ces derniers furent si insolites et nombreux qu'il fut impossible de nier que leur convergence spatiotemporelle constituait un *phénomène* propre au quartier.

Le premier fait qu'on put dater, mais qui ne constitua pas nécessairement l'origine du *phénomène* tant les autres anomalies constatées par la suite furent diffuses, fut *L'Affliction de Médée*, cette obscure relique écoféministe qu'une minuscule maison d'édition de la Goutte d'Or avait publié en trente-cinq exemplaires et qui, à la faveur de tweets, de débats féroces et de l'effroyable assassinat d'un professeur de Stanford, devint un objet culte de la littérature mondiale en même temps que le point de bascule de *la guerre des sexes*.

Il y eut le meurtre tout aussi ignoble de Paul Savage, politologue bien connu du paysage audiovisuel français, dont le corps fut retrouvé un matin dans la cour de l'école

Marcadet, juste avant l'ouverture des portes. Des témoignages de ses collègues, il ressortait que, peu avant minuit, il avait quitté les studios d'Issy-les-Moulineaux en scooter pour rejoindre son domicile dans le XVIe arrondissement. Sans nouvelles de lui, son épouse avait signalé sa disparition inquiétante à la police le lendemain. Comme pour le professeur de Stanford, les enquêteurs avaient laissé filtrer l'information selon laquelle son corps avait été *atrocement mutilé*, sans autre précision.

Bientôt, autre étrangeté notable, on vit fleurir sur le mur aveugle de la friche Polonceau, site de l'ancienne mosquée El-Fath, une gigantesque gravure représentant les signes « - » et « 1 », avec au-dessus le mot « Infrisme » écrit en noir sur de grands carrés blancs. Cette enfantine soustraction n'était qu'une strie supplémentaire sur les murs du quartier déjà chaudement habillés de graffs et de couleurs et qui n'avait aucune raison d'attirer l'attention. Mais elle donnait l'étonnante impression d'avoir toujours été là, façonnée dans la pierre, et de n'avoir été remarquée que récemment, comme si on avait tout fait jusque-là pour ne pas la voir. On ne pouvait passer devant sans s'arrêter ni s'interroger sur ce qu'elle soustrayait. Moins une seconde, moins une minute, moins une heure, moins un jour, moins un an, moins un siècle ? Avant… qu'en savait-on ? Apocalypse, guerre, paradis, prophète… ? Des photos furent prises et partagées sur les réseaux sociaux et en quelques semaines le « -1 » et l'hashtag *#Infrisme* devinrent viraux sans que l'on ne sût jamais qui avait gravé ce « -1 », ni collé ces panneaux blancs. On remonta facilement à la genèse de ce néologisme – apparu dans les années 1990 sur l'inspiration du groupe Diabologum et auquel on avait ensuite associé un courant musical demeuré marginal – que l'on ne parvint pas toutefois à relier à sa postérité.

« - 1 ». N'était-ce qu'une histoire de *buzz* ? Il y eut d'épiques débats sur le statut de cet *Infrisme*, que l'on hésitait à qualifier d'œuvre d'art, sur sa classification (les milieux autorisés tranchèrent pour *néo-street art*), sur son rôle en particulier et celui de l'art en général (sens ? non-sens ? sensation ? esthétisme ? témoignage ? message ? vanité ? marchandise ? spéculation ? luxure ? mascarade ? complot ?) et l'identité de son auteur. Et comme il semblait impossible qu'un être humain eût pu graver un tel symbole et coller des panneaux aussi haut en une seule nuit, sans échafaudage ni possibilité d'escalader cette paroi lisse, on l'attribua à un collectif d'artistes adeptes du *parkour*, à qui l'on prêta également une prédilection pour l'anonymat. *Infrisme* scella autant le triomphe des adorateurs de l'art contemporain (qui virent dans sa beauté non-académique et désintéressée la réponse incontestable à tous ceux qui lui avaient fait le procès de l'inesthétisme et de la mascarade capitaliste) que de ses détracteurs (pour qui les mêmes caractéristiques prouvaient au contraire que l'art contemporain, avec son onanisme aveugle, son élitisme duplice et sa petite cour d'enchérisseurs, n'avait été jusque-là qu'une abominable supercherie). Mais s'ils furent frontalement opposés et également péremptoires dans leur jugement de ce qu'*Infrisme* disait de l'art contemporain, les deux camps saluèrent unanimement la sublime simplicité de ces deux tirets perpendiculaires qui, en faisant craindre une collision prochaine, semblaient résumer l'état du monde. Pour l'admirer de *visu*, de nombreux badauds bravèrent pour la première fois la Goutte d'Or et ses dangers (mictions, défécations sauvages, ébriété publique, incivilités, vols à la tire) contre lesquels les avait mis en garde la presse la plus renseignée, mais auxquels – et contre toute attente – ils survécurent. En revanche, ils conservèrent de leur pittoresque incursion l'impression confuse qu'*Infrisme* annonçait quelque chose d'important. Certains relatèrent qu'en la contemplant, ils avaient entendu retentir une sirène, de celles que l'on imagine résonner dans une centrale nucléaire. D'autres jurèrent qu'après de longues minutes, ils avaient vu le tiret horizontal se rapprocher du chiffre 1 à une vitesse infinitésimale. Beaucoup parlèrent d'un sentiment d'urgence qui ne les avait plus quittés et qui s'était traduit par des choix subits et radicaux : démissionner, quitter Paris, devenir végétarien, se lancer en politique... Tous s'accordèrent sur l'imminence de ce qu'*Infrisme* annonçait même si chacun sembla y voir la confirmation de ses propres convictions. L'air du temps et de l'anthropocène érigea finalement *Infrisme* en ultime *tic-tac* avant la catastrophe écologique. Dans le monde entier, on synchronisa ses montres sur l'Horloge de l'Apocalypse qui affichait désormais minuit *moins une*.

C'est sans doute à cause de cet *Infrisme* que la Goutte d'Or attira l'attention et que l'on remarqua qu'il y faisait de plus en plus chaud. Bien sûr, le thermomètre montait à peu près partout dans le monde, mais des vérifications de météorologues amateurs, il ressortit qu'il faisait, sur les toits de la Goutte d'Or, 6 °C de plus que sur les autres toits de Paris. Pour apaiser les esprits, Météo France fit elle-même l'expérience. Au bout de trois mois, il fut officiellement confirmé qu'il faisait en moyenne 7 °C de plus à la Goutte d'Or qu'ailleurs dans la capitale et que l'écart se creusait de jour en jour. Bientôt, la traversée des boulevards Barbès et de la Chapelle représenta un tel choc thermique qu'il devint difficile de nier l'évidence.

La Goutte d'Or surchauffait.

À la même période, on commença à signaler des disparitions d'enfants.

La petite Léna se volatilisa dans la cour de l'école Pierre Budin. Le mystère était total. La maîtresse, qui discutait avec une collègue, l'avait vue quitter la classe après l'étude. L'un de ses camarades s'était retourné vers elle alors qu'elle traversait la cour déserte. Mais sa mère, qui l'attendait à la sortie, ne la vit jamais arriver. Rapidement, les enquêteurs découvrirent le *smartphone* de la petite sous un marronnier, coincé dans la grille de protection. Ils passèrent au crible la grande cour, grimpèrent aux arbres, firent ouvrir les soupiraux, fouillèrent les classes et les sous-sols, arpentèrent les couloirs, retournèrent les casiers sans rien trouver. On soupçonna un enlèvement dans la cohue de la sortie. Mais la mère était formelle. Les élèves avaient quitté l'établissement dans le calme et elle avait gardé les yeux rivés sur la porte. Sa fille n'avait ni envie suicidaire, ni velléités fugueuses, ni ennemi, ni beau-père jaloux, ni amoureux transi. Lors de l'enquête de voisinage, une vieille dame d'un immeuble de la rue d'Oran, dont les fenêtres donnaient sur la cour de récréation, déclara avoir remarqué une petite fille en train de marcher vers le grand marronnier, se perdre sous les branches, et ne jamais réapparaître. La police, elle, était convaincue que Léna avait quitté l'établissement et qu'elle avait été enlevée un peu plus loin.

L'école rouvrit mais la semaine suivante, un gosse de six ans s'évapora en pleine partie de chat perché. Son copain avait compté jusqu'à dix puis l'avait cherché longtemps. Il n'avait jamais retrouvé Moussa. Ses enseignants, ses parents et la police non plus.

Quinze jours plus tard, dans la primaire attenante, dont l'entrée se faisait par la rue d'Oran, un petit Lucien fut aperçu pour la dernière fois en entrant dans les toilettes. Depuis, et jusqu'à nouvel ordre, on avait fait boucler toutes les écoles, toutes les crèches et tous les squares de la Goutte d'Or. On réalisa alors que *les mineurs isolés* n'étaient plus là, et on considéra leur départ avec une certaine inquiétude plutôt qu'avec soulagement.

À l'évidence, des enfants disparaissaient.

La petite cathédrale trônait désormais au milieu d'un village fantôme. Aux fenêtres, on voyait des parents jeter des regards suspicieux aux rares passants. On disait que des familles entières vivaient cloîtrées dans une même pièce, se surveillant les uns les autres pour s'assurer que personne n'était enlevé. On disait que des mères dormaient menottées à leur enfant, leur nourrisson ceinturé sur le ventre, que des pères insomniaques montaient la garde à l'entrée des chambres, un schlass à la main. Dans les médias, on oscillait entre la crainte que ce phénomène soit une conséquence mystérieuse du dérèglement climatique et l'espoir qu'il resterait circonscrit à la Goutte d'Or où ni les lois ni la science n'avaient jamais eu de prise.

Avec le temps, on se rendit compte que ces événements étranges n'étaient que les prodromes d'une révolution bien plus fondamentale encore.

15

Janis, 2026

En quittant son service, Janis entama sa pérambulation matinale. Bien que l'on fût en décembre, *l'infinie canicule* s'était encore agrippée à la nuit et entortillait déjà l'aube dans une chaleur obscène. Chaque fois qu'elle remontait la rampe du parking, c'était comme si elle renaissait à la surface du monde. Retrouver l'air libre lui procurait un émerveillement renouvelé qui lui faisait presque apprécier ses contemporains, du moins les lève-tôt avec qui elle partageait une sorte de fierté d'initié.

C'est pendant l'une de ces balades qu'elle avait rencontré Roger, elle terminant son service, lui commençant le sien, debout sur le marchepied d'un camion-benne.

« Magnifique ce que tu traînes là ! lui lança-t-il en lorgnant son magistral derrière qui s'étirait comme une carriole sous sa jupe en tissu.

— T'es pas vilain non plus, l'Africain ! ».

C'était devenu leur rituel. Lui, racontait son Saint-Louis natal en tirant une poubelle du trottoir à la benne. Elle, le suivant à petits pas, lui parlait de sorcières, de peinture médiumnique et d'*œuvre absolue*. La conversation durait le temps d'une rue et reprenait le lendemain là où ils l'avaient laissée. Deux ans avant leur rencontre, Roger avait débarqué du Sénégal pour des raisons que lui-même n'arrivait pas à s'expliquer. Il n'était pas pauvre, encore moins riche évidemment, mais vivotait convenablement de son emploi de chauffeur routier. Il avait son propre camion, ses parents, ses amis, la mer au bout de la rue. Mais il disait qu'il existait dans la plupart des pays d'Afrique quelque chose que les Blancs ne pouvaient pas comprendre et qui, plus que la pauvreté, la guerre ou la famine, expliquait la perpétuelle migration vers le nord. Il avait grandi, comme tous les gosses, avec cette petite voix qui lui intimait d'aller vivre *ailleurs*. Et lorsqu'il avait eu la possibilité d'exaucer son rêve, du moins celui qu'on lui avait inoculé à la naissance, il ne lui était pas venu à l'esprit d'atermoyer.

« Je vois. Ce qu'Adichie appelait *le besoin d'échapper à la léthargie pesante du manque de choix* », lui avait dit Janis en regardant s'éloigner le beau Roger qui n'avait manifestement pas lu *Americanah*.

Lorsqu'ils se revirent, plus au calme, assis à l'ombre de l'église Saint-Bernard ou sillonnant entre les joueurs de dames du square Léon, il lui dit que *partir* avait été une évidence mais que *rester* l'était beaucoup moins. Au-delà du rêve d'Europe, ce qui l'avait poussé à quitter le Sénégal était la conviction qu'un jour ou l'autre, l'Afrique coulerait comme un radeau de migrants. À Saint-Louis, à chaque carrefour, à chaque coin de rue, à chaque porte d'immeuble, des hordes de gamins surgissaient par dizaines, se perdaient dans la foule, disparaissaient sous les roues des charrettes et des bagnoles. Toutes les heures, il en naissait des centaines aussitôt déversées dans l'inconscient tumulte de la ville africaine. Dans tous les bleds reculés où il était passé en camion, des bouilles rondes souriaient aux automobilistes, des grandes sœurs tenaient la main des petits frères, des essaims morveux sortaient des baraquements en tôle, dégoulinaient du talus, jaillissaient du bas-côté, folâtraient dans le reflet du rétroviseur. Et Roger avait fini par s'extirper de son quartier de Guet N'Dar, effrayé à l'idée que la Langue de Barbarie, que l'Atlantique rognait de jour en jour, s'effondrât complètement sous le poids de ses enfants.

Dans son esprit de candidat à l'exil, tous les trésors fantasmés de l'Occident constituaient un éden modelé par les chaînes câblées, où se mêlaient les chemises à fleurs des touristes, les fanfaronnades des binationaux et la naïveté de ceux qui ne demandaient qu'à y croire. À Paris, Roger avait échoué dans un studio suffocant de la rue de Panama. Le matin, pour se rendre au chantier, il fallait laisser passer deux rames de RER avant d'espérer s'introduire dans la troisième. Les jours de beau temps, les quais de Seine devenaient des corniches suantes ; les Buttes-Chaumont disparaissaient sous des grappes de jeunes enivrés. Partout, des rues éventrées, des échafaudages, des palissades et des marteaux-piqueurs. Roger avait aussi découvert qu'il existait ici aussi des corps fracassés sur l'asphalte, des ivrognes, des camés, des clochards, des familles de Roumains établies sous des arcades, des tentes Quechua cramponnées aux bouches d'aération, toute une foule d'égarés à laquelle se refusait l'Occident. Et lui se demandait ce qu'il était venu faire ici.

Janis et lui eurent quand même eu le temps de vivre une belle histoire. Roger était intuitif et pragmatique dans la vie ordinaire, curieux et cérébral quand il le fallait. Il avait l'intelligence discrète et roublarde de ceux qui ne peuvent pas compter sur une culture académique. Avec lui, Janis parlait de la Vieille Sorcière et d'hallucinations sans passer pour une follingue. De ses pérégrinations dans toute l'Afrique de l'Ouest, Roger avait rapporté une fascination pour les phénomènes étranges. Il savait qu'il existait des mondes occultes, des présences, des esprits, des univers parallèles qui s'entrechoquaient parfois. Il avait pour les chamanes, du moins les authentiques, autant de respect que pour les médecins, et craignait les sorts vaudous comme la colère de Dieu. Il avait vu, de ses yeux, des vieillards se transformer en paon, des tétraplégiques gambader après un rituel obscur, des hommes foudroyés par le mauvais œil. C'est à Paris qu'il avait découvert des populations ignorant tout de la face cachée du monde et qui tenaient leur ignorance pour le gage de leur haut degré de civilisation. En somme, Janis et Roger parlaient la même langue.

Depuis, il était retourné au bled.

*

En arrivant à l'angle de la rue des Poissonniers, l'attention de Janis fut attirée par un attroupement au niveau de la friche Polonceau. Tout ce petit monde observait deux tirets perpendiculaires gravés dans un immense mur aveugle. Au-dessus, en lettres noires dans des carrés blancs, il y avait marqué *Infrisme*, tel que Janis l'avait rêvé quelques jours auparavant...

« Moins un avant quoi ? demanda une femme enceinte.

— Avant la fin du monde, lui répondit sa voisine à qui son interlocutrice jeta un regard horrifié avant de reprendre sa route en se caressant nerveusement le ventre.

— Avant *l'œuvre absolue* », rectifia Janis du bout des lèvres, incrédule et fascinée.

Le soir même, Janis se rendit chez madame Otoko, pour lui parler de son *Infrisme* qui avait envahi le mur de la friche Polonceau. Madame Otoko ne parut ni surprise ni inquiète par la tournure singulière que prenaient les événements.

« Tu as entendu ? Il y a encore des gamins qui ont disparu...

— On disparaît tous un jour, ma bonne Janis. »

Il y avait quand même quelque chose qui clochait, bon sang ! Sa mère, les mineurs isolés, l'hiver caniculaire, le cadavre du politologue retrouvé dans la cour de l'école Marcadet, *Infrisme* et maintenant trois nouveaux gamins disparus... ! En repensant aux mineurs isolés, Janis se fit la réflexion que durant toutes ces années où ils s'étaient farouchement cramponnés à l'église Saint-Bernard, ils n'avaient jamais changé. Le petit Youssef avait perdu un peu de joues et encore, mais rien dans son allure n'avait jamais annoncé l'adolescence. Il avait toujours été ce môme espiègle au regard noir et aux boucles insoumises. Les autres aussi avaient conservé leur sauvagerie, leurs manières et leurs mines infantiles. C'était comme s'ils avaient étiré l'enfance autant que possible pour se désagréger avant l'âge adulte et ses compromissions. Et Janis réalisait soudainement que leur éternelle jeunesse avait eu quelque chose d'irrationnel.

« Les disparitions des gamins, comme l'assassinat du politologue, ont eu lieu dans les trois écoles bâties sur l'ancien cimetière Marcadet. C'est aussi là que la daronne a vécu sa drôle d'histoire quand elle avait une dizaine d'années...

— Quand elle a perdu connaissance ?

— Que s'est-il passé exactement ?

— Deux de ses copains sont tombés sur Alice Brucker évanouie dans la neige, rue Pierre Budin, puis sur ta mère, allongée dans la cour de l'école. Madame Boutella leur a donné les premiers soins à la Pergola.

— La clinique qui a fermé à cause des avortements clandestins ?

— Oui, et là où j'ai travaillé comme aide-soignante. Mais elle n'y est pas restée longtemps. Elle a rapidement été transférée à Lariboisière où elle a passé plusieurs semaines.

— Elle m'en a parlé. Elle m'a dit qu'elle ne se souvenait de rien mais qu'elle avait eu l'impression d'avoir plongé sous le sol de la Goutte d'Or... »

Janis se servit un verre de vin tiède.

À la première gorgée, malgré l'absence de fraîcheur et une fourbe amertume, Janis fut parcourue par une sensation d'ivresse, exquise et prématurée, qu'elle n'expérimentait qu'ici. Pour la première fois, elle considéra que madame Otoko disait peut-être la vérité, et qu'il existait réellement un recoin vierge et ensoleillé où poussait encore un pied de vigne de ce cépage illustre ? Tandis qu'un langoureux vertige lui ravissait les sens, surgit l'image de l'ancien cimetière Marcadet, qu'on avait construit au début du dix-neuvième siècle dans un enclos qui relevait alors du faubourg de la Chapelle-Saint-Denis. Il avait grossi si vite qu'il en était devenu encombrant. On avait fini par le fermer en 1860 mais, dix ans plus tard, le Siège de Paris avait obligé la capitale à faire cohabiter ses morts et ses vivants à l'abri des fortif'. On avait dû rouvrir les cimetières interdits pour y préparer des fosses communes. Dans l'enclos Marcadet, on creusa cinquante tranchées en prévision du Siège. Personne n'imaginait alors que les cadavres ardents de la Commune se superposeraient bientôt aux corps gelés par l'hiver. Parmi eux, était enseveli celui de *la Vierge Noire* que Thérèse Dederlin, un maillon pas si lointain de la chaîne de femmes que madame Otoko disait perpétuer, avait connue. C'était ici, à la surface de ce charnier, qu'on avait édifié les trois écoles. À chaque fois qu'on en avait rénové les cours de récréation, les pioches avaient buté sur des ossements communards.

« Tu ne trouves pas étrange que les écoles où ont disparu les enfants soient celles qui ont été construites sur l'ancien cimetière ?

— Il n'existe pas un endroit dans Paris qui n'ait été touché par la mort, d'une manière ou d'une autre.

— Certes, mais c'est précisément l'endroit où a été enterrée la Vierge Noire.

— Ah la Vierge Noire...

— Comme tu dis. Ça te dérangerait de me raconter à nouveau son histoire ? »

Madame Otoko l'avait fixée de ses yeux doux et pétillants qui donnaient l'impression qu'elle en savait toujours plus qu'elle ne voulait le faire croire. Puis, elle lui avait asséné cette phrase étrange.

« Tout ce que j'en sais, Janis, c'est toi qui me l'as appris. »

Janis se rappelait parfaitement le soir où madame Otoko l'avait subjuguée par son récit qui, de bouche en bouche, était venu jusqu'à elle. Alors qu'elle farfouillait dans sa mémoire, Janis sentait un nombre infini de détails lui venir à l'esprit. Des détails qu'avait dû évoquer madame Otoko, forcément, mais dont il lui semblait impossible qu'elle ait pu les mémoriser avec une telle acuité. Ce n'étaient pas seulement des faits, des lieux, des anecdotes, ni les souvenirs de Thérèse Dederlin, la *grisette* alsacienne, qui avait partagé avec la Vierge Noire ses quelques mois funestes à la Goutte d'Or. Il y avait aussi des sensations, des émotions, des sons, des odeurs, des perceptions tactiles. Un émoi, une joie intense, une tristesse frissonnante. Le Siège de Paris, l'hiver meurtrier, les queues devant les boucheries. La neige crissant sous les bottines, les privations, le rat bouilli. L'église Saint-Bernard, le Club de la révolution, la Semaine sanglante, les corbeaux, les gargouilles, le ciel de Paris.

La Commune.

Ce seul nom lui faisait froid dans le dos. *La Commune.* C'était tout ce qu'elle détestait dans ce foutu pays. Évoquer *les soixante-douze jours* exigeait de prendre position, sans nuance, sans discernement, avec rage et dogmatisme. À droite, les partisans de Versailles et de l'ordre-légitime-contre-la-chienlit-criminelle. À gauche, les militants de la Commune et de la révolution-romantique-contre-la-violence-institutionnelle. Chaque mot était une embûche. Chaque fait, un débat. *Les otages, l'incendie de Paris, les pétroleuses.* Grand Dieu ! Fallait-il soutenir que la Commune avait voulu ensevelir la capitale sous les décombres plutôt que de voir son insurrection virer au désastre ? Ou que le saccage de Paris était le résultat des obus versaillais ? Fallait-il dénoncer les sorcières qui, dans les ténèbres de la nuit parisienne, s'étaient vengées du feu des bûchers en déversant des bidons de pétrole dans les caves bourgeoises ? Ou devait-elle hurler avec sa mère que la *pétroleuse* était un fantasme tout droit sorti d'une imagination mâle et perverse, que parmi les centaines de bâtiments réduits en cendres, jamais ô grand jamais, aucun bout d'ongle féminin n'était entré en contact avec une allumette, et que les Communardes n'avaient été que des infirmières dévouées, des cantinières altruistes, des idéalistes dansant la carmagnole sur la crête des barricades bombardées ?

« Janis ? »

Elle posa sur madame Otoko des yeux hallucinés. Que lui arrivait-il ? Que signifiait ce soudain emballement qui lui rappelait les intonations de sa mère, sa fièvre militante, son féminisme geignard. *Communardes, Versaillais, sorcières, pétroleuses*... Pourquoi ne se contentait-elle pas d'appliquer son credo, son sempiternel remède à tous les maux ?

Rien à foutre !

Janis ne parvenait plus à s'en foutre. C'était comme si elle n'était plus seule à décider, comme si son corps et sa raison procédaient désormais d'une œuvre collective. *Sa mère la bouffait de l'intérieur.* Sa mère et toutes ces femmes dont madame Otoko portait la voix – Thérèse, Perrine, Aïda. Mais aussi la Vierge Noire et l'Ogresse. Janis n'avait pas perdu son libre arbitre, elle pouvait encore décider de s'en foutre, de refouler les souvenirs, d'ignorer les réminiscences. Mais soudainement éclairée par toutes les femmes qui avaient trouvé refuge dans son cerveau, elle ne voyait plus le monde de la même manière qu'avant. Et l'étrange condition dans laquelle elle se trouvait depuis que sa mère s'était fait la malle lui apparut, non plus comme une malédiction, mais comme un acte de magie – la mise en adéquation de son être avec sa nature profonde.

Janis ferma les yeux et rêva qu'elle s'envolait par la fenêtre grande ouverte.

16

Jeanne, 1972-1973

Sa rencontre avec le féminisme tenait à la concomitance de deux événements si imbriqués, si complémentaires, si *théorie et pratique*, qu'elle ne pouvait pas relever de la coïncidence bien que le premier d'entre eux en présentât toutes les caractéristiques.

Alors qu'elle traînait son vague à l'âme dans les couloirs de Vincennes après sa rupture avec André, deux étudiants vociférant l'avaient bousculée.

« Vous n'obtiendrez jamais rien en menant votre petite révolution de votre côté sans vous préoccuper des masses populaires, hurlait le garçon à une fille à cheveux courts qui venait manifestement de le dégager de la salle. Le prolétariat doit être uni dans son combat contre l'oppresseur bourgeois !

— La femme est le prolétaire de l'homme ! » lui répondit la fille, ce qui fit glousser Jeanne.

La fille croisa son regard juste avant de claquer la porte.

« Ramène ta chatte. »

À l'intérieur, une vingtaine d'étudiantes conversaient, assises par terre. Des belles, des moches, des *dans-le-coup*, des *pas-dans-le-coup*. Jeanne s'assit dans un coin, les jambes repliées, les bras autour des genoux. Il était question de *menstruations* et de l'inadaptation du monde du travail à un phénomène pourtant physiologique et inévitable pour la moitié de l'humanité. Elle leva les yeux au ciel en regrettant d'être là, songeant avec amertume qu'elle séchait un cours sur le *mouvement des enclosures* en Angleterre.

« Bon, lança finalement celle qui lui avait ouvert la porte, on doit préparer la manifestation d'Issy-les-Moulineaux de ce week-end. Le but est de sensibiliser la population à la question de l'avortement. Il faut que cesse cette inégalité insupportable entre les bourgeoises qui ont suffisamment de fric pour aller se faire avorter à l'étranger, et les autres qui vont se pourrir la vie avec un gosse qu'elles n'ont pas voulu ou qui vont la risquer pour s'en débarrasser... »

Ces filles manquaient d'ambition, pensa Jeanne. Elles se plaignaient de leurs *ragnagnas* et des conséquences de leurs coucheries pendant que les maoïstes parlaient *masses* et *révolution*.

« Le droit à l'avortement est la prochaine étape du féminisme, poursuivait la fille à cheveux courts d'un air possédé. Il ne faut pas se contenter de la pilule. C'est mon corps, putain, et j'en fais ce que je veux ! »

Jeanne aurait voulu leur hurler qu'il y avait plus important, que l'horizon de la femme dépassait son vagin. Que ses combats, à elle et aux maos, c'était la condition des travailleurs immigrés, les logements insalubres, l'impérialisme français, la dictature des colonels, la torture au Brésil... ! Que le monde bouillonnait de luttes autrement plus urgentes que leurs foutus nombrils ! Elle se contenta de leur promettre, à l'issue de ce traquenard, qu'elle essayerait de passer à la manif...

Lorsqu'elle ressentit les premières douleurs dans le bus

qui la ramenait de Vincennes, elle se dit que c'était une réaction somatique. C'était trop gros. Les considérations des féministes dont elle s'était moquée dans l'après-midi ne pouvaient pas la rattraper le soir même. Le sort lui infligeait une leçon. La question était purement théorique mais elle se demanda soudainement ce qu'elle ferait si elle était enceinte d'André qui venait de la larguer. Elle avait été prudente. Pas les préservatifs parce qu'il disait que ça lui ôtait tout plaisir, mais la pilule bien sûr, ce qui était le plus important. Pourtant son ventre lui faisait mal et elle songea qu'elle avait du retard. Mais elle n'était pas réglée comme une horloge suisse. En arrivant à la Goutte d'Or, elle passa saluer Saïd et Faouzia Bouziri, deux Tunisiens qu'elle avait fréquentés au Comité Djilali et qui venaient d'entamer une grève de la faim pour protester contre leur arrêté d'expulsion et les circulaires Marcelin-Fontanet qui espéraient endiguer le chômage en congédiant les immigrés. C'était le nouveau combat du quartier qui avait progressivement supplanté celui de la famille Ben Ali. Dans la salle Saint Bruno, elle échangea quelques mots avec des travailleurs arabes et le père Gallimard et à propos de l'ambiance délétère qui régnait depuis que les maoïstes avaient mis dans la tête des mômes que les Français étaient tous des racistes.

« Rue de Chartres, ils ont caillassé un hôtel en pleine nuit parce qu'on leur a dit que le gérant refusait les Arabes... »

Jeanne voulut intervenir, promettre qu'elle irait trouver ses vieux copains, Mohamed et Farid pour qu'ils essayent de calmer les esprits des plus jeunes, mais elle n'y parvint pas. Elle aurait voulu être ailleurs, là où elle s'était trouvée coincée l'après-midi même, dans cette salle minuscule qu'elle avait voulu fuir. Elle aurait voulu être entourée de filles de son âge, de féministes avec qui elle aurait pu partager ses craintes, évoquer ses symptômes et son pressentiment… Elle s'alluma une clope, pour donner le change, tout en sachant que c'était la dernière chose dont elle avait envie. À la première latte, elle fut envahie d'une sensation atroce. Elle dut se précipiter dehors pour vomir dans le caniveau sous l'œil des gargouilles de l'église Saint-Bernard.

Elle retourna aux réunions du MLF où elle récolta quelques informations, sans rien confesser. Il suffisait de s'enfoncer une sonde, une aiguille à tricoter ou même un scoubidou, et de percer l'œuf pour qu'il s'infecte. Au bout d'une semaine, quand les douleurs devenaient insupportables, on filait à l'hôpital où les médecins diagnostiquaient une fausse couche et faisaient un curetage propre… Jeanne saurait comment s'y prendre. Elle avait quand même passé trois mois à la Pergola, bon sang !

Elle fit ça dans sa chambre. Au bout de soixante-douze heures les douleurs devinrent si fortes qu'elle dut monter en pleine nuit chez madame Boutella, laquelle l'emmena aussitôt à la Pergola… Elle hurlait à la mort pendant qu'un médecin lui triturait le bas-ventre. « Vous souffrez ? Tant mieux, comme ça vous ne recommencerez plus », lui disait-il. L'infection était une telle réussite qu'elle avait chopé une septicémie. Malgré sa muflerie, le médecin la sauva et ne la fit pas payer. Elle dut rester alitée plusieurs jours pendant lesquels elle s'en remit entièrement aux bons soins de madame Boutella. Avant son retour au bercail et après une énième vérification dans les profondeurs de son intimité, la voisine l'avertit, avec une mine gênée, qu'elle risquait de rencontrer à l'avenir des difficultés pour tomber enceinte. Une fois chez elle, Jeanne se laissa glisser dans la baignoire. Elle n'avait encore jamais songé à avoir un enfant.

Elle était trop jeune, et n'avait aucune idée de ce que lui réserverait l'avenir. Mais il y avait dans le présage de madame Boutella, quelque chose d'insupportable. Elle pensa à la mère de Youssef et à la folie dans laquelle l'avait plongée la disparition de son fils. À André dont l'implication dans tout ce bordel avait consisté à la baiser sans préservatif et à la congédier sans explication. Elle avait supporté seule l'angoisse, la douleur, la septicémie, comme elle supporterait seule l'infertilité et peut-être une vie de frustration. Pour ne pas alerter sa mère, elle plongea la tête sous l'eau et hurla en silence. Quand elle sortit du bain, tremblant de froid, elle découvrit sa nudité dans le miroir. Elle inspecta son visage rougi par les larmes, ses cheveux plaqués sur ses joues, ses seins, son ventre, et devina son cul qui pendant près d'un an avait fait le bonheur d'André. Subitement, son *corps*, qu'un connard avait pris le risque d'engrosser, de malmener, de rendre infertile, lui parut aussi important que le *racisme*, *la condition ouvrière, les mal-logés,* la *dictature en Grèce* ou *la torture au Brésil.*

Son *corps* était un terrain de lutte.

Alors, elle repensa au délire d'apocalypse de sa mère. Elle aurait aimé que tout soit vrai. La sorcière, les sortilèges, les pouvoirs. Jeanne ferma les yeux et s'imagina tenir le cou d'André entre ses doigts, presser son larynx, lui broyer les couilles, et le regarder se débattre comme un coq déplumé.

*

Par curiosité, Jeanne finit par suivre les filles du MLF au cours d'Hélène Cixous. Elle se fit la réflexion que jusque-là, tous ses professeurs d'université, surtout les pontes, avaient été des hommes. Tout comme les leaders étudiants. Chez

Les maoïstes, chez les communistes, les trotskystes, même chez les royalistes ou chez les anarchistes... Des femmes enseignaient à Vincennes, bien sûr, plus qu'ailleurs, et certaines faisaient même partie de la direction, pourtant, au hasard des inscriptions et des UV, on pouvait y suivre son cursus sans jamais en rencontrer.

Ce jour-là, elle vit arriver dans l'amphi un petit être frêle, fragile, vêtu de noir de pied en cap, les cheveux courts. On aurait dit un merle désailé tombé en plein sabbat de sorcières. La petite chose se mit à parler littérature anglaise, américaine, française, *écriture féminine*, *sexe*, *postcolonialisme*. Elle se mit à parler du *continent noir*, d'un seul et même combat. Jeanne n'aurait su dire si ce qu'elle ressentit relevait de son imagination, d'un sentiment de déjà-vu ou d'une réminiscence des hallucinations de son enfance, lorsqu'elle entendait les cris des victimes de *l'Ogresse* derrière les murs de sa chambre et ceux des Algériens torturés dans les caves, ou lorsque le visage du Harki lui était apparu dans le ciel quelques secondes avant sa mort. En tout cas, dans son crâne résonnèrent des mots d'Hélène Cixous qui n'étaient pas ceux qui sortaient de sa bouche à ce moment-là... *Nous les précoces, nous les refoulées de la culture, les belles bouches barrées de bâillons, pollen, haleines coupées, nous les labyrinthes, les échelles, les espaces foulés ; les volées – nous sommes « noires »* et *nous sommes belles...* Ces paroles devenaient, dans une détonation suffocante de guitare électrique, celles de Janis Cixous... *nous les laiderons, nous les refoulées de la baise, les visages ingrats barrés de chiffons, gluten, envies coupées, nous les absinthes, les séquelles, les corps refoulés ; les volées – nous sommes « laides » et nous sommes belles...* Jeanne participait enfin à une œuvre collective qui la dépassait.

Elle ne quittait plus ses nouvelles copines. Elle les écoutait raconter leurs premières manifs, leur hommage sous l'Arc de Triomphe à la femme du soldat inconnu *plus inconnue que son mari*, la création du Mouvement de Libération des Femmes... Le mercredi soir, aux Beaux-Arts, elle préparait les affiches pro-avortement. Elle participait à l'écriture de brûlots anonymes. Elle battit le pavé, les mains dressées en un triangle vaginal, elle hurla *nous ne sommes pas des poupées*, chanta *debout femmes esclaves et brisons nos entraves*. Le soir, dans sa chambre de petite fille, elle rattrapait son retard : les têtes tranchées d'Olympe de Gouges et de Marie-Louise Giraud ; Emily Davison se jetant sous les sabots du roi, Louise Weiss recueillant les suffrages interdits, Sigrid Rüger balançant des tomates au jeune premier de la révolution prolétarienne ! Alors que *Ball and Chain* beuglait sur la platine, Jeanne déclamait *le testament de la paria* de Flora Tristan... *Femmes, vous dont l'âme, le cœur, l'esprit, les sens, sont doués d'une impressionnabilité telle qu'à votre insu vous avez une larme pour toutes les douleurs, un cri pour tous les gémissements – and I say oh whoa whoa – femmes, resterez-vous silencieuses et toujours cachées, lorsque la classe la plus nombreuse et la plus utile, vos frères et vos sœurs les prolétaires, ceux qui travaillent, souffrent, pleurent, et gémissent, viennent vous demander, les mains suppliantes, de les aider à sortir de la misère et de l'ignorance...*

Jeanne se sentait enfin libre. Libre de parler fort, d'envoyer braire les excités guévaristes, de brailler *Summmmmer Tiiiime* et *Kozmic Blues*, ivre morte, dans l'autobus la ramenant à Paris ; libre de siffler le cul des mecs, de railler leurs sales gueules ; de fumer des pétards, les yeux clos, allongée dans l'herbe ; de lire les chroniques déjantées de Lester Bangs dans *Rolling Stone* ou *Creem* en ricanant avec ses copines ; de s'envoyer en l'air dans les fourrés avec le premier connard venu ; de tailler des havanaises aux enragés anti-trotskistes ; de se faire traiter de pute par les *André-machoïstes* autant que par les *pimbêches-bourgeoises-coincées-du-cul* ; de leur tirer sa langue fière et souillée, frétillante, désirable, infinie.

*

C'était en sortant de la salle Saint Bruno, où l'on soutenait les travailleurs immigrés depuis que les époux Bouziri avaient obtenu gain de cause, que Jeanne apprit la nouvelle de la bouche d'un mao du quartier.

Le corps sans vie d'André avait été retrouvé sur un trottoir du boulevard Saint-Michel, la nuit de la grande manif de l'extrême gauche contre le rassemblement d'Ordre nouveau à la Mutualité. André avait fait partie des milliers d'étudiants venus prêter main-forte à la Ligue communiste pour empêcher le mouvement fasciste de tenir sa réunion sur le thème « *Halte à l'immigration sauvage* » en plein quartier latin. André avait balancé des cocktails molotov sur les molosses du service d'ordre de l'extrême-droite et sur les flics qui tentaient de les protéger. Il y avait eu un peu de castagne mais on avait évité le pire. De peur que ça dégénère, la foule avait fini par se disperser. Un coup de feu avait retenti. Les rumeurs disaient qu'un militant s'était fait descendre mais on n'était sûr de rien. En tout cas, André était encore vivant à ce moment-là puisqu'il était allé fêter le grand barouf au *Cloître*, un bar de la rue Saint-Jacques. Il en était sorti à la fermeture, vers deux heures, et il avait quitté ses potes au Panthéon pour rentrer chez ses parents. Une heure plus tard, un passant ivre butait sur son corps inerte. D'après les informations qui circulaient, le médecin légiste avait évoqué une strangulation sans établir formellement les causes du décès. Il pouvait tout aussi bien s'agir d'un simple arrêt cardiaque. Chez les maoïstes, l'assassinat fomenté par l'extrême-droite ne faisait aucun doute. André s'était fait descendre par des gars du GUD ou de l'Ordre nouveau, assoiffés de vengeance après le sabotage de leur réunion à la Mutualité.

Jeanne était demeurée interdite. Malgré le mal qu'il lui avait fait, il avait été son premier amour, et voilà qu'il n'existait déjà plus. Il avait été rayé de la carte, effacé. Son corps froid devait déjà se raidir ; bientôt, il serait rongé par les vers dans l'exiguïté d'un cercueil. Et Jeanne repensa à ce qu'elle avait souhaité de tout son cœur, le jour où elle avait découvert sa probable stérilité en même temps que le féminisme. C'était moins la mort d'André qui l'horrifiait que la conviction de ne pas y être étrangère.

Après quelques jours, elle se présenta chez ses parents, rue de Seine. En sonnant, elle réalisa qu'elle ne ressentait plus rien pour André, ni amour, ni rancœur, juste une étrange culpabilité, comme si elle s'en voulait que sa mort l'ait fait disparaître de la surface de ses sentiments. Et si ce n'était ni par désespoir ni par charité chrétienne qu'elle venait présenter ses condoléances à ses parents, c'était forcément par curiosité, pour obtenir des détails sur ce qui s'était passé. Elle en eut honte et s'apprêtait à fuir lorsque son père ouvrit la porte.

« Tu veux un verre de vin ? » demanda-t-il d'une voix douce, un peu chevrotante, alors qu'elle le suivait dans la cuisine au fond du couloir.

Jeanne déclina mais il ne sembla pas l'entendre.

« Je suis juste venue vous dire... , commença Jeanne avant

de s'interrompre, se rendant à l'évidence qu'il n'y avait rien à dire.

— Je sais, Jeanne. Ça me touche beaucoup. Excuse, mon épouse. Elle est dans sa chambre, elle ne sort plus depuis...

— Je comprends, c'est tout à fait normal. »

Ils demeurèrent de longues minutes ainsi, à boire dans la cuisine où elle avait admiré cet homme débattre avec son fils sur le communisme et la révolution et où, désormais, il basculait dans la décrépitude.

« On ne sait pas ce qui s'est passé, Jeanne. Personne n'y comprend rien. »

Ses yeux étaient secs mais rougis.

« Il pouvait être exalté, énervant même, mais de là à se faire... ».

Sa phrase demeura en suspens. La décence requérait de ne pas le relancer. Mais la curiosité fut trop forte.

« Sommes-nous au moins sûrs qu'il s'est fait... ? »

Elle non plus n'avait pas terminé sa phrase. Pour le ménager, bien sûr, mais aussi parce qu'elle ignorait ce qu'il fallait ajouter. Tuer ? Lyncher ? Assassiner ?

« On n'est sûr de rien, Jeanne. »

La manière qu'il avait de l'appeler par son prénom, de la traiter quasiment comme sa belle-fille, la gênait. Il surestimait son niveau d'intimité avec André ou, plus exactement, l'affection qu'il lui avait portée, et Jeanne s'était sentie dans la peau d'une imposteuse. Elle avait couché avec André durant près d'un an certes, et pouvait même se targuer d'avoir été sa dernière copine mais (elle s'en rendait compte maintenant) il ne l'avait jamais considérée comme autre chose qu'un sésame pour se rapprocher des *masses*, ces êtres mystérieux qu'il défendait avec passion sans les avoir rencontrés. Plutôt que Jeanne, il avait aimé l'idée de frayer avec le Paris populo, avec les Ben Ali, avec les logements insalubres, avec les travailleurs arabes. À travers elle, c'était la Goutte d'Or qu'il avait pénétrée.

Pour calmer ses mains tremblantes, le père agrippait son verre qu'il buvait par petites lampées, égaré dans un monde parallèle où les parents retrouvent leurs enfants perdus.

« Il n'avait aucune trace de coup. Aucune blessure apparente. Aucune marque...

— Le médecin-légiste n'a-t-il pas évoqué une possible... strangulation ? »

Son père la regarda comme surpris par son niveau d'information ou par la vitesse à laquelle les rumeurs se répandaient.

« Il n'y avait aucune trace de strangulation.

— Pardon, c'est ce qu'on m'a dit...

— Ne sois pas gênée. C'est moi qui ai dit ça à ses camarades de Vincennes... »

Jeanne se demanda pourquoi il avait tenu à ajouter un détail aussi sordide.

« C'était un arrêt cardiaque alors, tout simplement ? »

Elle s'en voulut pour le *tout simplement*, comme si le décès d'un gamin de vingt-trois ans par arrêt cardiaque plutôt que par strangulation avait quelque chose de réconfortant, voire de décevant, en tout cas de moins douloureux pour son père.

« Ce n'était pas un arrêt cardiaque. Il a... On a retrouvé... À l'autopsie, ils ont... Les médecins ont constaté... »

Il se servit un nouveau verre qu'il but d'une traite avant de s'en resservir un autre. Jeanne ne voyait plus que ses yeux exorbités et ses joues caves, ses cheveux gris, son corps amaigri. Plusieurs fois, il essaya de commencer une phrase mais un voile de désespoir lui tordait le visage et l'empêchait de poursuivre. « Il… Il… ». Elle eut l'impression que ce qu'il s'apprêtait à lui révéler, et qui lui restait coincé dans la gorge, surpasserait dans l'horreur la mort même de son fils.

« Il a été émasculé. »

Émasculé.

Jeanne connaissait ce mot, bien sûr, mais elle se demanda s'il n'était pas *polysémique*, si elle n'en ignorait pas un sens caché, une acception moins courante, moins écœurante surtout. *Émasculé.* Qu'est-ce que ça signifiait, *émasculé* ? Qu'on l'avait privé de sa *mascu-linité* ? Qu'on lui avait ôté sa *virilité* ? Qu'on l'avait déchu de sa condition d'homme ? Qu'on lui avait…

« On lui a coupé les couilles, Jeanne ! ».

Et pour la première fois, il l'avait fixée dans les yeux. Ses cheveux semblaient avoir encore blanchi depuis qu'il lui avait ouvert la porte.

« On lui a coupé les couilles, putain ! Est-ce que tu comprends ça, bordel ? On lui a découpé à la cisaille ! On lui a scalpé la bite et les testicules, bordel de nom de Dieu ! »

Maintenant, il hurlait, sans plus se soucier de l'heure tardive ou du sommeil de son épouse, ni s'embarrasser de ce ton feutré assigné au deuil. Il répétait les mêmes mots, semblant se complaire dans la vulgarité et l'atrocité des détails, pour s'assurer qu'elle avait bien compris qu'*émasculer* n'avait pas d'autre sens que celui qu'elle connaissait. *On lui avait coupé les couilles.* Et il la regardait avec une telle furie qu'elle eut l'impression qu'il lui en voulait à elle, Jeanne, de ne pas avoir su protéger les organes génitaux de son fils, comme si le fait de les avoir palpés à l'occasion avait fait d'elle leur dépositaire, la gardienne de leur inviolabilité, la civilement responsable. Et elle se demanda même s'il n'avait pas, lui aussi, l'abominable intuition qu'elle était pour quelque chose dans la perpétration de ce massacre.

« Il n'y avait aucune trace de sang. Aucune trace de coups, aucune trace de blessure..., poursuivit-il d'une voix adoucie, au bord des larmes. Rien. Et pourtant quelqu'un, un fou, un psychopathe, un malade mental, lui a retiré... Sur le boulevard Saint-Michel... En pleine nuit... »

Il pleurait à chaudes larmes. Et Jeanne fut surprise de découvrir qu'un adulte frisant la cinquantaine, habituellement serein et maître de lui, pouvait encore ressembler à un gamin privé de sa maman. Elle n'avait jamais vu d'homme pleurer, en tout cas aucun homme adulte et elle avait cru jusque-là que les larmes, comme les règles, étaient l'apanage des femmes.

« C'est, c'est... C'est monstrueux, Jeanne. Mais qui a pu faire une chose pareille ? »

Il leva sur elle des yeux implorants comme s'il espérait qu'elle lui révèle quelque indice susceptible de le mettre sur une piste.

« Je ne sais pas, Monsieur. »

Son père la fixa de nouveau avec un air étrange et possédé.

« J'ai une question à te poser, Jeanne. »

Il se saisit d'une nouvelle bouteille de rouge qu'il déboucha machinalement, et Jeanne qui n'y connaissait rien remarqua néanmoins que la date qui figurait sur l'étiquette était celle de sa naissance, ce qui lui fit supposer que ce devait être un bon cru.

« Mon fils avait-il une inscription ou un tatouage sur le corps ? »

Et Jeanne comprit l'hésitation du père d'André à lui poser cette question qui sous-entendait qu'elle avait ausculté le corps nu de son fils.

« Un tatouage ? Ça ne me dit rien. Où ça ?

— Sur la poitrine.

— Non, il… Il n'avait rien. »

Le père avala un nouveau verre.

« Il n'y avait aucune inscription gravée en lettres de sang à ce niveau-là ? demanda-t-il en se frappant le torse avec violence.

— Non, bafouilla-t-elle encore.

— Bien sûr que non, il n'avait rien. Pardonne-moi. Je suis en train de devenir fou… Ah putain, les salauds… sur le cœur de mon fils… », conclut-il dans un sanglot sans que Jeanne n'en apprenne davantage ce soir-là.

Elle rentra chez elle à pied, totalement chamboulée. Ce pauvre homme, comme la mère de Youssef, sombrait dans la folie, et Jeanne repensa à cet amour absolu que les parents ressentaient pour leurs enfants et dont elle serait privée. Pourquoi le père d'André avait-il évoqué une *strangulation* auprès des étudiants de Vincennes alors que le médecin-légiste avait constaté une *émasculation* ? Ça devait être lourd à porter, *la masculinité*, si un père en venait à ménager le meurtrier de son fils pour préserver la mémoire virile de ce dernier. L'intuition absurde, ignoble, qu'elle y était pour quelque chose cachait dans les replis de sa conscience un sentiment plus inavouable encore ; une sorte de jouissance qui ressemblait à de la vengeance satisfaite.

*

Le jour de l'enterrement d'André, elle ne se déplaça pas au Père Lachaise. Mais à la nuit tombée, elle sortit avec un attirail chapardé dans le local des maos : la brosse, le seau de colle, les affiches encore vierges. Elle choisit le mur de l'école, à l'angle de la rue Léon et de la rue Pierre Budin, derrière lequel Farid et Mohamed l'avaient retrouvée en février 1963, le corps transi dans la neige. C'était là aussi qu'elle avait perdu la mémoire de ce qui était survenu. Là que s'était scellé le délitement de son amitié avec Alice. En collant les premières affiches, les premières lettres de son imprécation, elle ressentit autant de peur que d'excitation. Elle risquait de se faire embarquer par la maréchaussée. Mais au fur et à mesure que son message prenait forme sur le mur de l'école, le danger lui sembla s'éloigner comme les bruits de la ville. Au fond du silence, elle perçut des cris de nourrissons. Des cris semblables à ceux qu'elle entendait dans sa chambre lorsqu'elle était gamine, et qu'elle avait toujours pris pour ceux des martyrs de *l'Ogresse.*

Jeanne recula pour contempler son œuvre. Le slogan, scandé dans les rues de plusieurs villes italiennes et que des filles du MLF avaient repris un soir aux Beaux-Arts, résumait tout ce qu'elle avait ressenti en apprenant la mort d'André.

TREMBLEZ, LES SORCIÈRES SONT DE RETOUR!

16

Janis, 2026

Alors qu'elle remontait la rue Léon, une fillette apparut au croisement de la rue Doudeauville, dans la brillance de l'aurore. Ce genre de rencontre était devenue si rare que Janis pressentit un malheur. La petite, d'une dizaine d'années, courait dans sa direction avec une telle fougue que Janis craignit qu'elle ne s'étale sur le trottoir. Elle dévala la pente en faisant claquer ses bottillons de cuir, dépassa Janis et disparut à l'angle de la rue Pierre Budin. Janis se tourna vers la rue Doudeauville, espérant y découvrir la raison de cette hâte, mais n'y vit rien d'autre qu'une intersection placide. Malgré sa précipitation, la petite, durant les quelques secondes où Janis avait pu discerner son visage, n'avait laissé paraître ni inquiétude ni crainte ; à peine un rictus d'excitation. Janis rebroussa chemin pour voir où la fille avait bien pu filer mais la rue Pierre Budin était déserte. Elle entendit alors des claquements de godasses, des dizaines de semelles brutalisant l'asphalte, le bruit si caractéristique des mouflets qui gambadent. Il en arriva de partout. Du bout de la rue piétonne, des deux côtés de la rue d'Oran, du bas de la rue Léon, depuis la rue Doudeauville. Le quartier déborda de gosses échappés de chez eux où leurs parents les tenaient enfermés. Ils déboulèrent en si grand nombre que Janis se plaqua contre la barrière longeant la chaussée, en face du mur de l'école, que barrait le dernier message des colleuses :

Nous sommes les petites filles des sorcières que vous n'avez pas pu brûler

De nouveau, les gosses ne semblèrent lui prêter aucune attention. Un groupe se rua dans sa direction, sur toute la largeur du trottoir, et elle dut se recroqueviller contre la rambarde pour leur laisser la place. Par réflexe, elle ferma les paupières, les phalanges agrippées au grillage, espérant que la collision ne serait pas trop douloureuse, ni pour elle ni pour eux qui n'avaient pas cru bon de ralentir leur course. Le brouhaha se rapprocha, la traversa, avant de la dépasser. Janis rouvrit les yeux. Elle n'avait rien senti. Ils convergèrent devant l'entrée de l'école Pierre Budin où, sans freiner la cadence, ils s'engouffrèrent par la porte grande ouverte. Janis resta seule, sur les pavées de la rue, tandis que le tumulte s'amplifiait derrière l'enceinte. Et malgré le rocambolesque de la situation, elle se sentit heureuse de réentendre les cris, les chamailleries, les rires, les poursuites et les ballons ; tous ces échos joyeux dont on l'avait privée. Bien que l'idée de devenir mère ne lui eût jamais traversé l'esprit, elle songea qu'elle aimait profondément les gosses – leurs bajoues, leur démarche éthylique, leur diction vasouillarde – davantage en tout cas que les adultes – leurs meurtrissures stériles, leur fatidique ennui. Elle attendit là un bon moment, dans cette amorce de jour, laissant son cœur chavirer aux sonorités de l'enfance.

Et puis, ce fut le silence.

Lorsque Janis franchit à son tour le seuil de l'école, elle

déboucha sur une cour en deuil. Il n'y avait plus qu'un bitume stérile, privé des joyeusetés qui l'animait encore quelques secondes plus tôt.

Les enfants, les cris, le bonheur.

Tout s'en était allé.

17

Jeanne, 1974

Chez madame Boutella, *Pearl* tournait sur la platine du salon tandis que Jeanne se resservait un verre de blanc. Ce qu'elle avait à dire n'était pas simple mais c'était tout de même moins difficile que de l'annoncer à sa mère...

« Je vais partir. »

Madame Boutella ne parut pas surprise. Madame Boutella ne paraissait jamais surprise. Elle écoutait ce qu'on lui disait, comme on prenait note d'une information. Elle discutait volontiers, sondait vos motivations parfois, mais se gardait de juger. Quand Jeanne avait abandonné la Pergola ou quand elle avait sonné à sa porte pour avorter, elle ne le lui avait fait aucun reproche.

« Tu *pars* ou tu *vas* quelque part ?

— Les deux. J'en ai assez. De la Goutte d'Or, de Vincennes, de Paris, de la France.

— Es-tu sûre que ce n'est pas de toi dont tu as assez ? Parce que si c'est le cas, tu n'y échapperas pas, ou que tu ailles... »

Sa question était sincère, sans insinuation.

« Je veux aller en Amérique.

— Tu pars quand ?

— Bientôt. Je ne sais pas encore. J'ai peur de l'annoncer à ma mère.

— Pourquoi ?

— Parce qu'elle ne comprendra pas. Parce que je ne veux pas lui faire de peine. »

Sa fille avait planté son avenir d'aide-soignante pour Vincennes, et maintenant c'était la *forêt pensante* qui était devenue trop petite. Jeanne en avait assez de la bouillabaisse intellectuelle, de la révolution qui ne venait pas, de la baise buissonnière. Elle n'avait pas envie de savoir quel type de féministe elle serait, *libérale*, *radicale*, *socialiste*, *écologique*, ni d'attendre le droit à l'avortement ou d'avoir cinquante piges, la peau flétrie et les seins en gants de toilettes, pour enfin prendre son pied. Pas envie de mener un combat dont elle ne profiterait pas. Pas envie de jalouser des filles qui un jour jouiraient sans entrave grâce à ses privations.

« Je me suis brouillée avec tout le monde ici de toute façon. »

Les maoïstes la trouvaient trop dilettante et ses copines du MLF lui reprochaient son égoïsme au point que l'une d'elles l'avait traitée de *souillonne du patriarcat*... Jeanne n'avait pas pris ses distances avec les macho-marxistes pour se faire embrigader par des enragées, toutes aussi chiantes et pompeuses.

« Pourquoi faut-il qu'en France les révolutions se dissipent fatalement dans des effluves de mots creux ?

— Crois-tu que ce soit très différent ailleurs ? sourit madame Boutella.

— J'ai juste envie d'autre chose, tu comprends. Quelque chose de plus *grand* que la Goutte d'Or, que Vincennes ou que l'avortement... »

Jeanne s'interrompit de peur d'offusquer la voisine en

insinuant que sa vie était doublement médiocre. De peur surtout de remuer des souvenirs trop vivaces.

« Je peux comprendre que tu puisses en avoir assez de tout ça. Mais dis-moi plutôt de quoi tu as envie, ma chérie ?

— Je ne sais pas... »

Pouvait-elle avouer à sa voisine qui l'avait vu naître qu'elle rêvait de *rock*, de *flower power*, d'*utopies*, de *queues hippies*, *d'acides*, de ne plus galérer pour dénicher *Rolling Stones*, *Creem*, *New Musical Express*, d'enfin vivre ce qu'elle lisait dans leurs pages, de mettre des sons sur des noms mystérieux comme *les Stooges*, *le MC5*, *les Grateful Dead*, *Alice Cooper*... !

« Je voudrais vivre... au centre du monde. Pas en marge de tout comme à la Goutte d'Or ou à Vincennes...

— Il n'y a pas si longtemps, n'avais-tu pas l'impression que Vincennes était le centre du monde, justement ?

— Si, c'est vrai. Mais il n'y est plus. Il change souvent de place.

— Où est-il en ce moment, selon toi ? En Amérique ? »

Bien sûr qu'il était là-bas, sur la Côte Ouest, en Californie précisément, où s'étirait depuis 1967 le *Summer of Love*. Hollywood était le vortex où tournoyait le rock anglais. David Bowie, Iggy Pop, Led Zep, les Stones, tous s'y installaient ou y trouvaient l'apogée de leur tournée mondiale. Même les gentils Beatles commençaient à y prendre goût. Los Angeles était *the place to be*. *Zeitgeist* et *happenstance*. Paris, la France, l'Europe, tout ça n'était plus qu'un tour de chauffe, un café enfumé où des jeunes déjà vieux couvraient de leurs slogans le son d'un saxophone... L'éveil tardif à son époque lui avait fait manquer Woodstock et Monterey. Cette fois, elle ne manquerait pas l'Amérique.

« Ta décision est prise de toute façon.

— Oui.

— Tes motivations me laissent songeuses mais c'est ta vie, Jeanne.

— Il n'y a pas que ça.

— Qu'y a-t-il d'autre alors ? »

Il y avait la dernière conversation avec sa mère et la mort d'André.

Ces histoires de *sorcières*, de *mémoire du passé*, de *pouvoirs*, de *corriger le cours des événements*, de *bien* et de *mal*, de *pénétrer les corps et les consciences*. Elle voulait en savoir plus. Savoir s'il y avait un lien entre ce que lui avait raconté sa mère et le décès soudain d'André. Savoir s'il serait mort sans leur conversation. Savoir si elle y était pour quelque chose.

« Il n'est pas si mal finalement ton pinard, se réjouit-elle en reprenant un verre et en s'allumant une nouvelle clope. Tu ne veux toujours pas me dire où tu l'as déniché ?

— Je te l'ai déjà dit des milliers de fois.

— Oui, je sais, c'est le vin de la Goutte d'Or...

— Pourquoi poser une question dont tu connais la réponse ? »

Jeanne s'avachit dans le canapé en faisant tournoyer le liquide pâle et doré dans son verre à pied.

« Ça fait combien de temps que tu habites ici ?

— Je me répète. Pourquoi poser une question dont tu connais la réponse ?

— Depuis le passage de Jeanne d'Arc en 1429...

— Tu vois. »

Jeanne éclata de rire. Elle connaissait la légende. Jeanne d'Arc avait passé la nuit du 7 au 8 septembre 1429 au village de la Chapelle à prier dans l'église Saint-Denys, avant de se lancer à l'assaut de Paris pour rendre la ville au roi de France. Hélas, les Anglais ne s'étaient pas laissé botter hors des fortifications et, blessée par un tir d'arbalète, la pucelle avait dû rebrousser chemin en coupant par les anciennes vignes de la Goutte d'Or. En se mêlant à la terre de la petite butte, le sang dégouliné de ses plaies avait donné à ses raisins sa teinte mordorée et sa douceur de miel. Et depuis, des femmes, qu'elle appelait *ses chères âmes mortes*, s'étaient succédé jusqu'à madame Boutella pour entretenir la mémoire de cet endroit et de cet événement.

« Je vais finir par te croire, reprit Jeanne. Ce quartier commence à me faire sincèrement peur. L'autre soir, en rentrant chez moi par la rue Léon, j'ai entendu des cris de nourrissons. Comme ceux que j'entendais quand j'étais gamine. Je ne sais pas si ça venait de l'école ou de ta clinique, mais c'était vraiment étrange.

— Qu'est-ce qui était étrange ? D'entendre des bébés dans une maternité ? »

Jeanne pouffa mais n'osa pas poursuivre.

« Je voudrais te parler de quelque chose de... encore plus *étrange*. Peut-être que tu pourrais m'aider, toi qui as une prédilection pour ces choses-là...

— Quelles choses ?

— Tout ce qui touche à l'ésotérisme. »

Cette fois, c'est madame Boutella qui éclata de rire.

« Dis toujours, je verrai si je peux t'aider.

— Est-ce qu'il t'est déjà arrivé de souhaiter si fort le décès de quelqu'un qu'il finisse par mourir réellement ?

— Non. »

Jeanne reprit une gorgée de ce vin qui lui montait doucement à la tête.

« Crois-tu que ce soit possible ?

— Tout est possible ma chérie. J'ai déjà vu une petite fille de dix ans ressusciter. »

Jeanne la regarda avec des yeux malicieux.

« J'étais juste en hypothermie.

— Avec un corps à 18 °C, en arrêt cardiaque et un encéphalogramme plat, ça ressemblait plus à la mort qu'à un coup de froid... ».

Jeanne sut que cette fois, la voisine n'inventait rien.

« 18 °C... ? Tu te souviens de ce qui s'est passé ce jour-là ?

— Bien sûr, c'est moi qui t'ai récupérée à la Pergola.

— Mais que s'est-il passé avant ?

— Les gamins ont retrouvé Alice étendue dans la rue Pierre Budin, et toi dans la neige au milieu de la cour de récréation alors que l'école était fermée à clef et que son mur d'enceinte fait plusieurs mètres de haut... ».

Chaque fois qu'elle entendait prononcer le nom d'Alice, le corps de Jeanne se raidissait. Elle ne l'avait jamais revue depuis les résultats du bac mais elle n'avait pas pu éviter d'en entendre parler. Elle croisait régulièrement sa mère qui avait gardé contact avec la sienne et qui occupait toujours le même poste de directrice d'école. Madame Boutella avait aussi de ses nouvelles, à intervalles irréguliers. Même la presse avait commencé à parler d'elle. Alice avait fait partie des sept premières femmes à intégrer Polytechnique. Sur la photo de la promotion 1972, qui illustrait l'un des nombreux articles sur le sujet, son visage d'ange sous un tricorne accaparait l'attention. Jeanne n'en avait pas dormi pendant plusieurs nuits.

« Alice avait dû me faire la courte échelle, tout simplement. Je ne me rappelle rien en tout cas, même pas mon passage à la Pergola. Je me souviens juste de m'être réveillée à Lariboisière dans un sale état, comme enfermée dans moi-même. J'entendais des bruits, les infirmières, ma mère qui lisait l'Apocalypse, le métro aérien, mais j'étais paralysée et personne ne remarquait que j'étais consciente... »

Sur le tourne-disque, Janis Joplin chantait *Buried alive in the blues.*

« C'est exactement ça. J'étais *enterrée vivante dans le blues.*

— Je n'entends rien, Jeanne.

— Pardon, tu ne parles pas anglais... En gros, Janis Joplin dit qu'elle a été prise dans un glissement de terrain... qu'elle est enterrée vivante dans le blues... que dimanche matin tout le monde est au lit... qu'elle est dans la rue, elle parle hors de sa tête... que ce mur de briques muet n'a pas entendu un mot de ce qu'elle dit... elle est enterrée vivante dans le blues... elle appelle au secours... elle demande miséricorde, prie pour la pluie, elle ne peut pas être la seule à accepter tout ce blâme... quelque chose ici essaie de polluer son cerveau... Bref, elle est...

— ... *enterrée vivante dans le blues.*

— Tu as compris l'idée. »

« Et ma mère ? Elle aussi est ressuscitée d'entre les morts, non ?

— En quelque sorte.

— Récemment, elle m'a parlé de mon père pour la première fois. Et de la guerre, aussi. Mais elle ne se souvient pas de ce qui s'est passé pendant le bombardement. Comme moi en 1963. Elle a tout oublié. Ou peut-être qu'elle ne veut pas m'en parler. »

Depuis la conversation avec sa mère, Jeanne avait effectué quelques recherches sur le sujet. Aux archives de la bibliothèque Robert Sabatier, elle avait trouvé des coupures de presse qui faisaient état du bombardement du 21 avril 1944. Vers minuit, les sirènes avaient retenti pour annoncer une approche d'avions *terroristes* ou *alliés*, selon que le journal était collaborationniste ou résistant. Jusqu'à deux heures, les *Avro Lancaster* et les *Mosquito* avaient pilonné la gare de triage de La Chapelle pour paralyser l'ennemi en vue du débarquement. Les premiers raids en rase-mottes avaient visé juste mais par la suite, la fumée des incendies avait obligé les bombardiers à prendre de la hauteur et à larguer à l'aveugle. Par miracle, les bombes avaient épargné le Sacré-Cœur mais avaient ravagé la plaine Saint-Denis, Saint-Ouen et la Chapelle. Quant à la Goutte d'Or, Jeanne avait retrouvé une photo de la rue Myrha prise le lendemain des bombardements. L'immeuble où avait vécu sa daronne n'était plus qu'une montagne de gravats.

« Cette nuit-là, j'étais chez ta mère.

— Vous vous connaissiez déjà ?

— Depuis quelques années. Je suis arrivée d'Oran un peu avant la guerre...

— Tu n'habites donc pas ici depuis 1429 ? » tenta Jeanne en se demandant pourquoi elle faisait de l'humour plutôt que d'écouter.

Madame Boutella lui sourit.

« Je me souviendrai toujours du jour où ta mère a débarqué au quartier, le 25 janvier 1938...

— Comment peux-tu te rappeler la date précise ?

— Aucun de ceux qui a vécu cette soirée ne l'oubliera. J'étais assise sur la place de l'église, avec mon ancienne voisine, Perrine Lamey.

— Le maillon précédent de ta chaîne de femmes ?

— Exactement. En fin de soirée, le ciel s'est mis à rougeoyer mais ce n'était pas le coucher du soleil ni le crépuscule. On a cru à un incendie, suffisamment proche pour illuminer le firmament mais trop lointain pour qu'aucune fumée ne nous parvienne. Les gens sortaient de chez eux et se massaient sur la place de l'église pour observer le phénomène. Pendant plusieurs heures, des faisceaux lumineux se déplaçaient, se dilataient, disparaissaient puis apparaissaient de nouveau, rouges, ocres, jaunes, bleues, roses ou verdâtres. Nous avons vu des rayons, des arches, des voiles se succéder ou se superposer dans le ciel. Je ne me souviens pas d'avoir jamais contemplé quelque chose d'aussi beau.

— Qu'est-ce que c'était ?

— Une aurore boréale que l'on a pu observer dans toute l'Europe, des pays scandinaves jusqu'aux rives de la Méditerranée, et dont on a même pu apercevoir la lueur en Amérique du Nord.

— C'est ce soir-là que ma mère est arrivée ?

— Elle devait avoir dans les vingt-cinq ans. Elle était habillée tout en noir et tenait une valise en cuir à la main, comme si elle venait de descendre du train. Elle observait le ciel en silence. Et puis, elle a fini par dire quelque chose qui a achevé de nous convaincre que ce phénomène annonçait une catastrophe...

— Un verset de l'Apocalypse, je suppose ?

— Sans doute. Tu sais que je connais moins bien la Bible que le Coran...

— Qu'est-ce qu'elle a dit ?

— *Lorsque vous verrez une nuit illuminée par une lumière inconnue, sachez que c'est le grand signe que Dieu vous donne, qu'Il va punir le monde de ses crimes par le moyen de la guerre, de la faim et des persécutions contre l'Église et le Saint-Père.* »

Jeanne fouilla dans sa mémoire sans parvenir à relier cette phrase à l'Apocalypse de Saint-Jean qu'elle connaissait pourtant par cœur. La voisine se resservit un verre de vin comme si le souvenir de cette étrange soirée l'avait profondément affectée.

« En rentrant, Perrine m'a dit qu'il s'était passé un

phénomène similaire le soir où la Vierge Noire avait débarqué au quartier. En septembre 1870, au moment de l'invasion prussienne, quelques mois avant la Commune, une aurore boréale avait déjà survolé Paris.

— Elle était déjà là en 1870, Perrine ?

— Non, c'est Thérèse qui le lui avait raconté. En tout cas, c'était un mauvais présage.

— Par la suite, tu n'as pas demandé à ma mère ce qu'elle avait voulu dire ?

— Je la croisais parfois au marché ou rue Myrha mais je ne la connaissais pas à l'époque. Et puis...

— Et puis ?

— Elle me faisait peur. Quelques jours après l'aurore boréale, Perrine nous a quittés. Certes, elle était en âge de mourir mais la concomitance des événements m'a troublée. Ensuite, l'Allemagne a envahi l'Autriche puis la Tchécoslovaquie... Je n'ai jamais pu m'empêcher de penser que l'aurore boréale était un signe divin et ta mère son annonciatrice.

— Comment êtes-vous devenues amies ?

— On s'est connu durant la guerre. Au Royal Hôtel. »

Elle avait marqué une pause en fixant Jeanne comme pour s'assurer qu'elle ne lui apprenait rien.

« Tu bossais au bordel, comme ma mère ?

— Un hôtel, disons... L'hôpital Lariboisière où j'étais aide-soignante avait été réquisitionné par la Wehrmacht ; une immense croix gammée flottait sur son fronton. Je n'avais plus de ressource, ta mère non plus. On faisait ce qu'on pouvait. Nous avons sympathisé. Nos journées étaient longues et tristes. En dehors de quelques habitués, la clientèle du Royal Palace était surtout composée de soldats allemands en permission. Il n'y avait pas beaucoup de kilomètres à parcourir depuis les gares du Nord et de l'Est... Ta mère m'invitait parfois dans le petit appartement qu'elle occupait rue Myrha. Je n'avais plus peur. Au contraire, sa présence me rassurait. Nous partagions la même galère. Et puis, elle n'était pas mystique en ce temps-là. Elle connaissait déjà bien la Bible mais elle n'en récitait pas des pages entières à tout bout de champ, et elle n'allait jamais à l'église.

— Tu as fini par lui demander ce qu'elle avait voulu dire le soir de l'aurore boréale ?

— Oui. Mais elle a prétendu qu'elle ne s'en souvenait plus. Comme tout le monde, elle y avait lu un mauvais présage...

— Que s'est-il passé le soir des bombardements ?

— On était dans son petit salon. Une première sirène a résonné vers minuit. J'ai proposé qu'on descende à la cave mais ta mère a dit que ce n'était pas nécessaire. Selon elle, personne n'avait intérêt à viser Paris. Les Allemands nous avaient déjà envahis, et les Alliés n'auraient pas risqué de se mettre à dos les civils qu'ils souhaitaient délivrer. C'était convaincant alors nous sommes restées à converser dans le vacarme des raids, des explosions et des sirènes. On a vite compris que les Anglais visaient la gare de la Chapelle. Un moment, on a cru que c'était fini mais les bombardiers sont revenus et les explosions se sont encore rapprochées. Le quartier était cerné par les flammes. La gare de la Chapelle d'un côté, Château Rouge de l'autre. Ça flambait jusqu'à Saint-Ouen et même sur les hauteurs de Montmartre. Je ne voulais pas crever, moi. Alors, je l'ai laissée. La cave de l'immeuble devait être bondée ; les voisins ne m'ont pas ouvert. J'ai couru me réfugier dans une cour à quelques rues entre deux salves. À ce moment-là, les bombes ont soufflé l'angle de la rue des Poissonniers et de la rue Myrha. J'ai cru que Paris tout entier allait s'effondrer. Quand ça s'est calmé, l'angle des deux rues avait disparu sous les flammes et un amas de gravats. Aucun de ceux qui s'étaient planqués dans les caves n'a survécu. Pendant plusieurs jours, on a extrait des cadavres calcinés des décombres. La seule chose que j'espérais pour ta mère, c'était qu'on retrouve son corps afin qu'on puisse au moins l'identifier et lui offrir une sépulture. C'est plus tard, le jour où Pétain est venu à Notre-Dame rendre hommage aux morts et saluer les blessés à l'hôpital Bichat que des secouristes ont signalé un survivant...

— C'était ma mère ?

— Oui, c'était ta mère. Mais elle n'a pas été retrouvée sous les décombres. Elle est sortie des entrailles de la terre en se hissant par un cratère qu'une explosion avait formée dans la rue des Poissonniers, comme si elle avait réussi à creuser un souterrain depuis la rue Myrha...

— Comment a-t-elle fait pour passer cinq jours sous les ruines, sans boire ni manger... ?

— Seule elle le sait.

— C'est à la suite de ça qu'elle est entrée dans sa période... *mystique* ?

— C'est surtout quelques mois plus tard qu'elle a commencé à vriller. Après que les frères de...

— ... de mon père ?

— Ça, je n'en sais rien, Jeanne. Les frères d'un client, disons, *régulier* de ta mère, qui étaient eux-mêmes d'anciens habitués du *Royal* lui ont rasé la tête à la Libération... »

Et tout en découvrant la vie de sa mère, dont elle n'avait connu que des bribes et des supputations, Jeanne ressentit encore cette impression de déjà-vu qui l'assaillait parfois. Elle avait entendu les sirènes, les raids et les explosions.

Elle avait vu, senti, touché. Les incendies, la fumée noirâtre, la chaleur des flammes, l'odeur du soufre. L'immeuble qui s'effondre. Le réveil dans une pénombre ardente. Un puits de lumière. Le cratère urbain. Les bouches haineuses criant *vive Pétain* en avril et *vive de Gaulle* en août. Les mèches de cheveux sur la place de l'église. La croix gammée dessinée sur son front. La montée vers Montmartre. La marche de la honte. Les aigles du Reich qu'on lui avait fait brûler. Les sourires satisfaits des hommes de bien et des femmes vertueuses. La sollicitude des chiens et les moqueries des enfants. Des voyous l'avaient traînée là, des clients du Royal Hôtel qui pendant trois ans avaient partagé les mêmes plaisirs que la Wehrmacht et qui paradaient maintenant du côté des vainqueurs...

— Qu'est-il arrivé aux salauds qui lui ont fait ça ?

— Ils doivent être morts maintenant. »

Jeanne savait que la voisine connaissait la vérité.

« Dis-moi, s'il te plaît. J'ai besoin de savoir.

— Je ne suis sûre de rien, Jeanne. J'ai entendu dire qu'ils avaient rapidement fui en province après la Libération, de peur sans doute que l'on ne découvre qu'ils n'avaient pas toujours été résistants... Ta mère les a longtemps cherchés. Et puis, un jour, elle a cessé.

— Quand ?

— As-tu entendu parler de ce qui s'est passé en août 1951 dans le village de Pont-Saint-Esprit ?

— Je n'étais pas née et je ne sais même pas où c'est.

— C'est une petite commune dans le Gard. Cet été-là, les habitants ont été victimes d'une sorte de folie collective que l'on a mise sur le compte du pain qu'ils avaient mangé. Pendant plusieurs jours, des gens se sont plaints de maux de tête, de douleurs au ventre, de vomissements, d'insomnies.

Certains ont passé trois semaines sans parvenir à dormir. Beaucoup se sont mis à avoir des hallucinations horribles. Ça a culminé le soir du 25 août 1951, qu'on a surnommé *la nuit de l'apocalypse* lors de laquelle des centaines de villageois se sont mis à danser, à courir, à rire, à pleurer, à hurler de douleur ou d'effroi...

— Quel est le rapport avec ma mère ?

— J'ai découvert en lisant le journal, dans les jours qui ont suivi, que parmi les morts survenus cette nuit-là, il y avait... son client régulier.

— Qu'est-ce qui est arrivé à mon père ?

— Il s'est défenestré. »

De nouveau, Jeanne se retrouva projetée des années en arrière, dans cette commune tranquille du Gard où elle n'avait jamais mis les pieds. Cette fois, ce fut plus qu'une impression de déjà-vu. Elle se souvenait précisément des premières doléances – les vapeurs, les maux de ventre, les nausées – que l'on pensait liées à une banale intoxication alimentaire et qu'un peu de repos et des purges régulières auraient dû suffire à soulager. Personne ne se doutait alors que c'étaient là les premiers symptômes du *pain maudit*. Au fil des jours, les animaux domestiques adoptèrent un comportement étrange. Des poules caquetaient du matin jusqu'au soir sans jamais se fatiguer. Un chien avait été abattu par son maître après s'être attaqué à un arbre puis retourné contre lui. Un chat ordinairement placide se convulsionnait au sol et bondissait sur les passants. À la nuit tombée, de plus en plus d'habitants se retrouvaient sur la place, incapables de dormir malgré des journées lancinées par un prurit indomptable et des brûlures d'estomac. Les premières hallucinations furent accueillies avec un certain détachement. L'un approchait son pied de son oreille pour écouter la radio. Un autre souriait aux fleurs immenses et sublimes qu'il voyait recouvrir le pavé des ruelles. Et puis, on se mit à croiser de plus en plus de visages livides que creusaient des sueurs froides et des yeux larmoyants. Les estomacs patraques devinrent des chaudrons ardents. Certains accusèrent des bestioles de leur dévorer les entrailles. Les jolis coquelicots éructés des façades mutèrent en plantes carnivores. La nuit, les parois des chambres rétrécirent. Les couloirs s'allongeaient. Des coulées de sang dégoulinaient du plafond. Le paysage lui-même s'affaissait comme un plancher croulant. Alors, tout le village céda à la psychose. Pour expliquer le mal inconnu qui s'était immiscé dans les crânes, on accusa le Diable autant que le meunier et le boulanger. Ce n'était pas un hasard si le pain maudit avait été cuit la nuit de l'anniversaire des bombardements alliés qui, sept ans plus tôt, avaient détruit le pont qu'un moine, envoyé par le Saint-Esprit au XIIIe siècle, avait mis quarante-quatre ans à bâtir. D'ailleurs, on se souvenait maintenant d'avoir aperçu, la nuit du 15 août, une gitane exécuter une danse macabre sur le pont démoli. La folie se répandit comme la variole en cette fin d'été, et elle culmina une nuit d'insomnie.

Jeanne vit tout ce qui se passait comme si elle s'était trouvée ce soir-là sur la place du village. Elle vit tout à travers les yeux de sa mère. Elle vit un homme-torche se précipiter en hurlant dans le cours tumultueux du Rhône en espérant s'y noyer. Une fillette tenter d'échapper à une meute de tigres lancée à ses trousses. Une pauvre femme arracher des serpents rouges qui lui dévoraient le crâne. Une jeune fille hagarde vomir les araignées qui lui sortaient par la trachée. Elle vit des crapauds tomber du ciel et s'acharner sur un vieillard. Une femme austère agresser sa meilleure amie. Un immense cheval noir à queue blanche attaquer une vieille femme de ses sabots d'argent. Un garçonnet possédé étrangler sa mère en invoquant le Malin. Un homme courir derrière son propre corps, un autre ramasser son cœur tombé à ses pieds. Un mineur se jeter du deuxième étage en faisant des bruits d'avion. Un ouvrier pourchassé par des brigands à oreilles d'âne. Un garagiste se battre avec une morte. Une vieille femme se jeter contre les murs et se briser les côtes sans ressentir de douleur. Un homme taureau charger les passants. Elle vit des enfants aux yeux révulsés courir partout en poussant des rugissements sauvages. Une pluie de boules de feu rebondir sur le sol dans des flammes gigantesques. Des maisons emportées par des sables mouvants. Des raz de marée débouler dans la Grand-rue et se déverser dans les foyers et les ruelles.

Elle vit un homme veule qu'un succube déguisé en gitane poursuivait jusque dans sa chambre et contraignait à l'aimer et qui, une fois la chose faite, se jetait dans le vide.

Jeanne fit le calcul dans sa tête.

25 août 1951.

25 mai 1952.

Neuf mois exactement.

« Madame Boutella ?

— Oui, ma chérie ?

— Je ne veux pas devenir comme elle. Je ne veux pas être une *sorcière*. Je veux juste vivre normalement. »

Ce qui lui avait paru excitant au premier abord soudain lui fit peur. Elle songea que tout ce que lui avait dit sa mère était peut-être vrai. Jeter des sorts, user de *pouvoirs. Changer le cours des choses. Pénétrer* les consciences. C'était peut-être elle qui avait tué André. Qui lui avait coupé les couilles. Si les sorcières étaient de retour, alors c'était elle qui tremblait. Il lui sembla comprendre ce que sa mère fuyait depuis sa naissance. Ce n'était pas le souvenir des cinq jours qu'elle avait passé enterrée vivante dans la rue des Poissonniers. Ce n'était pas non plus la honte et la rancœur contre l'épuration sauvage. Ce qui la minait, c'était ce qu'elle avait fait de ces voyous et du propre père de Jeanne, ce qu'elle avait fait de sa haine et de sa vengeance, de sa puissance et de ses pouvoirs. Ce qu'elle cachait, cloîtrée dans un confessionnal de la Goutte d'Or et dans les versets méandreux de l'Apocalypse, c'était sa condition de sorcière.

« Tu ne peux pas échapper à ce que tu es, Jeanne. »

Elle releva les yeux vers madame Boutella. Elle était au courant. Elle faisait partie du complot. Jeanne d'Arc. La chaîne de femmes. Le vin de la Goutte d'Or. Tout ce qu'elle avait pris sur le ton de la plaisanterie était peut-être vrai. Elle fut prise de panique.

« Alors, toi aussi, tu en es ?

— J'ai toujours eu quelques dons de *médium*, disons.

— C'est la même chose que *sorcière* ?

— *Sorcière*, *médium*, *chamane*, peu importe. Tout ce que je sais, c'est qu'il m'arrive de parler aux esprits.

— Aux morts ?

— Pas seulement. Ça peut être l'esprit des choses, des animaux, de la nature, des enfants à naître ou avortés...

— Tu crois que je suis comme toi ?

— Non. Je crois que tu es beaucoup plus. Tu entends les esprits, tu ressens ce que ta mère a vécu ; mais tu as aussi le pouvoir de changer le cours des choses. En bien. Ou en mal. »

Madame Boutella savait pour André.

« Est-ce moi qui ai tué André ?

— Je ne sais pas. Ce n'est peut-être pas toi. Tu l'as peut-être déjà fait. Tu le feras peut-être plus tard.

— Qu'est-ce que tu racontes, putain ?!

— Tu as toujours le choix. Le bien ou le mal. Tu as le pouvoir de changer le passé comme le futur.

— Mais comment le sais-tu ? Ce sont tes esprits qui te le racontent ?

— Certains, oui.

— Ils t'ont déjà parlé de moi ? »

Madame Boutella n'avait pas cillé.

« Réponds-moi !

— Youssef me parle souvent de toi.

— Youssef... ?

— Il vient me voir parfois.

— Qu'est-ce qu'il lui est arrivé ?

— Il ne m'a jamais raconté.

— Mais il est... mort ?

— Il habite *en dessous*.

— *En dessous* ?

— Il s'est toujours passé des choses étranges sous la Goutte d'Or...

— Sois plus précise ?

— Je ne sais pas, je n'y suis jamais allée.

— C'est là où se trouvait ma mère pendant les cinq jours ?

— Je suppose.

— Et qu'est-ce que vous vous dites Youssef et toi ?

— Il me raconte des choses d'enfant.

— Quoi ?

— Il te le dira lui-même un jour.

— Quand ?

— Quand il en aura envie. Et toi aussi. Il revient

souvent.

— Et c'est tout ce qu'il fait ? Te raconter des *choses d'enfant* ?

— Oui, c'est un enfant, après tout. Et il n'oublie jamais de m'apporter du vin.

— Le vin de *la Goutte d'Or* ?

— Oui, les vignes existent encore *en dessous*. Tout existe *en dessous*. Ce qui est arrivé, *le présent et ce qui doit arriver plus tard*.

— Mais comment se fait-il qu'on n'ait rien trouvé en avril 1944 au fond du cratère ? »

Madame Boutella eut un sourire tendre.

« On pourrait bien creuser jusqu'au centre de la terre qu'on ne tomberait pas dessus.

— C'est Youssef qui t'en a parlé ?

— Youssef et *mes chères âmes mortes*. Perrine Lamey, Thérèse Dederlin et toutes les autres avant elles.

— Ta chaîne de femmes qui remonte à Jeanne d'Arc... Vous vous transmettez une sorte de registre de tout ce qui s'est passé ?

— Il n'y a aucun écrit. Elles parlent à travers ma bouche.

— Elles aussi, elles habitent *en dessous* ?

— Je crois.

— Il n'y a que des femmes ?

— Il y a des sorcières et des enfants perdus.

— Comme Youssef ?

— Oui. Des petits martyrs. De la Commune, de l'Ogresse, de la guerre, du monde moderne...

— Dis-m'en plus !

— Je n'en sais pas plus. Quand Youssef ou les femmes viennent me voir, je les écoute, je ne leur pose pas de question. C'est toi qui pourrais m'en dire plus.

— Comment pourrais-je en savoir plus que toi ?
— Je n'y suis jamais allée.
— Moi non plus... »

Madame Boutella la fixa avec un air qui ressemblait à de la tendresse mais qui pouvait aussi être de la suspicion.

« Youssef t'y a emmenée. »

*

3 février 1963

« ... Youssef ! »

Jeanne hurlait son nom quand elle se sentit attirée sous le cimetière. Le froid, d'un coup, la saisit, impitoyable et cruel. Elle fut subitement rattrapée par l'horreur de la situation. Le cimetière – l'impossible cimetière que le bitume avait englouti depuis cent ans – se refermait sur elle. Les marronniers se rétractaient, se courbaient sous le poids de leurs branches qui s'étiraient pour lui lacérer le visage. Les croassements des corbeaux se muèrent en un charivari infâme et terrifiant, et le manteau neigeux en une masse terne et hostile. Elle aurait voulu courir pour échapper à son propre tombeau mais plus elle se démenait, plus elle se sentait happée par la contrée maléfique qui prospérait au sous-sol. À ses côtés, Alice se débattait aussi. Jeanne entendait ses pleurs, ses râles, ses haut-le-cœur. Et alors qu'elle sentait des ronces lui étreindre le mollet, elle repensa à leur serment, à leur pacte d'amitié éternelle scellé avec Youssef dans un échange de gouttes de sang, et à la manière dont leur sang, une fois au sol, avait semblé être aspiré par le dessous, comme si un vampire s'était avidement repu du fruit de leur amitié. À ce moment-là, elle avait craint autant pour elle-même que pour sa copine d'enfance dont la petite bottine frôlait la sienne. Leurs jambes avaient maintenant disparu sous la taupinière tandis que leurs bustes continuaient à glisser sur la neige. Jeanne s'accrocha à une racine en espérant s'y retenir mais la racine s'entortilla autour de son poignet et l'entraîna *en dessous*. Alors que la surface du sol lui recouvrait les narines, la dernière chose qu'elle vit fut le vol noir des corbeaux.

Jeanne cessa de lutter et se laissa attirer sous le sol de la Goutte d'Or.

*

« Jeanne ! »

Madame Boutella était accroupie face à elle.

« Je crois que tu as trop bu, ma chérie. Va te reposer. »

Jeanne eut l'impression de respirer à nouveau après une longue apnée. Elle tremblait de peur. Elle avait revu Youssef dans le cimetière qui s'étendait sur la superficie des trois écoles, et elle avait revu Alice. Elle s'était sentie tirée, entraînée, happée par le sous-sol. Non, elle ne voulait pas ! Elle ne finirait pas comme sa mère, à disséquer l'Apocalypse, entre la rue Francis Carco et l'église Saint-Bernard. Elle n'était pas folle, putain ! C'était ce quartier qui la bouffait ! Ce repaire de putes, de cartomanciennes et d'ogresses ! Cet exil de paumés, de drogués et d'ivrognes ! Ce ghetto de chômeurs et d'Arabes ! Ce ramassis de cinglés et de marginaux. Elle n'en avait rien à foutre de ces histoires de mômes martyrs, de gosses étouffés ou disparus ! Elle quitterait ce trou de malheur pour une contrée où on ne la retrouverait jamais, ni sa mère, ni madame Boutella, ni Youssef, ni aucun enfant mort, ni aucune sorcière, ni aucun fantôme ! Un endroit où il n'y aurait plus de cris de nourrissons dans les parois des chambres, plus de vagissements échappés d'un avortoir, plus de cadavre évadé d'un ancien cimetière, plus de visage prémonitoire dans le gris du ciel.

Elle échapperait à la Goutte d'Or.

19

Janis, 2026

La première trace de vie que lui donna sa mère n'en fut pas vraiment une et, même si elle chamboula encore plus son existence que les étranges phénomènes des mois précédents, Janis eut la satisfaction, une fois l'ébahissement passé, de découvrir une clef dont il lui restait à trouver la serrure. Elle devait cette révélation à l'une de ces femmes à l'air absent et à la démarche incertaine qui avaient commencé à hanter le quartier et qu'elle avait surnommées les *mères-zombies.*

C'était une après-midi de la fin d'automne. Alors qu'elle musardait dans les rues brûlantes et désertes de la Goutte d'Or, elle avait croisé une étrange harpie à la chevelure ébouriffée, longue et grise, dont les chaussons, qui dépassaient de la robe de chambre, glissaient âprement sur les trottoirs. La femme avait dû quitter son domicile en urgence, sans avoir le temps de s'habiller. Puis, Janis reconnut une femme du quartier, la quarantaine déclinante, qu'elle croisait souvent avec sa fillette sur la route de l'école, lors de ses balades matinales. Janis était à peu près certaine qu'elle faisait partie de ces femmes stériles ou infertiles qui avaient eu recours à la magie de sa mère et de madame Otoko pour obtenir un gosse. En tout cas elle se souvenait de l'avoir vue beaucoup frayer dans l'immeuble, il y a longtemps, et plus jamais une fois enceinte. Janis se remémora son carré lisse et désuet, ses tailleurs sévères, sa manière de faire claquer ses talonnettes. Elle vit la femme descendre la rue Léon. Prendre à gauche par la rue Pierre Budin, encore à gauche, rue des Poissonniers. Toujours à gauche rue d'Oran, et revenir rue Léon, où elle recommença son circuit. Parfois, elle continuait la rue des Poissonniers jusqu'à la rue Polonceau qu'elle empruntait pour traverser le square Léon avant de reprendre son périple. Il lui arrivait de s'aventurer sur le parvis de l'église Saint-Bernard, les épaules toujours voûtées, pour revenir ensuite au même pâté de maisons, celui qui abritait les écoles où les gamins avaient disparu, celui qui avait été bâti sur l'ancien cimetière Marcadet. Alors au moment où elle redescendait encore et toujours la rue Léon, Janis l'interpella :

« Madame, s'il vous plaît ? ».

La femme poursuivit son chemin sans l'entendre. Janis réitéra ses « madame » et ses « s'il vous plaît », se rapprochant de plus en plus, jusqu'à la frôler.

« Je peux vous aider ? Vous cherchez quelque chose ? »

Alors, Janis vit que ses lèvres grimaçaient faiblement, et qu'un chuchotement imperceptible en sortait, mais elle n'aurait su dire si c'était en réponse à sa question ou si elle récitait des mots précieux. Janis continua à l'escorter et finit par comprendre les deux syllabes, toujours les mêmes, qu'elle répétait à l'infini.

« Léna », « Léna », « Léna ».

C'était une mère désespérée qui recherchait sa môme disparue dans la cour de l'école Pierre Budin.

Janis s'arrêta sur le trottoir, dans cette chaleur odieuse qu'elle ressentait sans en souffrir. S'il y avait quelque chose d'infiniment triste à ne plus avoir de nouvelles de sa mère, sa douleur n'était rien comparée à celle d'une mère recherchant son enfant.

Elle était en face du Garage, l'ancien hangar où avait eu lieu la petite célébration en l'honneur du succès inattendu de *L'Affliction de Médée*. Elle fut envahie par un horrible effroi, comme saisie par une évidence qu'elle avait voulu fuir. Elle se remémora cette soirée estivale. Sa mère qui n'était pas venue. Le regard d'Alice Brucker croisant le sien. La crainte que la daronne, en plus de lui faire la gueule, ait peut-être pris la poudre d'escampette. La sensation d'être transparente. La découverte des photos jaunies que Jeanne avait gardées chez elle pendant trente ans et auxquelles Janis ne s'était jamais intéressée. Les corps maigres aux seins nus qui s'activaient au milieu d'une clairière. Un *regard* lui revint comme un flash. Elle eut le pressentiment qu'un début de réponse se cachait quelque part sur ce cliché.

Elle tira le portail du Garage qui s'ouvrit sans résistance.

En tâtonnant, ses doigts effleurèrent l'interrupteur. La pièce était telle que la dernière fois, les mêmes installations, les dessins, les extraits de *L'Affliction* accrochés un peu partout. Il ne manquait que les effets sonores et lumineux, et pourtant Janis revoyait danser les ombres de corbeaux, de pygargues, de harpies, elle entendait les mêmes échos, à la fois proches et lointains, et une voix féminine psalmodiant des passages du recueil. Mais Janis entendait aussi Janis Joplin et son titre *Buried Alive in the Blues* qui, décidément revenait toujours dans ces moments étranges. Au fond de la salle, elle trouva la série photographique qu'elle recherchait.

Lilith's camp, Oregon, 1979

Sur certains, elle reconnut facilement Carol Schäffer, dont le *mugshot* du commissariat de Salem tapissait désormais les murs de tous les bars branchés. On la voyait au milieu de jeunes femmes sans débardeur, dont on discernait à peine les visages. Il y avait plusieurs clichés sans la criminelle mais où réapparaissait toujours la même silhouette longue et osseuse, soit de dos soit la figure masquée par ses cheveux raides. Janis scrutait chacun des instantanés auxquels le filtre flavescent et terni donnait un teint cafardeux. Toujours la silhouette, comme un spectre, en arrière-plan ou en marge. Et pourtant, à l'évidence, c'était elle le *sujet* de tous les clichés où Schäffer n'était pas. Les scènes au premier plan – feu de camp, grande tablée, portrait souriant, femmes au travail – n'étaient que des prétextes. L'objectif était obsédé par le *spectre*, comme s'il essayait de l'immortaliser à son insu.

Janis tomba enfin sur ce qu'elle était venue chercher.

En contrebas d'un ciel candide, trois femmes en bermuda discutaient, assises sur des rondins. Derrière elles, sur la gauche, il y avait *le spectre*, dont on discernait le dos nu voûté sur la portière d'un break beige et moche, en train de se brosser les dents face au rétroviseur extérieur. La photo paraissait globalement floue. Seul le reflet dans le rétro était étonnamment net, comme si l'objectif s'était focalisé sur cet unique détail.

Being buried!
Being buried!
Being buried alive in the blues!

C'était plus impensable encore qu'un sourire de Dulle Griet ou que les disparitions d'enfants. Ce corps élastique, aux antipodes du sien ; cette chevelure raide et morne qui tirait les épaules vers le sol ; cette peau blême et moite ; ces yeux surtout, translucides et magnétiques, que reflétait le miroir.

Loin, très loin de la Goutte d'Or, au milieu d'une clairière de l'Oregon infestée d'*Hexen Holocaust*, la daronne la fixait depuis ses *seventies*.

Interlude de la Vierge noire

Thérèse Dederlin, 1870-1871

« Je suis noire mais je suis belle, filles de Jérusalem,

Comme les tentes de Kédar, comme les pavillons de Salomon.

Ne prenez pas garde à mon teint noir : C'est le soleil qui m'a brûlée. »

Cantique des cantiques, 1-6

J'avais rejoint Paris depuis à peine un mois lorsque commença *l'année terrible*.

Le jour de mes vingt et un ans, à la sortie de l'atelier de couture, je suivis mes collègues rue des Poissonniers où elles tenaient à célébrer l'événement dans l'un de ces assommoirs dont le quartier regorgeait. Les habitués nous regardèrent d'abord avec une pointe d'indignation paternaliste mais, les effluves d'alcool aidant, ils laissèrent rapidement tomber leurs préventions pour nous abreuver d'anecdotes et de flatteries. À les écouter pavoiser, je me sentis rassérénée. Bientôt, disaient-ils, la France infligerait une cinglante défaite à la Prusse de Bismarck. Tandis que nous nous éloignions dans la nuit chaude sans qu'aucune d'entre nous n'ait daigné céder aux avances des ivrognes, un gros moustachu qui ne jurait que par *l'empire*, et que ses compères appelaient Lebrantu, transporta sa vilaine panse jusqu'au pas de la porte pour nous traiter d'*allumeuses*.

Le lendemain, alors qu'il venait d'être consolidé par un plébiscite inespéré, l'Empereur s'engagea dans une guerre inutile contre la Prusse, espérant tuer dans l'œuf les velléités d'unité allemande ; un mois plus tard, l'unité de l'Allemagne se ferait sur les lambeaux de son Empire. Et tous les événements, de la déclaration de guerre jusqu'à l'annonce de la débâcle, furent accueillis avec le même enthousiasme, dans une ambiance de liesse et de beuverie. On scanda « vive l'empereur » au mois de juillet, on s'agglutina sur les quais de la gare de l'Est pour encourager les régiments en pantalons rouges et guêtres blanches aux cris de « À Berlin ! À Berlin ! » on fanfaronna « on a gagné » début août après qu'un bataillon français eut botté hors de Sarrebruck un insignifiant détachement ennemi. Après trois semaines, quand Bismarck eut envahi l'Alsace et la Lorraine, emprisonné trente mille hommes dont l'Empereur lui-même, et entamé sa marche sur Paris, je m'attendais à lire sur les visages, naguère si confiants, la honte ou l'affliction. Bien au contraire, c'est toujours dans l'euphorie qu'on sifflait son verre en conspuant cette armée d'incapables et une guerre imbécile. On vouait désormais aux gémonies cet Empereur scélérat. Début septembre, alors que la Prusse ne prenait pas le temps de savourer son triomphe, les Parisiens fêtaient leur débâcle sur le parvis ensoleillé de l'Hôtel de Ville où une poignée de députés proclama la République au nom du peuple qui venait de les humilier dans les urnes. Le soir même, on démolissait à coups de marteaux les aigles dorés qui ornaient les enseignes, et on trouva encore une bonne raison de se saouler, cette fois « à la chute de l'Empire et à l'avènement de la République ! ». À force de verbiage et d'alcool, on se convainquit que Bismarck donnerait quittance du dérangement. Et lorsque le culotté Teuton exigea pour son retrait qu'on lui cédât l'Alsace et la Lorraine ainsi que quelques milliards d'indemnités, Paris continua à bomber le torse et décréta la guerre à outrance, sans s'embarrasser de vétilles comme le fait que le pays n'avait plus d'armée. La province eut beau envoyer des bataillons de gardes mobiles et Paris distribuer fusils, petites payes et uniformes à quiconque intégrait la Garde nationale, la vue des rustauds égarés dans la capitale prêtait davantage aux sarcasmes qu'elle ne rassurait la population sur ses chances de survie...

C'était dans cette absolue débandade que débuta le Siège de Paris et que la Vierge noire commença à hanter mes nuits.

*

En rentrant chez moi en ce début d'automne, des bruits de bêche m'arrivaient de l'ancien cimetière alors que j'en longeais le haut mur par la rue Marcadet, celle que les vieux appelaient encore *le chemin des bœufs*. La veille, une fille de l'atelier avait prétendu que nous allions devoir rouvrir les cimetières désaffectés pour inhumer nos morts. À travers les barreaux de la grille d'entrée, j'aperçus un fossoyeur qui creusait au milieu d'une végétation à laquelle des années de jachère avaient rendu sa splendeur florissante et sauvage. Bien que les herbes folles m'empêchassent de les compter, les rangées de tombes vides qui se devinaient dans le sol me paraissaient bien trop nombreuses pour la modeste population de notre ancien faubourg, et l'empressement que l'on semblait mettre à les préparer me fit craindre que la mort, en les découvrant, n'en nourrisse des idées de grandeur et l'urgente ambition de les combler. Malgré la distance qui nous séparait, je crus reconnaître une silhouette féminine sous les habits du fossoyeur et, sous sa capuche, un curieux sourire qui m'était destiné. Je me trompais sûrement mais la seule idée qu'une femme puisse se consacrer à ce labeur macabre me donna l'impression que la Mort en personne venait de me saluer.

Une fois dans ma petite chambre du passage Doudeauville, mon attention fut attirée par une lueur inhabituelle au-dessus de l'église Saint-Bernard. Accoudée à la fenêtre, j'observai la phosphorescence se propager à l'immensité du ciel et étirer le crépuscule au-dessus de la Goutte d'Or. Un rayon rouge jaillit dans le firmament avant de se dissiper lentement dans un halo blanchâtre. Je pensais le spectacle fini lorsqu'une couronne de flammes vint nimber l'horizon. Enfin, en s'estompant, le ciel s'empourpra d'une aurore précoce que percèrent des étoiles et des reflets d'incendie comme si des coulées de sang, en pénétrant l'atmosphère, se vaporisaient dans un déluge de feu.

« *C'était hier l'été, voici l'automne* », récitais-je en espérant que ce vers, qu'un professeur aimable m'avait appris dans le train pour Paris, parviendrait à tromper l'insondable angoisse que m'inspirait la beauté délirante du ciel.

La nuit, je rêvais qu'une armée de squelettes se ruait sur un paysage en flammes lorsque je ressentis une présence à mes pieds. Je demeurai percluse sur son matelas, la conscience réduite à un demi-mouvement de paupière. Une ombre flotta jusqu'à moi en même temps qu'un pas léger bruissait sur le parquet. Je pensai aussitôt aux *Hexen*, ces sorcières dont les mauvais sorts avaient abreuvé les contes de mon enfance et que mon Alsace natale avait éradiquées dans le feu des bûchers. Au pays, tout le monde savait que l'esprit de ces diablesses sévissait encore dans certains lieux – anciennes chapelles, villages maudits, forêts touffues –, dont il valait mieux se tenir éloigné. Et je craignis que l'une d'elles se soit agrippée à mes basques depuis Bergheim dont les remparts suintaient encore de leur sang calciné. Lorsque je parvins à me redresser sur mon lit, les bruits de pas persistèrent indépendamment de mon rêve. Ils provenaient de la chambre d'à côté, qu'un mur moins épais qu'un linceul séparait de la mienne, et que je savais inoccupée. Le son cessa et j'espérai me rendormir. En vain. Un murmure grésillait dans la paroi comme une mastication dans le creux de mon oreille.

Au petit matin, alors que je pensais ne m'être jamais assoupie, je fus réveillée en sursaut par un claquement de porte. Des talons retentirent dans le couloir puis se turent juste devant mon paillasson. Je fixai la poignée, terrorisée. Il se passa un long moment sans que je n'entende plus rien puis les bruits de pas reprirent avant de mourir dans la cage d'escalier.

Les filles de l'atelier avaient lu dans une gazette que le phénomène auxquels nous avions toutes assisté la veille était une *aurore boréale* qui n'avait rien de diabolique ni de divin bien qu'elle fût extrêmement rare sous nos latitudes. Il n'y avait pas de raison d'y voir un mauvais présage, et il suffisait de prendre les choses avec un peu de légèreté pour que le Siège soit supportable. Les processions de paysans venues des banlieues pour se mettre à l'abri des fortifications. Paris séquestré par une bordée de canons prussiens. Les détonations qu'on entendait depuis le Mont-Valérien. La roideur du rationnement. Tout ça rendait le quotidien plus précieux. Rapidement, il fallut se passer de bœuf et de volaille. Les beaux quartiers dévorèrent les chevaux et les mules; ailleurs, on dut se rabattre sur les chiens et les chats puis sur les rongeurs. À l'Hôtel de Ville, on improvisa un marché aux rats que l'on vendait trente centimes pièce; jusqu'à soixante quand l'animal était bien gras! Une fois ravalés la honte et le dégoût des premières bouchées, on s'enorgueillissait de ses expériences gustatives. Terrine de souris, ragoût de chien, brochette de moineaux...

Fin octobre, lorsque deux aurores boréales sublimèrent à nouveau le ciel étoilé de Paris, même les idolâtres de la raison durent admettre que, si elle pouvait encore s'expliquer scientifiquement, la récurrence du phénomène portait en elle la fatalité d'un lourd présage.

Dès les jours suivants, un hiver précoce et meurtrier se faufila dans l'enceinte fortifiée plus facilement que les Prussiens. Le givre lustra les rues d'un vernis aveuglant que novembre recouvrit de flocons drus. Le long des boulevards extérieurs, on croisait des apprentis bûcherons arrachant les bancs publics, déracinant les marronniers et les platanes, démontant les palissades des chantiers. Paris s'enfonça dans une noirceur opaque que ni la neige ni la brume ne parvinrent à dissiper. Le thermomètre frôlait les moins vingt. La Seine se glaçait sous les mascarons du Pont-Neuf. À l'aube, on relayait les sentinelles pétrifiées sur les murailles, on débarrassait les logis des vieillards momifiés, et je ne comptais plus les matinées où, devant la boucherie municipale, le silence de la file indienne avait été rompu par une mère éperdue d'épouvante en découvrant qu'à son mamelon meurtri pendait un enfant mort. Comme si ça ne suffisait pas, la variole s'en mêla et des bombes prussiennes se mirent à tomber du ciel. Au fil des épreuves, les Parisiens, dont la solidarité s'était forgée contre l'assiégeant prussien, commencèrent à nourrir une amertume haineuse envers un nouvel ennemi, qui s'appelait la *Province*. La Province et ses suppôts qui ne partageaient pas les affres de leur quotidien : les pacifistes, les monarchistes, les modérés, tous ces capitulards qui s'apprêtaient à brader la France et à trahir leur orgueil en échange d'une paix honteuse. Plus nocif encore que le soufre des canons étrangers, un parfum de guerre civile se propageait dans les rues. Bientôt, il monta à toutes les têtes jusqu'à se transformer en ce que la Province – encore elle ! – diagnostiqua comme une *fièvre obsidionale*, un délire collectif auquel étaient fréquemment sujettes les victimes d'un siège. Au bout de quatre mois et demi, la France finit par accepter l'armistice à des conditions légèrement pires que celles refusées en septembre, et fit élire dans la foulée une assemblée nationale à majorité monarchiste qui menaçait la jeune république autoproclamée. À peine le Siège fut-il levé qu'Adolphe Thiers, le nouvel homme fort du gouvernement, délocalisa ce dernier à Versailles, et menaça de supprimer la solde des gardes nationaux et le moratoire des loyers que plus personne ne pouvait payer. Enfin, il laissa les troupes prussiennes défiler sur les Champs-Élysées.

C'en fut trop. Paris décréta l'autogestion, et la Garde nationale, armée pour repousser la Prusse, lui servirait dorénavant de milice.

Pendant le Siège, l'immeuble du passage Doudeauville se montra solidaire. Entre locataires, on se refilait volontiers les bonnes adresses, on partageait des salmis d'étourneaux et des nouvelles du front. Seule ma voisine, que je ne croisais jamais, restait une inconnue. J'hésitai plusieurs fois à toquer à sa porte le dimanche, mais aucun bruit ne s'échappait de sa chambre. À la nuit tombée, quand j'entendais ses talons dans le couloir, je me précipitais sur la porte pour provoquer une rencontre mais les bruits cessaient alors, comme si la voisine s'était sentie guettée, et je renonçais à tourner la poignée. Au fond de moi, j'avais peur. Les grincements de parquet reprenaient quand j'étais endormie. Ils s'immisçaient dans mes rêves et les transformaient en d'affreux cauchemars qui s'étiraient dans la terreur d'un demi-sommeil. Une fois que j'étais réveillée pour de bon, un murmure imperceptible et las parasitait le silence de l'autre côté de la paroi et m'empêchait de me rendormir. À force, je craignis que la *fièvre* ne soit responsable de cette voisine invisible et de son chuchotis.

*

Le matin du 18 mars, le contremaître m'annonça, ainsi qu'à quelques autres (les dernières arrivées) que l'atelier ne pourrait plus nous payer. Prise de vertige, j'étais assise sur les marches de l'église, à l'abri de sa façade ogivale et de sa flèche noircie, lorsque je fus abordée par une longue femme en capeline et manteau noirs.

« Bonjour, chère voisine. Je m'appelle Johanne ».

Je levai sur elle des yeux incrédules. Son visage, d'une pâleur impossible, et ses joues creuses me disaient quelque chose.

« Nous nous sommes déjà vues, enchaina-t-elle comme lisant dans mes pensées. Je suis la sacristine de l'église Saint-Bernard. »

J'avais dû l'apercevoir au cours d'un office sans vraiment remarquer sa présence. Et puis, j'ignorais que les sacristains pouvaient être des femmes et des laïques bien que sa mise austère rappelât la soutane du curé. En tout cas, rien n'expliquait comment elle avait pu deviner que j'étais sa voisine.

« Pardon, je ne suis pas très assidue à la messe en ce moment. »

Depuis que j'avais quitté mon Alsace natale, que la France venait de brader à la Prusse, je ne m'y rendais plus qu'en de rares occasions, lorsque me rattrapait la culpabilité divine ou l'envie de renouer avec une vieille habitude.

« Ne vous excusez pas, vous ne me devez rien. »

Elle avait dit ça avec bienveillance mais sa grande taille, son élégance blafarde et la quinzaine d'années qu'elle avait de plus que moi m'impressionnaient. Surtout, je m'étonnai de ne pas avoir remarqué, dès la première seconde, ses yeux, d'un bleu anormalement clair.

« Me permettrez-vous de vous faire la visite ? » dit-elle en tendant la main en direction de la nef.

Je la suivis, sans trop savoir pourquoi ou ne le sachant que trop ; je n'avais rien à faire. Et puis, j'espérais par cette proximité pouvoir tourner en dérision la terreur que son agitation nocturne m'avait inspirée, sans m'imaginer que je quitterais l'église plus horrifiée que je n'en avais franchi l'entrée. Johanne me fit faire le tour par les bas-côtés alors qu'une religieuse, seule à l'ambon face à une nef déserte, lisait un passage du *Cantique des cantiques*. Ma guide s'arrêta à hauteur d'un retable devant lequel elle m'entretint longuement du moine Bernard de Clairvaux, qui avait donné son nom à l'église, et de la manière dont il avait débarrassé une pauvre femme de l'incube qui chaque nuit la violait. Elle me raconta comment la Vierge noire, alors qu'il en contemplait la statue dans une petite chapelle, lui était apparue et l'avait nourri de trois gouttes de son lait maternel. C'était de là que datait le culte chrétien de la Vierge mais en réalité, la *Vierge noire,* que l'Église avait redessinée sous les traits de Marie, était la Déesse Mère, une divinité païenne qui avait toujours existé. Dans l'alcôve d'une chapelle latérale, sous la statue de Jeanne d'Arc, elle me narra l'histoire de l'église, que je croyais ancestrale mais qui en réalité avait à peine dix ans. Elle avait été édifiée sur d'anciennes vignes où avait coulé le sang de *la pucelle* qu'un vireton d'arbalète avait blessée à la cuisse. On ne récoltait plus les raisins, cuivrés du sang de Jeanne, mais leurs effluves opiniâtres maintenaient la Goutte d'Or sous le joug de l'ivresse. Johanne s'exprimait d'une voix faible, sans jamais s'arrêter ni cesser de jeter des coups d'œil inquiets aux alentours, comme si quelque démon la sommait de se hâter. Enfin, passant du coq à l'âne et sans que je ne lui aie rien demandé, elle ajouta que, si nous ne nous croisions jamais dans l'immeuble, c'était parce qu'elle rentrait trop tard du cimetière, dont elle avait la charge en plus de la sacristie. Je me souvins alors du sourire qu'un fossoyeur m'avait adressé du fond du cimetière Marcadet au début du Siège. Je cédai au désarroi. Son érudition sur le quartier, son débit effréné, son air halluciné, ses récits démoniaques ou païens, et maintenant son travail de nuit au cimetière, tout ça n'était pas exactement ce que l'on pouvait attendre d'un sacristain faisant visiter sa paroisse.

« Était-ce donc vous qui creusiez les tombes au tout début du Siège ?

— Oui, c'était moi. Vous me regardiez, je vous ai souri.

— Pourquoi en creusiez-vous autant ?

— La mort finira par nous emporter tous, alors autant prendre de l'avance. Et puis, aujourd'hui, les tombes se sont remplies.

— Le Siège a-t-il fait autant de morts que ça ?

— Pas autant que ce qui arrive.

— De quoi parlez-vous ?

— *Du présent, et de ce qui doit arriver plus tard* », me répondit-elle en citant des paroles que j'avais entendues à l'église de Bergheim et qui, à l'époque déjà, m'avaient terrorisée.

Au moment où je réalisai qu'elle devait être atteinte de démence, les cloches sonnèrent.

Et si je bénis d'abord leur tintement d'ainsi me fournir un bon moyen de m'échapper en prétextant l'heure tardive, je réalisai que cette sonorité frénétique n'avait rien d'habituelle. Johanne venait de me raconter que la cloche originelle avait été remplacée par un carillon moins lourd et moins bruyant pour éviter de faire vaciller la flèche sous son poids. Or, c'était le tocsin que l'on sonnait. L'horreur du Siège n'avait peut-être pas été le châtiment que je redoutais depuis septembre mais seulement son prélude.

« Qu'est-ce que c'est ? demandai-je en espérant que l'insolite de la situation l'inciterait à recouvrer la raison.

— Le diable », répondit-elle tout en plongeant ses yeux translucides vers l'entrée de l'église.

Je me ruai dehors, tremblant encore à l'idée de sa prédication funeste et des prochaines nuits que je partagerais avec elle, pleinement consciente de sa folie. Sur le parvis, je doutai que le vacarme provînt des cloches de Saint-Bernard. Il me semblait plutôt descendre de Montmartre, à moins qu'il ne résonnât que dans ma tête. En traversant le boulevard Ornano, je croisai des gardes nationaux qui dépavaient la chaussée et déplaçaient les canons sur le trottoir. Dans les jardins du petit manoir de briques, que l'on appelait le *Château Rouge*, des troupes régulières se tenaient aux côtés des gardes et des citoyens. « À mort ! » lançait la foule. « Vive la République ! » criaient les passants. Dans le brouhaha général, je compris qu'au petit matin, les troupes de Thiers avaient essayé de récupérer les canons jalousement entreposés par la Garde nationale sur le sommet de la butte. Face au soulèvement populaire, un général avait donné l'ordre de tirer sur la foule. Ses propres troupes avaient désobéi et l'avaient embastillé au Château Rouge. En début d'après-midi, après des heures d'appels au meurtre, on le vit ressortir enfin. « C'est Lecomte ! ». Il fut poussé à l'extérieur des jardins par mille mains, mille coups de crosses, mille jurons et dut sa survie aux officiers de la Garde qui faisaient difficilement barrage de leur corps contre leurs bataillons et ceux du général. Dans une brume épaisse, le cortège gravissait maintenant les venelles montmartroises au rythme approximatif d'un clairon. Durant le chemin de croix, j'hésitai à me réjouir ou à m'offusquer de la présence de toutes ces femmes égarées dans la foule. Me réjouir de les voir enfin s'arracher à des siècles d'apathie contrainte, ou m'offusquer de les découvrir aussi viles que les hommes. À chaque pas, à chaque huée, à chaque imprécation, je sentais grandir en moi le pressentiment d'un indicible chaos et une sincère compassion envers cet homme seul que la horde accablait.

Alors qu'en arrière-plan se dessinaient les moulins de Montmartre et la tour Solferino, le troupeau écumant atteignit une allée cailloutée, bordée de maisons basses et de jardinets. Le général disparut avec son escorte derrière le portail d'une bâtisse qu'escalada une partie de la populace. On entendit des vociférations, des bris de fenêtres, des éclats de voix, des corps à corps. Bientôt un autre prisonnier fut amené sous escorte, fendant la foule qui réclamait sa mort sans même s'enquérir de son nom. Lorsqu'elle apprit qu'il s'agissait d'un général en civil reconnu aux abords de la place Pigalle, ce fut comme si on lui eût présenté l'assassin de ses propres enfants. Il y eut encore quelques heures d'exécration et d'injures, durant lesquelles le bon peuple ne se lassa jamais de son projet de lynchage. Finalement, on fit sortir Lecomte que l'on l'adossa à un mur le long duquel se cramponnait un pécher en espalier. Seul face aux fusils, il supplia qu'on le laisse vivre en bon père de famille avant de se résigner à mourir en soldat. L'un de ses propres sergents l'abattit d'une seule balle. Une dizaine de trouffions s'acharnèrent ensuite sur son cadavre. Parmi les charognards, sous un képi de garde national, je reconnus la mine couperosée de Lebrantu, l'ivrogne qui nous avait traitées d'*allumeuses*, mes collègues et moi-même, le soir de mes vingt et un ans. Il paraissait aussi sûr de son bon droit que du temps où il roulait pour l'empire. Le second prisonnier, que l'on désigna comme étant Clément-Thomas, affecta un air crâne de général qu'il conserva dans le trépas. Enfin, on emporta leurs corps dans une chambre de la rue des Rosiers où, unis dans un même linceul, ils furent exposés, deux jours durant, aux regards des curieux.

La *Commune* était née.

Je me hâtais de redescendre la butte par un sentier sinueux menant à la rue Muller qu'une barricade en construction obstruait partiellement. Boulevard Ornano, rue Poulet, rue Dejean, rue Myrha, c'était partout le même grandiose et désolant spectacle. Des pavés, des fûts, des gabions, des fascines, des grilles d'arbres, sommairement empilés les uns sur les autres, dans une cacophonie de coups de pioches et de râles d'excitation. Tandis que je serpentais entre les remparts de fortune et les chaussées éventrées, je me rassurai à l'idée que je n'avais ni crié, ni craché, ni juré. Je regrettais cependant de m'être hissée sur les hauteurs de Montmartre plutôt que d'être restée sagement à la Goutte d'Or où m'attendait ma vie de *grisette*, à la marge de l'homme et de son histoire sanglante.

Chez moi, je ne trouvai pas le sommeil et guettai dans mon lit le retour de la voisine en espérant que l'angoisse m'épargnerait. Mais lorsque ses talons résonnèrent dans le couloir, les savoir barbouillés de la terre du cimetière me les rendit plus effrayants encore. Cette nuit-là, au milieu du bourdonnement indistinct qui semblait provenir de la paroi de ma chambre, mon ouïe perturbée – peut-être était-ce mon imagination ? – crut percevoir des syllabes inlassablement répétées qui formaient mon prénom.

Thérèse. Thérèse. Thérèse...

*

Dans les jours qui suivirent l'insurrection, l'amertume qui infestait les rues de Paris depuis des mois céda la place à une émulation insensée. La Commune avait tout submergé, de l'Hôtel de Ville qu'occupait désormais *le comité central* jusqu'aux arrondissements désertés de l'Ouest parisien où l'on disait qu'il y régnait un silence engourdi. Dans les guinguettes, dans les églises, sur les places, au coin des rues, il n'était plus question que de *libération*, de *révolution*, de *groupes*, de *clubs*, de *syndicats*, de *peuple* et de *réformes*. On s'appelait *citoyens, communards* ou *fédérés*. On s'imaginait marcher sur Versailles, fraterniser avec les soldats de l'armée régulière comme le matin du 18 mars, et écraser la *réaction*. On parlait de créer des écoles gratuites, d'éduquer les petites filles à devenir autre chose que des épouses, de distribuer des fournitures scolaires aux élèves démunis. Dans les mairies, on trouvait des registres pour signaler qu'on cherchait un emploi. Sur le mur des établissements publics, on placardait des affiches qui appelaient à *l'émancipation des travailleurs par les travailleurs eux-mêmes*, à *l'égalité sociale*, à la *libération de la classe ouvrière*. Et pour la première fois, je sentis qu'on me parlait à *moi*, la petite *grisette*, et à la masse fourmillante des blanchisseuses, des cheminots, des cafetiers, des imprimeurs, des cordonniers, des charpentiers et des fondeurs. Pour la première fois, plutôt que de se préoccuper de savoir si un cousin du roi de Prusse était en droit de convoiter le trône d'Espagne, des gouvernants s'emploieraient à rendre mon quotidien moins misérable ! Et lorsque j'appris que les premières mesures du comité central avaient été de rétablir la solde des gardes nationaux et de reporter l'échéance des loyers jusqu'au mois de juin, je fus si soulagée que j'en oubliai presque le calvaire de Montmartre. Surtout que selon les rumeurs, Lecomte s'apprêtait à tirer sur un cortège pacifique de femmes et d'enfants au moment de son arrestation, Clément-Thomas était un massacreur de 1848, et le premier mort du 18 mars n'était ni l'un ni l'autre mais un garde national que l'armée régulière avait lâchement assassiné. Au fond, je n'en savais trop rien. Je souhaitais simplement voir l'hiver et la Prusse repartir vers le nord, et goûter à nouveau à une existence sans bombe ni rationnement. Et pour ça, j'étais prête à appeler mon pays *empire*, *république*, *monarchie* ou *commune*.

Dans un journal de la Commune affiché sur la porte de l'église, je lus l'*appel aux citoyennes de Paris* et j'appris à cette occasion que l'on recherchait des volontaires pour servir dans les hôpitaux et les ambulances. Je n'avais aucune compétence en la matière mais ça ne m'empêcha pas d'être recrutée comme *cantinière* sur la seule foi d'une attestation du commissaire d'arrondissement et d'un certificat de bonnes mœurs. De toute façon, pour remplacer les médecins qui avaient fui la Commune et les religieuses que la Commune avait bannies, il suffisait de n'être ni prostituée ni bonne sœur bien qu'elles fussent probablement les seules femmes dont les hommes du front eussent besoin.

En réalité, mon travail consistait à repaître les mufles de la Garde Nationale de gnôle et de charpie en échange de mains aux fesses et d'insinuations graveleuses.

Toutefois, ce fut aussi à cette occasion que je m'éveillai à des considérations que j'avais crues réservées aux esprits mâles. Parmi les centaines d'ouvrières qui composaient nos rangs, l'éloquence de certaines n'avait rien à envier aux hommes. En leur compagnie, j'ouvris les yeux sur les absurdités de notre existence qu'un peu de bon sens eût suffi à faire cesser. Les journées de douze heures, les payes rachitiques, la garde des enfants, l'enseignement des jeunes filles, l'abolition des privilèges, l'égalité des sexes… Ce que j'avais cru être l'agencement naturel des choses n'avait rien d'évident ni de légitime, et il existait des femmes dont le nom méritait de ne pas être oublié… *Maria Deraismes, André Léo, Sophie Poirier, Élisabeth Dmitrieff, Nathalie Le Mel, Louise Michel, Anna Jaclard, Paule Mink…*

« Vive la Commune ! » criaient-elles avec fureur.

Même si je ne savais pas ce que ça signifiait au juste, la *Commune*, le seul fait d'entendre les femmes hurler me donnait du courage. Alors, moi aussi, je me mis à scander « Vive la Commune ! » à tout bout de champ.

Passage Doudeauville, mon sommeil devint plus lourd. Mes matinées à prodiguer des soins maladroits à Lariboisière, mes après-midi à distribuer de l'eau-de-vie sur les remparts, et mes soirées à m'exciter dans divers clubs et réunions me laissaient dans un tel état de fatigue que même les bruits de pas et l'effrayant murmure ne suffisaient plus à perturber ma léthargie.

À force d'indifférence, je crus que la voisine m'oublierait.

J'avais tort.

Au milieu du mois de mai, je tombai de nouveau sur elle à l'église Saint-Bernard. Depuis quelques semaines, la messe y était proscrite mais le *club de la révolution* s'y retrouvait. Dès que j'en eus franchi les portes, je fus submergée par la marée humaine qui avait envahi la nef et par les mille détails de l'ahurissant tableau que la dépravation dévoilait sous mes yeux. On y voyait des ouvriers en béret fumant crânement la pipe, accoudés aux bénitiers ; des ménagères en tablier se grattant l'omoplate avec des crucifix ; des gardes nationaux en armes raclant leurs semelles crottées sur le bois des prie-Dieu. Partout, on saoulait les gargouilles, on tripotait les chimères et les statues, on vomissait sous les yeux des Madones et des enfants Jésus. On croisait même des chiens, miraculés du Siège et de sa cynophagie, qui levaient la patte le long des piliers. Des poivrots cuvaient leur ivresse, affalés sur le banc d'œuvre. Dans les fonts baptismaux stagnait une eau bourbeuse, souillée de glaires et d'urine. Du confessionnal, où j'avais si souvent trompé l'ennui en débarquant de Bergheim, s'échappait une effroyable odeur de merde. L'autel avait été transformé en buvette et en débit de tabac tandis qu'un drapeau rouge surplombait la chaire à prêcher d'où le gros Lebrantu singeait un sermon en brayant...

C'est là que je la vis, se débattant devant la sacristie, seule contre la foule infâme.

« Vous n'entrerez pas !

— Dégage d'ici, la bonne sœur ! »

Pour m'approcher, je dus me faufiler entre les rangs de gardes nationaux à la mine écarlate, sans savoir si c'était pour venir en aide à ma voisine ou au contraire pour me réjouir de son tourment comme elle se délectait chaque nuit du mien.

« C'est elle qui creuse nos tombes pour le compte des

Versaillais ! hurla une femme en la désignant.

— Versaillaise ! » beuglèrent les autres.

Johanne demeurait stoïque, nullement impressionnée par l'outrage, et continuait à protéger de ses bras en croix la porte de la sacristie derrière laquelle elle avait dû planquer quelques ornements et dorures.

« Vive la Commune ! » crièrent des badauds, qui n'avaient rien suivi, mais que la seule invocation de *l'ennemi* suffisait à faire se dresser contre cette femme seule. Je criai avec eux, par lâcheté autant que par conviction, en espérant ainsi encourager Johanne à prononcer les trois mots qui auraient suffi à annihiler la cruauté de la foule. Voyant qu'elle ne bronchait pas, un fédéré l'agrippa par la manche et l'écarta de son passage. Elle fut traînée jusqu'au parvis, et son corps délicat, dont le corsage déchiré laissait entrevoir ses seins blêmes, livré aux mains vicieuses et aux railleries avant que la nuit ne le recouvre d'un voile pudique.

« Taisez-vous ! » entendit-on dans la nef.

Un drôle d'homoncule à la barbe fournie et aux favoris noirs, que j'avais souvent vu en présence de Louise Michel, se tenait agrippé à la rambarde de la chaire à prêcher. Derrière son minuscule binocle, il lançait à l'assistance des regards noirs pour réclamer un silence impossible, puis il se mit à pousser des couinements si étranges que mon premier réflexe fut de pouffer de rire.

« Chut ! m'asséna un homme en gilet. Le citoyen Ferré s'exprime ! »

Il était question de la suppression des magistrats et des codes, de l'emprisonnement des bonnes sœurs et des curés, du bannissement des maisons de tolérance et des prostituées. Puis, il évoqua les frères communards que l'armée versaillaise massacrait lâchement au combat malgré les drapeaux blancs ou fusillait une fois fait prisonniers, et les otages que la Commune avait à sa disposition – des prêtres et des bourgeois à la botte de la *réaction*.

« Citoyens, s'excitait-il, il y a un personnage, ancien sénateur de l'Empire, qui se dit archevêque de Paris. Je demande qu'on en finisse avec lui. Les chouans de Versailles et les sergents de ville de Thiers assassinent journellement nos frères. Eh bien ! citoyens, il faut que pour chaque garde national immolé, on fasse mourir deux otages !

— C'est pas assez, répliqua l'homme qui venait de me faire taire. Il en faut quatre ! ».

Et la proposition fut accueillie sous les vivats des premiers rangs.

« À mort l'archevêque ! ».

Le bruit se répandit dans l'église comme une traînée de poudre. « À mort, l'archevêque ! ». Les gardes nationaux brandirent leur fusil en reprenant la sentence à leur compte. Les ouvriers, les couturières, les aubergistes, les chapelières, les confiseuses, qui n'avaient prêté aucune attention aux éructations du citoyen Ferré, l'applaudirent à tout rompre. L'orateur eut à peine le temps de rappeler qu'il fallait d'abord en référer aux élus de la Commune que déjà sa proposition ne lui appartenait plus. On allait exécuter l'otage, et sur-le-champ ! Alors, des milliers de personnes tournèrent leur rage éperdue contre cet ecclésiastique dont elles venaient d'apprendre l'existence. « À mort, l'archevêque ! ». L'église se vida en un rien de temps, et la horde vengeresse se rua sur le parvis, à la recherche de cet archevêque de malheur qu'il fallait envoyer au bûcher, à la potence, à la mitraille, tout à la fois ! Et puisque personne ne savait où se trouvait l'otage, on se mit à suivre un petit groupe de gardes nationaux, les plus décidés, qui remontaient la rue Affre vers la rue Myrha. On entendit bien quelques objections sur la direction à suivre mais rien n'y fit. La foule poursuivait sa suprême acuité. Et puis, au fur et à mesure qu'elle avançait, elle devint moins nombreuse, moins sûre d'elle. Elle se délita dans les rues perpendiculaires, dans les guinguettes, dans les logis, au point de ressembler bientôt à un mince filet d'eau asséché par ses nombreux défluents. Trahie par la précarité de ses propres ardeurs, elle finit par se dissiper tout à fait sans être parvenue au boulevard Ornano. Ce soir-là, l'archevêque de Paris ne dut sa survie qu'à l'inconstance de la foule ; bientôt, il lui devrait sa mort.

Lorsque j'empruntai la fragile dénivelée de la rue des Poissonniers pour rentrer chez moi, il ne restait de cette furie collective qu'un petit groupe d'ivrognes en bottes et képis qui retrouvait ses pénates, et je songeai que derrière les poses intransigeantes et les déclarations martiales, la Commune était le cri de désespoir d'une population à qui on avait imposé en moins d'un an la guerre, le Siège, la famine, les bombardements, la défaite et l'humiliation, et qui rêvait de vivre pour elle-même.

Je n'avais pas encore remarqué que les ivrognes devant moi suivaient à la trace une pauvre sacristine qui déambulait, encore à moitié nue et totalement hagarde, dans les rues résignées de la Goutte d'Or.

« À mort, la bonne sœur ! » lança Lebrantu qui se tenait parmi eux.

À ces mots, tout excités à l'idée de trouver en cette bigote le moyen d'épancher la fureur que ce maudit archevêque avait fait naître, ils fendirent sur Johanne dans un rire gargouillant. Elle fut aussitôt agrippée et exhibée sous la lune grise. Je les observais de loin, espérant qu'un événement viendrait supplanter ma lâcheté. Ils se dirigèrent vers le cimetière Marcadet, et en ouvrirent les portes avec les clefs subtilisées à Johanne. Ils atteignirent un coin reculé du cimetière, là même où Johanne m'avait adressé son sourire énigmatique. J'entendis un corps rouler sur une paroi terreuse et chuter dans une excavation. Il y eut un flottement d'hésitation. Puis, l'un d'eux se mit à égrener les noms de tous les camarades enterrés depuis le début du Siège et dont Johanne, fossoyeuse et femme d'Église, avait creusé la tombe et façonné le châtiment.

Enfin, retentirent les premiers coups de pelle au-dessus d'une respiration étouffée.

*

Quelques jours plus tard, Paris s'éveilla sur une aube rougissante et des rues hérissées de barricades. Un brouillard poudreux échappé du boulevard d'Ornano donnait corps aux rumeurs d'invasion versaillaise. Je me tenais agrippée à la barricade de la rue Myrha, sans pistolet ni baïonnette, seulement munie du tonnelet d'eau-de-vie attaché à ma tenue de cantinière. La *révolution* s'était dissipée dans des conspirations et des intrigues. Les *réformes* avaient consisté à démolir la colonne Vendôme et l'hôtel de Thiers. La *justice* à débusquer les traîtres et à fusiller *l'ennemi*. À force de se désagréger en comités, conseils et commissions, la *Commune* était devenue ce que chacun voulait y voir. Et la nature humaine avait enterré son innocence au cimetière Marcadet…

L'unique sentiment qui me faisait me tenir accrochée à cette barricade était le désir de vengeance.

Le soir du drame, j'avais espéré entendre ses pas dans le

couloir, en vain. Pendant des semaines, j'avais rôdé dans les rues du quartier, en proie aux délires et aux insomnies. Je me tenais sur mon lit, les yeux rivés au plafond, lorsque ses talons crissèrent enfin sur le parquet jusqu'à la porte de ma chambre. Le loquet fermé glissa de l'intérieur, la poignée tourna, puis La Vierge noire vint se pencher sur mon corps paralysé. La pièce rougeoyait du même éclat que les aurores boréales. Au plafond, une armée de squelettes franchissait une barrière de flammes et de dunes pelées, et soumettait la surface de la terre à la dévastation. Le mauvais présage qui me pourchassait depuis des mois, avec ce jour naissant, sembla enfin toucher au but.

Enfin, je discernai ce qu'elle me susurrait à l'oreille.

Thérèse… Thérèse… Thérèse… C'est dur d'être enterrée vivante…

Par sa présence et son murmure, la Vierge noire avait érodé mon libre arbitre, corrompu ma bonté, et fait naître en moi une soif de châtiment. J'enfilai ma tenue de cantinière, et rejoignis la première barricade venue.

Autour de moi, bien qu'anxieux, les jeunes gens s'imaginaient encore qu'ils auraient le temps de manier baïonnette et fusil pour mourir en martyrs sous les rafales versaillaises. Ils ignoraient que la guerre était aussi décevante que la révolution.

D'ailleurs, ça n'avait pas commencé que c'était déjà fini.

Un bataillon de soldats jaillit d'une porte cochère et déboula dans notre dos. Des insurgés enjambèrent leur propre barricade pour être accueillis de l'autre côté par les balles d'un second régiment. Les derniers demeurèrent interdits, honteux de leur muraille dont l'édification les avait rendus si fiers mais que le contournement par l'armée avait réduite à un amoncellement loqueteux. Il n'y eut ni bravoure, ni panache, ni compassion. Aucun pavé, aucune injure, aucun cri lancé à la face de *l'ennemi*. Ni héros, ni coup d'éclat pour conjurer la froide mitraille. Au pied de la barricade, recouverte d'un nuage de soufre, un homme suffoquait sous un petit corps ensanglanté cramponné à son torse. Une des filles de l'atelier gisait sur un gabion, la joue entrouverte, un globe sanguinolent hors de son orbite.

Je repensai à l'appel aux citoyennes de Paris que j'avais lu sur la porte de l'église.

De la clémence, ni nous, ni nos ennemis nous n'en voulons.

« Une Pétroleuse ! » entendis-je hurler.

Les regards des soldats s'abaissèrent sur le tonnelet à ma ceinture, et je compris qu'ils me prêtaient des velléités incendiaires. *Pétroleuse*. À mesure que mon délateur se rapprochait dans le brouillard de poudre, je distinguai un uniforme de la Garde nationale qui ne différait de celui des fédérés que par une bande blanche sur son képi. Enfin, je reconnus Lebrantu qui en moins d'un an avait successivement juré fidélité à l'empire, à la république, à la commune, et qui depuis ce matin, combattait pour Versailles ; cet homme vil qui, d'*allumeuse* à *pétroleuse*, liait inlassablement mon destin aux flammes.

*

Je fus conduite dans la cave d'un immeuble de la rue de la Goutte d'Or transformée en cachot pour femmes. On me mena plus tard au bout d'un couloir lugubre. Deux officiers de l'armée régulière apparurent enfin, accompagnés de Lebrantu.

« Celle-ci est bonne pour la mitraille, décréta-t-il.

— Fais-le toi-même ; ça te changera de tirer sur des cadavres, tentai-je pour la beauté du geste.

— Ferme-la, m'interrompit un soldat versaillais. Lui a eu la bonne idée de se raviser quand il en était encore temps et de livrer à la France les voyous de la Commune.

— Elle n'a pas tort sur tout, rectifia le second. Fais-le toi-même, et rejoins-nous. Nous avons mieux à faire. »

Lorsque je me retrouvai seule avec Lebrantu, je flairai qu'il rechignerait à ôter la vie d'une chair aussi fraîche que la mienne sans l'avoir, au préalable, un peu réchauffée, et la suite des événements s'annonça d'une façon si limpide que je l'accueillis avec un fatalisme résigné. Il m'attrapa par les bras et commença à se déboutonner. Je m'apprêtais à fermer les yeux pour essayer de m'extraire de mon propre corps, lorsqu'un corbeau pénétra par le soupirail. Ses yeux anormalement bleus me firent pressentir qu'il se passerait quelque chose.

Je n'étais plus seule en moi-même.

Je me tenais quelque part dans la pièce, à observer la scène. L'acharnement que Lebrantu mettait à s'approprier mon corps vide était une manière de me faire payer ma révolte et d'en revenir à l'immuabilité du monde. Il y avait dans sa hargne la détresse du vaincu et le triomphe du vainqueur, la fureur de la Commune et l'arbitraire de Versailles, comme s'il devinait que, malgré l'amertume et les désillusions, le vent de liberté que cette insurrection avait fait souffler sur Paris s'était engouffré si profondément dans les esprits femelles qu'il n'en sortirait plus... Un murmure rauque et lointain bourdonna en moi. Je vis mes propres yeux s'emplir d'un bleu délavé et ma bouche s'étirer dans un demi-sourire. Mes cheveux virèrent au filandreux, puis prirent une teinte grise. Et bientôt, Lebrantu abandonna ses suffocations de plaisir contre un râle atroce. La peau printanière qu'il avait soumise à ses caresses se gâtait sous ses doigts. Il essaya de s'extraire du bas-ventre où il s'était sauvagement introduit, mais le piège s'était refermé. Il se débattit en hurlant sans parvenir à se désengluer de cette viande flasque. L'utérus outragé se mua en un foyer brûlant dont les flammes consumèrent ses propres entrailles.

Alors, il fut violé à son tour, dévoré de l'intérieur par un feu criminel.

Lebrantu écarquillait des yeux fous sur le corps charbonneux qu'il tenait encore entre les mains. Il avait devant lui tous les visages de la femme suppliciée. Et parmi les mille facettes, les milles nuances de couleurs qu'avaient revêtues les yeux de la sorcière, son pire châtiment fut de reconnaître, dans les pupilles de l'anonyme qu'il violait, ceux de sa propre mère.

*

Lorsque je revins à moi, sa chair ramollie gisait sur le sol comme un caoutchouc oublié sur un poêle. Son sexe avait été tranché et emporté je ne sais où. Dans le couloir, il n'y avait plus ni prisonnières ni geôliers. À peine couverte de ma blouse en lambeaux, j'errai dans la Goutte d'Or sous un crépuscule angoissé. Mes cheveux rêches et sales s'agrippaient à ma peau qui avait retrouvé sa jeunesse malgré un teint olivâtre. Des fédérés, des ouvriers, des bourgeois agonisaient sur les trottoirs. On croisait des gamins allongés sur le ventre, des ménagères fauchées sur les barricades, des hommes étendus en rang d'oignon le long des façades. En quelques heures, Paris s'était transformé en un charnier obscène que la lune recouvrait d'un linceul blême.

La Commune était née dans la fièvre obsidionale et mourait dans la furie vengeresse.

Je rentrai chez moi à moitié nue et presque morte, indifférente à la gueule béante de l'enfer dont je sentais le souffle fétide sur ma nuque. Je voulus savoir ce qui se trouvait dans la chambre d'à côté. Je tournai la poignée et la porte s'ouvrit.

La pièce était vide.

Il n'y avait qu'un bocal à même le parquet.

À l'intérieur, le sexe qui m'avait profanée flottait dans le formol.

Sur le rebord de la fenêtre ouverte, mon bien-aimé corbeau me dévisageait de ses beaux yeux bleus. Un essaim d'oiseaux atterrit sur le toit de l'immeuble, avant que ne descendent par la gouttière des êtres gris et hideux, des chimères, des dragons, des stryges, que j'avais souvent observés sur les parois de l'église Saint-Bernard, et qui maintenant me fixaient. Je reconnus le chien ailé au long cou, le chat rachitique aux pattes palmées et à gueule de lionceau, et quelques dragonnets aux queues fourchues et bras humains. Malgré la répugnance que m'inspirait leur pelage de pierre, je tendis une main douce qu'une gargouille lécha avec affection.

Me transformais-je en oiseau, en stryge ou en Harpie ? M'agrippais-je aux ailes d'un de ces monstres ?

Je me se souviens en tout cas d'avoir quitté la pièce dans une étrange flottaison et de m'être envolée par la fenêtre.

Depuis le ciel, Paris ressemblait à un foyer de pierres fumantes qui n'attendait qu'une étincelle. Les anges buccinateurs échappés de la Goutte d'Or transpercèrent un nuage qui s'étirait au-dessus de la rue de Rivoli. Arrivés sur la rive gauche, les dragonnets, les stryges, les corbeaux, piquèrent vers le sol, et la nuit parisienne s'empourpra de lueurs incendiaires. L'hôtel de la Légion d'honneur, la Caisse des dépôts, la caserne du quai d'Orsay... Bordées par les flammes, la Seine et les rues alentour strièrent Paris de veines incandescentes. Notre escadron voltigea jusqu'à l'autre rive où le feu frappa d'abord le Palais royal avant d'embraser celui des Tuileries. Son dôme explosa dans une détonation grandiose qui fit trembler le centre-ville puis se transforma en un cratère urbain où dansèrent longuement des flammes hystériques. Le long des jardins, la rue de Rivoli et la rue Royale revêtirent les mêmes couleurs brûlantes qui échaufferaient bientôt les rives jusqu'à l'Hôtel de Ville. Sous mes yeux, au milieu des squelettes et des flammes, prenait vie le tableau mouvant que j'avais vu en songe.

Paris brûla dans le feu des sorcières.

Livre II

HEXEN HOLOCAUST

Mais qui exhumera ces filles pour aimer les femmes qu'elles seraient devenues ou lire les légendes écrites sous leur peau ?

Audre Lorde,
Laissez venir à nous les enfants,
in *Contrechant, anthologie de poésie*

20

Jeanne, 1975-1976, Hollywood

Jeanne avait trouvé une chambre dans un appart de Melrose Hill, qu'elle partageait avec deux hippies, et Carol, une Anglaise un peu perchée. Elle avait aussi dégotté un visa et un boulot de serveuse au *Frolic Room*, un ancien *speakeasy* sur Hollywood boulevard, plutôt miteux mais réputé pour la fresque du caricaturiste Al Hirschfeld dessinée face au bar. C'était mal payé mais c'était le prix du rêve. En quelques mois, entre Los Angeles et San Francisco, elle avait déjà assisté à un concert de Bowie, des Stones, des Eagles, des Jethro Tull, des Grateful Dead ; elle avait même croisé certains d'entre eux dans des boîtes branchées où elle avait fait le pied de grue, d'abord pour entrer, ensuite pour attirer l'attention. Sans succès. Hollywood était une sorte d'effroyable festin ensoleillé dont se repaissaient une poignée d'idoles même pas trentenaires. Les groupes se formaient, galéraient, sortaient un tube, partaient en tournée, revenaient lessivés, implosaient, *splitaient*, se reformaient, périssaient, ou se ringardisaient. Le MC5, Alice Cooper, les Stooges dont elle avait rêvé à la lecture des chroniques de *Creem*, s'étaient séparés à leur zénith, avant même qu'elle n'ait le temps d'entendre un seul de leurs accords métalliques en *live*. On ne vouait alors un culte qu'aux *successfuls* et aux morts. Les *successufuls*, à condition qu'ils le soient encore ; les morts, à condition que leur décès fût précoce et soudain. Brian Jones, Jimi Hendrix, Janis Joplin, Jim Morrison...

Les nouvelles copines de Jeanne, des jeunes paumées échappées des beaux quartiers de l'*East-Side* new-yorkais et rencontrées par l'intermédiaire de Pam (sa collègue du Frolic Room), la faisaient entrer à l'*English Disco* en la présentant comme une Britannique ce qui était alors très en vogue. Pour franchir les portes du *Whisky à Go Go* et du *Roxy*, elle avait dû se taper le videur, mais avec un peu de LSD et de vodka ça n'avait rien d'insurmontable. Et le jeu en valait la chandelle. Les Doors, Alice Cooper, Van Morrison, Bowie lui-même, avaient joué sur scène. Au bar, on pouvait apercevoir des bassistes et des batteurs de groupes qui commençaient à percer, tous défoncés et ivres morts...

La Goutte d'Or paraissait loin maintenant. Jeanne se demandait même si elle y avait un jour vécu. Elle écrivait à sa mère de temps en temps, des lettres factuelles, sans lui laisser d'adresse. Pour l'instant, c'était mieux ainsi. Elle avait retrouvé la forme depuis qu'elle était à L.A. Depuis qu'elle avait fui la rue Francis Carco, les maos, les féministes et l'église Saint-Bernard. Elle était partie sans rien dire à sa mère. Madame Boutella s'en chargerait. Elle avait oublié ce temps-là. Le temps des sorcières et des morts-vivants.

Désormais, c'était le temps des idoles.

Malgré son passé de fille-pas-dans-le-coup, Jeanne avait eu droit à son quart d'heure. Avec Led Zeppelin, s'il vous plaît ! Le groupe, au sommet de sa gloire, arrivait à Los Angeles pour le plus gros concert de sa tournée mondiale.

Jeanne n'avait pas trouvé de place au *Forum*. Trop cher. Trop prisé. Elle travaillait cette nuit-là au *Frolic Room*. Et l'improbable se produisit. Vers trois heures du mat', alors que des poivrots enquillaient les bières, deux gros barbus, les bras comme des troncs, s'étaient assis au comptoir avant de commander deux vodkas, et de les siffler sans un mot. Ils recommencèrent plusieurs fois. L'un d'eux se mit à tapoter le bar à deux mains, en rythme et les yeux clos. C'était John Bonham, le batteur de Led Zep. Jeanne en était sûre. Des affiches du groupe envahissaient les murs de L.A., et elle avait tous leurs albums. Ses copines n'en dormaient plus à force de se creuser les méninges pour savoir comment rencontrer Jimmy Page et sa bande, et voilà que John Bonham débarquait dans son rade au beau milieu de la nuit. Après les concerts, quand Jimmy Page s'adonnait à ses plans partouze-et-coke, tout le monde savait que John Bonham cherchait la gnole et la bagarre. Elle fit un clin d'œil à Pam. « *It's Bonzo* ». Sa collègue n'y croyait pas, le type avait vraiment l'air d'un tocard. Mais Jeanne n'en démordait pas. Son pote à ses côtés devait être Richard Cole, le manager qui organisait leurs tournées américaines et qui jouissait aussi d'une réputation de dingo. C'était lui. BONZO de LED ZEPPELIN. Le plus grand batteur de tous les temps. C'était trop bête de passer à côté d'une occasion pareille et, en lui servant une autre vodka, Jeanne lui glissa « *I am your greatest fan* ». Le gros barbu leva vers elle des yeux affligés et elle eut à peine le temps de poser le verre qu'elle avait déjà disparu dans les cavités de sa vilaine barbe, la nuque dans sa paluche, avant d'être traînée dans les urinoirs comme un maigre tas d'os. Elle songeait qu'elle avait de la chance d'enfin baiser une rock star et s'imaginait raconter cette folle soirée à ses copines qui n'en reviendraient pas. Pam devait en baver de jalousie, seule derrière son comptoir pendant que sa collègue avait sauté dans le tonitruant train du *rock'n'roll* et prenait son pied avec une légende. BONZO putain ! Prenait-elle son pied à vrai dire ? C'était déjà fini d'ailleurs. Mais n'était-ce pas ça, la vie de rock star ? Furieuse, bestiale, insaisissable. Avant de remonter son froc, il soulagea sa vessie avec douceur dans la cuvette. Par pudeur, elle ferma les yeux.

Personne ne voulut la croire.

Pam nia en bloc avoir reconnu Bonzo. Ce n'était qu'un gros lard, un beauf de l'Arizona qui avait garé son camion dans un parking de L.A. Et Jeanne qui pensait se taper Led Zep ! Elle s'était fait sauter par un *biker*, la cruche ! Mais Jeanne n'en démordait pas : c'était Bonzo, le vrai génie du quartet, et Pam et ses copines étaient de la pire engeance, des jalouses invétérées.

Jeanne ne les fréquenta plus. Quand elles la croisaient aux concerts, les filles ne manquaient jamais de lui désigner n'importe quel balourd à collier de barbe en disant « *Jane, it's Bonzo, give him a quick blowjob* » et de pouffer comme des Californiennes. Après avoir côtoyé de si près le *rock'n'roll*, Jeanne crut que sa place ne serait plus jamais dans la fosse, au milieu des hystériques, mais *back-stage*, dans l'écrin douillet des muses. Elle assista silencieuse et hautaine à un concert de Dylan, à un concert des Pink Floyd, à un nouveau concert des Stones, chaque fois persuadée qu'on allait l'adouber d'un sourire complice mais il ne se passa rien. Et puis, il y eut les Beach Boys au Balboa Stadium de San Diego, sous l'implacable soleil d'août 1975. Les tubes s'enchaînaient comme les vagues du Pacifique. *Surfer Girl, Surfin' USA, Fun, fun, fun...* Au milieu de cette foule blonde et dorée, appétissante et sûre d'elle, Jeanne entendit Brian Wilson s'adresser à elle, comme elle avait espéré que le ferait Bob Dylan, David Gilmour ou

Mick Jagger. Mais ses paroles n'avaient rien de réconfortant ; ce n'était pas un adoubement mais un bannissement, une sentence d'ostracisme…

… I been all around this great big world And I seen all kinds of girls Yeah, but I couldn't wait to get back in the States Back to the cutest girls in the world I wish they all could be California girls…

… et Jeanne sut qu'elle n'en était pas, qu'elle n'en serait jamais. Sa peau blanche se refusait à l'ouest ensoleillé ; il n'y avait ici aucun remède à son mal-être. Les *seventies* étaient une brûlure. Le soleil de la Californie se révéla tel qu'il était, sinistre. Son ciel vide, ses autochtones creux, ses drogues mesquines. Ses idoles orgueilleuses, boursouflées, inhumaines. Jeanne repensa à sa folle soirée avec Bonzo, à ses années à Vincennes, à ses copines féministes, au combat pour la libération sexuelle qu'elle avait mené, un peu, à sa manière. Et pourquoi ? Pour servir de vide-couilles à une rock star ou à son sosie, pour se faire moins respecter qu'une pissotière ? Six mois auparavant, la France avait autorisé l'avortement et Jeanne n'en avait pas été. Pendant ce temps-là, elle rêvait à Jimmy Page et Mick Jagger, les yeux levés vers l'autel où seuls des hommes vils et brutaux disaient la messe devant des femmes idolâtres. Même Alice Cooper était un groupe de mecs. Les femmes n'étaient que décorum : des muses, des danseuses, des groupies et des putes. Viande. Et Jeanne n'était plus tellement sûre d'être à sa place.

*

Elle fut rattrapée par son *long hiver* et la question *léninienne* (« *que faire ?* »). Elle n'avait pas encore vingt-cinq ans et son avenir lui semblait désespérément sombre. Au pire, elle passerait les prochaines décennies sur la côte Ouest à trimbaler sa chair blême de petits jobs en petites dépressions. Au mieux, elle s'accrocherait à un mariage dont chacun des époux saurait qu'il n'est pas le premier choix. Dans son album posthume, Janis Joplin chantait pour elle...

> *... I begged for mercy, prayed for rain*
> *I shouldn't be the one to accept all the blame*
> *Someone here's trying to pollute my brain*
> *I'm buried alive in the blues...*

« Tu chantes quoi ? » l'interrompit Carol en ouvrant sans prévenir la porte de sa chambre.

« Joplin, répondit Jeanne interloquée, comme si sa coloc' ignorait encore qu'elle ne chantait que ça, du matin jusqu'au soir.

— C'est *Pearl* ? »

Carol inspecta longuement le tourne-disque, les yeux fixés sur le dernier album de Janis et du *Full Tilt Boogie Band* dont Jeanne savait pourtant qu'elle en possédait un exemplaire.

« Jeanne, ce n'est pas parce que tu es en pleine quête intérieure, qu'il faut rester enfermer en toi-même. Il faut sortir pour se trouver ».

C'était le genre de phrases positives et péremptoires qu'affectionnait Carol et que Jeanne abhorrait. La lumière du ciel irradia sa chambre lorsque l'Anglaise en ouvrit les volets, et Jeanne pensa qu'elle n'avait encore rien connu de ce qui justifiait l'existence, ni grande cause, ni amour, ni euphorie. À peine la promesse du féminisme qu'elle avait reniée pour l'illusion du rock. Il lui fallait absolument une aventure qui rendrait justice à ses prix d'excellence et refoulerait à jamais les années lycée et Alice Brucker.

Elle se leva. Pour repousser l'hiver.

Depuis son arrivée à L.A., Jeanne ne l'avait jamais vue travailler mais Carol, qui lévitait au-dessus des contingences matérielles, était de loin l'être humain le plus occupé parmi son entourage. Si, pour elle aussi, L.A. constituait le barycentre de l'univers, il était évident que les deux filles gravitaient sur des orbites parallèles. Loin de Bowie, des concerts et des bitures, les terres de Carol étaient hantées par des forces intérieures, des signes astraux, des rituels et autres bizarreries que Jeanne avait rangés dans le même tiroir que les élucubrations des camés qui l'accostaient sur les trottoirs de Sunset Strip, avec leurs pupilles dilatées et leurs prédications sinistres. Dans un drôle d'accoutrement, Carole rejoignait souvent l'un de ses nombreux groupes de méditations ou bien, son polaroid SX-70 sous le bras, elle partait *guetter le cœur battant de la ville*. Elle était issue d'une communauté relativement implantée en Angleterre, la *Société religieuse des amis*, fondée par un certain George Fox au XVIIe siècle à la suite d'une révélation divine. Les membres s'appelaient entre eux des « Amis », et le reste du monde – du moins l'infime partie qui ne s'en foutait pas – les appelait des *Quakers*. Après avoir initialement prêché une relecture du christianisme, et surtout une réforme de son clergé au profit d'un rapport direct à Dieu, ce qui avait valu le bûcher et l'exil à bon nombre de ses pionniers, les Quakers s'étaient progressivement émancipés du christianisme pour se scléroser en de multiples courants spirituels, parfois sans aucun lien avec la maison mère et surtout allergiques à tout dogme, mais qui se retrouvaient néanmoins autour d'un même mysticisme, fait de quêtes intérieures et de cérémonies d'adoration de la

Nature. Ébranlée par une énième crise spirituelle, Carol avait traversé l'Atlantique pour rejoindre Boston où elle devait communiquer avec l'esprit d'une martyre de la cause *quaker* (une certaine Mary Dyer pendue haut et court trois siècles plus tôt, sans même les honneurs du bûcher, après avoir accouché d'un monstrueux enfant mort-né) qui, à travers des expériences hallucinatoires, des visions psychédéliques et des rencontres impromptues, l'avait guidée jusqu'à la cité des anges...

Jeanne accepta d'accompagner sa colocataire à l'un de ses nombreux groupes de rencontre. Dans le van déglingué, avait pris place une dizaine d'illuminées à la gaieté débilitante. Une fois arrivées en pleine forêt nationale d'Angeles, aux pieds des monts San Gabriel, après un éprouvant trajet sur un sentier truffé de nids-de-poule, Carol et ses copines se mirent à folâtrer comme des faons dans leurs aubes en lin, s'émerveillant de la sève sur les troncs, du vent dans les feuillages, du soleil derrière la canopée... Certaines se roulaient dans les herbes hautes, s'enivrant d'ivraie ; d'autres rejouaient Philémon et Baucis, enlacées aux chênes centenaires dans des postures orgasmiques. Elles firent un cercle en se donnant la main, où elles invitèrent Jeanne à les rejoindre. Celle-ci s'accroupit entre Carol et l'une de ses condisciples, de mauvaise grâce. Tandis que, paupières closes, elles poussaient un râle guttural et inspiré, la conductrice du van, une grande brune dont Jeanne n'avait vu que la nuque, redressa la tête, écarta délicatement les boucles qui lui dissimulaient le visage, et dévoila une voix rocailleuse sous une barbe christique.

La grande brune se révéla être un homme.

Dès les premiers mots, Jeanne comprit qu'elle avait affaire à un imposteur. Ayant cité un précepte de Guy Debord qu'il suivait à la lettre (*ne travaillez jamais*) et un titre de Mircea Eliade (*Le Mythe de l'Éternel Retour*), il annonça finalement l'urgence de « privilégier les expériences sensibles », de « vivre sans temps mort », de « jouir sans entrave », et de « se laisser entraîner vers un voyage au bout du possible de l'homme » dont Jeanne ne doutait pas qu'il mènerait tôt ou tard à son chibre. Elle ne fut pas déçue. Au prétexte de briser leurs chaînes, les femmes ôtèrent leurs aubes, avant de se tripoter sous le regard compatissant de leur guide qui consentit alors à les libérer du Mal en les *honorant*. Seule Jeanne demeura prostrée, à observer ce messie de bas étage les prendre les unes après les autres, sous le chaperonnage contrarié d'Eliade et Debord. Et pendant qu'il officiait, en affectant un air spirituel et indifférent aux geignements d'extase, Jeanne se rappelait les réunions féministes de la rue des Beaux-Arts, les discussions érudites sur *les-trois-monothéismes-ciment-du-patriarcat*, et se demanda pourquoi, en religion comme ailleurs, la femme était l'éternelle *baisée*, la cuisse de Jupiter ou d'Adam, le butin, le champ de labour ? Alors que les femmes commençaient enfin à se défaire de Dieu-le-Père et à faire valoir leur libre arbitre, les voilà qui se ruaient dans un nouvel asservissement. Pour se prouver qu'elles possédaient leur corps, elles l'offraient, guillerettes et sûres d'elles, aux tartuffes de la révolution féministe, toujours à calquer leurs désirs sur ceux du mâle.

Le lendemain, Jeanne trouva Carol attablée dans la cuisine, autour d'un repas dont elle n'aurait su dire s'il s'agissait d'un petit-déjeuner ou d'un dîner. Elle la salua sans croiser son regard, se servit une grande tasse de café et termina les haricots blancs à même la casserole.

« Alors, tu n'as pas aimé notre veillée ? lui demanda une

Carol très enjouée. J'ai trouvé notre *druide* vraiment… inspirant ! »

Jeanne en avala de travers et recracha une partie de son café dans l'évier.

« Carol, putain… ! Ne me dis pas que tu as trouvé ce type inspirant, c'était un crétin fini !

— Tu crois ? répondit Carol, estomaquée.

— Enfin, réfléchis deux minutes. C'est juste un *loser* qui dissimule sous des grandes phrases et une ignoble barbiche un moyen inespéré de baiser à échelle industrielle… Carol, tu ne peux pas accepter ça. On ne peut plus accepter ça. Je ne me suis quand même pas extirpée de la fosse des groupies pour une autre, bien pire encore. »

Carol demeura pensive un long moment, s'interrogeant sur la réflexion de sa coloc', sans paraître aucunement vexée.

« C'est peut-être un dingue, en fait !

— Je ne crois même pas qu'il soit dingue, rectifia Jeanne. C'est juste un pauvre type qui a compris comment profiter du mysticisme ambiant… »

Elles restèrent longtemps silencieuses, à grignoter n'importe quoi et à siroter du café, et Jeanne se surprit à n'éprouver aucune gêne. L'après-midi s'écoula avec paresse dans le demi-jour de la cuisine aveugle, jusqu'au moment où elles considérèrent que, quelle que fut l'heure exacte, la nuit qui s'avançait les autorisait à déboucher une bouteille pas trop chère.

« Tu faisais quoi avant de venir aux States ? demanda Jeanne à sa nouvelle copine, un peu honteuse de n'avoir encore jamais songé à lui poser la question malgré un an de vie commune.

— J'étais étudiante, comme tout le monde.

— En quoi ?
— Histoire de l'art. À Oxford…
— Ouah ! Tu es diplômée d'Oxford ?
— J'ai même obtenu mon doctorat.
— Ah ouais, la classe ! Mais qu'est-ce que tu es venue foutre ici dans ce cas ?
— À un moment j'en ai eu marre d'Oxford et de l'université en général où je m'apprêtais à faire carrière… Ma mère et ma tante sont mortes à quelques mois d'intervalle alors plus rien ne me retenait là-bas. Avec l'héritage de ma tante, j'ai acheté un billet pour New York et une vieille Ford une fois sur place, et je suis partie sillonner les US… »
Carol éclata de rire.
« Et toi, quel vent t'a amenée jusqu'ici ?
— J'avais une carrière d'aide-soignante toute tracée que j'ai sabotée au bout de trois mois pour m'inscrire dans une université expérimentale à côté de Paris.
— Me dis pas que tu étais à Vincennes ?
— Me dis pas que tu connais Vincennes ?
— Mais tout le monde connaît Vincennes, Jeanne !
— Ce n'est pas non plus Oxford…
— C'est beaucoup mieux qu'Oxford, tu veux dire !
— Sauf qu'à Oxford, mon diplôme d'anglais vaudrait quelque chose… Bref, à la fin de mes études, je rêvais de quitter la France et de rejoindre la côte Ouest. Alors, c'est ce que j'ai fait… Mais sans héritage, pour ma part ! »
Carol s'esclaffa de nouveau.
« On est toutes les deux des paumées, finalement.
— J'en ai l'impression. Sur quoi portait ta thèse de doctorat ?
— Ça t'intéresse vraiment ? Sur Brueghel.
— Brueghel l'Ancien ? J'adore. Une thèse sur sa vie ? son

œuvre ? un tableau en particulier ?

— Tu veux connaître son titre exact ?

— Vas-y, balance. »

Carol leur resservit un verre et tira sur sa clope comme pour faire durer le plaisir. Décidément, cette coloc qu'elle avait toujours prise pour une cinglée s'avérait plus rigolote que Jeanne ne l'avait imaginé.

« Tu es prête ?

— Vas-y, enfin !

— *Représentation du Mal chez Brueghel l'Ancien aux Pays-Bas espagnols et prémices de la chasse aux sorcières en Europe au début de la Renaissance.* Trois ans à trimer là-dessus huit heures par jour... ! »

Et alors que Carol était repartie dans l'un de ses étranges fous rires, Jeanne fut, l'espace d'un instant, parcourue par une sensation familière qu'elle n'avait plus expérimentée depuis des années ; son impression de déjà-vu.

« En gros, il disait quoi ton mémoire ? C'est quoi le lien entre le Mal chez Brueghel et la chasse aux sorcières ?

— Le lien, c'est le Diable. Plus exactement, le Diable et la Femme. »

Et Carol partit dans un nouvel éclat de rire qui contrastait avec ce qu'elle venait de dire mais qui, paradoxalement, ajouta au malaise de Jeanne.

« Le Diable et la Femme ?

— Oui. Jusqu'au XIVe siècle, le Diable ne faisait pas vraiment peur. On n'en parlait pas, voire on en riait. Au pire, on le rangeait avec les superstitions. À partir, du XIVe siècle, en revanche, il a commencé à devenir effrayant. Certains experts disent que ces nouvelles représentations du Diable seraient dues aux influences orientales. En tout cas, c'est à partir de cette époque qu'il a commencé à occuper une place importante dans l'imaginaire collectif, notamment dans les campagnes où la christianisation ne s'était pas faite totalement, ou alors d'assez loin. Il n'avait pas suffi au roi de proclamer son État chrétien pour que ses sujets le deviennent du jour au lendemain. Les paysans étaient demeurés attachés à leurs croyances et à leurs légendes ancestrales, ou les avaient mêlées au christianisme. Et puis la grande peste de 1348, qui a tué environ un tiers de la population européenne de l'époque, a fait craindre l'extinction de la race humaine. C'est comme ça que l'Enfer est devenu l'une des grandes phobies du Moyen Âge, et que l'on a commencé à soupçonner l'existence d'un monde *post-mortem* peuplé de créatures hideuses et cruelles, prêtes à infliger les pires tortures à ceux qui n'auraient pas gagné leur salut durant leur interlude terrestre...

— Tu connais plein de trucs, en fait ! plaisanta Jeanne qui commençait à regretter d'avoir attendu si longtemps avant de partager une soirée avec Carol.

— J'ai donné des cours pendant mes trois ans de thèse alors il a bien fallu que je me cultive...

— Les gens pensaient que le Diable existait réellement ?

— Oui. Progressivement, le Diable a pris corps. Les paysans le voyaient rôder dans les campagnes. On racontait qu'il envoûtait ses victimes. On le tenait pour responsable des mauvaises récoltes et des intempéries... Au fur et à mesure, un rapprochement s'est opéré entre le Diable et... la Femme !

— Comment en est-on arrivé là ?

— La Femme n'a jamais eu le même statut que l'Homme, bien sûr, ni au Moyen-Âge ni avant, mais à partir du XIVe siècle, on a commencé à les différencier de plus en plus. On décréta que la Femme était plus faible, plus accessible aux émotions, sujette à la mélancolie, et bien sûr à l'hystérie… sans oublier qu'elle puait ! »

Carol éclata de nouveau de rire et, cette fois, sa bonne humeur contamina Jeanne.

« Je t'assure, poursuivit-elle. À l'époque, il était communément admis que les femmes schlinguaient !

— Les hommes se sont bien rattrapés depuis…

— Je trouve aussi. Bref, le Diable se féminise alors. Dans les peintures, des seins lui poussent parfois. Dans certaines églises, la luxure et la mort sont des statues de femmes. Mais surtout, on pense que le Malin choisit ses proies parmi les êtres les plus malléables et volatiles, que sont les femmes. Et parmi celles-ci, les plus à même de céder à ses avances sont les pauvres, les célibataires ou les veuves qui n'ont pas d'hommes pour les protéger, ou bien les bergères, les sages-femmes ou les guérisseuses, qui ont un lien particulier avec la Nature…

— C'est comme ça que s'est façonnée la figure de la sorcière ?

— En réalité, la croyance selon laquelle certaines femmes détiendraient la mémoire du passé et auraient un rapport privilégié avec l'au-delà a toujours existé. On parle de la *Stryge* dans l'Antiquité, de la *Burra* en Espagne, de la *Goule* en Arabie. Mais au début de la Renaissance, la sorcière n'est plus seulement une croyance, elle est devenue une réalité tangible, tout comme le folklore qui l'entoure : le *pacte* avec le Diable, le *coït diabolique*, la *marque du Diable*, les vols en balai, le *sabbat…* ».

Jeanne perdit le fil un instant. Toute son adolescence, elle avait porté sa *laideur* comme une croix qu'elle appelait sa *marque du Diable* par dérision, mais elle se rendait compte en écoutant Carol qu'elle avait conservé, dans un repli de son inconscient, un fond de croyance selon laquelle sa mutation physique après sa convalescence de février 1963 avait quelque chose d'assez peu rationnel...

« À quoi correspondait généralement la marque du Diable ? demanda Jeanne en commençant à préparer une omelette.

— À une cicatrice, une tache de naissance, ou un grain de beauté caché dans les parties intimes. Ou bien des cheveux roux ou une mèche blanche. Si on pouvait triturer la *marque* sans que la femme n'en éprouve de douleur, c'était forcément la signature du Diable...

— Mais comment a-t-on pu croire des choses pareilles dans des pays chrétiens ?

— Justement, pour l'Église, cette croyance populaire est une aubaine permettant d'en finir avec les idoles païennes et les rituels concurrents qui pullulaient dans les villages. Elle va se lancer dans une véritable croisade contre le Diable et ses servantes, en excipant du complot contre la chrétienté, et des flammes de l'Enfer contre qui ne s'y opposerait pas. Plusieurs bulles papales abordent le sujet, dont une à la fin du XVe siècle qui promulgue officiellement l'éradication des sorcières...

— C'est comme ça que se sont répandues ces idées absurdes ?

— Disons que c'est l'Église qui a donné l'impulsion mais c'est ensuite le pouvoir laïc qui a mené les procès. Tout ça a dû contribuer à faire naître une sorte d'hallucination collective. Et la création de l'imprimerie y est pour beaucoup puisque l'un des premiers *best-sellers* de l'histoire est le *Marteau des Sorcières* que deux inquisiteurs dominicains ont publié à la fin du XVe siècle et qui a inspiré des dizaines d'autres démonologues par la suite...

— Personne ne savait lire pourtant ?

— Non, mais ces traités de démonologies ont fini par imprégner l'imaginaire des campagnes, d'autant que le curé en remettait une couche à la messe dominicale. Le Diable et la sorcellerie sont devenus si présents que ne pas y croire est devenu une hérésie.

— Que leur reprochait-on au juste à ces sorcières ? » l'interrogea Jeanne en leur servant à chacune une moitié d'omelette aux herbes.

Carole entama son assiette tout en poursuivant ses explications. On disait que ces possédées se rendaient aux sabbats en balai volant, qu'elles y faisaient bouillir des nourrissons pour fabriquer des onguents, qu'elles se repaissaient de leur sang, qu'elles y pratiquaient une messe inversée, qu'elles y embrassaient le cul d'un bouc… On racontait aussi qu'elles avaient le pouvoir de *nouer l'aiguillette*, c'est-à-dire de rendre les hommes impuissants, et de faire disparaître leurs pénis dont elles faisaient collection… Ceux qui protestaient devenaient eux-mêmes suspects, alors on évitait de trop la ramener. Et puis, certaines professions, celles qui donnaient l'impression de détenir un savoir qui échappait aux hommes, étaient particulièrement à risque. Quand une sage-femme accouchait un enfant mort ou mal formé, on l'accusait d'avoir offert son âme au Diable. Quand un mourant expirait dans les bras de la guérisseuse, on la tenait pour responsable. Quand une récolte était mauvaise, c'était la vieille du bois voisin qui avait jeté un mauvais sort. Quand un mari était pris en flagrant délit d'adultère, la jeune bergère l'avait forcément ensorcelé. Le Diable et l'Enfer s'étaient mis à obséder les consciences, y compris les poètes et les peintres…

« Comme Jérôme Bosch… ? avança Jeanne voulant

montrer qu'elle s'y connaissait un peu, sans ignorer que sa référence devait paraître bien scolaire à une thésarde en histoire de l'art.

— Oui, au XVe siècle, mais Fra Angelico ou Dirck Bouts avaient représenté l'Enfer avant lui. En tout cas, ça donne une bonne indication des phobies de l'époque.

— Est-ce que l'on peignait déjà des sorcières ?

— La plus ancienne représentation que l'on ait retrouvée d'une sorcière à balai date de 1451, sur des miniatures du *Champion des dames*, un livre de Martin Lefranc. Ensuite, Albercht Dürer et son élève Hans Baldung Grien en ont un peu démocratisé la figure au tout début du XVIe siècle… Mais celui qui a véritablement imposé l'image de la sorcière telle que nous nous la représentons encore aujourd'hui, vieille et laide, nue sur son balai volant, entourée de son chaudron et de son chat noir, c'est…

— … Brueghel !

— Exactement. »

Jeanne et Carol se resservirent un verre de blanc après avoir avalé leur omelette. La lumière du soir se frayait un chemin par le couloir et emplissait d'ocre l'infâme linoléum de la cuisine. Carol reprit d'une voix de plus en plus douce. Les sorcières de Brueghel apparaissaient sur deux estampes de 1565 dont les copies avaient pas mal circulé pour l'époque et qui en avaient figé la représentation. C'était à peu près à la même période, vers la fin de sa vie, qu'il avait peint ses *diableries*, ses tableaux inspirés de Jérôme Bosch, comme *Margot l'enragée*, qui en disait beaucoup sur la vision que l'Homme avait alors de la Femme, ou *Le Triomphe de la Mort* et *La chute des Anges rebelles*, qui traduisaient le sentiment que l'Apocalypse était pour bientôt…

À l'écouter, Jeanne eut une nouvelle sensation de malaise.

« Pourtant, la fin du monde n'était pas pour tout de suite, manifestement...

— Si nous sommes encore là pour en parler, non bien sûr. Mais c'est aussi à cette période que, ce qu'on appellera plus tard *le petit âge glaciaire*, atteignit son paroxysme, avec des hivers effroyables et des pluies diluviennes. Le bouleversement climatique fut tel qu'à cette période, l'imminence de la fin du monde était une impression très partagée. C'est aussi à ce moment que commença réellement la chasse aux sorcières qui, pour beaucoup de femmes, a pu prendre des airs d'Apocalypse... »

Quand Carol s'interrompit, il faisait noir dans la petite cuisine de Melrose Hill. Seule l'extrémité incandescente de leurs cigarettes brillait dans l'obscurité. Les sorcières, le vin blanc, l'Apocalypse, le monde souterrain, la pénombre... Tout rappelait à Jeanne sa mère et madame Boutella, et lui donnait le sentiment étrange et effrayant que la Goutte d'Or n'avait jamais perdu sa trace.

À court de vin, les filles prirent les dernières bières du frigo avant de gagner le séjour, pas beaucoup plus grand que la cuisine mais équipé d'un canapé et d'un tourne-disque.

« Tu as l'air de beaucoup t'intéresser aux sorcières », fit remarquer Jeanne en s'allongeant sur le canapé sans être certaine qu'elle souhaitait réellement entamer une telle conversation. Carol ne répondit pas tout de suite et plaça un vinyle sur la platine. Jeanne reconnut les premières notes de *Move Over*.

« Ne te sens pas obligée. Je suis capable d'écouter autres choses, tu sais.

— J'adore Janis Joplin, moi aussi. »

Les yeux clos, Carol se mit à danser. Elle n'aurait su dire

si c'était la lumière tamisée ou l'alcool, mais Jeanne eut l'impression de percevoir dans les déhanchements de sa colocataire plus que les prémices d'une amitié. Peut-être un jeu de séduction. Elle se surprit à la trouver belle malgré son visage ordinaire et sa longue silhouette assez semblable à la sienne.

« J'ai toujours été fascinée par les sorcières, annonça Carol tout en continuant à se trémousser. Quelques-unes de mes ancêtres ont été brûlées, du moins c'est ce que dit la légende familiale. Le vieil oncle chez qui j'ai passé une partie de mon enfance racontait même que l'on descendait de Mary Dyer dont je t'ai parlée. Et puis, toute ma famille est très croyante. Ma mère passait sa vie au temple. Mon oncle était pasteur. Ça a forgé ma fascination pour l'au-delà... En tout cas, j'ai toujours pensé que j'étais l'héritière d'une lignée de sorcières ! »

Carol éclata de rire comme elle le faisait souvent lorsqu'elle devenait trop sérieuse.

« Tu dois me prendre pour une folle. Tout le monde me prend pour une folle.

— Tu ne peux pas imaginer au contraire à quel point je te prends au sérieux, la rassura Jeanne en la fixant derrière sa clope.

— Depuis que je suis gamine, j'ai l'impression que... j'entends des voix... »

Elle s'esclaffa de nouveau. Son autodérision ressemblait à une arme contre la démence. Voyant que Jeanne ne se moquait pas d'elle mais semblait au contraire attendre la suite de son récit, elle continua.

« Ce ne sont pas vraiment des voix que j'entends. Enfin, il m'arrive parfois d'avoir des hallucinations, comme pour Mary Dyer que j'ai rencontrée des dizaines de fois en rêve, mais j'ai souvent l'impression de voir *au-delà* des choses.

Pour la peinture notamment. Quand je contemple un tableau, je ne fais pas seulement face à des dessins et des couleurs. Je perçois du mouvement. Je sens des odeurs. Je suis parcourue de sensations étranges. »

Carol avait cessé de danser et observait Jeanne avec ce regard fixe et légèrement angoissant qu'elle lui réservait quelquefois.

« Pourquoi me scrutes-tu comme ça ?

— J'ai l'impression de te connaître. Tu ressembles à la Mary Dyer de mes hallucinations. Mais ce n'est pas que ça. J'ai l'impression que tu es… comme moi. »

Il y avait dans le regard de Carol quelque chose qui dépassait la fascination et qui ressemblait à de l'attirance.

« Jeanne, je suis sûre que tu es une sorcière. »

Dans la bouche de Carol, il y avait de la fierté à en être. *Sorcière* avait l'air de signifier *pouvoir*, *magie*, *révélation*, *surnaturel*. Après tout, sa coloc' avait quand même traversé l'Atlantique sur l'insistance d'une bonne femme décédée depuis trois siècles et devait donc être un tant soit peu calée en la matière. L'idée qu'elle pût réellement être une sorcière ne parut pas si incongrue à Jeanne, ni désagréable, et c'était bien la première fois depuis ce jour où Alice l'avait affublée de ce surnom. La sorcière de Carol n'était pas *hideuse* ni *terrifiante* comme celles qui, selon madame Boutella, pullulaient sous la Goutte d'Or. Ni *folle* comme l'était sa propre mère. Les sorcières de Carol étaient *belles*, *puissantes*, *pleines de bonté*.

« Il faut absolument que l'on en rencontre une vraie pour en avoir le cœur net. J'en connais une à San Francisco.

— À San Francisco ?

— Allons-y, Jeanne !

— Quand ça ?

— Maintenant. On a fait le tour ici.

— Mais je ne peux pas... Je ne peux pas lâcher mon boulot et la coloc'... ».

Carol pouffa, et Jeanne réalisa qu'elle-même ne croyait pas à ce qu'elle racontait. Elle se foutait autant de cet appart que du Frolic Room.

« Ok », répondit-elle simplement.

Et ce fut cette fois sans déplaisir, avec reconnaissance même, que Jeanne se laissa entraîner par Carol, loin des forêts et des faux prophètes, dans une chasse aux sorcières qui les mènerait de Los Angeles à San Francisco, le nouvel ombilic du monde qui dérivait à leur suite.

21

Janis, 2027

En France, comme partout dans l'hémisphère Nord, la température avait dépassé les quarante au début du mois de janvier. Dans les appartements et les quartiers d'affaires, la climatisation avait rendu l'âme. On avait hurlé pour que les gouvernements interdisent le travail de jour. Les mêmes crièrent au scandale écologique quand la loi fut passée, car en favorisant l'activité nocturne, la consommation énergétique décuplait, ce qui revenait à confondre le remède avec le mal. Néanmoins, l'espèce humaine n'était pas faite pour supporter de telles chaleurs et on dut se résoudre à ne sortir que la nuit. Le télétravail devint la règle. Dans les restaurants, on servait entre vingt-deux heures et quatre heures du matin. Bien qu'on ne parlât plus que de ça, de cet hiver caniculaire, de la soif, du climat, on se montrait joyeux. On se souriait sous la clarté de la lune et à la lueur des réverbères. On partageait les bières et les tablées nocturnes. L'apocalypse avait des allures de renaissance. On vivait une période historique, qu'on espérait temporaire, une parenthèse sombre que l'on raconterait à ses petits-enfants, même si au fond, tout le monde craignait un basculement vers une normalité où il n'y aurait plus de descendance à qui raconter qu'en un temps pas si lointain, l'humanité s'était épanouie dans la douceur du jour.

Par la force des choses, Janis s'était trouvée au chômage technique. Un soir, en se rendant au travail, elle avait été accueillie par un mur gris duquel on avait simplement arraché sa guérite, son *écrin rien qu'à elle*, sans laisser aucun indice de ses décennies de présence. Janis avait bien songé à s'en plaindre auprès de la *direction*, d'un *supérieur hiérarchique* ou de tout autre *responsable* qui jouirait d'un enviable statut de *référent*, mais elle ne se souvenait pas d'avoir jamais été en contact avec qui que ce soit de cette nature. Et découvrant qu'on ne lui versait plus de salaire, ce qui était tout de même le pompon, elle se demanda s'il existait encore un Code du travail en France. On ne pouvait pas décréter du jour au lendemain qu'on lui retirait son poste, sans considération pour les heures impérieuses qu'elle y avait passées, sans *entretien préalable*, sans *pot de départ*, sans une allocution pour rappeler à quel point les années écoulées avaient constitué *une sacrée aventure humaine* !

Depuis ce jour, Janis vagabondait entre les immeubles, sous des rangées de volets clos, les semelles engluées dans l'asphalte ramolli, attendant que la cité morte ressuscite au crépuscule. Elle avait essayé à plusieurs reprises de s'extirper du quartier qui la maintenait prisonnière dans sa drôle de condition. Mais quelle que fût la frontière qu'elle avait essayé de franchir, elle n'y était jamais parvenue. Chaque fois qu'elle s'apprêtait à traverser le boulevard Barbès, à ramper sous le métro aérien, à enjamber les voies ferrées ou à escalader le mur de la rue Ordener, elle était rattrapée par une chaleur infernale qui lui faisait oublier ses projets. Alors, elle restait ici où le silence inquiétant et torpide lui tournait la tête. Bien qu'elle ne souffrît plus de la fournaise, elle avait pris l'habitude de s'allonger sur un banc ombragé, sous les branches calcinées des arbres de Judée du square Léon, sous les tilleuls agonisants du square Saïd Bouziri ou dans la fraîcheur de la nef de la petite cathédrale où comataient SDF et riverains.

La Vieille Sorcière lui rendait désormais visite à n'importe quelle heure.

À peine le sommeil l'arrachait-il à ce monde qu'elle s'éveillait dans un autre, qui ne différait du précédent qu'en ce qu'il ne semblait pas soumis aux lois de la gravité. Elle s'élançait dans le ciel, traversait les immeubles, se cachait dans les parois, comme elle l'avait fait dans les tableaux de Brueghel. À califourchon sur un balai ou affublée d'ailes de corbeau, elle pénétrait dans les appartements, visitait les chambres et les salons ; parfois, elle s'invitait à dîner, s'asseyait sur les genoux des maîtresses de maison, parasitait les conversations, raillait les uns, singeait les autres, ressortait aussi sec, investissait l'appartement d'à-côté ! Fatiguée de la voltige et lassée d'être invisible et inaudible, elle revenait à elle, à la fois soulagée et déçue. Et puis, sans s'y attendre, elle se remettait à voler. Janis n'y comprenait plus rien, se sachant jamais si elle arpentait le monde réel ou celui de la Vieille Sorcière, si elle usait les pavés sales de son quartier ou si elle délirait en pleine œuvre mystique.

Récemment, elle avait croisé Roger. Son Roger.

Alors qu'une masse orange préfigurait la nuit au-dessus de la rue Cavé, elle avait aperçu autour des bornes Vélib le groupe d'Africains qu'il avait fréquenté au temps de leur rencontre. Parmi eux, Janis avait reconnu le visage sec de

Roger. Impossible. Il était reparti au Sénégal depuis deux ans au moins. C'était Janis qui l'avait convaincu qu'il ne devait pas rester si c'était pour se raccrocher à un rêve d'Europe qui n'était pas le sien. C'était le seul moyen d'échapper à la dépression, à la nostalgie et aux poivrots. Alors, il avait fini par rentrer, à Saint-Louis, par retrouver Guet N'Dar et sa Langue de Barbarie, et répandre la parole discordante d'un exilé repenti. Il lui avait écrit. Comme elle, il souffrait de leur séparation mais ne regrettait pas son choix ; il la remerciait de l'avoir aidé à reprendre sa vie en main.

C'était impossible et pourtant, il se tenait là, avec ses compères, une canette de bière à la main qu'il sirotait, par routine et sans plaisir. Janis approcha de sa figure frêle et de son air hébété.

« Roger. »

Quand il croisa le sien, elle discerna un flottement dans son regard, comme s'il ne voulait pas avoir à se justifier, expliquer pourquoi il était là, pourquoi il était revenu, pourquoi il n'était pas parti, pourquoi il était devenu ce qu'il s'était juré de ne jamais devenir...

« Roger. »

Il fronça de nouveau les sourcils dans sa direction. Elle s'avança si près de lui qu'elle sentit son haleine houblonnée. Il continuait à feindre de ne pas la voir, si bien qu'elle se demanda s'il n'était pas aveugle en plus d'être saoul comme un cochon. Il finit par fermer les paupières, plaquant aussi ses mains sur ses oreilles.

« Sonal ! » cria-t-il enfin tout en esquissant un grand geste du bras.

Janis fut si affectée par cette scène qu'elle vint trouver madame Otoko le lendemain.

« Cette fois, c'est moi qui suis en train de disparaître... C'est comme si plus personne ne me reconnaissait, ni même ne remarquait ma présence... Le matin où tous les gosses ont disparu dans la cour de l'école, une poignée d'entre eux m'est passée au travers... J'en suis certaine, ce n'était pas qu'une impression. Et mon parking aussi s'est envolé ! Mais il y a plus grave encore, j'ai croisé Roger, tu sais le Sénégalais avec qui je fricotais dans le temps. Et bah figure-toi qu'il est revenu au quartier, ou peut-être qu'il n'en est jamais parti je ne sais pas ; en tout cas, il m'a évitée comme un gamin, et m'a crié « tais-toi » en wolof... ! »

Madame Otoko parut gênée, et Janis se demanda si elle n'était pas elle-même en train de perdre la boule avec ses histoires d'enfants transparents et de parking désagrégé.

« Roger est venu me voir tout à l'heure. »

Ça lui faisait tout drôle d'entendre ça. Roger. Son Roger ? Quel besoin avait-il d'aller consulter madame Otoko qui n'était bonne qu'à tirer les cartes.

« Tu dois le laisser tranquille, Janis » lui dit-elle dans un sourire tendre.

Janis fut envahie par une honte impitoyable. La réalité était simple et froide. Roger ne désirait plus lui parler. Il ne voulait subir ni ses remontrances ni ses leçons de morale. Il n'était jamais reparti au bled ou en était revenu, peu importait. C'était le seul prétexte qu'il avait trouvé pour enfin se dépatouiller de l'amoureuse qui lui collait aux basques. Il faisait bien ce qu'il voulait, après tout ! Qui était-elle pour lui demander des comptes ? Ni sa mère ni sa femme. Ça allait à l'encontre de tous ses principes d'indépendance et de détachement. Et Janis qui depuis deux ans ressassait cette histoire de retour au bled et de romance impossible ! Elle n'était rien moins qu'une pleurnicharde qui s'accrochait à un ancien amant indifférent. Et pour se débarrasser de cet incommodant pot de glu, Roger avait dû recourir à la médiation de madame Otoko...

« Promis, je ne l'embêterai plus. »

En redescendant la rue Doudeauville pour rentrer chez elle, Janis essaya de refouler Roger loin de ses pensées. Ils s'étaient séparés. Lui était passé à autre chose, et elle devait s'y faire. Point final. Il y avait plus urgent. Rechercher la daronne dont elle venait de découvrir qu'elle avait fricoté avec Carol Schäffer et les Hexen Holocaust. C'était autrement plus important que l'indifférence de Roger.

Quand elle pénétra dans la cour de son immeuble, elle fut parcourue par un accès de colère prémonitoire. Elle inséra la clef dans la serrure mais ne parvint pas à ouvrir sa porte. Elle colla son visage à l'une des baies vitrées. Ces salauds de voisins avaient profité de son absence pour obtenir gain de cause.

Son atelier avait été transformé en garage à vélos.

22

Jeanne, 1976-1977, Haight-Ashbury

Sur la *Highway 1* depuis Los Angeles, au volant de sa vieille Ford Taunus, Carol lui parla d'une authentique sorcière prénommée Lauren qu'elle avait croisée à l'amicale des Quakers de Boston, et qu'une quinzaine de minutes de conversation avaient suffi à figer dans son souvenir en une figure solaire. Lauren pratiquait une religion d'inspiration néo-païenne, qui s'appelait le *wicanisme dianique*, et faisait partie d'un *covent*, une sorte de congrégation secrète de femmes expertes en chamanisme qui se réunissaient nuitamment pour pratiquer des rituels ancestraux et rendre grâce à une déesse oubliée. Comme Carol ne se souvenait plus dans le détail de ce que Lauren avait bien pu lui raconter, et voyant que Jeanne lui montrait un vif intérêt, elle égaya son récit avec des sortilèges, des chaudrons, des grimoires, des éviscérations nocturnes et des danses de sabbat. Et Jeanne s'imaginait déjà diriger des messes noires et des esprits lutins, initiée par cette Lauren avec qui Carol avait noué une amitié si fulgurante qu'elle n'hésitait pas à la rejoindre, sans coup de téléphone ni courrier superflu, sur la seule foi d'une invitation qu'on avait dû lui lancer sans y croire, comme des salamalecs débités par courtoisie mais que les Anglo-Saxonnes avaient tendance à prendre pour un bristol.

Crasseuses et fourbues, elles garèrent la Ford dans une rue en pente de San Francisco et débarquèrent un matin de printemps, dans une librairie de Haight-Ashbury nommée *Lilith's Books*, où Carol se souvenait que Lauren lui avait dit travailler. Non seulement, Lauren se tenait bien présente derrière la vitrine (mince, la trentaine gracile malgré une chevelure grisonnante, un visage lisse et grave que les premières rides embellissaient encore) –, mais elle était en train d'exposer un livre que Jeanne crut reconnaître sans pouvoir identifier le titre. Dès qu'elle aperçut Carol, Lauren la prit dans les bras, s'enquérant de son épanouissement personnel et de sa santé, complimentant son teint, ne détachant plus ses mains des siennes, agrippant celles de Jeanne et se réjouissant de pouvoir enfin mettre un visage sur un nom, Carol lui ayant déjà tellement parlé d'elle – à une époque où elle ignorait pourtant son existence... Une fois passée la ferveur des retrouvailles, Lauren leur servit du thé et des gâteaux secs, avant de leur faire faire le tour de la librairie qu'elle leur présenta comme « un espace culturel et d'expression ouvert à tous, surtout aux *opprimés*, en particulier aux Noirs, aux homosexuels et aux femmes, unis dans un même combat contre les discriminations systémiques ». Bien que ces propos fussent déclamés avec une componction insupportable, Jeanne entrevit l'espoir de renouer avec ses années militantes et de participer enfin à *quelque chose*. Et pour se faire bien voir de Lauren, elle mentionna qu'elle avait été proche d'une femme de lettres du nom d'Hélène Cixous qui elle aussi unissait Femmes et Noirs sur un même continent d'oppression. Mais quand elle vit le regard humide de Lauren se perdre dans le sien, elle n'osa prolonger son récit, craignant d'avoir un peu exagéré son niveau d'intimité avec sa professeure de Vincennes. Lauren lui mit alors sous le nez le livre qu'elle tenait entre les mains depuis leur arrivée et que Jeanne avait cru reconnaître dans la vitrine. C'était la traduction anglaise du *Rire de la Méduse* d'Hélène Cixous, dont les exemplaires venaient d'être livrés.

« Voilà encore un joli coup de la Déesse », murmura-t-elle à Jeanne qui eut pu jurer qu'à ce moment précis un souffle chaud lui caressa l'échine.

Lauren abaissa le rideau de fer de sa librairie et les conduisit chez elle, deux blocks plus loin, dans une maison victorienne achetée *des clopinettes* dix ans auparavant.

« Avec l'héritage de ma grand-mère... », précisa-t-elle dans un sourire un peu honteux.

Elle les laissa déposer leurs affaires dans l'entrée avant de leur faire visiter les alentours. Naturellement, à la demande de Jeanne, Lauren les emmena d'abord au 635 Ashbury Street, où Janis Joplin avait résidé durant ses années de gloire fugace. Des touristes se prenaient en photo devant l'édifice, tout sourire, sans respect ni pour l'idole, ni pour la défunte. Et Jeanne se sentit nauséeuse à l'idée de partager Janis avec ces crétins à chemises hawaïennes, pathétique même à continuer de croire que s'était noué entre la chanteuse et elle un lien spirituel. Elle ne souhaita pas s'attarder davantage. Tournant le dos au 635, elle entendit la voix de Janis résonner dans son cerveau. *Being buried alive in the blues*. Rassurée, elle adressa aux touristes un sourire méprisant. Elle ne partageait rien avec eux, surtout pas Janis.

Cette après-midi-là, au hasard de leur balade, Lauren leur apprit qu'elle avait appartenu au collectif des *Diggers*, qui avait eu pour ambition de modeler le monde avec les idéaux hippies sans sombrer dans la grande léthargie que leurs récents adeptes avaient érigée en dogme. Les Diggers tenaient leur nom d'un groupe de paysans anglais qui au XVIIe siècle avaient refusé l'*Enclosure Act*, par lequel les grands seigneurs s'étaient approprié les terres communales, afin de les exploiter pour eux-mêmes, et à qui les troupes de Cromwell avaient rappelé dans le sang le sacro-saint principe de la propriété privée. Les Diggers avaient essayé de faire de Haight-Ashbury une société alternative fondée sur la nature, la culture, le collectif, le désintéressement et l'entraide ; une société qui s'inscrirait dans la tradition des peuples autochtones que leurs ancêtres avaient massacrés. Avec ses logements inoccupés, ses loyers risibles et la grande affection que lui vouait la *Beat generation*, ces quelques blocks leur avaient semblé propices à une expérience communautaire inédite. Un magasin proposait gratuitement des marchandises tombées du camion. On organisait des distributions de nourritures, des lectures sur les marches de la mairie, des parades au cours desquelles on célébrait en grande pompe la mort de l'argent. On faisait pousser des potagers sur du bitume, on diffusait les valeurs du nouveau monde dans des tracts et des fanzines. À tous les coins de rues, s'improvisaient des happenings, du *théâtre guérilla*, des concerts, des réunions sans hiérarchie ni représentant pour que les citoyens se réapproprient l'espace public. Début 1967, juste après l'investiture de Reagan comme gouverneur de Californie, avait eu lieu au Golden Gate Park le premier *Human Be-In*, un regroupement de dizaines de milliers de jeunes défoncés au LSD venus écouter les poèmes d'Allen Ginsberg, picoler, planer, danser avec Janis Joplin, les Jefferson Airplane et les Grateful Deads, et à l'issue duquel Haight-Ashbury avait invité la jeunesse américaine à la rejoindre l'été suivant, pour le *Summer of Love*. Lauren avait guetté l'arrivée des prolétaires, des Noirs, des militants de toute sorte, et espéré que naîtrait ici une communauté pacifique et cosmopolite unie par un même utopisme. Mais ne s'étaient pointées que des petites-bourgeoises avides de bière et de LSD, qui ne pensaient qu'à s'encanailler pour quelques semaines, à se trémousser au son du tube lénifiant de Scott McKenzie et à se faire sauter par des barbus convertis aux idées neuves sur la route de Stanford.

« Bref, des filles comme moi. »

Elle avait vu débouler à leur suite tous les damnés de la terre, les éclopés, les camés, les ados boutonneux et fugueurs, qui avaient réquisitionné les chambres des maisons victoriennes, profité des repas, des drogues et des concerts gratuits, sucé le sang des Diggers, avec la morgue du consommateur dans son bon droit. En moins d'un an, la nouvelle Babylone avait vu sa population multipliée par deux cent mille. À la fin de l'été, elle n'était déjà plus que la ruine d'un éphémère lieu de débauche. La révolution contre-culturelle était ensevelie sous des tombereaux de marijuana, de reniements et de clowneries

« La médiocrité humaine a eu raison de Haight-Ashbury, hélas. La médiocrité a toujours raison de tout. Vous le saviez, n'est-ce pas ? »

En octobre 1967, écœurés par l'assistanat et le consumérisme ambiant, les Diggers avaient proclamé « la mort de Hippie », et s'étaient sabordés à leur tour l'année suivante, au solstice d'été, à l'issue d'une ultime cérémonie d'hommage à la nature. Haight-Ashbury et Lauren avaient ensuite traversé des années sombres et des rues déprimées.

« Pourtant, c'est plutôt charmant aujourd'hui..., fit remarquer Carol alors qu'elles déambulaient sur des trottoirs bordés de bicoques bariolées, de boutiques de fringues et de bars aux devantures avenantes.

— C'est grâce à la communauté gay. Récemment, ils se sont mis à racheter des maisons, à les retaper, et à installer leurs commerces. Ça deviendra bientôt un quartier chic. On est loin de l'esprit Diggers et du *Summer of Love* évidemment, mais au moins c'est joli et on ne craint plus de sortir de chez soi...

— Quand même, je n'en reviens pas que tu aies vécu le *Summer of Love*, Lauren !

— Oh oui, j'ai connu le *Summer of Love...* », avait confirmé Lauren dans un soupir qui sapa l'enthousiasme de Jeanne, et lui rappela comment s'étaient terminé Vincennes et Hollywood.

*

Les deux filles se firent facilement embaucher comme serveuses au *Question Mark*, un bar gay de Haight Street, et elles aidaient Lauren à la librairie en échange des deux chambres mises à leur disposition. Jeanne se jeta à corps perdu dans toutes les batailles de San Francisco, qui était devenu la terre des progressistes. Les Noirs avaient obtenu leurs droits civiques mais la discrimination avait pris le relais de la ségrégation et dans cette guerre insidieuse, ils n'étaient plus seuls. Les femmes et les homosexuels marchaient à leur côté, et tous pourraient désormais compter sur Jeanne Meyer, la *grande amie d'Hélène Cixous*, la petite Française qui avait battu le pavé avec Sartre et Foucault, et fricoté avec Deleuze et Derrida – ses compatriotes dont la France se foutait mais que l'on évoquait ici avec déférence. Elle dévora en quelques semaines tout ce qu'il y avait à savoir des figures anglo-saxonnes de la *révolution féministe. Rachel Carson, Betty Friedan, Valerie Solanas, Kate Millet, Germaine Greer, Shulamite Firestone, Gloria Steinem, Erica Jong, Sally Miller Gearhart, Andrea Dworkin...* ! Autant de noms dont la musicalité féminine faisait enfin écho à ceux des grands penseurs des trois derniers millénaires que Jeanne égrenait avec une admiration ironique. *Socrate, Platon, Aristote, Épicure, Cicéron, Avicenne, Averroès, Montaigne, Hobbes, Kant, Descartes, Rousseau, Diderot...* Et puis *Rachel Carson* ou *Shulamite Firestone* sonnaient divinement mieux que les blazes poussiéreux de tous ces pères fondateurs !

Ces noms recouvraient tout ce qu'elle avait recherché en vain. Des modèles, de la puissance, une réflexion qui valait bien celle de Deleuze ou de Foucault auxquels elle n'avait jamais rien compris. Bordel, qui avait compris Deleuze et Foucault ?! Elle pouvait le dire maintenant ! Alors que l'éblouissaient Rachel Carson, la pionnière de l'écologie en lutte contre les pesticides ; Betty Friedan, la mère de famille en révolte contre le fatal ennui de son existence ; Shulamite Firestone, la cyberpunk qui voulait mettre fin aux inégalités entre les sexes en éradiquant la grossesse ; Gloria Steinem, la belle qui refusait de tomber enceinte tout en multipliant les amants ; Sally Miller Gearhart, la première professeure revendiquée lesbienne à explorer les *women's studies* à l'université de San Francisco ; Andrea Dworkin, l'anarchiste en croisade contre la pornographie ; Valérie Solanas qui avait tiré sur Warhol et qui rêvait de buter tous les hommes... Sans exception.

Et pourquoi pas !

*

Une chose tardait toutefois à venir. Carol avait dit à Jeanne que Lauren était une *sorcière*, et bien que son accueil, son hospitalité et sa bienveillance envers deux inconnues relèvent du miracle, Lauren ne semblait guère empressée de partager sa science des sortilèges. Certains soirs, elle annonçait bien se rendre au « covent », une congrégation de femmes qui se réunissaient pour « parler entre elles », mais quand un matin, Jeanne lui avait demandé de l'y emmener avec Carol, Lauren avait reposé son mug en soupirant.

« Un *covent* n'est pas un groupe de copines qui s'adonnent au spiritisme, mais un cercle d'une dizaine de participantes, entre lesquelles se nouent des liens très forts, et dirigé par une véritable sorcière, bien qu'elle n'ait ni balai, ni vieux grimoire.

— Eh ben emmène-nous, qu'on sache enfin à quoi ça ressemble !

— Pourquoi tenez-vous tant à venir ?

— Justement, pour découvrir. Carol pense que je suis une sorcière...

— J'en suis persuadée, confirma Carol.

— Ce soir, je vous en parlerai. Moi, ou quelqu'un de mieux placé.

— Tu vas nous poser des questions sur le féminisme pour voir si on est au niveau ? C'est une sorte de test... ?

— Faut-il que l'on révise ? »

Lauren avait éclaté de rire en quittant la maison.

Après une soirée au Question Mark, dont elles revenaient toujours pintées, les deux filles avaient trouvé Lauren dans le salon avec une bouteille de vin et une certaine Mona, que Lauren leur présenta comme *une journaliste le jour et une sorcière la nuit* mais dont la silhouette rondouillarde semblait parfaitement incompatible avec le pouvoir de lire l'avenir dans les entrailles d'un crapaud. Elles avaient toutefois tellement insisté pour que Lauren les initie au *wiccanisme* qu'il ne s'agissait pas de laisser transparaître leur déception ni leur début d'ivresse.

« C'est la petite grosse qui va faire des tours de magie ? se gaussèrent-elles en allant chercher deux bières dans le frigo.

— Elle n'a pas trouvé la formule pour maigrir en tout cas ! »

Jeanne et Carol attendirent d'avoir réfréné leur fou rire pour rejoindre les deux sorcières au salon, comme si de rien n'était.

« Lauren m'a dit que vous vous intéressiez de près à nos... *activités*, commença Mona, d'une voix fluette et d'un air compassé qui faillit relancer le fou rire de ses interlocutrices. Alors, si vous y tenez, je vais vous parler de *sorcière*, de *magie*, d'*empowerment*, de *réappropriation*, d'*énergie*, de *néopaganisme*, de *wiccanisme*, de *tradition dianique*, de la *Déesse*, et de *rituels*. »

Cette fois, Jeanne ne put s'empêcher d'éclater de rire et d'entraîner Carol avec elle.

« Pardon, s'excusèrent-elles, honteuses.

— Ne vous excusez pas, au contraire. Ricanez, leur intima Mona. Moquez-vous, allez-y : la sorcellerie, la magie, les néoreligions, les rituels et (encore plus drôle !) une Déesse au lieu d'un Dieu mâle ! »

S'il y avait de l'ironie dans son propos, il était dépourvu d'agressivité.

« Moi aussi, j'ai commencé par ricaner, poursuivit-elle. Aujourd'hui, je n'en ricane plus mais il m'arrive encore d'en rire ; souvent même. Le ricanement est une *mise à distance* ;

le rire, en revanche, est un *pouvoir-du-dedans*. Les mots ont une puissance intrinsèque : ils peuvent éloigner autant qu'ils peuvent rapprocher. Si je vous avais parlé de *politique*, de *spiritualité*, de *modes d'action*, vous m'auriez sans doute prise au sérieux.

— Sans doute, confessèrent Jeanne et Carol.

— Mais ces mots auraient évoqué des discours maintes fois entendus. *Sorcière*, *magie*, *Déesse*, en revanche, voilà des mots qui saisissent les tripes. Et qui peuvent aussi faire craindre le prosélytisme pour une nouvelle secte.

— Et votre... *covent*, justement, ce n'est pas une secte ?

— Le *wiccanisme dianique* est une religion néo-païenne qui puise ses très lointaines origines dans quelques divinités oubliées, mais l'intérêt n'est pas de ressusciter une religion ancienne. Au contraire, c'est une renaissance, une *réappropriation*, notamment de son corps et de la nature. La *Déesse* n'est pas un objet d'adoration conçu sur le modèle des religions patriarcales, pas plus qu'un être supérieur qui trônerait au-delà et en dehors du monde. La Déesse est une *immanence*, une force présente en chacune de nous.

— Mais vous y croyez à votre... Déesse ?

— Croyez-vous dans la roche ? En réalité, il ne s'agit pas de croire ou d'adhérer à quoi que ce soit. Il s'agit de ressentir, de se laisser aller, d'adopter une attitude nouvelle qui consiste simplement à appréhender le monde et les êtres qu'il abrite comme le sens principal et le but de la vie.

— Ah... Vous ne faites donc pas véritablement de magie ? s'étonna Jeanne, un peu déçue.

— Si, bien sûr. Mais il faut surtout comprendre « magie » comme l'art de changer les consciences, de connecter les êtres, de relier l'humain à la terre.

— Et comment sait-on que l'on est une sorcière ?

— En ce qui me concerne, ça a été une prise de conscience progressive. Mais chacune suit sa trajectoire, il n'y a ni dogme, ni séminaire. Être *sorcière* ne requiert aucun diplôme, à la différence de philosophe, psychanalyste, médecin… Pendant des siècles, ces métiers étaient interdits aux femmes, alors comment pourrais-je me sentir légitime en philosophe ? Je ne fais que perpétuer l'héritage de ces milliers de malheureuses condamnées au bûcher pour hérésie ou magie noire et dont la moitié de l'humanité porte encore les stigmates. Or, en remettant en cause la religion des pères fondateurs de notre civilisation, n'est-ce pas ce que je suis, *hérétique* ? En m'affranchissant de la culture mâle qui m'est défendue et en privilégiant la nature, à laquelle on m'a toujours renvoyée et avec qui j'essaye de nouer un lien substantiel, n'est-ce pas ce que je suis, *sorcière* ? Nous pouvons aider l'humanité à devenir meilleure. Nous pensons que la femme ne doit pas seulement défendre ses droits, réclamer l'égalité, mais guider le monde vers autre chose que le capitalisme, les rapports de domination, la destruction. Depuis des siècles, la femme et la nature sont exploitées par l'homme, d'une manière qui nous entraînera tous vers la destruction. Les femmes, les hommes, la nature. »

Jeanne n'avait plus envie de rire. Elle songea qu'entre le catholicisme aveuglant de son enfance et l'athéisme forcené de ses années à Vincennes, il existait encore une place pour la spiritualité, une voie dépourvue de certitudes, de hiérarchies, de dogmes, mais pavée de connexions, d'émotions, de rituels. Et le seul fait que Jeanne puisse invoquer une Déesse sans avoir à lui vouer un culte lui fit considérer le *wiccanisme dianique* avec bienveillance. *Déesse, magie, sorcières.* Plutôt que *Dieu, sacrements, curés.*

Était-ce si drôle ?

Mona leur proposa de commencer le rituel. Cette fois, ni Jeanne ni Carol ne ricanaient.

« Les rituels sont sérieux, jamais pompeux, ni solennels, avait-elle annoncé. Il n'y a pas de passage obligé, ni de pratiques imposées. Chaque *covent* peut inventer ses propres rituels. Le but est de créer des connexions. Entre participantes et avec la nature. Comme nous ne sommes que quatre, je vous propose de nous asseoir en cercle et de nous donner la main. »

Jeanne termina sa bière et rejoignit les filles qui commençaient à s'installer sur la moquette du salon. Lorsqu'elles se tinrent toutes par la main, elle ne put s'empêcher de penser à la dernière cérémonie de ce type à laquelle elle avait assisté avec Carol à l'époque de leur coloc', et fut rassurée de se trouver cette fois dans un salon en comité restreint plutôt que dans l'obscure forêt d'Angeles, entourée de dix folles et d'un détraqué sexuel. Mona lui inspirait confiance. Elle ne détenait manifestement aucune vérité mais parlait avec une sagesse étonnante pour son âge. Cette idée que les femmes puissent aider l'espèce humaine à se reconnecter à la nature avait trouvé en elle un écho amical. Et puis, elle allait enfin s'adonner à un rituel, avec le pressentiment qu'il se passerait *quelque chose*.

Elles fermèrent les yeux.

Mona parlait d'une voix douce. Il était question d'aller chercher au fond de soi, une force, une puissance, que chacun détenait quelque part sans le savoir. Il était question de fluide qui devait passer de l'une à l'autre comme si un même sang coulait dans leurs veines. Il était question de se réapproprier leur corps, leur énergie, leur désir. Sans obliger qui que ce soit, Mona indiqua que chacune pouvait intervenir si elle le souhaitait. Il y eut un long silence, sans gêne, et la sensation irréelle du temps suspendu. Un silence total, impossible. Dans la rue, les voitures comme les passants avaient disparu. Jeanne entendit le chant des oiseaux se mêler à un vent tiède, comme si toutes quatre étaient assises au beau milieu d'une clairière.

« J'avais dix ans », commença timidement Carol.

Jeanne se souvenait d'elle-même à cet âge-là. Gaie, espiègle, innocente. Carol décrivit le cottage en pierre, les poutres apparentes, le poêle à bois. Au-dehors, l'après-midi dans les collines du Yorkshire, l'étang avec les nénuphars et les crapauds, les frênes et les sorbiers, les belettes, les campagnols, les écureuils, les hiboux. Et puis, le Vieil Oncle et la grange. C'était la première fois que Jeanne entendait une femme raconter le viol qu'elle avait subi et pourtant tout lui semblait déjà commun, convenu, conforme à toutes les scènes, innombrables, qu'elle entendrait par la suite. La beauté, la candeur, la douceur des choses. La pureté du monde qu'on allait profaner. La pudeur qui imposait des descriptions périphériques et des délicatesses infinies, qui fabriquait ellipses et impressions confuses pour refouler l'horreur, intransigeante et crue, d'un corps cambriolé. L'incompréhension, la sidération, l'attention focalisée sur les insignifiances qui permettent de sublimer l'existence. Le chant des oiseaux, le vent dans les feuillages. Et puis la honte, le déni et le silence. Le Vieil Oncle était réputé dans la communauté Quaker à laquelle appartenait la famille de Carol. Alors, à quoi bon ? L'aurait-on cru de toute façon ? Il n'était ni acariâtre, ni sadique. Juste un pauvre type qui toute sa vie durant s'était efforcé de présenter au monde une image dépourvue de flétrissure. Un saint homme dévoré par ses démons. Quelques années plus tard, on l'avait retrouvé noyé dans l'étang, par une après-midi paisible. Carol n'en avait jamais parlé, ni à ses amies, ni à sa mère, ni à personne. Elle ne s'était confiée qu'au fantôme de Mary Dyer, la Quaker pendue, qui lui était apparue pour la guider.

« Pour me guider jusqu'à Jeanne », conclut-elle.

Et sans dessiller les paupières, Jeanne avait tout vu, tout senti depuis la branche d'un arbre. Les collines, l'étang, les campagnols, les rayons qui irisaient les branchages d'un scintillement discret. La grange et la porte entrouverte. Le vent et le silence.

Mais à la différence de Carol, Jeanne n'avait pas éprouvé de honte ; seulement de la haine. Jeanne sentit le sang de Carol traverser Mona et Lauren et s'échauffer en elle. Enfin, des femmes se montraient solidaires. Mona se mit à chantonner, et cette inconnue qu'elle avait prise de haut, avec sa ballade triste et pénétrante, les transporta dans un monde parallèle, à des années-lumière du petit salon de Haight-Ashbury. Bien qu'enchantée par cette expérience, Jeanne se sentait illégitime dans ce cercle. Elle n'avait rien à dire, rien à chanter, rien à partager. Elle n'avait subi ni viol, ni agression, ni traumatisme. Elle n'avait connu que des cas de conscience d'enfant gâtée. Elle aurait voulu connaître la souffrance de Carol et de toutes ces femmes dépossédées d'elles-mêmes pour pouvoir, elle aussi, se sentir *autorisée*. À en être, à faire partie d'un *covent*.

Ses mains tremblaient. Elle était prise de convulsions, comme si ses doigts s'affranchissaient de son cerveau. Elle s'efforça de se contenir, craignant de troubler la grave harmonie de leur aimable ronde. Voilà qu'elle se donnait en spectacle alors qu'elle n'avait rien à leur offrir. Ses mains, ses bras, ses jambes, ses lèvres, ses paupières. Elle trémulait comme une épileptique. Elle se vit quitter son corps bouillonnant, étendu sur la moquette. Elle se trouvait *autre part*, dans un noir absolu. En apesanteur. Elle pensa à un cocon frais et ouaté, mais elle pouvait tout aussi bien reposer dans un cercueil de velours. Il y régnait un silence embarrassant qui n'avait rien de naturel ni d'apaisant. Un silence aussi radical que la pénombre. Ses sens s'habituèrent progressivement à l'étrange. D'abord elle discerna un entrefilet de lumière, longiligne et lointain, qui entaillait l'obscurité. Ce n'était ni le bout d'un tunnel, ni l'entrebâillement d'une porte au fond d'un couloir. Ça ressemblait plutôt à une lumière zénithale bordant la margelle d'un puits mal recouvert et que Jeanne contemplait depuis l'abîme, à moins qu'elle y chutât encore sans s'en rendre compte. Puis elle perçut une voix, familière mais funèbre. Des paroles à peine audibles qu'elle reconnut sans mal.

« *It's real hard you know, it's real hard being buried alive.* »

C'était la voix de Janis Joplin. *Buried alive in the blues.* Était-ce une berceuse ou une complainte ? Une mise en garde ou déjà une affliction ? Était-elle vraiment *enterrée vivante dans le blues* ? Chaque fois qu'elle se sentait lasse et amère, la voix *a cappella* de l'idole résonnait en elle. Avec les mêmes mots.

> *Something here's trying to pollute my brain.*
> *I' buried alive in the blues*
> *It's real hard being buried alive*
> *When you're buried alive they walk right on by you.*
> *When you're buried alive they never care about you...*

À force de concentration, Jeanne crut distinguer une paroi, non loin d'elle, sur laquelle figurait une inscription. Elle n'eut pas le temps d'en voir davantage. « Jeanne ! Jeanne !

Jeanne ! ». Quelqu'un la hélait au-dehors tandis qu'ici la voix de l'idole tentait de la retenir. « Jeanne ! Jeanne ! Jeanne ! ». « *Being buried, Being buried. Being buried alive* ».

« Jeanne ! »

Elle fut réveillée par Mona qui hurlait son prénom et s'agitait au-dessus de sa carcasse ankylosée. Jeanne respira d'un seul coup après une longue apnée. À ses côtés, Lauren et Carol la fixaient, pétrifiées. Mona lui soutint la nuque et Lauren courut lui chercher un verre d'eau dans la cuisine. Ses amies la redressèrent et l'allongèrent sur le canapé. Jeanne contempla leurs visages, bienveillants et inquiets, penchés sur le sien. Elle s'endormit.

Quand elle rouvrit les yeux, la nuit était tombée et le salon timidement éclairé par l'ampoule nue qui pendait au-dessus de la cheminée. Mona, Lauren et Carol la regardaient toujours avec ce même air apeuré.

« Ça se passe toujours comme ça, vos rituels ? »

Elles ne purent réfréner un rire nerveux qui traduisait leur soulagement de la voir revenir à elle.

« Jamais. Tu es entrée en transe, lui annonça Mona.

— En transe ?

— Oui, en transe. »

Jeanne tâcha de prendre du recul sur la situation.

« Mais vous, qu'avez-vous vu ? »

Comme Jeanne, Lauren et Mona avaient été bouleversées par les révélations de Carol et avaient senti sa souffrance irradier leur propre corps. Comme elle, Carol avait été pénétrée par le divin apaisement en écoutant chanter Mona. Toutes trois avaient fini par ouvrir les yeux quand Jeanne avait été prise de convulsions. Toutes trois avaient entendu Janis Joplin, plus gutturale encore, entonner dans sa bouche

It's real hard you know, it's real hard being buried alive. Elles en étaient restées subjuguées. Puis Mona avait essayé de la ranimer en la maintenant à terre pour éviter qu'elle ne se blesse. Elle n'avait rien trouvé de mieux que de répéter son nom, des milliers de fois. Jeanne comprit surtout qu'elle avait été la seule à voir les collines du Yorkshire, la grange du Vieil Oncle, l'obscurité, le faisceau de lumière, les contours d'une inscription.

Carol se dirigea vers le tourne-disque, un vinyle dans les mains. C'était *Pearl*, le disque posthume que Janis Joplin avait enregistré avec le *Full Tilt Boogie Band*.

« Carol, intervint Mona, je ne pense pas que ce soit le meilleur moment.

— Laisse-la, s'il te plaît », la contredit Jeanne.

Il fallait qu'elle sache ce que dissimulait cette chanson dont les paroles lui revenaient si souvent.

Elles écoutèrent religieusement les premiers morceaux. *Move Over, Cry Baby, A Woman Left Lonely, Half Moon...* Vint enfin le titre attendu. D'abord, un petit son de guitare électrique et de batterie, un peu merdique. Et puis ?

Rien. Janis Joplin refusait de chanter.

Elles écoutèrent jusqu'au dernier riff de guitare, sans dire un mot, et sans quitter Jeanne du regard. La version instrumentale n'avait aucun intérêt.

« Janis n'a jamais chanté *Buried Alive*, lui révéla Carol. Le *Full Tilt Boogie Band* a enregistré la partie instrumentale la veille de son décès, à son studio d'Hollywood. Elle devait enregistrer les paroles le lendemain, après sa nuit au *Landmark Motor Hotel.* »

Jeanne leva vers elle des yeux éteints.

« Pendant que tu étais en transe, tu as chanté avec sa voix un titre qu'elle n'a jamais enregistré. »

Jeanne ne comprit pas tout de suite ce que lui disait Carol. Ces paroles, elle les avait écoutées cent fois sur son vinyle. Il devait y avoir une explication rationnelle.

« Il existe peut-être d'autres versions ?

— Oui, plusieurs. Mais ce n'est pas le problème. Tu as chanté, *exactement* comme elle. Comme je t'avais surprise à le faire du temps de notre coloc' à L.A.

— Pourtant, je l'écoute en boucle ce disque. Pour moi, Janis a toujours chanté *Buried Alive*.

— Pour toi, oui. Pour les autres, non.

— Tu es une chamane », conclut Mona.

23

Janis, 2027

Janis devait se dépêcher de trouver la vérité avant de disparaître complètement.

Elle pouvait encore lire un livre, ouvrir une porte, effectuer des recherches sur internet, mais son domicile s'était métamorphosé en garage, sa guérite en néant, et malgré sa belle envergure et sa voix rocailleuse plus personne ne semblait remarquer sa présence. En se concentrant, elle pensait même pouvoir passer à travers les murs et être bientôt capable de s'envoler sur commande... Elle devenait une sorte d'ectoplasme sans enveloppe charnelle et ne se faisait pas à l'idée de n'y rien comprendre. Il n'y avait plus que madame Otoko avec qui elle conversait encore mais ça n'avait rien de réconfortant quand on savait qu'elle avait justement le pouvoir de communiquer avec les esprits. Et puis, la voisine était étrange depuis la disparition de Jeanne. Elle avait toujours eu cette manière singulière de s'exprimer par métaphore ou périphrase mais depuis quelque temps, elle s'avérait incapable de dire quoique ce soit d'un peu factuel ou d'apporter la moindre valeur ajoutée à une conversation. C'était toujours la même rengaine. « L'inquiétude est inutile... » « Ils ont disparu comme ils étaient apparus... »

« On disparaît tous un jour, ma bonne Janis... » « Tout ce que j'en sais, Janis, c'est toi qui me l'as appris... » C'était fatigant à la fin ! Ça faisait quatre décennies qu'elles étaient copines comme cochons la daronne et elle, et voilà qu'elle donnait l'impression de se foutre de sa disparition comme de l'an quarante ! Et puis, il y avait autre chose. Janis n'en était pas totalement certaine, mais il lui semblait que les *mères-zombies* qu'elle avait reconnues étaient d'anciennes *patientes* de la daronne et de sa voisine. Elle n'avait pas tenu le décompte précis de tous les gosses nés de leur magie mais elle était sûre au moins pour Léna, Moussa et deux autres mômes. Et à sa connaissance, aucun d'eux n'avait de père identifié...

Pour en avoir le cœur net, elle avait voulu leur parler, nouer un contact avec les *mères-zombies.* Elles avaient en commun de rechercher un être aimé après tout. Elle avait accosté la mère de Léna dans la rue de Tombouctou alors qu'elle longeait l'ancien hammam. D'abord, elle n'avait pas semblé l'entendre et avait poursuivi son chemin sans modifier sa trajectoire. Janis avait insisté, lui répétant qu'elle voulait l'aider à chercher sa fille. La mère de Léna avait fini par s'arrêter et par lui faire face sans croiser son regard.

« Je n'ai jamais eu d'enfant. »

Voilà ce qu'elle avait dit avant de reprendre sa marche folle.

Alors, Janis en avait eu assez de ces mystères. Elle était retournée chez Jeanne, dans le petit appartement de son enfance, rue Francis Carco, en veillant à ne pas croiser madame Otoko dans l'escalier. Elle n'en ressortirait pas avant d'y avoir découvert un putain d'indice susceptible de lui expliquer comment sa mère avait pu s'évaporer et se retrouver figée sur une photo vieille d'un demi-siècle, en

Oregon, au milieu des Hexen Holocaust. Évidemment, la probabilité qu'elle ait participé aux massacres d'enfants était devenue *non négligeable*, comme aurait dit un statisticien, ce qui eut pu expliquer sa fuite au moment où l'on commençait à s'intéresser d'un peu trop près à Carol Schäffer. Mais dans ce cas, pourquoi la reine mère aurait elle-même tenu à faire sortir la criminelle de l'ombre en publiant *L'Affliction de Médée* ? Au fond, Janis gardait encore l'espoir que sa mère n'ait fait qu'expérimenter une utopie gentillette et qu'elle ait débarrassé le plancher dès que Schäffer avait commencé à se prendre pour Charles Manson. Mais ça n'expliquait pas pourquoi elle aurait ensuite passé sa vie à collectionner les lettres de son ancien gourou... Et puis, plus elle y songeait, plus il lui semblait évident que *L'Affliction* avait été écrit par sa mère. En tout cas, elle y avait retrouvé son inspiration et même un peu la sienne propre, à croire que les décennies passées ensemble avaient porté leurs fruits ! Mère et fille. Les mêmes mots, les mêmes tournures, les mêmes obsessions. Mais si c'était le cas, si Jeanne Meyer était la seule autrice de *L'Affliction*, en quoi avaient bien pu consister ses vingt ans de correspondance avec Schäffer ? Que cachaient les courriers en provenance de la prison pour femmes de Salem que Janis avait ramassés toute sa jeunesse sur le palier ? Que dissimulait cette écriture irrespirable et torturée que sa mère s'échinait à déchiffrer ?

Il fallait qu'elle mette la main sur les lettres de Carol.

Lorsqu'elle pénétra chez sa mère, elle remarqua du changement depuis sa dernière visite, quand Dulle Griet lui avait fait de l'œil sur la page d'une encyclopédie. Après un rapide tour du propriétaire, elle se demanda si quelqu'un n'avait pas pris possession des lieux. Il manquait des cartons parmi ceux qu'elle avait consultés. Et puis le fauteuil, la table, le MacBook manquaient à l'appel. Pour autant, il n'y avait rien de nouveau, et elle reconnut facilement plusieurs effets personnels de sa mère. Dans sa chambre il y avait toujours son tas de fringue au sol, et son foutu *sang d'Ouranos* stagnant dans un bocal noirâtre. La bibliothèque avait aussi perdu une bonne partie de ses bouquins. Toute la jeune garde féministe avait pris la poudre d'escampette, sans même parler de la *troisième vague*. Peut-être que la daronne se rendait chez elle de temps en temps, après tout. Ou bien il se passait avec l'appartement le même phénomène qu'avec son propre corps, une sorte de désagrégation. Comme si le monde se synchronisait lentement à une temporalité nouvelle ; comme s'il s'adaptait jour après jour aux conséquences d'une minuscule entorse à l'ordre des choses ; comme si un détail avait été modifié lors d'un voyage dans le passé.

Pas de lettres dans les cartons restants. Après tout, elles aussi avaient peut-être disparu. Elle trouva des articles de presse sur *L'Affliction de Médée*, et d'autres plus anciens : des interviews d'hystériques féministes, des poèmes manuscrits en anglais dont ni l'écriture ni la prosodie merdique n'étaient (Dieu merci !) de sa mère, et un bouquin sur les secrets révélés de la Vierge de Fatima en 1917 qui arrivait comme un cheveu sur la soupe... Son œil fut attiré par la couverture aguicheuse d'un numéro de *Détective* (n° 1434, 31 janvier 1974). L'hebdomadaire, spécialisé dans les faits divers et rebaptisé *Le Nouveau Détective* depuis les années 1980, n'était pas exactement la came de la famille Meyer. Qu'est-ce que ça pouvait bien foutre ici ? Une femme à moitié à poil occupait la partie droite de la couverture tandis que le programme des réjouissances s'annonçait sur la gauche. « *"Mon fils était jaloux de mes amants". Lire notre enquête P. 2 et 3.* ». « *Esclaves de Luxe – "Je suis la call-girl qui hait les hommes" 16-17* ». Janis parcourut *l'enquête* qui ne tenait pas ses promesses, avant de s'arrêter sur un article plus court que ne mentionnaient pas les gros titres de la une. « *Meurtre d'André, le militant gauchiste : la thèse fasciste se rapproche ; les meurtriers s'éloignent.* »

« André ».

C'était *l'amour de jeunesse* de sa mère, le maoïste que des fachos avaient buté une nuit de 1973 sur le boulevard Saint-Michel.

> *Alors que la thèse du lynchage par un groupuscule d'extrême droite ne fait désormais plus aucun doute au regard des éléments de l'enquête, les meurtriers du jeune militant d'extrême-gauche, et étudiant en psychosociologie à l'université de Vincennes, dont le corps avait été retrouvé sur le boulevard Saint-Michel dans la nuit du 21 au 22 juin 1973, n'ont toujours pas été identifiés. Rappelons que, la veille, avaient éclaté de violentes émeutes en protestation contre la tenue d'une réunion du mouvement Ordre nouveau à la Mutualité. Si, dans un premier temps, de fausses informations évoquant notamment des marques de strangulation, avaient circulé quant aux circonstances du décès du jeune André, la dernière expertise réalisée par le médecin légiste désigné par le juge d'instruction, à laquelle nous avons pu avoir accès, ne fait état d'aucune trace d'étranglement, ni de lutte, que ce soit sur le cou ou ailleurs. La réalité n'en est hélas que plus sordide. Le jeune étudiant aurait été émasculé à l'aide d'un objet tranchant. Sans être*

formel, le médecin légiste estime fort heureusement que cette ignoble et humiliante mutilation a été commise alors que la victime avait déjà trépassé, le décès ayant été causé, selon toute vraisemblance, par étouffement. Ce qui permet de relier, de manière certaine, cet acte barbare à un crime fasciste, outre la soirée d'affrontements qui l'a précédé à la Mutualité entre factions d'extrême gauche et d'extrême droite, sont les initiales que les meurtriers ont gravées, avec une lame de couteau, sur la poitrine de l'étudiant de Vincennes pour revendiquer leur crime : « HH » (autrement dit « Heil Hitler »). Pour ne rien épargner à l'horreur de la situation, le témoin qui a prévenu la police, et sur lequel ne pèse aucun soupçon, a déclaré qu'au moment où il a découvert le corps allongé sur le trottoir, un corbeau se tenait perché sur le buste de la victime – à la manière d'un vautour dévorant le foie de Prométhée ! Dans son infortune, souhaitons au pauvre André un repos moins tourmenté que celui que Zeus réserva jadis au malheureux créateur de l'humanité… »

« HH. »

Ces cons-là n'avaient rien compris et n'avaient de toute façon aucune chance de comprendre quoi que ce soit. Janis elle-même s'y retrouvait de moins en moins. Mais il y avait une chose dont elle était certaine. Ce n'étaient pas des nostalgiques d'Adolphe Hitler qui avaient tué André.

23

Jeanne, 1978, Haight-Ashbury

« Cinq Harvey Wallbanger ! »

Jeanne servit une nouvelle tournée de cocktails à un groupe d'habitués du *Question Mark*. Carol faisait de même à l'autre bout du comptoir. Chaque fois qu'elle servait un client, Jeanne avalait une gorgée de la pinte qu'elle avait planquée à côté de la tireuse, espérant prolonger les effets du LSD. Faire ce boulot en étant sobre la rendait froide et cassante. *La horde du vendredi* la débectait. Les gays s'enlaçaient comme du bon pain en poussant des cris d'ados attardés et commandaient des *Harvey Wallbanger* ou d'autres cocktails alambiqués sans jamais la regarder ni la remercier. Ils travaillaient tous dans la *pub*, le *design* ou la *mode*, des professions à peine sorties de terre mais qui les emplissaient d'importance et de pognon, du moins jusqu'au moment du pourliche où ils redevenaient eux-mêmes, misérables et pingres. Le pire, c'étaient leurs hurlements grotesques à tout propos (« whooouuu ! »), en particulier lorsque Freddie Mercury entonnait son interminable *Bohemian Rhapsody* (« *Is this the real life ? Is this just fantasy ?* ») que Jeanne tenait pour responsable de la mort du rock. Tout ce cirque était censé prouver au monde à quel point ils étaient cools. Pour Jeanne, il trahissait leur inconsistance et leur vacuité crasse. Les Californiens ne valaient pas mieux que les Californiennes, et l'homosexualité n'était pas un antidote à la *connardise.*

« Un Wallbanger, un ! »

Pour la cinquantième fois de la soirée, Jeanne versa un peu de vodka et un doigt de Galliano dans un verre de jus d'orange industriel à la flavescence suspecte. Le prochain qui lui commanderait cette saloperie la recevrait sur la gueule.

« Deux Wallbanger, deux ! »

Jeanne fixa le nouveau venu en terminant ce qui lui restait de pinte avant de s'en servir une autre.

« Il n'y a plus d'Harvey Wallbanger », lui répondit-elle en s'allumant une clope.

Le regard du type fureta l'arrière-bar où trônaient des dizaines de bouteilles de vodka, de Galiano et de jus d'orange.

« Plus de Harvey Wallbanger », répéta Jeanne tout en lui refourguant deux pintes que le mec, un peu décontenancé, régla sans protester.

Au début, Jeanne y avait cru à cette histoire de convergence des luttes. Femmes, Noirs, homosexuels, tous unis pour réclamer les mêmes droits que les autres, les hommes-blancs-hétérosexuels, les éternels nantis du capitalisme occidental. Mais rapidement, elle avait constaté que les Noirs avaient suffisamment de luttes à mener pour ne pas se coltiner en plus les nouveaux mantras des Blancs progressistes comme l'égalité des sexes ou les droits des homosexuels. Chez les femmes, on se crêpait le chignon entre hétéros et homos, les premières accusant les secondes de marginaliser le mouvement, les secondes traitant les premières de traîtresses à la cause. Quant aux gays, on pouvait en dire ce que l'on voulait, ils demeuraient des hommes. Au *Question Mark*, elle avait apprécié d'être initiée à leur cause, de côtoyer les anciens combattants du *Stonewalling*, ce bar new-yorkais où les flics étaient descendus casser du pédé un beau jour de 1969. Mais rapidement, elle s'était lassée d'écouter. Lassée d'admirer. Lassée de cette manie qu'ils avaient de lui venir en aide chaque fois qu'il fallait déplacer une table ou monter un meuble. Lassée d'elle-même, aussi. De ne pas oser. Parler. Penser. Agir. De se laisser impressionner par les voix graves, les tons assertifs, les vérités assénées. Lassée de ses propres rires et de ses regards extasiés. Lassée de ne rien faire. De rincer, éponger, astiquer, servir des bières à des grandes gueules qui ne la laissaient jamais en placer une. Lassée surtout de servir des Wallbanger à des connards dégoulinant de pognons frais.

« Trois Wallbanger, trois !

— Il n'y en a plus, j'ai dit », répéta-t-elle comme si ce nouveau client était le même que le précédent.

Celui-ci insista en lui désignant les bouteilles en évidence sur le plan de travail. Et puisque Jeanne continuait à lui souffler sa fumée sous le nez sans bouger, il menaça de se plaindre au patron du *Question Mark*. Jeanne laissa sa clope fumante sur le rebord de l'évier, et se retourna vers l'arrière-bar où, le dos tourné à la clientèle, elle confectionna trois nouveaux Wallbanger qu'elle agrémenta d'autant de mollards de son propre cru. « Qu'est-ce que tu fous ? lui demanda Carol qui l'avait surprise alors qu'elle découpait des rondelles de citron.

— Trois Harvey Wallsputum ! » lança Jeanne que les hurlements de Freddie Mercury rendaient difficilement audible tout en se tournant vers le comptoir.

Carol explosa de rire.

« Tu en sers souvent, des cocktails au mollard ?

— À tous ceux qui en recommanderont ».

Carol emboîta le pas à Jeanne et elles étendirent leur sortilège à tous les cocktails qu'on leur commandait, Tequila Sunrise et Mojito. Et tout en rigolant de tous ces cons qui dégustaient leur salive à trois dollars, Jeanne se demanda pourquoi elle détestait tant la *horde du vendredi* et pourquoi elle s'évertuait à saboter tout ce qui pouvait ressembler à un embryon de projet de vie. C'était comme si l'agonie des *seventies* avait transformé l'utopisme de ses jeunes années en une soif d'engagement radical et violent. On pouvait continuer à se mentir autant qu'on voulait, la fête était finie. Charles Manson et le *Summer of Love* avaient salopé les hippies. Sous les assauts déjantés du punk, le rock devenait gentillet et ringard. À force d'amasser les cadavres sous le tapis du prolétariat, l'idéal communiste trébuchait de l'URSS à la Chine, et trépassait au Cambodge. Au Chili, en Uruguay, au Brésil, en Argentine, les guérillas romantiques avaient toutes vrillé en dictatures militaires. Au Vietnam, le rêve américain s'était dissous dans l'odeur du napalm. Après trente ans de reconstruction et d'euphorie consumériste, le capitalisme s'affadissait sous le poids du chômage et de l'inflation.

Tout avait foiré.

Dans ce marasme, l'Occident était, de loin, l'asile le plus confortable, et pourtant, Jeanne était triste. Non pas de la faillite du communisme ou du maoïsme, mais d'admettre sa défaite et d'accepter ce qui, déjà, déferlait sur la terre. Pour éviter la récession, on se lancerait à corps perdu dans la *croissance*. Sur cette planète, si petite que ç'en était risible, il faudrait continuer à produire, grandir, fabriquer, procréer, copuler, devenir des dizaines de milliards, vêtir, nourrir, divertir tout ce petit monde. Il faudrait étudier le *marketing*, la *finance* et le *commerce*, travailler, comme *la horde du vendredi*, dans la *mode*, la *pub* ou le *design*. Et Jeanne savait qu'elle n'avait aucune chance de réussir là-dedans. Aucune idée fructueuse ne jaillirait d'un cerveau comme le sien. Ni *business plan*, ni innovation technique, ni bon placement. Elle ferait partie de la cohorte de ces milliards de couillons interchangeables dont le capitalisme n'avait besoin que pour faire le nombre.

Jeanne avait perdu.

Les gagnants triomphaient de l'autre côté du comptoir, à s'enquiller des Wallbanger et des tapas. C'était ça, le plus dur. Les regarder fanfaronner, les vainqueurs du monde libre. Les regarder s'en foutre plein les fouilles et mener la grande vie. Les regarder avec aigreur. Et se découvrir, soi-même, le panache et l'orgueil en lambeaux. Cavalier polonais froidement douché par les Panzers.

La fête était finie.

Une autre débutait.

Et Jeanne n'en serait pas.

« Non mais putain ! Qu'est-ce que c'est que cette merde ?! »

Un moustachu en *wifebeater*, façon Marlon Brando, déboula en hurlant au comptoir. À la surface de son cocktail, un mollard gisait à cheval sur deux glaçons. Jeanne reconnut sa production personnelle.

« Cadeau de la maison », lui répondit-elle en tirant une latte.

Le type la fixa sans bien comprendre si ça signifiait que la *maison* lui en offrait un autre, ce qui était la moindre des choses, ou si la serveuse, loin de s'excuser, se moquait de lui.

« Ça donne du goût, enchaîna Carol.

— C'est pour atténuer l'amertume de l'orange ; ça sera toujours moins dégueulasse que ton jus industriel.

— Mais qu'est-ce que c'est ? » finit-il par demander, dubitatif face à la placidité des deux serveuses.

Jeanne se pencha sur le comptoir et, tout en lui léchouillant les lobes, lui glissa « c'est ma bave, connard » avant de se reculer pour entamer quelques entrechats lascifs avec Carol et lancer d'infernales « whoooouu ! » à la manière des Californiennes. Alors, comprenant enfin que les deux serveuses se foutaient de sa gueule, le type empoigna Jeanne par son débardeur, et tandis qu'elle valsait au-dessus du comptoir comme une poupée de chiffon, elle se songea avec amertume à l'injustice de leur différence physiologique. Heureusement, elle put compter sur les autres clients qui, n'ayant pas suivi la genèse de leur querelle et la pensant en délicatesse avec un poivrot, se précipitèrent à son secours. Le type fut rapidement maîtrisé par une clef de bras qui lui fit lâcher son col. Jeanne revint à elle dans une posture étrange, les seins à même le zinc et les jambes ballantes au-dessus de l'évier. Profitant du fait que son agresseur était immobilisé, elle se rua sur sa carotide, la bouche grande ouverte, mais il parvint *in extremis* à l'esquiver et ses dents se plantèrent dans son épaule découverte. Deux clients la saisirent par les aisselles quand ils virent le type perdre connaissance sous l'effet de la douleur. Mais elle continuait à lui dévorer l'omoplate, à lui entailler la chair, jusqu'à ce que, dans un claquement de dents, s'emboîtent rageusement maxillaire et mandibule. Jeanne avait le visage barbouillé de sang et la bouche débordante de peau et de tendons. En face, et toujours immobilisé par le grand blond, son agresseur tourna de nouveau de l'œil en découvrant une cavité mal ciselée au-dessus de sa clavicule. Un rouquin se jeta sur Jeanne, prêt à la cogner, mais Carol sauta par-dessus le comptoir, les yeux déments et les lèvres écumantes, pour lui planter son épluche-légumes dans le gras de la cuisse. Puis les deux goules battirent en retraite vers la sortie du *Question Mark* sous les yeux médusés de la clientèle. Enfin, elles s'élancèrent dans la nuit au moment où Patti Smith entonnait le refrain de *Because the Night*.

Dans Haight Street, toutes deux couraient, volaient en se tenant par la main, pour échapper (qui sait ?) à une patrouille de police ou à *la horde du vendredi* lancée à leur poursuite. Jeanne pensa à son enfance et à ses cavalcades dans la neige avec Alice. Au *Golden Gate Park*, là où avait eu lieu le premier *Human Be-In* avec Janis Joplin, les Grateful Dead et Allan Ginsberg, elles traversèrent une pelouse et plusieurs bosquets sans ralentir la cadence jusqu'à l'entrée de l'Arboretum, en plein centre du parc, dont elles escaladèrent la clôture d'un même élan. Une fois à l'abri du jardin japonais, protégées par les cerisiers et les arbres nains, Jeanne et Carol reprirent leur souffle en marchant, leurs mains toujours enlacées. Dans le silence de la mégalopole, on entendit enfin leur irrépressible fou rire. Longtemps, elles déambulèrent ainsi, dans les sentiers bordés de pins et d'érables, à rejouer la scène, avec la fierté d'avoir lu *la peur dans leurs yeux*. Elles atteignirent enfin un ponton en bois suspendu au-dessus d'un plan d'eau où la lune se reflétait en une sphère ondulante et livide.

Alors, Carol fixa son amie avec son air étrange, mélange d'épouvante et de fascination, dont Jeanne savait désormais qu'il cachait autre chose qu'une prude amitié.

*

L'été précédent, en route pour la deuxième édition du *Michigan Womyn's Music Festival*, Jeanne, Carol, Lauren et Mona, qui se surnommaient désormais le *quatuor d'Ashbury*, avaient traversé les États-Unis d'Ouest en Est, de San Francisco à Hesperia, sur les rives du lac Michigan, à bord de la Ford Taunus de Carol qu'elle était la seule à savoir conduire avec Lauren. Toutes avaient gardé de ce périple un souvenir idyllique que les derniers mois avaient encore sublimé d'une teinte initiatique et sacrée. La chaleur insane, les routes silencieuses, la griserie de la vitesse, les stations essence, les regards concupiscents des routiers, les nuits lumineuses, les fous rires trompe-la-peur. La voix d'Elvis, dont on venait d'apprendre la mort soudaine, et son *Suspicious Minds* les avaient accompagnées tout au long du trajet. Sur place, trois mille femmes célébraient la musique au milieu de la forêt. Lors d'un concert, alors que Ginni Clemens succédait à Therese Edell, Jeanne avait sympathisé avec ses voisines. Un couple de lesbiennes qui vivait d'amour et d'eau fraîche au sein d'une communauté de femmes, perdue dans une forêt de l'Oregon. Elles éditaient un fanzine dédié à la spiritualité féminine où il était notamment question du *wiccanisme dianique* et de la Déesse. Et Jeanne fut séduite par ce nouvel horizon, cette contrée reculée dont l'homme était exclu. Au bas de l'estrade, sur les sentiers alentour, entre les tentes et les feux de camp, des femmes se promenaient librement poitrine nue, s'enlaçaient, s'embrassaient, assumaient leur nudité imparfaite. Lauren et Mona, qui ne cachaient plus leurs échanges de caresses, furent les premières à retirer leur débardeur, bientôt suivies par Carol. Bien que la plus âgée des quatre, Lauren était la plus séduisante. Carol manquait de grâce avec ses longs cheveux raides qui étiraient encore son visage ovale mais elle était plutôt bien faite. Des seins petits et fermes que Jeanne lui enviait, et une douceur avenante au fond des yeux. Mona était courte sur pattes, ronde, mais sa peau dorée, ses cheveux noirs au carré et son rire juvénile dégageaient une fraîcheur communicative. En les regardant de loin, avec son reste de chasteté de fille bien élevée, Jeanne les avait trouvées belles, ces milliers de femmes impudiques, avec leurs cuisses adipeuses, leurs poitrines asymétriques, leurs nombrils qui débordaient du bide comme une caroncule. La veille du départ, quand elle avait enlevé son haut dans la suavité mauve du crépuscule, elle avait surpris Carol en train de la contempler. Pour la première fois, quelqu'un semblait la trouver belle. Elle avait embrassé Carol, Lauren et Mona, toutes les filles à portée de bouche. Ça l'avait fait marrer, ces pelles en plein air qui suintaient la bière et le LSD. Elle avait pensé à sa mère, avec sa Bible et son confessionnal. Et puis elle s'était rappelé qu'avant de devenir bigote, Barbara avait été prostituée. Peut-être qu'elle tenait d'elle, après tout. Dévergondée de mère en fille. Au petit matin, elle s'était allongée à côté de Carol sous la tente. Quand elle avait senti ses doigts effleurer son épaule, Jeanne s'était raidie comme la justice.

*

Cette fois, elle la laissa s'approcher de sa bouche ensanglantée. Il y avait si longtemps qu'elle n'avait pas ressenti ça – les papillons dans le ventre, l'éruption du désir – qu'elle la laissa faire, songeant que sa dernière baise remontait aux pissotières du *Frolic Room* avec Bonzo ou son sosie ; une éternité. Au fond, qu'avait-elle à craindre ? Il était temps de savoir. N'était-ce pas sa voie ?

Lesbienne.

Quand le *Lilith's Books*, la librairie de Lauren, avait implosé à cause des dissensions entre homo et hétéro, elle avait dû choisir son camp. Soit la dissidence bien élevée d'une Betty Friedan, épouse et mère modèles. Soit le féminisme lesbien à la Monique Wittig, avec son totalitarisme poétique et cinglé. Y avait-il eu un choix en vérité ? L'une brasillait comme un feu mort tandis que l'autre rayonnait d'un éclat jeune et fougueux. Jeanne ne voulait pas lutter pour devenir la secrétaire de son mari, mais pour faire sauter la banque. Pour dézinguer la famille. Pour tuer le père et décomplexer Œdipe. Abolir l'héritage. Conchier les modérés et brûler les pisse-froid. Jeanne avait choisi le féminisme lesbien comme d'autres rejoignaient les brigades rouges. Le féminisme de *Rote Zora*, un groupuscule féministe d'Action directe qui commettait en RFA des attentats contre des institutions, des églises ou des sex-shops, sans jamais faire de victime. Celui de Valérie Solana et de son *Scum Manifesto. Le cours naturel des événements, de l'évolution sociale, aboutira au contrôle total des femmes sur le monde.* Celui de Jill Johnston et de son *Lesbian Nation. Toutes les femmes sont lesbiennes à l'exception de celles qui ne le savent pas encore.* Jeanne voulait en être. Seul problème, elle n'éprouvait aucune attirance pour les femmes.

Les yeux toujours clos, elle laissa Carol remonter sa langue jusqu'à la commissure de ses lèvres. Elle pensa à ses premières fois, à Paul, à André. Elle était prête, elle ne repousserait pas les lèvres de Carol si elles venaient se poser sur les siennes. Cette fois, ce serait un vrai baiser. Mais Carol continuait de lui pourlécher le menton et le bas des joues.

Et bientôt ce furent de véritables lapements, frénétiques et sonores. Jeanne songea que le jeu de séduction basculait un peu prématurément dans la bestialité. Elle rouvrit les yeux. Carol ne l'embrassait pas ; elle se repaissait du sang coagulé sur ses joues. Ainsi, les sentiments que Carol lui portait avaient dépassé l'amour pour virer à l'obsession. Jeanne n'était plus un être humain à ses yeux fascinés ; elle était *la chamane*, *l'Élue*, *la sorcière*, à laquelle Carol se donnerait tout entière. Et bien que son instinct lui soufflât d'avertir Carol du danger qu'elle encourait, elle la laissa lui récurer le visage, en absorber les souillures, et s'en sentir honorée. Il y avait une *autre* en Jeanne. Une autre qui avait toujours été là, plus ou moins, tapie dans l'ombre de sa conscience. Qui l'avait marquée au fer sous le sol de l'ancien cimetière Marcadet en 1963 et qui l'avait suivie depuis la Goutte d'Or. Une présence maléfique qui avait été capable de lui faire dévorer une épaule innocente. Une voix, douce et diabolique, lui intimait en ce moment même de profiter de l'amoureuse éperdue qui lui léchait la joue. Une petite voix lui prédisait que bientôt ce serait son tour de lui sucer le sang jusqu'à la dernière goutte.

« Rentrons ».

Retournant chez Lauren, main dans la main, elles longèrent en silence les maisons des Grateful Dead et de Janis Joplin. Jeanne ne ressentait pas le froid malgré la nuit de mars et son débardeur déchiré.

Elles trouvèrent Lauren et Mona enlacées dans le canapé. Mona lisait un bouquin de Conrad tandis que Lauren avait les yeux rivés à l'écran de télévision sur lequel une fillette zombie planquée dans une cave massacrait sa mère à coups de truelle.

« On s'est barrées, annoncèrent-elles quand le film fut fini.

— Enfin ! se réjouit Lauren. Ils l'ont pris comment ?

— Aucune idée. On ne leur en a encore rien dit.

— Comment ça ?

— On n'y retournera plus. Ni lundi ni jamais. »

Toutes les quatre éclatèrent de rire.

L'équilibre de leur petit groupe avait changé. Entre elles s'était nouée une solidarité totale, digne de soldats dans les tranchées. Le *quatuor d'Ashbury* n'avait pas seulement vécu des expériences d'outre-tombe qui l'arrachait au commun des mortels. Il se sentait investi d'une mission divine dont la nature, encore incertaine, se profilerait au fil des transes. Jeanne était *l'Élue*. Carol, Lauren et Mona, sa garde rapprochée. Il n'y avait plus que Jeanne. Jeanne. Jeanne. Jeanne. Jeanne qui avait eu la révélation du féminisme et de la Déesse et qui s'y consacrerait désormais tout entière, avec l'intransigeance et le zèle du nouveau converti, comme pour compenser ses atermoiements passés et son hétérosexualité coupable.

Elle était *l'Élue*.

*

Après sa première transe, Jeanne s'était beaucoup renseignée auprès de Carol, que les apparitions récurrentes du fantôme de Mary Dyer avaient amenée à étudier les phénomènes paranormaux.

« Un chamane est une sorte d'émissaire entre le monde ordinaire et le monde des esprits, lui avait expliqué Carol, auquel il accède en modifiant son état de conscience par des épisodes de transe ou d'extase. Ça peut être l'esprit des morts, mais aussi celui des animaux, de la nature, des enfants à naître ou avortés… L'historien des religions Mircea Eliade a étudié les pratiques chamaniques chez des dizaines de peuples primitifs du monde entier et, apparemment, il existerait des univers parallèles au nôtre, un *monde céleste* et un *monde souterrain*, qui demeurent inconnus aux communs des mortels mais dans lesquels le chamane peut voyager afin de rapporter dans le *monde du milieu* des connaissances utiles à lui-même ou à sa communauté. »

La dernière personne que Jeanne avait entendu invoquer Mircea Eliade, c'était le grand barbu qui avait sauté Carol et ses copines dans la forêt d'Angeles. Tout ça ne lui inspirait rien de bien respectable.

« Tu ne peux pas refuser ce don, sinon les esprits ne te laisseront jamais en paix. Et il faut absolument que tu sois initiée par un chamane expérimenté et qui te guide sur cette voie. »

Ce don, Jeanne ne comptait pas le laisser dépérir. Au moment où l'histoire se révélait tragique et le monde étriqué, voilà que *quelque chose* lui tombait enfin dessus. Quelque chose d'encore plus grand que le sexe ou la scène rock. Elle était *sorcière*. Pas une de ces féministes autorevendiquées qui se donnaient des grands airs. Une vraie sorcière, capable d'entrer en contact avec les esprits, à commencer par celui de son idole qui chantait pour elle seule des paroles que la mort avait ravies à la postérité.

« Il n'y a aucun risque que je passe à côté de ma vocation. En revanche, il n'est pas question que je suive un quelconque enseignement auprès de je-ne-sais quel gourou qui finirait fatalement par trouver une bonne raison de m'imposer des fellations mystiques, ni d'écouter au coin du feu un vieux Sioux à plumes pontifier sur l'au-delà…

— Jeanne, il te faut un tuteur !

— J'en ai soupé des leçons de vie, des théories fumeuses, des retours d'expérience, des faits d'armes d'anciens bidasses. Je n'ai besoin de personne, et surtout pas d'un tuteur, forcément mâle et content de lui, pour explorer la brèche en moi qui vient de s'ouvrir sur l'infini.

— Ce que tu fais est très dangereux. Chez certaines peuplades sibériennes ou amérindiennes, il s'agit d'une pratique ancestrale, avec ses rites et ses préceptes, que les chamans contemporains ne maîtrisent qu'après de longues années d'initiation. Tu ne peux pas te lancer là-dedans sans rien y connaître. Il en va pour le chamanisme comme pour la magie, qui peut être blanche ou noire. Tu ne sais même pas si tu es en contact avec le monde d'en haut ou avec le monde d'en bas...

— Ce n'est pas parce que tu as lu trois pages de Mircea Eliade que tu sais tout ce qui se passe dans ma tête, Carol. Ce que j'ai expérimenté n'a rien à voir avec le fait de descendre chez les morts ou de monter aux cieux. C'est... autre chose. »

Depuis sa première transe, Jeanne avait retenté plusieurs fois l'expérience. Seule dans sa chambre, elle ne parvenait pas à atteindre un état de conscience modifié. Il fallait qu'elle soit en compagnie de Lauren, Mona et Carol. Était-ce dû à l'osmose de leur petit cercle ? À la singularité de sa relation avec Carol ?

À plusieurs reprises, Jeanne s'était retrouvée dans ce que, par commodité, elle appelait le *Blues*. Le même silence, obscur et compact ; la voix de l'invisible idole psalmodiant *Buried Alive in the Blues* ; le trait de lumière brillant au-dessus d'elle. Jeanne avait essayé de discerner l'inscription qu'elle devinait sur une paroi lointaine, ainsi que la source de cette lueur zénithale. Elle les percevait chaque fois plus nettement sans parvenir à en percer le mystère. Tout ce dont elle était sûre, c'était que le *Blues* avait quelque chose à voir avec l'ancien cimetière Marcadet. Chaque fois qu'elle en revenait, elle brûlait d'y retourner.

Lorsqu'elle n'était pas dans le *Blues*, Jeanne passait ses transes dans la propriété du Vieil Oncle de Carol, cachée dans les branches d'un frêne, à observer la grange où elle n'avait encore vu personne s'aventurer. La brise de la campagne anglaise caressait le plumage noir et touffu qui la recouvrait. Elle était alors un oiseau – un corbeau, pensait-elle – perché sur sa branche. C'était une sensation étrange, ses membres rabougris dans une morphologie avienne, son bec qui la faisait loucher, ses serres plantées dans l'écorce, ses ailes qu'elle déployait gauchement en s'étonnant de n'y trouver ni mains ni doigts. Avant de se jeter dans le vide, elle s'était longtemps satisfaite d'observer le monde depuis son piédestal, emplie d'un orgueil céleste.

Depuis, elle avait survolé l'étang en contemplant la courbure terrestre aspirer l'horizon.

*

« J'ai repéré une parcelle de terrain, commença Lauren une fois remise des dernières scènes de *La Nuit des morts-vivants*. Douze hectares. Il faudrait voir à quoi ça ressemble, notamment si ce n'est pas trop pentu, mais c'est potentiellement une super affaire. »

Jeanne alluma une cigarette. Pendant quelques secondes, elle ne pensa à rien d'autre qu'aux lattes qu'elle tirait et aux volutes qu'elle dessinait dans l'air, se délectant de ces silences durant lesquels les autres demeuraient suspendues à ses lèvres, attendant sa réaction.

« On y va ».

Ça aussi, c'était nouveau. Cette confiance inaltérable qui lui permettait de prendre en trois mots une telle décision. « On y va ». Trois mots pour embarquer tout ce petit monde vers l'inconnu. L'inconnu, c'était un *Women's land*, une *terre de femmes*, dont elles avaient entendu parler l'été précédent au *Michigan Womyn's Music Festival* par le couple qui leur avait dit vivre dans une communauté isolée, et bricoler un magazine publié à chaque équinoxe et solstice. Depuis quelques années, il y avait tellement de femmes qui s'installaient dans le sud de l'Oregon qu'un tronçon de l'autoroute principale avait été rebaptisé l'*Amazon Trail*. Elles repéraient un terrain, souvent vierge et hostile, sur un flanc de coteau ou dans une plaine montueuse, le rachetaient collectivement, et s'y implantaient par petits groupes au milieu des broussailles et des tics. Elles bâtissaient des cabanes de fortune, se nourrissaient de leurs vergers, buvaient l'eau des rivières, hibernaient tout l'hiver, plantaient au printemps, batifolaient l'été et récoltaient à l'automne ; elles dressaient des autels à la Déesse ou à Gaïa, et les invoquaient au clair de lune. Ainsi, c'était possible. Ainsi, des femmes ne se contentaient pas de piailler pour obtenir l'égalité des droits mais façonnaient un territoire à leur image, où la nature demeurait comme leurs corps, inviolable et sacrée. Des femmes étaient capables de recourir à la violence, de la réinventer même, une violence insidieuse, sans bestialité. La désertion comme seule arme. Des femmes vivaient loin de l'homme, indifférentes à ses dogmes, dans la virginité d'une terre agreste, dans l'inconfort de cabanons en bois qu'elles avaient construits de leurs mains. La violence de ces femmes ermites était plus radicale encore que les bombes artisanales de *Rote*

Zora déposées dans les églises et les sex-shops de RFA. Que les coups de feu de Valérie Solana sur Andy Warhol. Que le vampirisme de deux *barmaids* dévorant une épaule et transperçant une cuisse. La sécession avait l'avantage de ne rien emprunter à la symbolique masculine. Ni spectacle ni bain de sang.

Vous n'existez pas.

Voilà ce que chantaient les amazones de l'Oregon.

24

Janis, 2027

La force de la *révolution féministe* fut de ne jamais céder au mirage du *grand soir*. Il n'y eut ni date, ni événement à célébrer ; ni élection, ni insurrection, ni coup d'État. Le féminisme s'imposa non par la rue mais par la force des choses, il infusa les esprits au point de devenir, sinon une évidence, du moins une réalité, une sorte d'application des *lois de la nature*. La chaleur devint si insupportable, si débilitante, si intrusive, que l'humanité abdiqua son libre arbitre, s'enfonçant dans une apathie collective, et ne demandait plus qu'à être guidée. Dans cette épreuve inédite, les femmes se révélèrent globalement les plus dures au mal, et l'écoféminisme s'offrit comme la seule planche de salut. Il devint alors évident que, si *l'infinie canicule* correspondait à la catastrophe écologique que l'humanité voyait venir, impuissante, depuis des décennies, *L'Affliction de Médée* apportait au même moment le remède pour y faire face.

On commença à supputer que *Lysistrata* et Alice Brucker ne faisaient qu'une. Tout ramenait à elle. C'était son *tweet* qui avait attiré l'attention du monde sur l'ouvrage. Elle venait de la Goutte d'Or où l'on avait distribué les premiers tirages de *L'Affliction*. Et, en répétant à l'envi que l'identité de Lysistrata était sans importance, Alice confirmait les soupçons. Surtout, ce fut elle qui lança l'appel à la *grève du sexe*.

Alors que les derniers sondages l'annonçaient en tête des élections, elle surprit son monde en annonçant en direct qu'elle renonçait à ses ambitions présidentielles. Tous ses efforts, tous ses accomplissements depuis l'enfance n'avaient eu d'autre but que de prouver aux hommes qu'elle pouvait les combattre sur leur terrain, les études, la politique, les affaires, et même les *conquêtes amoureuses*; maintenant qu'elle était sur le point de réaliser le rêve ultime de tous les mâles alpha, le temps était venu pour elle de s'en échapper. Ni par peur ni par lâcheté; simplement pour témoigner qu'un autre monde était possible.

Elle appelait toutes les femmes à suivre son exemple.

« Privons l'homme de la seule chose dont il est réellement incapable de se passer, avait-elle déclaré à l'antenne, et tout le reste finira par couler de source. C'est même l'unique moyen de sauver l'humanité sans guerre ni génocide. Nous sommes capables de vivre avec un autre paradigme en tête que celui de la sempiternelle *croissance*, à commencer par celle de notre espèce; de nous tourner vers d'autres préoccupations que la conquête ou le pouvoir; de vivre en adéquation avec les ressources naturelles à notre disposition, et avec un certain nombre de valeurs morales comme le respect de la nature ou l'égalité des sexes. »

Les premières réactions à son retrait et à son appel à la grève furent globalement très hostiles. On railla son hypocrisie. Après avoir été, des décennies durant, le chantre du capitalisme triomphant, avoir terrorisé les conseils d'administration et collectionné les hommes-trophées, après s'être gavée des tentations et des délices de l'existence que sa jeunesse et sa beauté lui avaient rendus accessibles, voilà qu'Alice Brucker avait la révélation de la sobriété et de l'abstinence ! Bien qu'elle fût admirablement conservée, il n'en restait pas moins qu'à soixante-dix ans passés, elle n'avait tout simplement plus la même libido ni le même *sex-appeal* qu'à vingt ans ! Et voilà que la rombière se permettait de distiller des leçons de puritanisme ! On décria aussi le caractère fondamentalement misogyne de cette grève qui partait du postulat que le *désir* était le monopole de l'homme et que les femmes en étaient dépourvues. Cependant, les commentaires à son encontre furent si violents et si ouvertement antiféministes, qu'il se passa un phénomène assez semblable à celui qu'on avait observé durant *l'affaire Russel Parker*. La plupart des femmes, y compris celles qui détestaient viscéralement Alice Brucker, se sentirent personnellement visées par ces accès de haine et se rangèrent massivement à son analyse, notamment sur le fait qu'Alice n'aurait jamais été prise au sérieux si elle n'avait d'abord triomphé des hommes sur leur propre terrain. Alors, dans l'espoir de mettre rapidement un terme à cette agitation, les hommes n'eurent pas d'autre choix que de soutenir eux aussi la *grève*, et de se soumettre sans l'avouer à la terreur féminine. Au début, ils s'arrangèrent même de la grève. La chaleur était telle que la concupiscence avait chuté, et qu'il leur fut assez facile de faire passer leur paresse pour une posture militante. Et puis, ils n'étaient pas des bêtes sauvages et acceptaient volontiers de se contraindre pour sauver la planète ; leur désintérêt pour la chose devint, pour ainsi dire, la jauge de leur conscience écologique.

Assez rapidement toutefois, l'ennui engendrant l'envie, les bonnes volontés se crispèrent, et les mâles hétérosexuels dénoncèrent cette mesure qui les pénalisait au premier chef. En effet, et bien qu'il se murmurât que les femmes puissent aussi être titillées par une sensation proche du *désir*, on avait peine à croire que l'effort que l'on exigeait d'elles fût comparable au calvaire qu'on imposait aux hommes. Les homosexuels, gays ou lesbiens, y virent une revanche sur les millénaires passés, et accueillirent dans leurs rangs une multitude de recrues, indécis, refoulés ou simples opportunistes. Les vraies victimes de ce monde dont on ne parlait qu'avec pitié ou moquerie, les *moches*, les *obèses*, les *trop-petits*, les *trop-grands*, les *trop-timides*, les *trop-sérieux*, les *handicapés*, les *pas-dans-le-coup*, eux, se réjouirent de cette grève ; enfin les bienheureux découvraient que l'amour et la cabriole répondaient aussi aux lois de l'offre et de la demande.

Bientôt la grève du sexe se déplaça sur le terrain de l'irrationnel. La plupart des femmes réussirent sans difficulté à surmonter leur désir, comme aidées par une force supérieure. Mais de nombreux États refusèrent catégoriquement *de négocier avec les terroristes* et mirent officiellement en demeure les épouses d'accomplir leur devoir conjugal. Des rumeurs commencèrent alors à se répandre selon lesquelles de plus en plus d'hommes se trouvaient mystérieusement frappés d'impuissance. On disait que le mauvais sort touchait tous ceux qui, par la force ou la contrainte, avaient essayé de briser la grève. Rapidement, chacun compta dans son entourage *un ami d'ami*, un *cousin éloigné*, une *vieille connaissance* dont il se murmurait qu'il avait été, lui aussi, affligé du *nouement de l'aiguillette*.

Dans les semaines qui suivirent, les *travailleuses du sexe*, prostituées ou *escorts,* connurent un pic de sollicitations sans précédent mais celles-ci se rallièrent aux grévistes et, face au spectre de l'impuissance qui menaçait désormais quiconque se montrerait trop insistant, la plupart des hommes n'eurent d'autres choix que de se précipiter vers les sites pornographiques où, malgré la grève également décrétée par les actrices X, ils espéraient bien pouvoir trouver leur bonheur parmi les millions de vidéos déjà en ligne sans forcer le consentement de qui que ce soit. On ne sut jamais si on le dut aux milliards de connexions simultanées qui engorgèrent la bande passante et firent exploser les serveurs, à un bug informatique ou bien à un piratage planétaire, mais au même moment tous les sites *pour adultes* s'ouvrirent sur une page d'erreur où figurait une citation d'Andrea Dworkin en lettres noires au milieu de carrés blancs :

The only fiction in pornography is the smile on the woman's face.

Dans toutes les rues du monde déferlèrent des vagues vespérales d'hommes transis, les yeux ahuris et la bouche écumante, errant à la lisière des boulevards ou dans les venelles des quartiers rouges, dans l'espoir que brilleraient à nouveau, pour quelques heures, les néons des sex-shops et les lanternes des maisons closes. Dans les quartiers d'affaires, on apercevait, par les fenêtres éclairées des gratte-ciel, des hommes compensant le manque d'amours tarifées en se creusant les méninges pour trouver une solution au dérèglement climatique. À Paris, à New York, à Rio, à Dubaï, à Riyad, à Dakar, à Bornéo, dans les mégalopoles et les patelins, c'était partout le même rocambolesque et pathétique spectacle d'hommes hagards, puissants ou misérables, qui s'efforçaient d'attirer sur eux, par des sourires charmeurs, des accroches spirituelles, des déclamations ardentes, l'attention de ces milliards de femmes cruellement indifférentes à leurs pitreries.

Pendant ce temps-là, captive de la Goutte d'Or et de sa propre disparition, Janis observait le monde changer sans y participer, ni savoir quoi en penser. Intrinsèquement, quelque chose dans cette révolution contrariait sa nature. Elle détestait être prise pour une victime, plus encore jouer la redresseuse de torts, tout comme l'idée de tenir à distance la moitié de l'humanité en lui agitant un sucre d'orge sous le nez. Au fond, Janis n'avait jamais douté que les femmes détenaient le pouvoir de changer la face de l'humanité ; il leur suffisait de cesser d'admirer des connards. Mais elle déplorait que ce pouvoir ait jusque-là appartenu aux *belles femmes* qui, trop souvent, l'utilisaient dans leur seul intérêt. Une fois encore, le vaisseau du féminisme avait choisi pour figure de proue la belle et puissante Alice Brucker tandis que sa mère croupirait à jamais à fond de cale de la postérité

25

Jeanne, septembre 1978, Lilith's camp

Dès que les premières étoiles trahirent l'obscurité de la vallée, Mona fit craquer une allumette qui irisa son visage des couleurs de l'automne. D'abord sa torche. Puis celle de Lauren. Puis celle de Ruth. Puis toutes les autres, suivant le même rituel, chacune allumant la torche de sa voisine. Elles demeurèrent un instant en silence autour du bûcher, debout, à demi-nues, les seins échauffés par la flamme. Les lueurs du feu limaient les aspérités, ombraient les malfaçons, lissaient les visages, drapaient l'épiderme de reflets safranés. Mona poussa un cri. Les femmes entamèrent une ronde accompagnée d'une complainte, comme elles l'avaient vu faire par une tribu amérindienne de la réserve voisine de Warm Springs. Les voilà qui flottaient comme des lucioles avinées dans la forêt de Willamette, se foutant pas mal des aiguilles qui leur griffaient les pieds. Elles s'arrêtèrent, à même distance les unes des autres, encerclant l'édifice, puis elles resserrèrent leur étreinte. D'un seul mouvement, elles jetèrent les torches à la base du bûcher. Les épines s'embrasèrent. Il y eut un flottement général. Le feu allait-il prendre ? Les flammes léchèrent les premiers rondins. Alors, tout en contemplant leur grand œuvre jasper le ciel d'arabesques satinées, les treize reprirent leur mélopée sauvage. La nuit sombra dans une fièvre rougeoyante. On aurait dit des gargouilles dansant la tarentelle autour de la cathédrale qu'elles venaient d'incendier.

À Lilith's camp, on accueillait l'automne.

*

Passé le charme des premières semaines du printemps, les derniers mois avaient été éprouvants. Le *quatuor d'Ashbury* avait débarqué un week-end d'avril 1978 dans la vieille Ford de Carol. Le terrain se trouvait assez profond dans la forêt de Willamette, à l'est d'Eugene, une grande ville pavillonnaire où on pouvait organiser toute sa vie de la maternité au cimetière, satisfait et à l'écart du monde. Plus au nord, à une heure et demie de route environ, Salem, la capitale de l'État, portait un nom qui sentait le soufre des sorcières bien qu'elle n'eût rien à voir avec le célèbre bourg de la côte est où, à la même latitude, on avait pendu des innocentes à la fin du XVIIe siècle. Dans le coffre du break, quelques vêtements, des outils, des haches et des machettes, un peu de vaisselle, une trousse de secours, des cartons de bouquins et de manuels pratiques, du matériel pour camper, une canne à pêche, des conserves, des jerricanes. Elles avaient trouvé la vallée encore éreintée par l'hiver. La neige s'était retirée récemment, laissant derrière elle des rivières débordantes, des sentiers boueux, des prairies maronnasses. Les conifères tamisaient la forêt d'une lumière verte et sombre. Et pourtant Jeanne sentait que la Nature lui souhaitait la bienvenue. Elle avait erré seule jusqu'aux premiers pins dont elle avait caressé l'écorce. Le terrain était accidenté, la forêt touffue, la prairie rocailleuse et pentue, la rivière difficile d'accès. Mais

Jeanne était chez elle, parmi les arbres et les herbes hautes. Ici, la Déesse lui montrerait la voie à suivre.

L'installation avait été joyeuse. S'orienter. Choisir un campement, à l'abri du vent, pas trop loin de la rivière. Dresser les tentes. Corvée d'eau. Corvée de bois. Même sous la pluie, elles restaient d'humeur égale, festive. Quand il avait fallu quitter la tente en pleine nuit pour se réfugier dans la Ford à cause d'un orage, elles avaient ri malgré la peur, malgré les contorsions, malgré le froid, et la fatigue. Tout était nouveau. Le lendemain, le printemps était déjà là. On entendait la rivière chanter depuis le pré verdoyant. Dans la forêt, le sentier était bordé de rayons, de belettes, de mûriers et d'érables à feuilles rondes. Une mousse soyeuse commençait à recouvrir les bois morts. Des femmes des *lands* avoisinants étaient venues les aider, des *anciennes*, qui vivaient dans la forêt depuis deux hivers, dans des camps aux noms féeriques. *Cabbage Lane*, *WomanShare*, *Owl Farm*, *Golden*, *Rainbow's End*, *Fly Away Home*... Et Jeanne s'en voulait de profiter de l'éclosion du printemps sans avoir souffert des froideurs de l'hiver. Ce qu'elle ignorait encore, c'était que la vallée ne s'en délivrait jamais vraiment. Les *anciennes* leur disaient où installer leur campement, comment couper du bois, comment manier les machettes et les haches, allumer un feu avec un briquet et des brindilles, le préserver du vent et de la pluie, l'éteindre ou en faire un brasier, et se servir de la tronçonneuse qu'elles avaient apportée. Le *quatuor d'Ashbury* mesurait, navré, sa propre incompétence, son inaptitude crasse à se servir de ses dix doigts. Les filles se sentaient inutiles, balourdes, honteuses de puer autant la ville et la bourgeoise. Elles redoublaient d'attention quand les *anciennes* leur expliquaient les saisons, les cycles du soleil et de la lune, la semaison et la récolte, la menuiserie, l'architecture... Il leur fallut réaménager une vieille cabane en bois, le seul endroit des douze hectares qui bénéficiait de l'électricité. Elles avaient sorti de terre un potager dont elles espéraient un jour profiter, entrepris de cultiver une minuscule plantation de marijuana, monté un refuge de fortune pour les poules et la chèvre, domestiqué trois lévriers hongrois, des femelles achetées à une ferme voisine et baptisées comme les Érinyes, *Alecto*, *Mégère* et *Tisiphone*. En quelques semaines d'un temps sec et radieux, la clairière commençait à ressembler à un campement, avec son chemin d'accès à travers la forêt, sa clôture en bois, sa simili basse-cour et ses deux grandes tentes bédouines.

Et puis une pluie glacée avait tout détruit. En une nuit, il ne resta quasiment plus rien. Il fallut tout recommencer. Mais cette fois, elles firent appel à une charpentière recommandée par les *anciennes*. Celle-ci refit l'étanchéité de la cabane principale, qu'elle prolongea d'une grande terrasse sur pilotis, et qu'elle équipa d'un poêle à bois et d'un évier relié à une citerne. Trois petits cabanons, où tenaient juste un lit double et une commode, furent édifiés sur le même modèle. À l'entrée du campement, se dressa bientôt un portique en rondin aux faux airs de torii japonais. Le poulailler en torchis était encore à parfaire mais il était moins soumis aux aléas de la météo. Le gros œuvre devait être achevé avant l'automne. En juillet et en août, les filles avaient travaillé douze heures par jour, le torse nu, couvert d'une sueur terreuse et odorante, qui les rendaient fières, enfin dignes de la Nature et de la Déesse. Elles n'avaient pas encore connu l'hiver, certes, mais tout ce labeur sous le cagnard avait déniaisé les citadines débarquées au printemps.

Carol sortait souvent son polaroïd pour immortaliser ces femmes au travail. Jeanne ne doutait pas de son innocence ; elle s'amusait, sans doute avec l'idée que ça lui ferait des souvenirs *pour plus tard*. Néanmoins quelque chose la gênait. Sans doute l'impression que Carol ne réalisait pas ce qu'elle faisait ici, parmi les femmes de Lilith, qu'elle ne prenait pas la mesure de leur radicalisme et de leur sécession. Elle semblait vouloir préserver la trace des *seventies* comme si elle comptait un jour prouver à ses petits-enfants qu'elle aussi avait, durant sa jeunesse, flirté avec l'utopie. Et Jeanne n'avait pas envie d'en être, de ses souvenirs, de son imagerie ; au contraire, elle pressentait qu'il valait mieux ne laisser aucune trace de sa présence ici. Dès que Carol dégainait son appareil, Jeanne s'arrangeait pour ne pas être dans le champ. Mais elle sentait bien que son amie la suivait comme une ombre. Une seule fois, alors qu'elle se brossait les dents devant le rétroviseur de la Ford, elle n'avait pas pu échapper à l'objectif qui furetait dans le reflet du miroir.

Les premiers mois à Lilith's camp leur apprirent aussi à se résigner. Après avoir bu l'eau d'un lac et bouffé des racines bouillies, elles traînèrent une fièvre déprimante et une chiasse plantureuse. Elles durent se résoudre à avaler des anti-diarrhéiques et beaucoup d'autres couleuvres. Vivre en totale autarcie était impossible. Le potager était bien mignon mais à quoi ce paisible agencement de laitues et de radis leur servirait-il face aux canicules, aux tempêtes et aux cinq mois d'hiver ? Il fallait se ravitailler régulièrement à Nimrod ou à Vida, ou pousser jusqu'à Eugene, pour acheter des couvertures et des batteries, parfois des vêtements chauds, ainsi qu'un frigo pour conjurer la pourriture. Aucune ne s'était encore abaissée à travailler, comme la plupart des femmes le faisaient dans les autres *lands*, mais leur compte bancaire perdait de sa superbe. Parfois, elles se disaient que leur vie dans les bois n'était qu'une coquetterie, une manière de se persuader qu'un autre monde était possible. Et puis, il leur suffisait d'un hululement, d'un vol de pygargue ; il leur suffisait d'écouter Mona leur raconter une histoire au coin du feu ; il leur suffisait d'achever un cabanon, de se sentir fières, pour que Lilith's camp redevienne ce lieu féerique pour lequel elles avaient tout quitté ; l'unique endroit au monde.

Dans leurs esprits, les premiers temps ici avaient été *les jours heureux*.

Parmi les femmes des *lands*, le *quatuor d'Ashbury* gagna ses lettres de noblesse avec les transes de Jeanne. Le premier rituel eut lieu à la nuit tombée, autour d'un feu de camp. Elles s'assirent en cercle sur des rondins avec une dizaine de femmes venues d'autres *lands*. L'une d'elles, une *ancienne*, qui depuis des semaines leur distillait ses leçons de survie se présenta comme une chamane. Jeanne et ses amies attendaient patiemment que la cérémonie commence. *L'ancienne* prit la parole, un bâton à la main, invoquant *le pouvoir-du-dedans* et de la Déesse. C'étaient à peu près les mêmes mots que ceux de Mona, en moins bien. Elle passa le bâton à sa voisine qui le garda un moment, sans dire un mot, et le transmit à son tour. Celle qui avait le bâton entre les mains fut invitée à parler, à psalmodier, ou à se taire. Sur les quinze femmes présentes, trois s'étaient fait violer. Du moins, trois en parlèrent. Sans compter Carol, sans compter toutes celles qui, comme cette dernière, s'étaient tues. Jeanne écoutait leurs récits, en agrippant la main de Carol avec une force sauvage. Aucune ne s'était fait agresser par un inconnu dans un parking. C'était toujours un ami, un cousin, un ex-*boy-friend* qui avait considéré que leur état d'excitation, d'hystérie ou de défonce valait consentement. Jeanne avait senti une haine intime lui échauffer les sens, une puissance négative. Elle pensait à Carol, fébrile à ses côtés. Carol qui l'aimait éperdument et Jeanne qui se plaisait à entretenir sa flamme de faux espoirs, comme si l'admiration qu'elle lui portait se révélait indispensable à sa survie. Elle aurait voulu lui faire comprendre que le sentiment qui l'animait était beau également, tout aussi sincère, mais qu'il ne trouvait simplement pas son achèvement dans la friction des épidermes. Elle aurait voulu lui dire que leur amour gagnerait à ne pas sombrer dans l'illusion des baisers, des câlineries et des coïts.

Mais Jeanne ne disait rien.

Au contraire, elle promit qu'elle serait bientôt prête.

Boum.

Elle n'avait pas prêté attention aux tambours que deux *anciennes* tenaient à leurs pieds. Pourtant, c'était un instrument indispensable à certains chamans mongols ou amérindiens – elle le savait par Carol – et l'un des plus sûrs moyens de provoquer la transe. Ça aussi, comme à peu près tout le reste, elle l'avait lu dans le bouquin de Mircea Eliade. *Boum.* Au premier son des tambours, Jeanne sentit qu'il se passait quelque chose d'inhabituel. *Boum.* Ce n'était pas le tremblement léger qui signalait le basculement de son état de conscience. C'était déjà compulsif, brutal, hors de contrôle. *Boum.* Jeanne se contorsionnait entre les brindilles et les épines de pins, girait, ondulait à terre comme un saumon privé d'oxygène. *Boum. Boum. Boum.* Les joueuses de tambour comprenaient que se tramait un événement étrange. La nouvelle venue frétillait au sol. Elles pensèrent à une crise d'épilepsie, mais comme ses amies ne semblaient pas surprises, elles continuèrent dans leur élan, stupéfaites et flattées de leur pouvoir sur cette chair enragée. Une fois redressée, Jeanne tourbillonna sur elle-même, d'abord sur deux pieds puis sur les pointes d'un seul puis sur un unique orteil. Ses yeux étaient révulsés mais conservaient ce même bleu, translucide, insensé. *Boum*. Un cri inhumain déchira l'air. On eut cru un aigle royal ou un faucon. Jamais les deux femmes ne cessèrent de frapper leur tambour, emportées par leur propre cadence. Elles virent le modeste feu de camp s'étirer vers les cimes, et à travers ses flammes, l'ombre de Jeanne battre des ailes immenses. Maintenant les branches des sapins frémissaient autour d'elles. Et bientôt, de nouveaux battements, des milliers, s'échappèrent dans la nuit en une longue nuée invisible qu'elles sentaient glisser sur la canopée de *Willamette* à la suite de leur Maîtresse. Leurs mains s'immobilisèrent simultanément sur les membranes des tambours. Le silence. Mona se précipita pour tirer Jeanne du feu, l'allonger, la tête sur un rondin, et se pencher sur son corps où n'apparaissait nulle trace de brûlure.

« Pourquoi ne m'as-tu pas dit que tu étais aussi chamane ? hurla l'*ancienne*. Putain, il ne faut jamais avoir deux chamanes pour un même rituel ! »

Personne ne la regarda. Il y avait dans ses propos quelque chose de pathétique et d'inconvenant. Jeanne ouvrit ses yeux diaphanes pour dénoncer l'imposture avant de se rendormir jusqu'au lendemain.

*

« Au bûcher ! ».

Le rituel de l'Équinoxe d'automne battait son plein.

« *Ulysse*, James Joyce ? lança Lauren.

— Au bûcher ! » répondirent-elles en écho.

Et, dans des cris de joie, Lauren jeta l'ouvrage dans le brasier avant de faire passer le carton à sa voisine.

« *V.*, Thomas Pynchon ? demanda Joan en brandissant le livre qu'elle y avait pioché.

— Au bûcher ! ».

Ce fut au tour de Jeanne. Elle plongea la main dans le carton en espérant ne pas tomber sur l'un des bouquins qu'elle avait piqués dans la bibliothèque de sa mère avant sa grande évasion pour l'Amérique.

« *L'Équipe*, Francis Carco ? » lut-elle tout haut en découvrant l'ouvrage avec consternation.

Elle n'avait pas particulièrement aimé ce roman. La pègre parisienne des années 1920 ou 30 avec ses bistrots, ses combines, ses personnages vils et machos, et sa langue qui avait dû inspirer Audiard. Mais Carco avait beau être un homme, il était un poète des bas-fonds ; et c'était surtout le nom de la ruelle à angle droit où elle avait passé son enfance et où, une fois par an, elle adressait un courrier à sa mère. Elle aurait voulu lui épargner les flammes…

« Au bûcher ! » avaient crié les autres.

Elle s'exécuta, sans rien montrer de son hésitation, et fit passer le carton à sa voisine. Toute sa bibliothèque fut brûlée dans de grands éclats de rire. *Le Mythe de Sisyphe*, *Au rendez-vous allemand*, *Les Fleurs du Mal*… Dans un coin de son cerveau, la voix diabolique lui soufflait de ne pas s'en faire ; ce n'étaient que des bouquins qu'elle rachèterait à son retour. Tôt ou tard, elle savait qu'elle retournerait à la Goutte d'Or et qu'elle n'en ressortirait plus. Elle devait quelque chose à son quartier ; à son sous-sol ou à son ancien cimetière.

Une dette de sang.

Quand le carton revint à elle, il ne restait qu'un roman et des essais féministes.

« *Orgueil et Préjugés*, Jane Austen ? » demanda-t-elle.

Toutes se tournèrent vers Jeanne, comme si elles s'en remettaient à elle pour décider. Jane Austen avait-elle suffisamment servi la cause ? Avait-elle été en avance sur son temps, en rébellion contre l'ordre établi, en marge des convenances ? Ou n'avait-elle été qu'une vieille fille qui s'était contentée de décrire ses peines de cœur et la grande mécanique des mariages arrangés ? Jeanne n'eut pas le temps d'atermoyer que Joan avait déjà tranché.

« Au bûcher ! »

Les féministes hétéros finirent par disparaître également dans les flammes, comme les lesbiennes pisse-vinaigre.

En lorgnant les numéros de *Country Women* et les rares incontournables qui avaient échappé aux flammes (*Sisterhood Is Powerful*, *Lesbian Nation*, *Scum Manifesto...*), Jeanne songea que ça ferait léger pour tenir jusqu'au printemps.

Enfin, c'était à Ruth d'agir, et l'ambiance perdit aussitôt en légèreté. Elle sortit d'une malle une dizaine de couches-culottes qu'elle inspecta longtemps, larmoyante, avant de les jeter dans les flammes. Douze femmes poussèrent des cris barbares.

« Te voilà enfin libre, Ruth, proclama Jeanne. Libérée du porc qui t'avait engrossée et du fruit de sa jouissance irresponsable. Affranchie de ta servitude de mère qui allait t'enchaîner toute ta vie à des tâches dégradantes, indignes de tes talents. Émancipée du joug patriarcal qui sévit dans la cité des hommes, de sa hiérarchie, de ses normes, de ses valeurs, de son capitalisme. Dissociée de l'exploitation systématique de tout ce qui est susceptible de servir leurs intérêts, la Nature, la Femme et tout être vivant. Ruth, en abandonnant aux flammes ce qui te rappelle ce monde, tu romps avec ta vie d'esclave et tu rends grâce à la Déesse de t'avoir libérée et guidée vers Elle. »

Les joues ruisselantes, Ruth poursuivait l'autodafé de sa *vie d'avant*. Quelques *bodys* du gosse, une tétine, un hochet. « Au bûcher ! » clamaient les autres chaque fois qu'un objet disparaissait dans le brasier. Ruth ne tenait plus maintenant qu'un lapin en pluche aux oreilles déprimées. Elle le gardait chèrement sur son cœur, tandis qu'elle était parcourue de hoquets déchirants et qu'elle bégayait « doudou » comme une môme souffreteuse. Jeanne n'avait jamais vu une telle désespérance, comme si son corps n'était plus qu'un tremblement. Certes, ce n'était pas simple d'abandonner un gosse de dix mois à l'assistance publique. Malgré ses braillements continus pendant les semaines qu'il avait passées à Lilith's camp, elle s'était évidemment attachée à ce drôle d'homoncule. Mais Ruth avait attendu cette libération avec une telle impatience que cette soudaine explosion de chagrin paraissait incongrue, presque obscène. Personne ne lui avait forcé la main. À la naissance du gosse, elle avait quitté l'université et s'apprêtait à bosser comme serveuse. Mais sa mère avait refusé de s'occuper du bâtard. À Eurêka, dans son patelin de la côte californienne, les mamans de dix-neuf ans n'étaient pas franchement les bienvenues. Ruth avait erré de salles d'attente en centres sociaux, avec son petit paquet sous le bras, et n'avait trouvé que des portes closes ou des airs affectés. Elle avait fini par échouer dans un *Women's lands*, où l'on avait bien voulu lui offrir un semblant de toit, un ersatz de famille, un regain d'estime de soi. Mais là non plus, rien n'avait été simple. Entre celles qui ne voulaient aucun mâle sur leur fief, celles qui jouaient aux mères de substitution, celles qui déprimaient à entendre le gosse chialer à longueur de journée... C'est en assistant à la transe de Jeanne que tout s'était éclairci pour la jeune mère. Elle avait décidé de s'en remettre à elle, la chamane, la sorcière qui se transformait en phénix, qui commandait aux arbres et aux oiseaux, qui dominait la peur et dupait les brûlures. Elle avait rejoint Lilith's camp le lendemain, avec huit autres femmes, les plus radicales, qui comme elle, avaient été subjuguées par Jeanne. Mais Ruth continuait de se morfondre, regrettant de ne pouvoir les aider, de ne plus être que ça, *mère*. Progressivement, sa dépression et ce gosse qui hurlait étaient devenus un poison pour leur communauté. Alors, elles lui avaient dit que c'était possible. Que le géniteur ne s'était pas posé tant de questions. Que lui ne se souciait ni du gosse ni de sa mère.

La veille, devant le feu de camp, les treize filles avaient prêté serment : elles n'auraient jamais d'enfant. Jeanne s'était sentie mal à l'aise de ne pas dire un mot du gosse d'André, de sa septicémie, de son infertilité que lui avait plus ou moins diagnostiquée madame Boutella. Au contraire, elle avait même prétendu que c'était elle, la seule à ne pas encore se dire ouvertement *lesbienne* et donc la plus susceptible d'enfanter, qui consentait au plus grand renoncement.

Tour à tour, chacune avait prêté serment à la lumière des flammes et de la lune.

« Que la Déesse l'emporte, si j'ai un jour un enfant. »

Au matin, Ruth et le quatuor d'Ashbury s'étaient rendus à Salem. Eugene leur paraissait trop près, trop risqué, susceptible d'attirer les soupçons sur les *lands*. Avant le lever du jour, elles avaient roulé jusqu'à l'ancien orphelinat de *Glen Oak*, transformé en hôpital au début du siècle et dont elles avaient entendu dire qu'il disposait d'une bonne maternité et d'un service pédiatrique. Assises dans la Ford, elles avaient regardé Ruth traverser la rue, déposer un baiser sur le berceau, appuyer sur la sonnette de l'établissement et les rejoindre en courant dans la bagnole qui avait redémarré lentement, pour s'assurer qu'une infirmière récupérait le colis…

Et voilà que Ruth ne voulait plus lâcher ce bout de chiffon, qu'elle s'y cramponnait plus qu'à son gosse, une peluche à deux dollars. Merde ! Jeanne aurait voulu qu'il soit là, le connard qui lui avait fait ça, qu'il comprenne ce qu'avait coûté sa piteuse jouissance. Mais qu'elle arrête de chialer, bon Dieu ! Pour en finir avec ces hurlements, Jeanne lui arracha la peluche des mains et la jeta aux flammes.

« Au bûcher ! » débitèrent les voix d'un même timbre égaré.

Ruth tomba au sol, les prunelles rivées sur le cénotaphe de son enfant perdu.

C'était hier l'été, voici l'automne, avait pensé Jeanne avec une légèreté cruelle.

26

Janis, 2027

Janis aurait voulu tout déranger, tout retourner, tout foutre en l'air, pour enfin remettre la main sur les foutues lettres que sa mère avait échangées avec Carol, et enfin obtenir un début d'explication. Comment était-ce possible ? Comment les *Hexen Holocaust* avaient-elles pu signer le meurtre d'André en juin 1973 alors que toutes les enquêtes s'accordaient sur le fait que la formation de la secte comme ses dérives dataient de 1978 ou de 1979 ; et dans une forêt orégonaise, pas boulevard Saint-Michel, nom de Dieu ! Était-ce donc la daronne qui était à l'origine de tout ? Était-ce elle qui avait massacré son *amour de jeunesse, ce martyr de la cause du peuple que des fachos avaient lâchement assassiné*, comme elle le ressassait dans ses accès de nostalgie... ?

Depuis, l'étau s'était encore resserré autour de la Goutte d'Or.

Quelques semaines plus tôt, on avait appris la mort de Ruth Orthlin, la vieille professeure de Berkeley. Ce n'était pas l'annonce de son décès qui avait agité la planète mais plutôt ce que, faute d'héritiers, les services de l'État avaient trouvé en vidant son domicile. Dans sa cave, ils étaient tombés sur un bocal de formol contenant un *organe* que des analyses ADN avaient identifié comme étant le sexe de Russel Parker, le professeur de Stanford. De nouvelles informations sur les circonstances de son meurtre avaient filtré et un rapprochement avait été opéré avec celui, tout aussi monstrueux, de Paul Savage, le politologue qui avait, lui aussi, publiquement tourné en dérision la révolution féministe.

À deux extrémités du globe, les corps de l'un et l'autre avaient été retrouvés *émasculés* et ciglés des mêmes initiales... *HH*.

Aussitôt, on avait opéré un rapprochement entre la forêt de Willamette où l'on avait découvert le professeur de Stanford et la Goutte d'Or où avait atterri le cadavre du politologue. L'une était la terre d'adoption des *Hexen Holocaust*, l'autre celle de l'éclosion de *L'Affliction de Médée*. Mais la presse américaine ne parvenait pas à relier Ruth Orthlin à Carol Schäffer. Néanmoins, il s'avérait qu'à l'époque des infanticides de cette dernière, à la fin des années soixante-dix, Ruth avait abandonné l'université et donné naissance à un enfant dont on avait perdu toute trace... En France, les projecteurs s'étaient braqués sur Alice Brucker, directement concernée tant par les saillies de Paul Savage que par le succès de *L'Affliction*. Probablement à cause des rumeurs de *nouement de l'aiguillette* qui avaient dû calmer les ardeurs des plus vindicatifs, personne n'avait encore osé la soupçonner ouvertement d'avoir commandité les deux meurtres, mais on commençait à s'interroger sur l'existence d'un réseau féministe qui l'aurait érigée en guide suprême et dont les membres exécuteraient spontanément les fatwas...

Janis aussi commença à se montrer suspicieuse avec la Brucker. Sa mère se volatilisait et, dans les jours qui suivaient, le recueil qu'elle avait mis vingt ans à rédiger faisait une entrée fracassante dans le grand monde à la faveur d'un des tweets de son ennemie jurée ! Elle aurait voulu aller trouver Alice tout de suite, où qu'elle habite, mais pour ça elle devait s'extirper de la Goutte d'Or, et à cette seule idée, elle était prise de vertiges.

Dans l'escalier, elle reconnut le pas de madame Otoko. Sans un bruit, Janis sortit de l'appartement de sa mère et se pencha dans la cage d'escalier. Au rez-de-chaussée, madame Otoko tirait son tonnelet en chêne vers la porte de l'immeuble.

Le vin de la Goutte d'Or.

Janis laissa une bonne distance entre elles mais il aurait suffi que la voisine se retourne pour qu'elle l'aperçoive en train de la suivre dans ce quartier désert. Elle n'en fit rien. Elle poursuivit son chemin jusqu'à la rue Myrha, obliqua dans la rue Cavé, longea l'église par la rue Saint-Mathieu, continua rue Saint-Luc, reprit la rue Cavé en sens inverse... puis la rue Myrha par la rue Affre, rue Léon, rue des Barres, rue Richomme... Son trajet n'avait aucun sens. Avait-elle repéré Janis ? Essayait-elle de la semer ? Parfois, elles croisaient des mères-zombies, de plus en plus émaciées. Depuis que s'était effacé le souvenir de leurs enfants perdus, elles donnaient l'impression de tournoyer sans quête. Madame Otoko n'avait pas eu l'air de les saluer ni de chercher à leur parler. Elle poursuivait sa propre déambulation absurde qui finit par la mener à un endroit que Janis ne connaissait que trop bien.

La voisine s'arrêta devant *son* parking.

Il était tel qu'elle l'avait toujours connu. Seule manquait sa guérite. Elle chercha madame Otoko dont elle finit par distinguer l'ombre, au fond, en même temps que résonnait le roulis de son diable. Là-bas, il n'y avait rien d'autre qu'un mur de briques. Janis s'approcha, en se cachant derrière les piliers de soutènement. Un cercle lumineux se dessina progressivement sur le sol. Il existait une bouche d'égout à cet endroit, et Janis se souvenait qu'en quelques décennies de service dans ce foutu parking, elle y avait même mené des techniciens à deux ou trois reprises, venus bidouiller elle ne savait quoi d'impérieux en rapport avec le réseau d'assainissement. Dans son souvenir, il n'y avait qu'un tunnel vertical et des barreaux d'échelle.

La plaque tourna lentement, comme si on la dévissait de l'intérieur, et glissa sur le sol dans un raclement strident. Janis vit deux mains s'extraire du trou, puis un crâne, une tête, des épaules et bientôt un buste, un corps plutôt chétif, dont on imaginait les pieds posés sur un barreau inférieur. Madame Otoko tendit le tonnelet en chêne à l'ombre qui y versa le contenu de l'outre qu'elle portait en bandoulière. Une fois qu'elle eut terminé, l'ombre redescendit dans les ténèbres. La plaque d'égout glissa dans le sens inverse. L'ombre avec ses bouclettes ressemblait à Youssef, *le mineur isolé* que Janis avait souvent aperçu en train de converser avec sa mère sur la place de l'église. Accroupie derrière un pilier, Janis laissa madame Otoko revenir à la lumière du jour tandis qu'elle se précipitait vers l'endroit d'où avait surgi le petit fantôme ; elle n'y trouva qu'une plaque d'égout scellée à l'asphalte.

Janis retourna chez sa mère en songeant que madame Otoko n'avait peut-être rien inventé et qu'il existait, bel et bien, sous le sol de la Goutte d'Or des vignes centenaires et un peuple d'âmes mortes. En pénétrant à nouveau dans le petit appartement de la rue Francis Carco, elle ne trouva personne, ni dans le salon ni nulle part, qui pût la renseigner sur quoi que ce soit. Sur le point de céder au désespoir, Janis se posa tout haut *la question léninienne*, la seule qui méritait d'être posée.

« Que faire ? »

C'est alors qu'elle leva les yeux sur la bibliothèque clairsemée du salon. Le traité de Lénine reposait toujours sur les rayonnages, adossé à la vieille encyclopédie de l'art.

Que faire ?

C'était peut-être le seul bouquin de sa mère qu'elle n'avait jamais lu, comme si l'ambition du titre rendait vaine sa lecture et la renvoyait à la cruelle réalité de son existence : Janis n'avait strictement rien fait.

Que faire ?

Elle réalisait seulement maintenant que le bouquin était dans un drôle d'état. Énorme, boursouflé, corné à toutes les pages, comme si sa mère avait passé sa vie à l'annoter alors que, depuis son inavouable flirt avec le maoïsme, la daronne n'en avait plus rien à foutre du père Lénine.

Lorsque Janis s'en saisit, le large élastique qui maintenait l'ouvrage d'un seul tenant céda, et l'ouvrage se décomposa en des dizaines de feuilles éparses qui tombèrent au sol. Ce n'étaient pas les pages vieillies d'un traité politique. C'étaient des lettres manuscrites, dont Janis reconnut les pattes de mouches, ainsi que des enveloppes qui provenaient de l'*Oregon Women's Correctional Center* de Salem, et qui étaient adressées à *Miss Meyer, rue Francis Carco*, comme celles que, toute sa jeunesse, elle avait ramassées sur le palier de l'appartement.

Elle avait trouvé.

Et pourtant, elle savait déjà qu'elle allait être déçue.

Elle se demanda même si elle avait réellement envie de comprendre qui était Carol Schäffer et quelle avait été la nature de sa relation avec sa mère.

Depuis le succès de *L'Affliction de Médée*, on savait que Carol était née le 15 juin 1947 à Manningtree, un minuscule patelin côtier de l'est de l'Angleterre, de mère ouvrière dans le textile et de père inconnu. Elle avait été en partie élevée par ses oncle et tante, qui avaient une situation bien mieux établie dans le Yorkshire où ils possédaient un vaste domaine. Il ne restait évidemment plus un seul témoin de ce temps-là mais, selon un vieil article d'un journal local (*Craven Herald & Pioneer, Thursday, April, 18, 1957, p. 4*), son oncle, qui était un pasteur Quaker, s'était noyé dans des conditions mystérieuses à l'âge de soixante-huit ans alors qu'il pêchait dans l'étang de sa propriété. Son épouse, qui était assise sur la rive au moment du drame, déclara que son mari avait chuté dans l'eau à cause d'un grand corbeau noir qui l'avait déséquilibré et qu'il n'était jamais remonté à la surface bien qu'il fût un excellent nageur. Certains commentateurs estimaient que cet épisode pouvait être à l'origine des troubles psychologiques que Carol avait rencontrés par la suite. D'autres suspectaient au contraire que son vieil oncle fût en réalité la première victime de sa folie bien que rien n'indiquât qu'elle fût présente dans le Yorkshire le jour tragique... On retrouvait ensuite sa trace à l'université d'Oxford, alors que rien ne semblait l'y prédisposer. Elle en était sortie diplômée d'un doctorat en histoire de l'art (*DPhil in History of Art*). On s'interrogeait sur son exil subit pour les États-Unis après ses études, en 1974, mais on avait relié son départ au décès de sa mère un an plus tôt. On savait en tout cas qu'elle avait longuement séjourné à Los Angeles et à San Francisco, dans diverses colocations, avant de créer au printemps 1978 un *women's land* dans la forêt de Willamette où il avait dû se passer des choses suffisamment étranges pour qu'une utopie féministe vire à la secte sanguinaire. Des journalistes remontèrent l'arbre généalogique de la famille Schäffer sur plusieurs siècles, affirmant que l'une de ses branches menait à Mary Dyer, une martyre de la cause Quaker, qui avait quitté l'Angleterre pour le Nouveau-Monde et dont les croyances hérétiques lui valaient d'être aujourd'hui considérée comme la seule femme condamnée à mort en raison de sa religion sur le futur territoire des États-Unis. Certains prétendaient même que Carol en était une descendante directe bien que l'unique enfant dont on ait retrouvé la trace fût mort à la naissance. Une autre branche menait à Clara Goessen, une prostituée originaire de Strasbourg qui avait fini sur le bûcher d'Anvers en 1603 pour avoir conclu un pacte de sang avec le Diable, et une dernière à Marguerite Schäffer, brûlée vive à Bergheim en 1586 sans que l'on sache trop pourquoi. Sans oublier que Manningtree, sa ville natale, était connue pour avoir été le terrain d'expérimentation du plus grand chasseur de sorcières de l'histoire anglaise. Bref, où que l'on remonte, du Massachussetts aux Pays-Bas espagnols en passant par l'Alsace ou l'Angleterre, on retombait fatalement sur une sorcière. C'était en tout cas ce qu'avaient retenu les médias même si d'autres experts qualifièrent ces thèses de *sensationnalistes* et de *farfelues*. Ce qui avait surtout intrigué Janis, c'était le sujet de la thèse sur laquelle Carol avait planché durant trois ans à Oxford et qui semblait synthétiser ses propres obsessions et celles de la daronne. *Représentation du Mal chez Brueghel l'Ancien aux Pays-Bas espagnols et prémices de la chasse aux sorcières en Europe au début de la Renaissance.*

Janis ouvrit d'abord les deux courriers retournés par la poste non descellés. À l'intérieur, des photos de Janis et les deux lettres de sa mère qui n'étaient pas parvenues à Carol. Jeanne y racontait dans le détail la vie de sa fille qu'elle appelait *L'Enfant*. Ses progrès en astrophysique, les derniers livres qu'elle avait lus, son goût pour la peinture, sa relation avec madame Otoko... Le genre de choses qui n'avait d'intérêt que pour une mère. La première lettre de Carol qui lui tomba sous la main n'avait ni date, ni précision de lieu, ni formule de politesse. Le recto comme le verso étaient couverts de la même écriture serrée, illisible, étouffante, que Janis avait jadis aperçue par-dessus l'épaule de sa mère sans rien pouvoir déchiffrer. Elle s'empara d'autres lettres en espérant qu'elle aurait plus de chance mais c'était toujours aussi difficile à lire. Peu à peu, elle perçut quelque chose de commun à tous ses courriers. Les mêmes courbures, les mêmes tailles, les mêmes inclinaisons. C'étaient les mêmes mots écrits les uns à la suite des autres. Partout. Elle parvint à déchiffrer un premier mot. Un deuxième. Puis les six mots d'une même phrase qui se répétait à l'infini sur toutes les lettres que sa mère avait reçues pendant vingt ans...

mommy loves you my dulle griet mommy loves you my dulle griet mommy loves you my dulle griet mommy loves you my dulle griet mommy loves you my dulle griet mommy loves you my dulle griet mommy loves you my dulle griet mommy loves you my dulle griet mommy loves you my dulle griet mommy loves you my dulle griet mommy loves you my dulle griet mommy loves you my dulle griet mommy loves you my dulle griet mommy loves you my dulle griet mommy loves you my dulle griet mommy loves you my dulle griet mommy loves you my dulle griet mommy loves you my dulle griet...

27

Carol, 1979, Lilith's camp

Carol ferma délicatement la porte de *Spirit*, le cabanon qu'elle occupait avec Jeanne, pour ne pas la réveiller, et siffla les Érinyes qui la rejoignirent aussitôt. Traverser la clairière en traînant la luge dans un crissement étouffé, remonter le sentier forestier, descendre jusqu'à la rivière. Remplir les jerricanes, couper du bois, couper du bois, couper du bois. S'entailler les doigts déjà malmenés par le gel, suer sous son bonnet, grelotter sous sa parka. Retourner à la clairière. Entrer dans *Oath*, la cabane principale. Verser l'eau. Faire bouillir la marmite. Préparer le café. L'avaler, dégueulasse, en même temps qu'une tartine rassie. Songer au repas suivant… Au moins, ici, Carol était seule. Elle n'était ni allongée à côté d'un corps indifférent au sien, ni soumise à la pression du groupe. Carol rêvait d'une chambre à soi, ou d'une chambre avec une Jeanne aimante. Sur le camp, il n'y avait aucune intimité, aucun sas de décompression. Tout était collectif, groupé, unanime. Les repas, les décisions, les corvées, les lectures, les veillées. La solitude se méritait. Elle était forcément froide et furtive, entourée d'aube ou de crépuscule. Elle requérait un réveil douloureux, des cabanons endormis. Sinon, vous suscitiez des jacasseries, des reproches d'égoïsme, des suspicions de sécession.

Au sommet du coteau, Carol s'assit sur la luge, les jerricanes vides dans les bras, et se laissa glisser doucement vers la rivière, tandis qu'Alecto, Mégère et Tisiphone couraient à ses côtés. « *Il faut imaginer Sisyphe heureux* », lui disait Jeanne lorsqu'elles se serraient ensemble sur le petit traîneau. C'était son seul plaisir, à la fois minuscule et grandiose, dans l'exécution de ses corvées. Oui, là, relâchant son effort, Carol profitait de la Nature. Les sapins égayaient son âme d'une ivresse résineuse. Elle ramassait quelques aiguilles dans la pente qu'elle frottait entre ses mains dégantées. Alors, l'arôme de citronnelle justifiait à lui seul la radicalité de sa nouvelle vie et de ses récents choix. Avoir rompu avec les hommes. Avoir suivi Jeanne dans son exil. Se satisfaire de leur geôle en rondins. Découvrir la nuée d'astres que formait la Voie lactée. Embrasser la Nature, boire à sa source, se nourrir de ses fruits, sans rien lui imposer, ou si peu. Contempler un saumon qui scintille dans le courant tortueux de la rivière. Admirer sans répugnance le pygargue à tête blanche en train de lui transpercer les écailles. Distinguer les cerfs des wapitis. Reconnaître les hululements de la chouette tachetée. Croiser à l'occasion un cougar ou un glouton. Surmonter sa peur. Se sentir intruse. Rebrousser chemin pour ne rien perturber, ne rien déranger à la Nature qui palpite. Oui, durant ces secondes lumineuses où elle glissait vers le rivage, on pouvait imaginer Carol heureuse.

*

Dans les jours qui suivirent la première transe de Jeanne, neuf femmes débarquèrent à Lilith's camp. Le quatuor d'Ashbury les accueillit avec pragmatisme et orgueil. La vie au fond d'un bois serait sans doute plus simple à treize qu'à quatre ; et leur arrivée ressemblait à une prise de guerre sur les autres *lands*.

Dès qu'elles avaient appris des *anciennes* les règles élémentaires de survie, et profité de leur aide pour établir leur campement, les femmes de Lilith's s'étaient lassées de leurs leçons et de leur condescendance discrète. Les *anciennes* avaient beau les mettre en garde contre certaines utopies, notamment contre la règle de l'unanimité qui avait fait des ravages dans toutes les communautés où elle avait été instaurée, Lilith's camp n'en avait pas tenu compte, comme elle n'avait tenu compte de rien, et avait précisément fait de l'unanimité la pierre angulaire de sa constitution non écrite. Ce qui avait échoué ailleurs, ici réussirait.

Lilith's camp était la terre de *l'Élue*.

Au bout de quelques mois, le quatuor réalisa que les femmes recueillies étaient toutes celles dont les autres *lands* s'étaient réjouis de se débarrasser. Et que l'unanimité était un poison. L'unanimité requérait des heures de réunions stériles, des veillées interminables, durant lesquelles il fallait tenir le registre des doléances, établir le bilan des misères et des frustrations, donner à chacune l'impression d'être entendue.

Pire, l'unanimité revenait à se plier à la volonté de Joan.

Joan était pauvre, métisse, violée. Privée des privilèges dont les autres avaient bénéficié, elle leur faisait payer sa souffrance et rembourser leurs passe-droits. Elle les renvoyait à leurs contradictions, à leur classe, à leur pâleur, attisant leur culpabilité. « Bourgeoises ». C'était encore le plus dur à entendre. Parce que c'était vrai. Alors, au bout de la nuit, acculées par les reproches et la fatigue, elles finissaient par céder à ses revendications de femme noire et pauvre. On lui avait volontiers offert le cabanon le plus confortable. Carol lui avait versé un petit pécule sur un compte, et transféré la propriété de la parcelle à un *trust* auquel elle l'avait ajoutée. Joan avait semblé apaisée. Mais elle était bientôt revenue à la charge, plus remontée encore, et avait fait de la rupture de Lauren et Mona sa nouvelle exigence. C'était comme si le bonheur des autres salait ses plaies, perpétuait sa servitude. Joan disait ne plus supporter la moindre entrave à la liberté. Et le *couple* en était une ; il était une souillure, une rognure du monde passé. C'était le sceau du patriarcat, sa justification à l'asservissement des femmes. Même lesbien, le couple était un rapport de force, d'où ressortaient un vainqueur et un perdant. Lauren et Mona avaient beau rétorquer qu'un couple était un processus naturel, la rencontre de deux désirs, que les séparer eût été une négation de l'amour, Joan raillait leur idylle d'adolescentes bien nées. L'amour n'existait pas. C'était une illusion, une diversion, inventée par le patriarcat, comme la religion, pour faire oublier leur condition aux damnés.

À l'unanimité, Lilith's camp avait acté la rupture de Lauren et Mona.

Durant ce débat, comme la plupart du temps, Jeanne était restée éteinte, n'y participant que du regard, dans une indifférence muette. Même si elle en avait été la principale instigatrice, l'abandon du petit Joseph avait tué quelque chose en elle. Elle affichait une sorte de gravité que Carol ne lui connaissait pas, comme si cette histoire lui avait esquinté l'âme. Elle ne se défilait pas pour les corvées mais les exécutait mollement, d'un mouvement robotique, se contentant de répondre aux questions et de sourire aux boutades, sans jamais rebondir. Quand elle ouvrait encore le bec, ses paroles étaient froides et cyniques. Personne n'osait rien dire. Depuis que les neuf étrangères les avaient rejointes, elle n'était plus que *l'Élue*, un être supérieur auquel on craignait de déplaire. Il n'y avait que Joan pour remettre sans cesse en cause l'étendue de ses pouvoirs et son aura sur le groupe. Elle aussi avait été impressionnée par sa première transe mais elle disait que ses dons de chamanes ne lui donnaient pas tous les droits. Elle s'en était ouverte au groupe un soir, autour du feu de camp, accusant Jeanne de se comporter comme un gourou. En aparté, Joan avait même conseillé à Carol de s'en méfier ; son instinct lui murmurait que Jeanne était *mauvaise*.

Ses discours fielleux n'avaient en rien entamé l'amour de Carol. Joan était jalouse de leur relation, de sa proximité avec *l'Élue*. Le soir même, elle l'avait dénoncée à Jeanne qui n'avait pas semblé lui en tenir rigueur.

De toute façon, plus rien ne semblait l'atteindre.

Malgré l'éloignement, malgré le séparatisme, malgré la radicalité de leur démarche, *l'Élue* donnait l'impression de s'ennuyer ; pire, de perdre son temps. Les femmes de Lilith's avaient eu beau féminiser le langage, dire *wemoon* plutôt que *women*, donner des prénoms aux arbres, aux fleurs, aux poules, aux ruisseaux, aux plaines et aux vallons, appeler *Oath* la cabane principale, *Spirit* celle de Jeanne et Carol, *Prométhée* le bûcher qui tous les soirs d'été s'y dressait ; elles avaient eu beau renier les *pères fondateurs*, brûler leurs écrits ; elles avaient eu beau essayer de révolutionner l'art et la littérature, composer des poèmes et des dessins, s'adonner tous les soirs à des danses rituelles ; ressusciter des religions oubliées, dresser un autel en l'honneur de la Déesse, rendre grâce à Gaïa, Nout ou Kali, se replonger dans l'histoire et les traditions amérindiennes, s'imposer des heures de silence méditatif, éditer le *Lilith's quaterly* qu'elles distribuaient dans les *lands* alentour à chaque équinoxe et solstice ; elles avaient eu beau abjurer Noël, Pâques et Thanksgiving pour célébrer *Hallomas*, *Beltane*, *Candelmas*, *Lammas* à chaque changement de saison, rien n'était suffisamment grand ; tout semblait vain aux yeux de leur chamane...

Carol avait compris ça un soir, autour du bûcher de *Prométhée*, alors que Ruth se faisait violence pour déclamer les vers qu'elle avait passé des jours à composer. Bien sûr, il y était question de son gosse, bien sûr ses vers étaient plats et bancals, bien sûr ses sanglots l'avaient empêcher d'aller au bout de sa lecture, mais Carol s'était réjouie de la voir affronter enfin sa culpabilité et sa tristesse. Jeanne était demeurée indifférente, le regard perdu dans les flammes de *Prométhée*, songeant sans doute avec consternation aux vers calcinés des *Fleurs du Mal* qui devaient reposer quelque part dans un amas de cendres blanches...

Seules ses transes l'intéressaient. Elles la laissaient dans un tel état de fatigue qu'elle passait la journée du lendemain étendue dans le cabanon, les yeux mi-clos. Depuis peu, Mona leur avait fait découvrir *l'ergot de seigle*, ce champignon vénéneux dont dérivait le LSD, et qu'elle avait repéré dans un champ de fétuques, sur la route d'Eugène. Carol tentait parfois l'expérience, à dose infinitésimale, et elle devait reconnaître que le résultat était stupéfiant. L'espace d'un instant, quelques minutes ou plusieurs heures, elle avait l'impression de danser dans un tableau de Brueghel, au milieu des flammes et des morts-vivants. Mais elle veillait à ne pas trop en consommer. Un surdosage était mortel ou pouvait rendre définitivement cinglé. Jeanne, elle, en avalait de plus en plus, comme si l'intervalle entre deux transes était du temps perdu. Elle semblait à peine en ressentir les effets, ou bien n'en montrait rien.

« Tu devrais faire attention, l'avait sermonnée Carol un soir dans leur cabane, alors qu'elles étaient toutes deux allongées sur le lit.

— Mona dit que ce n'est pas addictif.

— Pourquoi tu ne peux plus t'en passer alors ?

— Je peux m'en passer Carol, mais ça m'aide à supporter mes transes.

— Jeanne, l'ergot de seigle est mortel !

— Tu es médecin maintenant en plus d'être docteur en histoire de l'art ?

— Tu ne crois pas si bien dire, j'ai fait une présentation sur le sujet du temps d'Oxford, figure-toi. Au Moyen-Âge, on l'appelait *le mal des ardents* ou *le feu de Saint-Antoine*. Il arrivait que l'ergot se retrouve dans la farine, et les gens devenaient fous rien qu'en mangeant du pain. Ils entendaient des voix, se faisaient poursuivre par des dragons, ils brûlaient de l'intérieur et mouraient de la gangrène... Tu n'imagines pas à quel point les hallucinations et les ravages qu'il a causés ont pu inspirer les peintres !

— Brueghel, je suppose ?

— Sans doute un peu. Mais il y a surtout le retable d'Issenheim, de Matthias Grünewald, au début du XVIe siècle, dont l'un des panneaux est justement consacré au feu de Saint-Antoine...

— C'est vieux tout ça, avait encore répondu Jeanne avec sarcasme.

— Les effets sont exactement les mêmes qu'il y a mille ans, tu sais. Beaucoup d'experts pensent que c'est l'ergot de seigle qui est à l'origine des hallucinations des sorcières de Salem, à la fin du XVIIe siècle. Et puis, beaucoup plus récemment, dans ton pays justement, il y a eu une énorme épidémie d'ergotisme...

— Ah bon, où ça ? avait plaisanté Jeanne.

— Dans un petit village du sud de la France qui a un nom à coucher dehors. Au début des années 50... »

Jeanne l'avait regardée avec un drôle d'air, comme si elle avait soudainement cessé de prendre toute cette histoire à la rigolade.

« Pont-Saint-Esprit ?

— Oui, c'est ça ! Quel nom prémonitoire... »

Carol s'était tue. Jeanne tremblait et paraissait à deux doigts d'entrer en transe. Sans tambour. Sans rituel. Sans l'aide de personne.

« Comment connais-tu cette histoire ?

— Je t'ai dit, j'ai étudié le sujet à Oxford.

— Et que ce serait-il passé à Pont-Saint-Esprit ?

— Un soir, des centaines d'habitants d'un village se sont mis à devenir fous après avoir mangé du pain. Ils ont dansé, crié, halluciné ensemble, à tel point que certains, qui se prenaient pour des oiseaux, sont morts défenestrés...

— Arrête ! s'était énervée Jeanne. Je connais l'histoire. Mais existe-t-il une explication scientifique à ce qui s'est passé ?

— Il y a eu plusieurs thèses susceptibles d'expliquer la folie collective mais la plus sérieuse était que le pain du boulanger contenait de l'ergot de seigle... »

Carol fuma un peu de marijuana de son propre cru, pour donner le change, tandis que Jeanne continuait à fixer le plafond avec des yeux plaintifs, comme si leur conversation lui avait rappelé un souvenir douloureux. La nuit avait recouvert de givre l'unique fenêtre du cabanon et s'engouffrait par les interstices, plongeant la petite pièce dans une obscurité froide que seuls le scintillement d'une bougie et l'extrémité incandescente des joints perçaient par intermittence.

« Es-tu retournée chez mon Vieil Oncle… ? finit par lui demander Carol. Pendant tes transes, je veux dire.

— Je n'y retournerai plus. C'est terminé. Il ne fera plus de mal à personne, ma chérie. »

Que fallait-il comprendre ? Le Vieil Oncle était mort depuis vingt ans…

« Je n'en doute pas, avait souri Carol. Et ce que tu appelles le *Blues*, tu y retournes aussi ?

— À vrai dire, je ne sais même pas ce que c'est, le *Blues…* »

Pour la première fois, Jeanne consentit à lui confier ce qu'elle savait de son *black-out* survenu pendant l'hiver 1963, dans la cour de son école qui avait retrouvé, pour l'occasion, ses fonctions d'ancien cimetière.

« J'ai l'impression que mes transes me ramènent à ce qui s'est passé ce jour-là, même si je ne sais pas ce que c'est. J'ai été attirée sous le sol avec Alice, ma meilleure amie de l'époque…

— C'est tout ce dont tu te souviens ?

— Oui. Enfin, non. Je crois que c'était Youssef qui nous y attirait…

— Youssef ?

— Un ami d'enfance. On était inséparables tous les trois, Alice, lui et moi. Il est mort en 1961 pendant une manifestation, au moment de la guerre d'Algérie. En tout cas, il a disparu.

— Et qu'est-ce qui te fait dire que c'est là-bas que tu retournes durant tes transes si tu ne te souviens de rien ?

— Parce que j'éprouve la même sensation quand je suis dans le *Blues*. Celle de me trouver au fond d'un puits, avec la voix de Janis Joplin chantant ce morceau qu'elle n'a jamais enregistré…

— Tu l'entendais déjà en 1963 ?

— Je ne sais pas. En tout cas, je me souviens qu'à mon réveil à l'hôpital j'avais la conviction d'avoir été *enterrée vivante*.

— Tu y repenses souvent ?

— Jusqu'à mes transes, je n'y repensais quasiment jamais. Bien que très flou, ça reste un souvenir douloureux. C'est à partir de ce moment-là que mon amitié avec Alice s'est délitée et que j'ai découvert ma *laideur*…

— Arrête de répéter ça ! Je te trouve sublime…

— Peu importe. C'est aussi depuis ce jour que je suis souvent parcourue par un sentiment de déjà-vu, une sorte d'intuition sur le déroulement des choses, comme si je les avais déjà vécues.

— On dirait que tes transes t'emportent dans des lieux qui t'obsèdent, comme l'ancienne propriété de mon oncle ou comme le sous-sol où tu as disparu en 1963…

— Je sais aussi me rendre ailleurs désormais.

— Tu ne m'en as jamais parlé. Où ça ?

— C'est comme si je pouvais voyager dans l'espace et dans le temps.

— Dans le passé ou dans le futur ?

— Autant dans l'un que dans l'autre.

— Et qu'est-ce qui te pousse à aller dans l'un ou l'autre ? »

Jeanne s'alluma un joint, sans quitter le plafond des yeux, et souffla dans l'air une longue volute de fumée qui, en s'étirant, prit une forme de dragon chinois.

« La haine. »

Jeanne continua, imperturbable, à fumer un joint à l'ergot de seigle, comme possédée par son nouveau statut d'Élue. La contemplant, si sûre d'elle-même, Carol la trouvait belle malgré sa grande taille et sa maigreur, et elle ressentit ce jour-là pour cette femme, en plus d'un puissant désir, un amour empreint d'absolu et de désespoir.

« C'est moi qui ai tué ton oncle, ma chérie. C'est moi qui t'ai vengée de ce vieux connard libidineux. »

Carol ne put réfréner un rire nerveux.

« Je crois que tu as trop pris d'ergot, ma chérie...

— Ma mère m'avait prévenue pourtant. Mais c'est plus fort que moi. Si mon pouvoir peut éradiquer de la surface de la terre toutes les pourritures qui ne sont pas dignes d'y vivre, je le ferai.

— Mon oncle est mort il y a plus de vingt ans, Jeanne.

— Je l'ai vu depuis ma branche. Il est sorti de la vieille maison, il a installé son matériel et il a ramé jusqu'au milieu de l'étang. C'est à ce moment-là que je me suis envolée et que je l'ai rejoint sur la barque...

— Jeanne...

— Il est tombé par-dessus bord, et il a été attiré vers le fond sans réussir à nager...

— C'est moi qui t'ai raconté tout ça.

— Tu n'y étais pas, toi.

— Non, je te l'ai dit. J'étais chez ma mère quand ça s'est passé.

— Ce que tu ne m'as pas dit, en revanche, c'est l'état dans lequel on a retrouvé son corps... »

Soudain, Carol eut peur. C'était elle qui lui avait raconté son viol et la noyade de son oncle. Et Carol ne doutait pas que, durant ses transes, Jeanne puisse se sentir dans la peau d'un corbeau, perché sur une branche de sorbier, à revivre son propre traumatisme. Elle croyait à tout ça, aux pouvoirs magiques, aux esprits, aux sortilèges. Mais comment Jeanne pouvait-elle avoir obtenu cette information qui n'avait fuité dans aucun journal, dont personne, en dehors de sa tante et de sa mère, décédées toutes les deux, n'avait eu connaissance, et dont Carol elle-même se demandait si elle ne l'avait pas inventée. Pour se convaincre du contraire, elle devait se remémorer la vilaine cuisine de Manningtree où un soir d'ivresse, sa mère lui avait raconté ce détail sordide. Le Vieil Oncle avait été... *émasculé*...

« C'est moi qui lui ai arraché le sexe, ma chérie », articula Jeanne.

Carol demeura interdite.

« Je me suis sentie dans la peau de Chronos émasculant son père pour se libérer du ventre de Gaïa.

— Chronos est devenu pire qu'Ouranos, Jeanne.

— Mais je suis une femme, pas un Titan.

— Peut-être que tu as eu connaissance de ce détail en entrant dans ma tête. Certains médiums savent faire ça.

— Tu ne comprends pas, ou tu ne veux pas comprendre. J'étais là-bas. J'étais le corbeau qui l'a déséquilibré avec ses ailes, qui l'a attiré au fond de l'eau, qui, avec son bec, lui a...

— Tais-toi, Jeanne, je t'en supplie. »

Carol fut subitement pénétrée par un sentiment d'horreur mais elle eût été incapable de dire si c'était dû à l'impression que la femme qu'elle aimait était en train de perdre la tête, ou au contraire à la conviction qu'elle disait vrai. Alors, elle se rabattit sur ce que Jeanne appelait la question *léninienne*, la seule qui importait.

Que faire ?

Fallait-il priver Jeanne d'ergot, lui interdire les transes, la mener de force dans la réserve de Warm Springs pour qu'elle y suive enfin un enseignement avec un chamane expérimenté ? Fallait-il lui rappeler que le corbeau n'était pas forcément un animal funeste, qu'il pouvait être aussi le créateur de l'humanité comme le rapportait une légende amérindienne ? Ou bien fallait-il, au contraire, abonder dans son sens ? Se réjouir de ce nouveau pouvoir dont elle semblait dotée ? L'encourager à l'utiliser, à rendre justice, à punir tous les salauds que comptait cette planète, à se venger, à faire payer le monde pour la condition de la femme et l'holocauste des sorcières ?

« Carol, je ne sais pas si c'est moi qui agis ou si je revis des moments déjà vécus par d'autres, ou encore si je participe à une sorte d'œuvre collective… Lorsque je m'incarne en corbeau ou en sorcière, je ne suis pas seule. C'est comme si j'appartenais à un être pluriel, comme si nous étions plusieurs femmes dans un même corps.

— Tout ça n'est pas très clair pour moi…

— Pour moi non plus. Mais j'ai eu une hallucination très précise qui se passait au moment de la Commune, tu sais, cette drôle d'insurrection en 1871 qui s'est terminée dans l'incendie de Paris…

— Oui, bien sûr. Pour une fois, ce n'était pas dans un lieu qui t'obsède…

— Si, c'était dans mon quartier de la Goutte d'Or, dont j'ai été prisonnière toute mon enfance. Je l'ai vécu dans ma chair, Carol. La voisine de ma mère m'avait raconté l'histoire qu'elle tenait d'une ancienne voisine qui elle-même la tenait d'une encore plus ancienne voisine, laquelle avait participé aux événements de 1871, mais c'était beaucoup plus que ça. Ce n'était pas seulement une hallucination créée par mon inconscient à partir du récit que j'avais entendu. J'ai ressenti le froid, la faim, la douleur. Et la haine…

— Tu en reviens toujours à la haine...

— Parce que c'est le sentiment qui finit fatalement par prédominer !

— Qu'en as-tu fait de ta haine ?

— Je l'ai déversée sur Paris. Je ne sais pas si c'est moi qui ai donné l'impulsion ou si je n'étais que spectatrice, en tout cas, j'y étais, Carol, comme j'étais sur l'étang du Vieil Oncle. Pendant la Commune, je n'étais pas un corbeau, j'étais dans le corps de la Vierge Noire, une sorcière qui s'est fait lyncher... Mais nous étions plusieurs. Je l'ai senti. Nous étions je ne sais combien de sorcières dans ce corps. J'ai éprouvé de la colère, un sentiment d'injustice et de frustration, une soif de vengeance...

— Mais de quoi te vengeais-tu ?

— Je ne sais pas. C'était comme si la rage éprouvée par ce seul corps s'était propagée à toutes les âmes qui y avaient trouvé refuge.

— Tu n'as pas senti d'où venait sa rage justement ?

— Le vent de liberté qu'avaient connu les femmes durant la Commune s'est transformé en un feu incontrôlable au moment où il a cessé de souffler. C'était *moi*, c'étaient *nous* ; je faisais partie des *sorcières* qui ont incendié Paris... »

Carol croyait en l'existence d'un langage purement féminin qui se moquait de l'espace et du temps, et qui passait autant par les sorcières que par la nature ou la beauté. C'était comme ça qu'elle était entrée en contact avec le fantôme de Mary Dyer, comme ça qu'elle avait découvert l'art et plongé dans la peinture. Mais elle avait toujours pris ça pour un récit intemporel, un savoir qui se perpétuait d'âge en âge, sans imaginer que quiconque eût le pouvoir de modifier le cours des choses. Ce que lui révélait Jeanne était encore plus troublant.

« N'est-ce pas un peu ce que tu ressens avec ta langue féminine ? lui avait demandé Jeanne comme si elle avait lu dans ses pensées.

— Un peu, oui. Des voix me parlent. Mais je n'ai pas l'impression d'être plusieurs dans mon corps, ni de ressentir systématiquement de la haine pour les souffrances qu'ont pu endurer les femmes avec qui je communique.

— Et Brueghel, il te parle aussi ?

— Ce n'est pas Brueghel qui me parle, c'est la peinture en général, la sienne en particulier à cause de ses sorcières et de ses diables, je suppose. La première fois que j'ai ressenti ça, c'était en découvrant *Le Cri* de Munch dans un musée de Londres qui y exposait une copie. Je n'ai pas seulement vu le visage, le fjord et le ciel bleu noir. Je l'ai entendu. J'ai entendu le Cri qui m'appelait au secours.

— Ça ressemblait à quoi ?

— À *un cri infini qui passait à travers l'univers et qui déchirait la nature.* »

Jeanne parut décontenancée, comme si entendre un tableau était plus incongru que d'émasculer un oncle mort depuis vingt ans ou de déclencher un incendie vieux d'un siècle.

« Qu'y a-t-il ?

— Rien. Mon impression de déjà-vu...

— À quel propos ?

— *Le Cri.*

— Ça n'a rien d'étonnant, c'est une œuvre célèbre.

— Ce n'est pas l'œuvre en elle-même, c'est le fait que tu aies entendu le cri de la nature. Cette phrase. *Un cri infini...*

— Ce n'est pas de moi, c'est de Munch. »

Les deux femmes s'étaient tues, réalisant subitement la nature délirante de leurs propos. Carol remonta la couverture jusqu'au menton. À ses côtés, Jeanne, insensible à l'hiver, fixait encore le plafond où frétillait timidement la lumière de la bougie.

« Il faut que tu partes. »

Jeanne l'avait décrété subitement, après un long silence. Il y avait quelque chose de définitif dans sa sentence qui venait sceller l'impossibilité de leur amour. Il n'y aurait pas de *couple*, pas de *chair*, pas *d'histoire*. Jeanne n'en voulait pas et n'en voudrait jamais.

La perspective de cette impossibilité était vertigineuse ; désespérante.

« Je me contenterai de ce que tu me donneras.

— Va-t'en, je t'en supplie !

— Je ne te laisserai jamais.

— Tu ne comprends pas. Je ne suis pas seule, Carol. »

Encore une fois, Carol ne saisissait pas ce qu'elle voulait dire. *Elle n'était pas seule.* Elles n'étaient que treize sur le campement et faisaient quasiment tout en groupe, alors comment était-ce possible ?

« Avec qui ? »

Jeanne la regarda avec consternation.

« Arrête, Carol ! se mit-elle à hurler. Je ne suis pas seule dans ma tête ! Alors tire-toi avant que je te fasse du mal...

— Tu ne pourras jamais me faire de mal, ma chérie. »

Jeanne se précipita à ses pieds, le regard fou l'implorant de partir, de fuir, de se tenir loin d'elle. Ses mots, ses intonations, son débit se calmèrent progressivement. Elle retrouva sa placidité habituelle. Carol pensa que les effets de l'ergot de seigle s'étaient subitement estompés, ou bien que le petit ange avait repris le dessus sur le vilain diable en elle.

« Ne me laisse pas, Carol. Ne me laisse jamais », conclut

Jeanne.

Carol en pleura de soulagement, craignant que les brusques changements d'humeur de son amie finissent par la rendre définitivement folle.

« Je veux en être, Jeanne.

— En être de quoi ?

— De tes hallucinations. De tes pouvoirs. De ces corps que tu pénètres.

— Il n'y a que la haine qui m'a permis d'entrer dans des corps ou de modifier le cours des choses. Pour toi, c'est tout l'inverse que je ressens.

— Je suis sûre que tu peux y arriver ; si ton amour est aussi puissant que ta haine », ajouta Carol, sans certitude, mais avec l'intuition terrifiante qu'elle tentait le Diable.

*

La luge s'immobilisa sur la grève. C'était déjà fini. Elle resta allongée un instant, les pieds dans les branches d'un thuya, fixant un ciel immense que cendraient des nuages menaçants. Quelques secondes volées aux heures laborieuses. Le froid la rattrapa dans cette position, allongée sur la luge, enveloppée dans un manteau de givre. Le froid paralysait, endormait en douceur, insensibilisant d'abord les lobes des oreilles et le bout du nez. Il était moins omnipotent que la chaleur qui, elle, assaillait sans répit. Carol songea qu'il valait mieux mourir gelée que brûlée par le soleil.

Il était temps de se relever et d'atteindre la rivière.

Quand elle y repenserait, elle se demanderait comment, en traversant la grève, elle avait pu ne pas la voir tout de suite. Comment elle avait pu remplir les jerricanes, en guettant les saumons, puis se munir de la hache et couper les premiers rondins. Comment elle avait pu ne pas remarquer l'absence des Érinyes. Comment elle avait pu ne pas s'étonner de les retrouver assises au pied d'un tronc scabreux. Comment elle avait pu croire, d'abord, à des branches tombantes à la marge de son champ de vision, avant de remonter les yeux et de discerner les jambes ballantes, les pieds, le corps nu et blême étreint par l'hiver, le crâne dépourvu orbites, la chevelure blanchie par quelques heures nocturnes. Un pieu en métal lui traversait l'os frontal. Un corbeau volait autour. Elle n'avait pas fait immédiatement le rapprochement avec le *Triomphe de la Mort*.

À plusieurs mètres au-dessus du sol, le corps supplicié de Joan était cloué par la tête à la fourche d'un arbre mort.

28

Janis, 2027

« Janis ? »

Ça lui fit tout drôle d'entendre quelqu'un la héler. Dans la journée, en dehors de la noria des mères-zombies qui n'étaient pas l'espèce la plus causante, les rues étaient calmes et désertes. Le fait d'avoir été reconnue repoussait aussi un peu le spectre de la transparence.

En se retournant, elle ne put refouler sa surprise. Seule une rencontre avec la daronne eût pu l'étonner davantage. Alice Brucker se tenait face à elle, sur le bitume suant de la rue Stephenson, vêtue d'un jean et d'un pull blanc par cinquante-trois degrés à l'ombre. Comme au Garage, Janis fut frappée par sa beauté malgré son âge…

« Tu ne peux pas savoir à quel point je suis heureuse de te rencontrer », entama-t-elle avec sa voix cassée d'ancienne fumeuse.

Janis craignit un tic de politicien destiné à créer la connivence, comme si la célébrissime Alice Brucker pouvait s'émouvoir de faire connaissance avec une gardienne de parking.

« J'aimerais te parler. »

Cette fois, Janis releva le tutoiement et ne trouva aucune

bonne raison d'esquiver la conversation même si, aux yeux de la daronne, ça revenait à pactiser avec l'ennemie. Le quartier était dévoré par le silence et l'ennui depuis si longtemps ! Et puis, n'était-ce pas, justement, ce qu'elle désirait, rencontrer Alice Brucker pour en apprendre un peu plus sur la disparition de sa mère ? Janis lui aurait bien proposé de boire une bière à la terrasse du Mistral, mais aucun commerce ne rouvrirait avant la fin du jour.

« On peut aller chez moi, enfin dans l'ancien appartement de ma mère, c'est à deux rues d'ici », proposa Alice.

Elles marchèrent en silence jusqu'au bout de la rue Richomme, juste avant le croisement avec la rue des Poissonniers, qui donnait sur l'arrière de l'ancien cinéma, transformé en un immonde souk à chaussures.

Le salon où elles s'installèrent ressemblait à celui de la daronne avec sa bibliothèque et son odeur de vinaigre qui suintait du parquet.

« Tout doit te sembler bizarre en ce moment, ma pauvre Janis », commença Alice en lui servant un verre de blanc.

« N'est-ce pas le cas de tout le monde ?

— Si, bien sûr. La chaleur, la révolution féministe, la grève du sexe… »

Alice avait dit ça machinalement.

« C'est ce que vous vouliez, non ? » lui fit remarquer Janis.

Elle esquissa un sourire en s'allumant une cigarette.

« Je ne décide pas grand-chose, ma chérie. Ça fait longtemps que j'ai compris ça.

— C'est quand même vous qui avez appelé à cette… *grève*, lui répondit Janis sans relever le « ma chérie » qui aurait pu lui paraître incongru dans cette bouche inconnue mais qui, étrangement, sonna avec autant de naturel que si sa mère l'avait prononcé.

— C'est moi, en effet. Mais je ne suis pas seule à parler à travers ma bouche. »

Janis pensa à madame Otoko et à *ses chères âmes mortes*. Elle réalisa alors que le vin aussi, avec sa blancheur cuivrée et son ivresse précoce, lui rappelait celui de la voisine. Alice la fixa avec une effrayante intensité.

« Il est arrivé quelque chose, Janis, qui fait que le monde est en train de changer. Pour toi en particulier...

— Oui, j'ai remarqué ; ma mère a disparu.

— Ce n'est pas ta mère qui a disparu. C'est toi qui disparais. »

Malgré les signaux et les évidences – les hordes de gamin qui lui passaient au travers, Roger qui l'ignorait, son insensibilité à la chaleur, son manque de sommeil et d'appétit, son parking et son atelier qui s'étaient envolés –, Janis n'avait pas pris la chose au sérieux. Elle n'avait jamais envisagé qu'elle puisse *réellement* être en train de se désagréger.

« Que m'arrive-t-il ?

— Tu es en train de passer d'un monde à l'autre. Du monde du *dessus* au monde du *dessous*.

— Comment est-ce possible ?

— Ta mère a changé le cours des choses.

— Pour se débarrasser de moi ?

— Parce qu'elle n'avait pas le choix. »

Alice se resservit un verre de vin.

« Ta mère t'a-t-elle déjà raconté ce qui nous est arrivé dans la cour de l'école, en 1963 ?

— Oui, enfin pas grand-chose. Elle aurait eu une sorte de trou noir alors que vous jouiez. Tout ce dont elle se souvenait, c'était qu'elle avait eu l'impression d'avoir été entraînée sous le sol de la Goutte d'Or...

— C'est à peu près ça. Mais nous n'étions pas seules dans la cour. Il y avait aussi Youssef. Il avait disparu le 17 octobre 1961 pendant la manifestation des Algériens. Et pourtant, nous l'avons vu ce matin-là. »

Janis se resservit à son tour, attendant le récit d'Alice avec une excitation folle et terrifiée.

« On entendait partout qu'il y avait eu des morts et des disparus pendant la manif contre le couvre-feu mais nous refusions de croire que Youssef avait fini noyé dans la Seine ou avait écopé d'une balle perdue. Jeanne l'avait vu sortir de son immeuble ce soir-là avec une femme effrayante mais elle n'était sûre de rien et pouvait tout aussi bien avoir recréé cette histoire après coup. Pendant un long moment, on a cru le voir partout, dans les rues, à l'école, sur le *démol*. On l'imaginait nous raconter comment il était parvenu à échapper à la ratonnade et à la noyade. Et puis, au fil des mois, nous avons appris à vivre sans lui, et petit à petit, son souvenir s'est effacé. »

Alice paraissait sincèrement émue à l'évocation de ce passé, et Janis songea que l'image qu'elle se faisait de cette femme, façonnée par des décennies de rancœur maternelle et le prisme grossier des médias, ne correspondait peut-être pas tout à fait à la réalité.

« Sa mère l'a cherché pendant plusieurs semaines. Elle a fait le tour des hôpitaux et des commissariats. Elle retournait dans le quartier latin, sur le pont Saint-Michel où elle avait perdu sa trace, et sur les quais alentour, dans l'espoir de découvrir un indice. Et puis, un jour, elle a abandonné ses recherches et s'est mise à arpenter les rues de la Goutte d'Or. On la suivait parfois de loin, Jeanne et moi, en se demandant comment lui venir en aide mais sans jamais trouver quoi lui dire. On l'a vue s'enfoncer dans une sorte de folie. Sa douleur nous a beaucoup marquées. C'était trop lourd à porter sur nos épaules de petites filles, et nous nous sommes efforcées d'oublier Youssef. C'est pour ça qu'il est revenu nous chercher… C'était un dimanche matin de cet interminable hiver. Nous sortions de l'église Saint-Bernard où la mère de Jeanne avait encore phagocyté la messe avec des lectures sauvages de l'Apocalypse. Nous avons rejoint les garçons sur le *démol*. Nous courions le long du mur de l'école, lorsqu'il nous a semblé voir Youssef… Mais cette fois-ci, ce n'était pas une hallucination.

— Que vous a-t-il dit ?

— Rien. Il s'est enfui, et nous l'avons poursuivi dans la cour de l'école… Quand nous y sommes entrées, ce n'était plus une cour mais un immense cimetière.

— L'ancien cimetière Marcadet ?

— Oui, celui sur lequel on a bâti les trois écoles. Youssef nous attendait au fond. Jeanne et moi avons marché dans la neige jusqu'à lui. Ce n'est qu'à quelques centimètres de son visage que nous nous sommes rendu compte qu'il n'était pas… *normal*. En tout cas, pas tout à fait comme nous l'avions connu. Il avait un teint blafard, glaiseux, comme s'il sortait des entrailles de la terre. Quand nous avons voulu fuir, des mains sorties d'une tombe sans stèle nous ont agrippées les mollets, et nous ont attirées sous le sol de la Goutte d'Or.

— Qu'avez-vous vu *en dessous* ?

— Je me suis réveillée à la clinique ou à l'hôpital, et j'ai pu repartir chez moi le soir même, mais ta mère a passé plusieurs semaines dans le coma. J'ai été très inquiète pour elle, et en même temps, au fond de moi, je lui en voulais, sans bien savoir pourquoi… La première fois que je l'ai revue, sur le *démol* où elle m'attendait avec Farid et Mohammed, j'ai eu comme une révélation...

— Vous avez su ce qui s'était passé ?

— Non, mais j'ai su en la voyant qu'elle m'avait trahie ou qu'elle me trahirait un jour.

— C'est de là que date votre brouille ?

— On a fait semblant pendant plusieurs années mais notre relation n'était plus la même. Nous n'étions plus sincères. Je jalousais ses notes. Quant à ta mère, elle a commencé à nourrir une sorte d'obsession pour ce qu'elle appelait ma *beauté* et sa *laideur*.

— Ça ressemble plus à un fait qu'à une obsession..., lança Janis, peut-être parce qu'elle avait besoin d'alléger le récit d'Alice par un trait d'esprit.

— J'ai porté ma *beauté* comme elle, sa *laideur*, tu sais. Et ta mère n'était pas plus laide qu'avant ni plus laide qu'une autre. C'est le regard que nous portions sur nous-mêmes qui avait changé, comme si les entrailles de la Goutte d'Or nous avaient sali l'âme ».

Janis ne la relança pas tout de suite, et Alice parut la comprendre. Elle avait besoin d'un peu de temps pour digérer ces révélations. Toutes deux perdirent leur regard dans la transparence de la fenêtre derrière laquelle le ciel épais, d'un bleu trop pur, semblait isoler la Terre du reste de l'univers.

« Pourquoi lui en vouliez-vous ?

— Je ne le sais toujours pas aujourd'hui, ce qui ne m'a pas empêchée d'être très dure avec elle à l'adolescence. Nous avons commencé à expérimenter une sorte d'intuition permanente, un sentiment de déjà-vu de plus en plus récurrent. Tout est devenu facile. Nous étions bonnes élèves mais nous sommes subitement devenues beaucoup plus fortes que les autres, sans vraiment travailler. Il nous suffisait de quelques minutes pour apprendre nos leçons par cœur, comme si nous les avions déjà sues dans le passé et que la mémoire nous revenait. Ta mère s'est mise à parler parfaitement anglais sans avoir appris. Je me suis révélé surdouée en maths et en physique. Et par la suite, tout m'a toujours semblé anormalement simple…

— Comment ça ?

— Plus que l'intelligence, c'est l'intuition qui a façonné mes succès. Polytechnique, la politique, les affaires, j'ai toujours pressenti les choses. Les sujets d'examen, les alliances, les progrès techniques, les coups de bourse… Je suis systématiquement arrivée au bon moment et partie exactement quand il le fallait.

— Si ma mère en est responsable, vous auriez dû lui en être reconnaissante plutôt que de lui en vouloir, au point de lui voler *L'Affliction de Médée*. Pourquoi vous être fait passer pour Lysistrata et lui avoir volé sa vie ? »

Janis s'en voulut d'orienter la conversation sur un sujet qui l'intéressait bien moins que le sous-sol de la Goutte d'Or, mais Alice ne se formalisa le moins du monde que Janis puisse porter une telle accusation contre elle. Elle se contenta de reprendre un verre de vin.

« L'année dernière, on a déposé un pli sur le paillasson de l'appartement de ma mère, sans timbre ni adresse d'expéditeur. Dans l'enveloppe, j'ai trouvé *L'Affliction de Médée*, d'une certaine Carol Schäffer, et un courrier d'accompagnement. En réalité, ce n'était pas un courrier mais la préface du tapuscrit où *Lysistrata* expliquait comment elle était entrée en contact avec une prisonnière anglaise condamnée à la perpétuité aux États-Unis.

— L'avez-vous lu ?

— Je m'y suis d'abord refusé. J'avais mieux à faire que

de perdre mon temps avec un pavé mal tapé que j'imaginais écrit par une psychopathe. Et puis, je n'ai pas eu le choix. J'avais beau ne pas mettre le nez dedans, je n'ai plus pensé qu'à ça. Alors, je m'y suis mise… J'ai tout de suite su que c'était ta mère qui l'avait écrit.

— Comment pouviez-vous en être si sûre ? Vous ne vous étiez plus reparlé depuis le lycée…

— C'était une évidence.

— Pourquoi ne pas lui avoir demandé ? Vous saviez où la trouver.

— Certes. Mais ta mère n'est pas si simple d'accès depuis qu'elle est revenue de sa seule expédition en dehors du quartier…

— De quoi parlez-vous ?

— Des *seventies* que ta mère a passés aux États-Unis…

— J'ai découvert ça très récemment, en effet, reconnut Janis en songeant qu'il valait mieux ne pas mentionner qu'elle avait reconnu sa mère sur une photo des *Hexen Holocaust*… Savez-vous ce qu'elle y a fait ?

— Tout ce que j'en sais, c'est qu'à son retour, elle était… *différente*.

— Comment avez-vous pu le constater si vous ne vous adressiez déjà plus la parole ?

— Je me suis toujours souciée de son sort. J'avais des nouvelles par madame Boutella et par ma mère, puis par madame Otoko. Et il m'arrivait de la croiser dans le quartier.

— Mais vous n'êtes pas allée jusqu'à lui parler de son manuscrit…

— Je l'ai abordée un jour mais elle ne m'a pas entendue ou pas reconnue.

— Elle a fait semblant, elle est rancunière, la reine mère.

— Ce n'est pas ça, Janis. »

Alice reprit sa respiration et la regarda droit dans les yeux comme si ce qu'elle s'apprêtait à dire lui demandait un effort considérable.

« Depuis son retour des États-Unis, ta mère n'entend personne. Elle… *erre* dans les rues, comme la mère de Youssef avant elle.

— Qu'est-ce que vous racontez ? Son retour des États-Unis doit correspondre peu ou prou avec ma naissance, ce qui nous fait plus de quarante ans de vie commune avec la daronne. Ma mère a passé son temps à défendre le quartier, à traduire des autrices anglo-saxonnes, et à correspondre avec Carol Schäffer… »

Alice garda le silence en instant, perdue dans ses pensées.

« Oui, c'est ça, reprit-elle d'un air songeur. Ce qu'elle raconte dans la préface… c'est ce qui a dû se passer dans *la vie d'avant*…

— *La vie d'avant* ?

— Tout se combine, Janis. Tout s'emboîte. *La vie d'avant* et celle *d'après*… Sais-tu ce qu'elles s'écrivaient avec Carol ? »

Janis fut gênée par la question ; ses découvertes récentes allaient dans le sens d'Alice.

« Je ne sais pas ce que ma mère écrivait, mentit-elle, mais Carol lui adressait des lettres que ma mère a compilées pour constituer *L'Affliction de Médée*…

— Tu sais comme moi que c'est Jeanne l'autrice. »

Janis reprit une gorgée pour s'éclaircir la gorge.

« Il y a quelques jours, j'ai trouvé les lettres que Carol avait envoyées à ma mère…

— Que disait-elle ?

— Carol a passé vingt ans à lui adresser la même phrase… *Maman t'aime ma Dulle Griet*… Si vous avez une explication, je suis preneuse…

— Aucune, hélas.

— Il y avait deux courriers que ma mère avait adressés à Carol et que la poste lui a retournés… Elle ne faisait que lui raconter dans le détail ma vie sans intérêt…

— Tu n'as pas retrouvé trace du manuscrit ni dans les lettres de Carol ni dans celles de ta mère ?

— Non, aucune. »

De nouveau, Alice marqua une pause. Janis plongea les yeux dans son verre à pied. Ce n'était ni du blanc, ni du moelleux, ni même un vin orange. Sa robe avait véritablement la couleur de l'or.

« Quand ta mère t'a-t-elle parlé de *L'Affliction de Médée* pour la première fois ?

— Jamais à vrai dire. Je l'ai vu correspondre avec cette prisonnière sans rien savoir de ce qu'elle manigançait. Ce n'est qu'avec l'engouement populaire autour du livre, à la suite de votre *tweet*, que j'en ai entendu parler et que j'ai fait le lien avec ma mère… Mais en lisant le bouquin, j'ai compris, comme vous, qu'il n'y avait qu'elle pour écrire un truc pareil. Tout ce qu'elle raconte dans sa préface sur sa relation épistolaire avec Carol est romancé. Elles ont toujours correspondu mais je ne comprends pas pourquoi elle a absolument tenu à la présenter comme l'autrice du texte et à rester dans l'ombre. Même si elle ne pouvait pas se douter que vous vous feriez passer pour Lysistrata…

— Janis, je n'ai fait qu'exécuter ce qui était déjà prévu dans la préface. J'ai retapé le manuscrit sur mon ordinateur, j'en ai diffusé le texte sur internet, et je l'ai adressé au seul éditeur de la Goutte d'Or. Je n'ai jamais imaginé qu'il serait publié et encore moins qu'il rencontrerait un tel succès…

— Qu'est-ce que l'éditrice vous a répondu ?

— Personne ne m'a répondu, je l'ai envoyé

anonymement. Et j'ai découvert un jour que *L'Affliction de Médée* avait été publié dans une belle édition et qu'il était en vente à la librairie de la rue Myrha. Alors, j'en ai acheté un exemplaire et j'ai simplement posté ce *tweet* avec un lien vers le blog que j'avais créé pour copier-coller la préface de ta mère et son texte, sans me douter une seule seconde que le monde s'embraserait pour cet objet obscur...

— N'étiez-vous plus guidée par votre intuition surnaturelle ?

— Non, justement. La période où j'ai reçu le manuscrit a correspondu au moment où mes pouvoirs se sont... *envolés.* Je n'ai plus aucune intuition, aucun pressentiment, aucune sensation de déjà-vu... Ce n'est que très récemment que je crois avoir compris pourquoi.

— Pourquoi ?

— Parce que j'ai enfin cessé de revivre éternellement la même chose...

— Je m'y perds un peu...

— J'ai compris ça lorsque je t'ai croisée, au Garage, à la soirée pour *L'Affliction de Médée...* »

Ce soir-là, justement, pour la première fois, Janis s'était sentie transparente et Alice avait semblé être la seule personne à la voir.

« Je t'ai reconnue tout de suite, Janis.

— On ne s'était jamais vu pourtant...

— Pas dans cette vie en tout cas.

— Que voulez-vous dire ?

— Ce soir-là, en sortant du Garage, j'ai eu l'impression que quelqu'un me suivait. Une fois arrivée sur le parvis, j'ai remarqué un môme avec des boucles noires et un regard pénétrant qui m'épiait derrière les grilles de l'église Saint-Bernard. Il n'avait pas changé.

— Youssef ? demanda Janis en se souvenant qu'elle aussi avait cru l'apercevoir ce soir-là. Que vous a-t-il dit ?

— Que le temps était venu que j'honore ma promesse…

— C'est-à-dire ?

— J'ai eu comme un éclair de lucidité sur ce qui s'était passé en 1963…

— Que s'était-il passé, bon sang ?

— Il existe sous nos pieds un monde parallèle où tout existe encore. Le passé, *le présent et ce qui doit arriver plus tard*. C'est comme un mini-trou noir qui attire tout ce qui gravite autour.

— Mais qu'avez-vous vu ?

— Je ne sais pas. Quand on quitte le sous-sol, on ne se souvient plus de rien. Il ne nous reste que des impressions vagues, des images et une intuition surnaturelle sur le cours des choses… Je sais en tout cas qu'il y avait d'autres gens *en dessous*, une présence… Ça ressemblait… je ne sais pas… à un sabbat de sorcières. Je crois que c'est ta mère qu'elles voulaient… Je ne lui ai rien volé, Janis. Et surtout pas sa vie. C'est elle qui a volé la mienne en m'entraînant *en dessous*. Nous n'étions que des dommages collatéraux avec Youssef…

— En quoi consistait la promesse à honorer ? »

Alice eut un petit rire désabusé, un peu cynique.

« Janis, je te croyais plus intelligente que ça… ».

Alors, Janis pensa à la récente métamorphose d'Alice. À toute sa vie de succès, à son renoncement soudain et à sa conversion inexplicable aux mantras de sa mère comme le réchauffement climatique, l'écoféminisme et la décroissance dont Alice n'avait jamais rien eu à faire.

« Youssef vous a demandé de renoncer au pouvoir, n'est-ce pas ?

— Je n'ai pas seulement renoncé, Janis. Je le leur ai

donné. De toute façon, c'était à *elles* que je devais d'être arrivée jusque-là. Mon intuition, mes succès, ma beauté... Je ne suis qu'un pion entre leurs mains.

— De qui parlez-vous ?

— Des Hexen Holocaust.

— Les Hexen Holocaust ? Mais elles n'existent plus depuis longtemps.

— Elles existent depuis aussi longtemps que les chasses aux sorcières...

— Où vivent-elles ?

— Aux quatre coins du monde. Dans des endroits en marge. Des forêts, des bidonvilles, des lieux sacrés...

— Comme la Goutte d'Or...

— Oui.

— Qui sont-elles ?

— Les petites-filles des sorcières que l'on a brûlées.

— Et qu'est-ce qu'elles veulent ?

— Je ne sais pas exactement. Ce qui se passe actuellement je suppose...

— La révolution féministe ?

— Je crois. La révolution dont je suis devenue l'emblème malgré moi. C'est ta mère qui a voulu tout ça.

— Qu'a-t-elle voulu ? Que l'humanité cesse de se reproduire pour sauver la planète ?

— C'est ce que je croyais au début. Mais en réalité ça n'a rien à voir avec la dénatalité ; c'est beaucoup plus que ça. C'est une question d'harmonie entre l'humanité et la nature. Chaque fois que les sorcières modifient le cours des choses, il se passe des phénomènes météorologiques étranges.

— C'est pour ça qu'il fait si chaud ?

— Au contraire, elles interviennent pour combattre *l'infinie canicule*. Même si je n'en cautionne pas tous les excès, je crois que seule la révolution féministe peut nous en délivrer.

— Si vous n'en cautionnez pas les excès, pourquoi avoir appelé à la grève du sexe ?

— Je ne suis pas seule à décider, Janis. Les *Hexen Holocaust* m'utilisent pour servir leurs desseins. Ce sont elles qui m'ont fait commettre des horreurs... »

À ces mots, Alice se tourna vers la tablette de la cheminée sur laquelle reposait un bocal plein d'un liquide jaunâtre qui lui fit penser à celui qui trônait sur la console de sa mère, à côté de son lit, et dont celle-ci lui avait toujours dit qu'il contenait du *sang d'Ouranos*. Depuis qu'elle était gamine, Janis l'avait pris pour une sorte d'amulette censée préserver des mauvais sorts, un peu comme les flacons d'eau bénite. Mais, chez Alice, le liquide du bocal était moins trouble que celui de sa mère. Janis y discerna une étrange forme phallique qui flottait dans le liquide jaunâtre.

« Ce sont *elles* qui m'ont poussée à faire ça, Janis. Personnellement, je me moquais totalement de ce politologue malgré ce qu'il disait sur moi. Ce sont *elles* qui m'ont convaincue que c'était nécessaire à la révolution.

— C'est donc vous qui avez émasculé ce pauvre homme ?

— C'est moi qui ai tenu le scalp mais je n'ai pas agi seule... Toutes les révolutions ont leurs martyrs.

— Êtes-vous aussi pour quelque chose dans le meurtre du professeur de Stanford... ?

— Non, je n'y suis pour rien. Je suppose que ça fait aussi partie de leurs plans.

— Et que se serait-il passé si vous aviez refusé de leur donner le pouvoir ? reprit Janis. Si vous n'aviez pas annoncé votre retrait de la vie politique ?

— Il se serait passé la même chose que toutes les fois où ta mère a refusé d'honorer son serment. Elles nous auraient fait recommencer inlassablement notre vie en 1963... »

Janis contempla à nouveau les reflets du vin et réalisa que c'était peut-être le seul liquide qu'elle avait avalé ces derniers mois.

« Alors, c'est moi que la Goutte d'Or a réclamé à ma mère ? »

En posant cette question qui n'appelait pas de réponse, Janis fut pénétrée de sentiments contradictoires. Elle en voulait à sa mère d'avoir fini par renoncer à elle, tout en étant transportée par un accès d'amour. Janis représentait pour sa mère autant que le pouvoir pour Alice.

« Vous savez si ma mère a longtemps refusé de me donner ?

— Je ne sais pas exactement. Mais elle a dû s'y opposer des dizaines de fois, ce qui n'a fait qu'empirer les choses. Toutes ces vies que nous avons déjà vécues n'ont fait que renforcer notre attachement à ce que nous avions de plus cher. Il n'y avait pas d'autre choix, en réalité. On tournait en boucle depuis trop longtemps. Ta mère. Moi. Et toi aussi. Je ne sais même pas combien de fois on a mené la même vie... »

Alors, Janis avait repensé à la manière dont elle avait appris, seule, à parler, à lire, à compter. Comment, gamine, elle avait dévoré des bouquins d'art et d'astrophysique. Comment tout avait aisément trouvé sa place dans son cerveau, et s'était emboîté naturellement avec tout le reste. Comment toutes les activités humaines lui avaient rapidement paru insignifiantes et vaines. Et comment ne lui était restée en tête que la quête insensée de *l'œuvre absolu*.

« Où est ma mère, actuellement, si elle n'a pas disparu ?

— Elle n'a pas bougé, Janis. Ouvre les yeux, tu la verras.

— Assez de mystères !

— Je ne peux rien te dire d'autre.

— Et les enfants disparus ?

— Sans doute des gamins que la magie de ta mère avait fait naître dans *la vie d'avant.*

— Elle n'a pas fait naître les mineurs isolés que je sache ?

— Les enfants perdus savent voyager d'un monde à l'autre ; ils ne font aucune différence.

— Et moi alors ? Qui suis-je ? Un *fantôme* ?

— Tu n'as jamais cessé d'être une sorcière, Janis.

— Une sorcière que personne ne peut plus voir ni entendre... Pourquoi me parlez-vous d'ailleurs ?

— Parce que je suis moi-même une sorcière depuis que la Goutte d'Or m'a marquée.

— Sont-elles les seules à percevoir ma présence ?

— Elles en ont le pouvoir en tout cas. Tout comme les sorciers, les gamins, les animaux et les fous...

— Ça fait pas mal de monde dans ce quartier », ironisa Janis tout en se prenant la tête dans les mains.

La vie d'avant où elle existait. *La vie d'après* où elle n'existait plus...

« Dans cette vie-là... la *vie d'après* ? Vous n'avez donc aucune idée de ce qui a pu m'arriver ? Si je suis morte ? Si ma mère a avorté ou si elle ne m'a jamais conçue ?

— Tu as forcément dû naître pour que ta mère te donne, mais je n'ai jamais entendu dire que Jeanne avait eu un enfant, et j'ai toujours ressenti ça comme une incongruité chez elle... Ce que je sais, c'est que tu ne trouveras pas ta place ici ; dans la vie *d'après*, tu es la fille que Jeanne n'a jamais eue.

— Pourquoi est-ce vous qui êtes venue me trouver ? Si elle n'a pas bougé, ma mère aurait pu le faire elle-même ? Elle sait aussi voir les fantômes je suppose...

— C'est simplement que le cours des choses te paraît long à se remettre en place, entre *la vie d'avant* et *la vie d'après*. Tes souvenirs s'emmêlent, mais ils te reviendront progressivement. Rassure-toi, ça fait longtemps que tu t'es rabibochée avec ta mère, Janis, sinon nous n'en serions pas là... »

À ces mots, Janis avala la fin de son verre en s'étonnant encore du sentiment de plénitude dont l'emplissait ce vin tiède. Peut-être que les révélations d'Alice cachaient elles aussi, derrière une amertume initiale, un infini champ des possibles.

« D'où vient ce vin ? demanda-t-elle en se doutant de la réponse.

— C'est Youssef qui me l'a apporté. »

Alors, Janis décida qu'il était temps de retrouver sa mère.

28

Carol, 1979, Lilith's camp

Depuis la mort de Joan, les veillées avaient retrouvé leur magie, les repas leur quiétude, Lauren et Mona leur vie de couple. On ne traquait plus sans cesse l'injustice et l'inégalité. Une fois passée l'épouvante suscitée par la *pendaison*, et accepté le mystère de ses circonstances, les femmes de Lilith participèrent avec ferveur au rituel funèbre. En ce matin glacial de janvier, aucune d'entre elles n'avait songé à appeler la police ou une ambulance. Le monde extérieur qui avait tant méprisé l'existence de Joan n'avait aucun droit sur sa mort ni sur son cadavre. Selon les instructions de Jeanne, elles avaient détaché le corps, l'avaient drapé dans un linceul noir et porté à bout de bras dans la neige jusqu'au bûcher froid de Prométhée où il était resté trois jours avant d'être incinéré. Toutes sentaient que ce dénouement n'était pas rationnel mais c'était mieux ainsi, tant pour leur communauté que pour l'agencement du monde. Joan continuerait à vivre à travers elles. On se remémorerait ses paroles sages, ses colères légitimes, ses bonnes actions. On invoquerait son esprit, sans doute plus apaisé désormais que durant son interlude terrestre. Par son sacrifice, Joan avait enfin trouvé sa place au sein du groupe. Depuis son départ, il n'y avait plus d'initiative personnelle ; nulle trace d'égoïsme. Il n'y avait plus d'unanimité, ni vote ni même décision. Tout s'agençait naturellement. L'individu avait disparu ; il ne restait plus que des sorcières obéissant à leur Maîtresse.

Les femmes de Lilith se livraient tout entières à la Nature. Elles s'activaient en silence aux corvées d'eau et de bois ou s'adonnaient à la cueillette. Pendant que certaines alimentaient le brasier de Prométhée, d'autres préparaient des confitures et des gelées, assises sur des rondins. Elles demeuraient la plupart du temps dans leur campement, n'en sortant qu'en cas de nécessité. Dans les limites de la propriété privée, elles ne portaient aucun vêtement. Elles accueillaient les variations de températures et les caprices du ciel comme autant de phénomènes gais et prodigieux. Elles se précipitaient sous la pluie, enduites d'huile végétale et d'onguent. La nuit, elles batifolaient dans le courant gelé de la rivière puis trouvaient, dans la mousse de ses berges, un écrin pour se sécher sous la lune blême. Et puis, quand c'était l'heure, le sang menstruel coulait sans infamie le long de leurs jambes nues, traçant sa voie entre les traînées de boue et les égratignures.

Autour de leur campement, elles ne croisaient jamais personne, et quand elles s'aventuraient sur un sentier forestier, elles se cachaient derrière les pins dès qu'elles risquaient de tomber sur un randonneur. Pour les courses, deux d'entre elles, revêtues d'une aube en jute, prenaient la Ford et, au supermarché, elles déambulaient pieds nus dans les allées javellisées. Les honnêtes gens d'Eugene lorgnaient avec dégoût ces sauvageonnes au regard azimuté. Les femmes des autres *lands*, qu'elles apercevaient parfois entre deux rayons, s'en méfiaient de plus en plus, et ne prenaient des nouvelles que par politesse. Carol avait entendu l'une d'elles chuchoter dans son dos que Lilith n'était plus un *land* mais une *secte*.

Carol découvrit l'élection de Margaret Thatcher au Parlement britannique en passant devant le supermarché d'Eugene. Ça faisait des années qu'elle ne suivait plus l'actualité de son pays, ni celle du monde d'ailleurs, mais l'information l'avait laissée pantoise. Quand elle avait quitté l'Angleterre, Margaret Thatcher n'était pas encore à la tête du parti conservateur, et la voilà qui allait tenir les rênes du Royaume-Uni pour les prochaines années. Les femmes de Lilith, bien qu'ignorant pour la plupart qui était Thatcher, se réjouirent pour Carol quand elle leur annonça la nouvelle. Pour la première fois, une femme se trouvait à la tête d'une des plus grandes puissances mondiales ! La fille d'une couturière et d'un épicier en plus. Et pourtant, Carol accusait le coup. Thatcher représentait tout ce qu'elle détestait, l'ère du capitalisme et du pognon. Thatcher sauverait sans doute l'économie britannique mais ruinerait tout aussi sûrement les travailleurs et la planète. Ce n'était pas la victoire du féminisme, c'était déjà sa trahison.

Ce soir-là, Mona distribua aux femmes de Lilith un peu d'ergot de seigle dans l'idée d'apaiser leurs angoisses. La dose était infime et Carol eut l'impression qu'elle n'avait pas fait effet, ou bien c'était elle qui commençait à développer une certaine accoutumance. Pareil pour Jeanne qui en avait pris davantage pourtant. Elle ne ressentait rien non plus. Alors, après avoir prié la Déesse de préserver la planète de la folie des hommes, elles se couchèrent, un peu déçues.

Carol dormait depuis quelques heures lorsqu'elle fut réveillée par un ronronnement de moteur, à peine perceptible, qui se tut subitement. En écartant le rideau, elle crut apercevoir un flash, comme un appel de phare, puis un faisceau lumineux dansant dans les branches des pins. Puis, plus rien. Elle entrouvrit la fenêtre. Seul un vent doux faisait frémir les feuillages par intermittence. Il était très rare qu'un véhicule ou qu'un randonneur s'aventure jusqu'ici, encore plus la nuit. C'était une propriété privée, suffisamment éloignée de la McKenzie Highway et des sentiers de randonnées de Willamette pour être à l'abri des erreurs d'aiguillage et des aventuriers. Il était déjà arrivé qu'un quatre-quatre s'annonce au bout du chemin mais les aboiements d'Alecto, Mégère et Tisiphone avaient toujours suffi à chasser les importuns. Où étaient passées les chiennes ? Quand les nuits devenaient douces, il leur arrivait de quitter *Oath* et la chaleur de son poêle à bois pour se blottir les unes contre les autres autour du feu mourant de Prométhée ou sur la terrasse d'un cabanon ; jamais cependant elles ne passaient la nuit hors du campement.

Dehors, la clairière était calme même si les nuits de Willamette étaient toujours chargées de hululements, de glapissements et de craquements suspects. Carol se demanda s'il y avait vraiment quelque chose là-bas, à l'orée du bois, ou si c'était l'ergot de seigle qui finissait par faire effet. Qui aurait pu vouloir les débusquer en pleine nuit dans leur camp isolé ? Elle songea aux *rednecks* qui les avaient surprises un matin, Jeanne et elle, alors qu'elles cueillaient des champignons sur les rives du McKenzie et qu'eux pêchaient, assis sur des glacières. Jeanne les avait fixés, sans répondre à leur salut, avant d'abaisser des yeux indignés sur la truite arc-en-ciel qui grésillait au-dessus d'un tas de pierres fumantes. « Vous n'avez pas trouvé mieux comme hobby que de tuer des êtres vivants ? » avait gueulé Carol. Les quatre types avaient d'abord paru décontenancés, se demandant ce qui leur valait cette agressivité gratuite, avant de les traiter de *sales gouinasses de l'Amazon trail*... Ou bien était-ce ce groupe d'évangélistes qui les avait matés bizarrement au seul office auquel elles avaient assisté ? Un dimanche matin, alors que le quatuor d'Ashbury était en route pour Salem, Jeanne avait tenu à assister à la messe. Dans l'église bondée, elles n'étaient pas passées inaperçues avec leur aube, leur peau crasseuse et leurs cheveux de paille. Le pasteur s'était mis à lire des passages de l'Apocalypse, et Carol s'était rendu compte que Jeanne les récitait par cœur du bout des lèvres. Une dizaine d'hommes avait passé la lecture à les lorgner avec rancœur et dégoût.

Il y avait quelqu'un à l'entrée du campement.

Carol ne distinguait ni ombre ni silhouette mais un poinçon jaune avait percé l'obscurité, semblable à la lueur d'un briquet ou d'une allumette. D'autres étincelles brillèrent à quelques mètres. Carol en compta quatre, comme le nombre de pêcheurs qu'elles avaient croisés sur les berges du McKenzie. Il y en eut une cinquième, une sixième... Une dizaine au total. Et bien que sa vision en arc de cercle l'empêchât de voir plus loin, il lui sembla que le campement tout entier était cerné par des lucioles menaçantes.

Pour la première fois depuis qu'elle avait débarqué à Lilith's camp, elle eut peur. Jusque-là, la seule présence de Jeanne avait suffi à la rassurer. Elle avait toujours été convaincue que ses pouvoirs sauraient les protéger contre les intrusions. Mais ce soir, sa protection surnaturelle ne semblait plus opérer, et Carol réalisa que, malgré plus d'une année passée à vivre dans la forêt, elle était demeurée une citadine sophistiquée et trouillarde. À ce moment précis, elle aurait voulu se trouver dans un appartement en ville, protégée par des murs en béton, une porte blindée et le voisinage, avec un téléphone à portée de main. Elle se surprit même à souhaiter la présence d'un homme, mec ou ami, hétéro ou pédé, un gars baraqué, sûr de sa force, qui aurait fait retentir sa voix grave dans la pénombre et pris les choses en main.

Il y eut soudain un embrasement, et en quelques secondes le camp fut encerclé par les flammes.

Carol ne put réfréner un cri qu'elle étouffa aussitôt.

« Jeanne ! » chuchota-t-elle en haletant sans parvenir à la réveiller.

Elle aurait voulu hurler son nom, l'implorer de lui venir en aide. De se transformer en aigle vengeur, en corbeau rédempteur, en cavalier de l'Apocalypse capable de repousser les psychopathes qui les avaient emprisonnées derrière un mur de feu.

Un hurlement l'en empêcha. Un braillement monstrueux, chargé de souffrance et d'affliction. Il y avait dans ce cri quelque chose d'à la fois sauvage et d'humain. C'était comme si la Nature tout entière gémissait sa douleur et sa détresse. Carol fut saisie d'effroi. Elle songea au *Cri*. Ses cheveux se hérissèrent sur son crâne, et bien qu'elle le souhaitât à tout prix, elle ne fut pas en mesure de se retourner, de secouer à nouveau Jeanne pour qu'elle se réveille enfin. Deux autres cris retentirent, à même distance, qui se superposèrent et repoussèrent les limites de l'épouvante.

C'est alors que le carreau du cabanon éclata dans un vacarme terrifiant. Plus rien ne séparait Carol des esprits malfaisants qui rôdaient dans la clairière.

Encore allongée sous le drap constellé d'éclats de verre, Jeanne ouvrit enfin les yeux. Et Carol en fut d'abord immensément soulagée. La *chamane*, l'*Élue*, la *Déesse*, la femme qui commandait aux arbres et aux oiseaux, allait les sortir de là. Jeanne s'approcha de la fenêtre pour observer les flammes à travers la vitre brisée. Son genou buta sur une masse informe et incandescente qui gisait sur le bord du lit et que la panique et l'obscurité les avaient empêchées de voir tout de suite. C'était un immense sac en toile que l'exposition aux flammes avait rendu étincelant et charbonneux. Il avait servi de projectile pour briser la fenêtre. Mais Carol remarqua autre chose. Le sac, encore fumant, bougeait. Il était secoué par des soubresauts et un râle atroce. Et même si le son ne ressemblait en rien à un aboiement, elle en reconnut le timbre. Elle l'ouvrit pour libérer l'être cher qui agonisait à l'intérieur. Du sac, glissa le corps brûlé de Mégère. Elle n'avait plus de poil, plus de chair. Ses orbites semblaient recouvertes d'un voile opaque. Son museau avait fondu sous la chaleur. Elle ressemblait à un rat à la fois gigantesque et rachitique qui espérait encore une impossible rémission au moment de basculer dans le royaume des morts.

En regardant de nouveau par la fenêtre brisée, Carol espéra une hallucination liée à l'ergot de seigle. Ou bien était-ce Jeanne qui l'avait embarquée dans l'un de ses voyages oniriques, comme elle l'avait si ardemment désiré. Tout cela paraissait si vrai pourtant. Mais n'était-ce pas le propre des hallucinations ?

Une dizaine de visages était éclairée par des torches enflammées.

Ce n'étaient pas exactement des visages. C'étaient des crânes. Des squelettes en toge blanche qui se tenaient en demi-cercle, devant les cabanons. Ça ne pouvait être qu'une mauvaise plaisanterie. Pour leur donner une bonne leçon, et faire déguerpir les gouinasses de l'*Amazon trail*, une bande de petits merdeux devaient s'amuser à les effrayer avec cette mise en scène macabre.

« Jeanne ! » se mit-elle à hurler, et cette fois elle fut certaine d'avoir été entendue par les êtres ignobles qui avaient envahi le campement.

Jeanne la fixa sans paraître décontenancée. Hormis un mouvement de recul au moment où la silhouette hideuse de Mégère avait glissé du sac, elle n'avait jamais paru paniquée. Cette placidité, qui avait d'abord rassuré Carol, devenait terrifiante. Elle se demanda dans quelle mesure Jeanne n'était pas complice. À la voir les yeux rivés sur les flammes à travers le carreau brisé, sans crainte ni excitation, presque indifférente à ce qui se tramait, elle craignit que Jeanne soit en transe et que sa transe l'ait happée elle aussi.

En se tournant de nouveau vers la fenêtre, elle reconnut le tableau qui s'animait sous ses yeux. Les hordes de squelette, les toges blanches, les chiens décharnés, les flammes, le souffre, le rouge et l'ocre... Dans la clairière, on rejouait *Le Triomphe de la Mort*, le chef-d'œuvre de Brueghel dont elle avait passé tant d'heures à s'imprégner. Et malgré la tétanie que lui inspirait cette effroyable peinture mouvante qui s'apprêtait à l'avaler, elle ne put s'empêcher d'être frappée par sa beauté. Comme si on avait réussi à capter la finesse de ses émotions face à ce tableau. Et Carol songea que c'était à Jeanne qu'elle en avait le plus parlé, plus qu'à son directeur de thèses et à ses professeurs d'université. Et Jeanne s'était montrée la plus passionnée par ce que Carol lui avait raconté à propos de ses travaux sur Brueghel, la Femme, le Mal et la Sorcière... Elle avait forcément quelque chose à voir avec ça. Jeanne avait pris possession de son esprit. Elle avait *pénétré* en elle. Elle avait ce pouvoir-là. S'approprier les faits et gestes. Emprisonner les âmes. Confisquer le libre arbitre. Oui, tout ce qui se déroulait sous ses yeux était l'œuvre que Jeanne avait pioché au fond d'elle et qu'elle lui balançait à la figure.

Un squelette en toge se détacha de son armée et s'avança vers le cabanon.

« Qui est-ce ? » demanda Carol d'une voix blanche en sachant que Jeanne aurait la réponse.

Celle-ci détourna son regard pour le perdre derrière le carreau brisé.

« Le Diable ».

Alors, Carol se mit à hurler. Elle n'était plus que ça, un hurlement d'effroi. Et pour tenter de fuir l'inévitable, elle bondit hors de *Spirit* sans un regard pour le squelette qui avançait vers elle, ni pour son armée morte. Elle détala dans la nuit en longeant les flammes qui encerclaient le campement sans réaliser qu'elle risquait de revenir à son point de départ. Mais comment franchir cette barrière de feu ? Elle entendit qu'on marchait sans hâte derrière elle ; pourtant, les pas se rapprochaient. Elle s'immobilisa derrière *Oath*, le dos plaqué contre les rondins, espérant faire corps avec la charpente. Elle tremblait. Ses dents claquaient si fort qu'on aurait pu l'entendre à plusieurs mètres. Elle se précipita dans l'ombre du cabanon voisin, celui de Lauren et Mona, où elle demeura un moment, les deux mains sur la bouche pour s'assurer de n'émettre aucun son. Des rires retentirent, mâles et bestiaux. Carol redoubla de frayeur. Les cabanons étaient bâtis sur pilotis ; elle pouvait peut-être se faufiler sous le plancher et y tenir allongée. Elle se glissa entre le sol et la terrasse. Elle roula sur le côté au moment où on s'avançait derrière la cabane. De nouveau, elle pressa ses mains sur sa bouche, s'arrêta de respirer et parvint à rester silencieuse. Elle vit des semelles longer la cabane, à quelques centimètres de sa tête. Les pieds s'arrêtèrent à sa hauteur. Carol ferma les yeux, comme une gosse espérant devenir invisible. L'intrus demeurait immobile. Le silence était total. On lui avait dit que n'importe quel être humain pouvait facilement rester en apnée pendant trois minutes s'il ne paniquait pas. Elle aurait été capable de mourir étouffée de ses propres mains plutôt que de risquer d'attirer l'attention de ce qui rôdait au-dessus d'elle. Les pas reprirent, lents et réguliers. Carol tourna à nouveau sur elle-même, le plus doucement possible, afin de s'éloigner du bord du plancher au cas où quelqu'un aurait l'idée de jeter un œil sous les pilotis avec une lampe de poche. Elle fit plusieurs roulés-boulés jusqu'à buter sur une masse étrangère qui n'avait aucune raison de se trouver là. Elle sentit une main l'attraper par le cou. Alors, Carol hurla à la mort. Il y avait quelqu'un sous ce foutu plancher. Puis elle entendit la voix de Lauren, au moment où celle-ci lui plaquait la main sur la bouche. Elles attendirent longuement dans cette position, presque enlacées, en priant pour que les squelettes n'aient rien perçu de ses cris qui avaient déchiré la nuit. C'était impossible mais Carol ne pouvait s'empêcher d'espérer. Des rires fusèrent à nouveau. Mauvais, incontrôlables, surjoués. Les squelettes étaient accroupis autour de la cabane et Carol découvrit, sous les pilotis, les visages éclairés par des torches. Soudain, des mains lui agrippèrent les mollets et la tirèrent hors de la cabane. Des squelettes en toge hurlaient avec elle, par dérision. Elle eut juste le temps d'apercevoir Lauren emportée par un autre groupe. Carol trouva en elle des ressources insoupçonnées. Elle parvint à se redresser et à se faufiler entre les squelettes qui, plutôt que de l'attraper au vol, la laissèrent s'enfuir pour mieux la courser ensuite et prolonger son supplice. Alors, elle détala vers les flammes que tout à l'heure elle n'avait pas osé franchir, et cette fois, s'y jeta sans aucune appréhension, espérant y brûler, et songeant que la douleur serait toujours plus douce que la peur qui la submergeait. Elle eut à peine le temps de réaliser qu'elle transperçait un rideau de flammes. Elle s'en voulut de n'avoir pas tenté plus tôt l'expérience. Elle n'avait rien senti. Ni chaleur particulière, ni douleur, et son corps ne semblait pas porter de traces de brûlures. La peur l'avait peut-être rendue insensible. En tout cas, elle continua à courir. Et elle qui avait toujours craint la forêt courait, en pleine nuit, à moitié nue, sans s'arrêter, sans ressentir les brindilles et les cupules de gland qui à chaque foulée lui écorchaient la plante des pieds, sans souffrir du froid, sans même être accablée par la fatigue ni tourmentée par l'ergot de seigle. Et puis, subitement, elle se sentit seule, perdue, nue, frigorifiée. Les murmures de la forêt lui firent peur. Elle n'avait aucune idée de l'heure mais le jour n'était pas près d'arriver. Il y eut une sorte de gémissement lointain, et Carol ne put réfréner un hoquet terrifié. Elle marcha encore, loin de tout sentier, sur un tapis humide de mousse et de feuilles mortes, en s'efforçant de ne faire aucun bruit. Elle ne pouvait pas aller plus loin. La fatigue l'avait rattrapée et lui coupait les jambes. Elle voulut grimper à un arbre, espérant trouver un abri au milieu de son feuillage. Dans l'obscurité, elle tâtonna pour chercher un tronc. Une écorce. Peut-être un chêne. Du bout des doigts, il lui sembla toucher une forme ballante où prendre appui pour se hisser le long du tronc. Le contact de la forme sur sa peau était étonnant. Pas normal. Ça ne ressemblait en rien à la rugosité du bois. C'était lisse et froid. Une lumière éclaira l'arbre soudainement. Ça venait de derrière elle. Mais impossible de détourner le regard de ce qui pendait à l'arbre. Le corps de Joan, celui qu'elle avait inhumé des mois plus tôt, était pendu au-dessus de sa tête, et la fixait de ses cavités oculaires. Les rires hystériques retentirent dans son dos. Les squelettes étaient là. Au fond, le campement qu'elle pensait avoir laissé à des kilomètres brillait dans son cercle de flammes. Les zombies fondirent sur elles dans de glaçants éclats de rire et la saisirent par les bras. Deux mains osseuses lui agrippèrent les seins par-derrière. D'autres, griffues et vicieuses, la poussèrent vers le campement où, accroupi sur le linteau du portique d'entrée, un squelette accueillit son retour triomphal en jouant des percussions.

Au milieu des flammes, elle crut voir Jeanne qui, comme la Mort sur son trône, félicitait son armée.

29

Janis, 2027

En pénétrant de nouveau dans l'appartement de sa mère, Janis reconnut son mobilier et ses effets personnels, mais le tout avait encore changé depuis son dernier passage. Ça n'avait rien à voir avec le cachet ou la déco, mais le petit trois-pièces dégageait une impression de cohérence, comme si son processus d'aménagement, en cours la dernière fois, venait d'aboutir. Néanmoins, malgré le mobilier et les détails familiers du quotidien – les chaussons rapiécés, les éternels vinyles, le fil dentaire sur le rebord du lavabo –, l'appartement n'était pas celui qu'elle avait connu. Son ancienne chambre était celle de sa mère, et l'ancienne chambre de sa mère, un bureau. L'ensemble ne donnait plus aucun indice sur les trente ans d'occupation de Janis. Tout ce qui ramenait à elle, à ses routines, aux péripéties de son enfance, avait disparu. Le mini-Rothko qu'elle avait peinturluré au pied du mur porteur, le creux de ses fesses dans l'angle droit du canapé, les taches indélébiles que son apprentissage de l'autonomie avait valu à la table du salon… Dans la bibliothèque, même les bouquins de sa mère ne présentaient plus les stigmates de ses lectures et de ses manipulations. Ni pages cornées, ni surlignages, ni notes en marge…

Que faire?

Le traité de Lénine était bien là, adossé à la vieille encyclopédie, mais en dehors de sa couverture pastel qui témoignait de la patine du temps, il avait conservé sa silhouette d'origine. Il ne renfermait ni lettres en provenance de Salem, ni courriers retournés par la poste. Il ne devait plus contenir qu'un traité politique obsolète...

Dans l'ancienne chambre de sa mère, le bocal opaque du *sang d'Ouranos,* dont elle supposait qu'il cachait la bite d'André, était bien là, ainsi que des centaines de pages éparpillés un peu partout au pied de la table où trônait la vieille machine Adler. Elle en saisit plusieurs qu'elle lut de travers mais avec suffisamment d'attention pour comprendre que ce fatras constituait quelques décennies de brouillons de *L'Affliction de Médée*. Alors, elle songea que l'ouvrage avait éclos concomitamment à leur disparition à toutes les deux, sa mère et elle. Que c'était *lui*, l'élément charnière entre *la vie d'avant* et *la vie d'après*. Que c'était *lui* qui avait fait connaître au monde Carol Schäffer et ses Hexen Holocaust. Que c'était *lui* qui avait sonné le tocsin de la révolution féministe au moment où l'humanité tout entière succombait à *l'infinie canicule*. Que c'était *lui* qui sauverait le monde. Que *L'Affliction* n'avait existé que dans *la vie d'après*. Dans *la vie d'avant*, celle où Janis avait vécu, sa mère n'avait fait que tenir informée une psychopathe anglaise des évolutions de l'inutile vie de sa fille. Et cette distorsion terrible entre ce qu'avait été l'existence de sa mère, avec ou sans elle, la plongea dans une amertume profonde. Ce qui la rendait infiniment triste n'était pas que la daronne ait choisi l'écriture plutôt que la maternité, Carol et les *Hexen Holocaust* plutôt que sa propre fille. Ce qui lui arrachait le cœur, c'était que sa seule existence ait empêché sa mère d'offrir au monde son chef-d'œuvre.

Alice avait raison.

Sa mère n'avait pas disparu.

Dans *la vie d'après*, c'était Janis qui n'existait pas.

Alors, seulement, elle osa affronter le miroir rond accroché au mur du bureau en s'attendant à n'y voir aucun reflet ; mais la réalité était plus merveilleuse encore.

Elle y vit des yeux d'un bleu sidérants, diaphanes, comme ceux de sa mère, au milieu d'un plumage noir.

Par la fenêtre entrouverte, elle s'élança enfin dans le ciel inconnu de la Goutte d'Or.

30

Carol, février 1980, Lilith's camp

Une décharge lui empoigna les reins, alors qu'un fluide chaud lui dégoulinait le long des jambes. Elle laissa tomber le pot de confiture qui se brisa sur le sol de *Oath*. « Il arrive », commenta Mona. Les femmes accoururent pour porter Carol au milieu de la clairière où elles déposèrent son corps amaigri sur la grande table en bois. Elle avait rêvé d'accoucher au milieu de la forêt, éclairée par la lune, mais elle réalisait maintenant à quel point l'idée était absurde. Les nuits de février étaient blanches et froides et, bien qu'au moins celle-ci fût sèche, Carol sentait la brise glacée s'engouffrer sous son aube. La souffrance l'irradia du bassin au cervelet avant de redescendre d'un coup entre ses jambes. Elle n'était plus qu'une convulsion hideuse. Autour d'elles, les femmes de Lilith s'agitaient. Lauren lui embrassait le cuir chevelu en répétant *ça va aller ma belle* alors que toutes savaient très bien que *ça n'irait pas*. Les autres lui offraient leurs mains pour qu'elle s'y cramponne, lui épongeaient le front ou rendaient grâce à la Déesse. Tous leurs efforts pour la soulager attisaient ses maux. Elle songea à un tableau de Jean-Baptiste Carpeaux qu'elle avait dû contempler à Paris ou ailleurs, où des êtres à peine esquissés maintenaient alitée une femme en plein travail. *Scène tragique* ou *scène d'accouchement*, elle ne savait plus. Quelle différence ?

*

Huit mois plus tôt, *la Nuit du Diable* s'était délitée dans la blancheur pâle de l'aube qui avait percé par la fenêtre brisée. Carol ouvrit les yeux avec l'impression de reprendre ses esprits dans un corps gluant. Le lit de Jeanne était vide. Elle pensa aux *diableries* de Brueghel, ses estampes en noir et blanc où gargouillaient magiciens, sorcières et démons, se demandant si l'absolu n'existait que dans l'horreur ou si l'on pouvait atteindre l'équivalent dans la beauté. Elle pensa au *Triomphe de la Vérité*, le chef-d'œuvre que l'on n'avait jamais retrouvé. Tout ce qu'elle s'était jusqu'ici refusée à croire devait être vrai. *Le Triomphe de la Vérité* se fondait dans *Le Triomphe de la Mort*. C'était le sort de sa famille, depuis toujours. Tenter d'échapper à la Mort qui finissait par rattraper les fuyards. Mary Dyer, la martyre de Boston, avait été pendue à cause de la grandeur de sa foi. Une autre aïeule avait été brûlée à Anvers. Une troisième dans un petit village d'Alsace. Celles qui avaient évité le bûcher et la potence avaient connu le bannissement et les persécutions pour avoir épousé la cause Quaker. Toutes avaient été des paysannes expropriées, des soubrettes, des ouvrières, des alcooliques, des droguées, des bigotes, à qui la mort était toujours apparue comme un spectre familier. Et quand l'une d'elles croyait rattraper mille ans d'humiliation en intégrant Oxford, elle finissait recluse dans une forêt du bout du monde. Les experts de Brueghel avaient raison ; la seule *vérité* de ce monde était la *mort*.

L'aurore avait dévoilé un camp fumant et dévasté. Lauren, Mona, Ruth, les autres femmes, se tenaient debout, immobiles, leurs corps nus pudiquement enveloppés dans un brouillard sulfureux. On aurait dit des fantômes. Si *la Nuit du Diable* avait été une hallucination, alors elle était collective. Les femmes de Lilith n'avaient rien dit, rien raconté, rien expliqué. Aucune ne s'était avancée à une supputation, *ergot de seigle, transe, viol, coïtus diabolicus.* On n'en savait rien, ou on préférait ne pas savoir. Elles se prirent dans les bras les unes les autres pour s'assurer qu'elles étaient encore là, dotées d'un cœur battant.

Au même moment, Jeanne était apparue dans l'embrasure de la porte de *Oath.* À ses pieds rampaient trois bêtes hideuses. Les Érinyes avaient survécu. Ce n'étaient plus vraiment des chiennes, plutôt des stryges sans ailes ou des gargouilles. Elles n'avaient plus de museau, plus de gencives, plus de pelage, plus de cordes vocales. En guise de peau, un mince tissu de chair roussie leur comprimait les os. De minuscules vibrisses avaient poussé de leurs orbites nasales. Sous leur cage thoracique, rebondissait un cœur dur et miraculé. Mais de leurs yeux aveugles, où les pupilles avaient disparu sous des ovales laiteux, jaillissait une lueur.

« Nous sommes des sorcières ! » entonna Jeanne.

Il y eut un silence.

Chacune essayait de rassembler les images confuses de *la Nuit du Diable* pour savoir s'il fallait accuser l'ergotisme, la cruauté des hommes ou les pouvoirs de Jeanne. Est-ce qu'elles avaient fait le bon choix avec le *féminisme*, la *sorcellerie*, la *sécession* ; est-ce que, loin de les placer sous la protection de la Déesse, *l'Élue* ne les avait pas poussées dans les bras du Diable ?

Bien qu'elle n'eût aucune certitude, Carol lui en voulait. Qu'il se fût agi d'un viol, d'un rêve ou d'une hallucination, Jeanne n'avait rien fait pour la défendre, ou avait laissé faire. Quelqu'un avait pénétré son corps, quelqu'un chez qui elle n'avait pu déceler aucune émotion. L'intrus à la tête de mort était-il animé par quelque sentiment exalté, la haine ou la vengeance, ou bien par le sadisme ? Elle était parvenue à se désolidariser de son enveloppe charnelle, comme au temps du Vieil Oncle. La seule chose dont elle se souvenait avec précision, c'était que la présence avait fini par jouir sans extase alors qu'elle s'était sentie traversée par un plaisir atroce et coupable. Où était Jeanne durant tout ce temps ? Toujours dans son souvenir, celui de son traumatisme ou de son rêve, juste avant que le squelette se retire avec son armée morte, elle avait cru reconnaître, au fond de ses orbites, l'éclat d'une paire d'yeux diaphanes.

Et là, à regarder Jeanne, longue et blanche sur le pas de la porte, qui caressait avec douceur le cuir sans pelage des Érinyes, Carol n'avait plus la force de lui en vouloir. Au contraire, elle lui était reconnaissante d'avoir ainsi éprouvé les sensations de ses ancêtres, la peur, l'exclusion, le bannissement. Elle n'était plus seule dans son corps à ce moment-là, plus seule dans son esprit. Elle était le maillon d'une chaîne de femmes qui avaient connu le bûcher, le gibet, le viol, la tonte. Elle pouvait désormais communiquer avec elles. Ses sens débordaient, brillaient avec une acuité nouvelle. Elle avait l'impression d'*entendre*, de *voir*, de *toucher*, de *sentir*, de *goûter* pour la première fois. Elle *comprenait* les hululements des chouettes, le chant des pygargues, les croassements des corbeaux. Elle jouissait de la caresse du vent, du ruissellement de la rivière, de la douceur de l'aube. Elle se délectait à la pensée des mûres noires, des châtaignes, des baies sauvages. Elle s'éveillait lentement au langage de la Nature, des esprits et de toutes les choses muettes. La voilà qui balbutiait enfin la langue des sorcières. Elle n'était plus seule. Jeanne était en elle.

Carol avait perçu cette pénétration sauvage comme un acte d'amour.

« Nous sommes des sorcières ! » avaient fièrement répondu Carol, Lauren, Mona, et toutes les autres en contemplant l'Élue avec respect et gratitude.

Depuis, *les femmes de Lilith* étaient devenues les *Hexen Holocaust* dont elles avaient gravé le nom en lettres gothiques sur le portique en rondin à l'entrée du campement. Elles dormaient désormais presque tout le jour, quittant leurs cabanons quelques heures avant le crépuscule, lorsque le soleil disparaissait derrière les cimes et que, dans la clairière, ne restait de ses rayons qu'une coulée d'ambre fraîche. Elles ne s'aventuraient ni à Nimrod, ni à Vida, ni à Eugene, et n'honoraient même plus les rassemblements périodiques avec les autres lands pour célébrer les équinoxes et les solstices. Avec le temps, *la Nuit du Diable* était devenue une sorte de moment de grâce imprécis dont on ne parlait pas, dont on se souvenait à peine mais dont on savait qu'il avait marqué leur basculement à toutes dans le camp des sorcières. Au fil des semaines, *l'horreur* s'était transformée en une *bénédiction*, et Jeanne en une bienfaitrice. C'était à l'Élue qu'elles devaient de voir enfin clair sur cette terre.

Au bout de quelques mois, vers le début de l'automne, lorsqu'il leur fut impossible de nier plus longtemps que le ventre de sept d'entre elles s'était arrondi, la thèse de l'hallucination collective prit du plomb dans l'aile. Durant l'été, elles avaient mis leur absence de règles sur le compte de la sous-alimentation ou d'un coup de pouce de la Déesse pour affronter les fortes chaleurs. Elles n'avaient ni nausée ni vomissement. C'était comme si, en une seule nuit, leur ventre avait rattrapé cinq mois de tétanie. Elles avaient évoqué plusieurs pistes, *l'immaculée conception*, *la grossesse collective*, *le déni*, *la gestation psychique*, *la défense inconsciente*, *les ressorts psychologiques*... Elles essayèrent d'avorter avec des plantes, des tisanes, des herbes, des potions, des onguents ; elles se triturèrent le bas-ventre avec des objets divers, cintres, fil barbelé, aiguilles à tricoter, mais les fœtus s'étaient accrochés à leurs entrailles comme des sangsues.

Seule Jeanne s'était gardée d'avancer la moindre thèse sur l'origine de leurs grossesses et le meilleur moyen d'y mettre un terme. Elle affirmait que la Déesse les mettait à l'épreuve de leur serment, celui qu'elles avaient prêté la veille de l'équinoxe d'automne et de l'abandon du petit Joseph à l'assistance publique. « Que la Déesse l'emporte, si j'ai un jour un enfant. »

Mona fut la première à accoucher au mois de novembre, une nuit de tempête de neige. Le garçon qu'elle avait mis au monde était mort-né, ce qui leur avait évité de se poser trop de questions sur le sort qu'il convenait de lui réserver. Jeanne avait enveloppé le petit cadavre dans un lange et l'avait elle-même posé avec tendresse sur les braises incandescentes de Prométhée. Toutes les femmes avaient assisté à la crémation.

En décembre, ce fut le tour de Lauren et de Karen. En janvier, Kirsten et Beth. Ruth, début février.

Tous les nourrissons connurent le même sort tragique.

Naître mâle et mourir avant d'avoir vécu.

Il ne restait plus que Carol à délivrer.

*

En relevant la tête vers ses jambes recroquevillées, elle aperçut Jeanne au pied de sa couche, illuminée par la nuit claire. Elle fixait, subjuguée, la tanière broussailleuse d'où allait affleurer l'enfant. Elle n'esquissait aucun geste, ne laissait transparaître aucune émotion. Bien qu'elle demeurât muette, Carol savait qu'elle psalmodiait. Elle l'entendait chuchoter des mots terrifiants dans son propre crâne. Ça ressemblait à une prière, à une incantation ou à un poème, répété à l'infini, dont, à force, elle parvint à saisir quelques bribes. *Signe... Ciel... Lune... Dragon...* Elle aurait voulu qu'elle arrête de lui polluer le cerveau avec ses mots sinistres. Ça lui rappelait quelque chose. Un refrain ou une comptine tragique qu'on avait dû lui chanter quand elle était gamine. Elle songea au culte Quaker et à un prêche du Vieil Oncle, le matin où c'était arrivé. Ce n'étaient ni un poème ni une prière mais des versets de l'Apocalypse... *Un signe grandiose apparut au ciel: une Femme! le soleil l'enveloppe, la lune est sous ses pieds et douze étoiles couronnent sa tête; elle est enceinte et crie dans les douleurs et le travail de l'enfantement. Puis un second signe apparut au ciel: un énorme Dragon rouge feu, à sept têtes et dix cornes, chaque tête surmontée d'un diadème. Sa queue balaie le tiers des étoiles du ciel et les précipite sur la terre. En arrêt devant la Femme en travail, le Dragon s'apprête à dévorer son enfant aussitôt né...*

La peur que lui inspira Jeanne en cet instant fatidique surpassa tout le reste. *Sa* conscience rongeait progressivement la sienne. Elle n'était plus seule mais cette absence de solitude n'avait peut-être rien d'un acte d'amour. Elle se mit à hurler encore plus fort. La douleur lui fit perdre connaissance un instant.

Qu'allait-on faire du gosse si celui-là naissait en bonne santé ? Elle n'aurait pas dû s'en soucier. Elle n'avait jamais envisagé pour son enfant un destin différent des autres, les six petits mort-nés dont les restes reposaient dans les cendres de Prométhée, avec celles du doudou de Joseph, et celles des Fleurs du Mal.

« Je vois sa tête », annonça Mona.

« Pousse », lui criaient les autres. Carol poussait. Carol hurlait. Enfin, tout sortit. En le voyant, d'une laideur repoussante, elle songea au bébé monstrueux de Mary Dyer, dont celle-ci avait accouché avant d'être pendue, et fut persuadée qu'il avait trouvé entre ses cuisses une nouvelle voie d'accès au monde. Elle pensa au géniteur, le Diable ou le violeur. Le gosse était à son image. Mona le tenait par le ventre, visage tourné vers le sol, et puisqu'il ne pleurait pas, Carol pensa qu'il était mort, comme les autres. Mais elle avait beau se dire que c'était mieux ainsi, que ça lui épargnerait un odieux dilemme, elle réalisa qu'elle craignait pour la vie du gosse. *Son gosse*. Pourquoi ne pleurait-il pas ? De dos, elle remarqua une fente entre ses cuisses. Elle n'avait jamais imaginé que l'enfant du Diable puisse être une fille.

« Donnez-la-moi ! ».

C'est tout ce qu'elle parvint à dire. Mona hésita à la lui tendre. Alors, Carol vit la main de l'enfant lui saisir le pouce. Elle était bien vivante, et la fixait d'un regard noir derrière ses cheveux humides. Carol songea à la Méduse, à ses yeux pétrifiants et aux serpents qui lui dégoulinaient du crâne. *L'Enfant* observait sa mère avec une gravité d'adulte. Dès lors, Carol ne fut plus sûre de vouloir l'abandonner à la Déesse. Elle voulut leur dire que *sa fille* était *spéciale*. Qu'elle s'était peut-être trompée.

« C'est l'enfant du Diable », sentencia Mona en la tendant à Jeanne qui la recueillit avec une émotion dissimulant beaucoup trop d'amour.

Avant de s'endormir brusquement, la jeune accouchée vit Jeanne emporter son trésor sans un coup d'œil pour le feu de Prométhée qui rugissait dans son dos, telle *Dulle Griet* provoquant *une razzia devant l'enfer*.

À son réveil, elle était allongée, seule, dans le grand lit d'*Oath*. Par la porte entrouverte du cabanon, la journée semblait fraîche et ensoleillée. Carol se fit un café et sortit, s'étonnant de ne ressentir aucune douleur. La clairière était calme, et le feu de Prométhée éteint, ce qui n'arrivait jamais. Les autres devaient se remettre de leurs émotions. Comme elle, après tout. Le soleil sur sa peau lui fit du bien. Elle s'assit sur un rondin devant le bûcher. Où était sa fille maintenant ? Jeanne avait dû s'occuper de tout. L'endormir. Sans douleur. Accomplir le rituel. L'offrir à la Déesse dans le feu de Prométhée et les hurlements des Érinyes. Elle ne résista pas longtemps à la tentation de farfouiller des yeux dans les cendres froides mais ne remarqua rien. Elle constata en revanche que sa vielle Ford n'était plus garée à l'entrée du chemin, et fut saisie d'un mauvais pressentiment. Elle remonta vers *Spirit* dont elle tira lentement le contrevent. Elle ressentit un vide immense en ouvrant la porte. Elle inspecta les tiroirs de la petite commode. Les affaires de Jeanne avaient disparu. Elle avait pris son sac à dos, les livres qui avaient échappé aux autodafés, son passeport et le peu de cash qu'elles conservaient sur place. Elle avait aussi embarqué le polaroid et les instantanés. Elle courut dans le cabanon voisin, celui de Lauren et Mona, qu'elle trouva aussi vide. Pareil dans les autres. Il ne restait plus personne et plus rien. Plus aucune trace de leur passage.

À l'entrée du camp, où elle se précipita, elle découvrit des lambeaux hideux accrochés à du fil barbelé. Leur forme phallique et leur viscosité évoquaient des organes. Sept pénis étaient suspendus au portique. Carol voulut hurler leur prénom à toutes, ses *sœurs* qui l'avait abandonnée. Elle n'y parvint pas. La peur et la détresse l'empêchaient d'articuler une seule syllabe intelligible. Elle poussa un mugissement de douleur. D'où venaient ces phallus, bon Dieu ? À qui appartenaient-ils ? Étaient-ce des trophées que Jeanne avait rapportés de ses transes meurtrières ? De qui avait-elle pu se venger ? Sur qui avait-elle encore pu déverser sa haine et ses sortilèges ?

Dans un éclair de lucidité, Carol se précipita une nouvelle fois vers le bûcher éteint, dont elle piétina et retourna les cendres encore fumantes. Elle identifia six petites formes noires, bien distinctes les unes des autres, dont on pouvait encore facilement deviner le corps et les membres rabougris, mais dont le degré de décomposition carbonisée ne correspondait pas à une inhumation récente.

Jeanne avait volé l'Enfant.

Comme elle, les autres femmes avaient dû découvrir en se levant que Jeanne les avait laissées avec le cadavre de six gosses sur les bras dont personne ne croirait qu'ils étaient les leurs et qu'ils étaient mort-nés. Elles avaient dû prendre conscience de ce qu'elles avaient fait, de ce que Jeanne avait fait d'elles. Elles avaient dû se réveiller au compte-goutte, recenser les fuyardes et s'évader les unes après les autres.

Il ne restait plus que Carol.

Tout convergeait vers elle. Le *trust* qui détenait la parcelle comme la Ford Taunus qu'on retrouverait sans doute abandonnée dans une ruelle.

Mais Carol ne plongerait pas seule !

Puisque la solidarité des *Hexen* avait volé en éclat, elle n'épargnerait personne. Elle disposait d'assez d'informations pour que le FBI se lance à la poursuite de Jeanne même à l'autre bout du monde. Elle savait où habitaient Lauren et Mona. Elle balancerait Ruth qui avait abandonné son môme...

Et pourtant, Carol savait déjà qu'elle ne dirait rien. Qu'elle se murerait dans le silence. Jeanne n'était pas tout à fait partie. Elle avait laissé une part d'elle dans son crâne. Suffisamment pour en garder le contrôle. Alors qu'elle distinguait les pupilles blanches des Érinyes brillant sous les pilotis de Oath, Carol comprit qu'elle était emprisonnée à l'intérieur d'elle-même. Et que ce qui la terrorisait n'était pas de porter le chapeau pour ses sœurs traîtresses, ni même la perspective de la prison à vie. C'était que Jeanne puisse faire du mal à sa fille.

Elle devait trouver un moyen de communiquer avec *l'Enfant*, de la prévenir du danger qu'elle courait. Elle se souvint de ses cours d'*art médiumnique*. Il existait des gens auxquels des esprits s'adressaient. Des gens qui ne peignaient rien d'autre que ce que leur dictaient songes ou voix intérieures. Richard Dadd avait réalisé un chef-d'œuvre après avoir tranché la gorge de son père à la demande d'Osiris. Hélène Smith dessinait des paysages martiens pendant ses crises de somnambulisme. Augustin Lesage et Victor Simon avaient été extirpés de la mine par des esprits pour les convertir subitement à la peinture. Un plombier zingueur avait entendu une voix lui intimer de peindre deux séries de tableaux fantastiques. Joseph Fleury Crépin.

Oui, même prisonnière de son propre corps elle avait

un moyen de s'adresser à sa fille. Comme elle, sa fille serait une *sorcière*, dotée d'un *pouvoir* qui, bien aiguillé, saurait dépasser le radicalisme et la sécession. Carol serait *la petite voix* qui lui soufflerait le chemin à suivre vers un monde où *le don de soi* et *la douceur des choses* serviraient de boussoles aux civilisations. L'aboutissement de ces millénaires d'histoire ne pouvait pas mener à un quelconque *isme*, qu'il se nourrisse d'*argent* ou de *religion*. La Vérité devait se cacher dans les nuances du cœur, les interstices de l'âme et les vicissitudes de l'existence.

Quelque part entre l'Art et la Beauté.

Carol poussa un hurlement à l'intérieur d'elle-même où se mêlaient l'effroi d'une mère dépossédée et tout l'amour qu'elle portait à son enfant perdu.

Une plainte que sa fille, un jour, serait capable d'entendre.

Un cri infini qui passait à travers l'univers et qui déchirait la nature.

31

Jeanne, Goutte d'Or, 15 avril 1980

Au bas des marches de la station de métro, devant un vague présentoir couvert d'exemplaires de Libération, le vendeur haranguait les passants aux cris de « Jean-Paul Sartre est mort ! » Boulevard Barbès, le café Rousseau faisait face au magasin Tati où s'entassait la même foule que six ans plus tôt. Boulevard de la Chapelle, de la musique orientale s'échappait de chez Sauviat, le disquaire auquel Jeanne avait piqué son premier vinyle. Rue de la Charbonnière, le marché aux voleurs battait son plein mais les maisons d'abattage avaient disparu derrière des panneaux en bois et des arrêtés administratifs. Alors qu'elle pénétrait dans la Goutte d'Or, Jeanne sut qu'elle n'en ressortirait plus. Elle entendit les portes se refermer lentement derrière elle. Ici il ne lui arriverait rien, on ne viendrait pas la chercher pour lui demander des comptes. Le clocher de l'église Saint-Bernard effleurait le ciel de la rue Cavé. Elle n'avait pas l'impression d'être de retour mais plutôt de n'être jamais partie. Ou bien la Goutte d'Or l'avait suivie. Oui, elle avait déjà vécu ce moment et pressentait ce qui allait se passer. Il y aurait des grands travaux qui ressembleraient à un éventrement. On délogerait les habitants. On raserait les immeubles.

On en construirait d'autres, moins sales, moins insalubres, moins beaux. On araserait le *démol.* On détruirait le lavoir fermé de la rue des Islettes et l'ancien appartement des Ben Ali. On planterait un square et un commissariat. On transformerait la clinique de la Pergola en logements. Elle s'y opposerait bien sûr. Elle frayerait avec des associations de défense et des comités de soutien. Ça n'y changerait rien. Elle savait tout ça. Déjà, le vent soufflait à travers les façades en sursis. On saccagerait tout sans respecter le tracé des immeubles, leurs pointes effilées, leurs découpes en biseau, sans considérer le relief de la petite butte, ni ses courbures ni ses rondeurs. On creuserait trop profond, sans rien connaître du sous-sol. Sans soupçonner qu'à trop creuser, on risquait de réveiller les fantômes. Sans imaginer que la Goutte d'Or était le trou noir autour duquel gravitait le reste du monde.

Sur le parvis de l'église Saint-Bernard elle prit conscience qu'elle transportait un nourrisson. L'Enfant ne dormait pas. L'Enfant ne dormait jamais. Ne pleurait pas non plus. Il refusait le biberon qu'elle tentait de lui coller entre les lèvres. L'Enfant la fixait d'un air accusateur. Jeanne avait l'esprit si embrouillé qu'elle fut incapable de remonter le fil qui l'avait conduite à revenir ici avec un gosse dans les bras.

Ainsi, c'était réel ?

Hollywood, *Haight Ashbury*, Lilith's camp. Sa rencontre avec Carol. Lauren et Mona. Le festival à *Hesperia*. Le bordel qu'elle avait foutu au *Question Mark*. Lilith's camp. Les *Hexen Holocaust*. Ses transes... Tout ça avait peut-être eu lieu, finalement. Plus elle avait modifié son état de conscience, plus elle avait cédé son libre arbitre au démon qui s'était établi en elle. Jeanne n'aurait pas été capable de telles atrocités. Les émasculations. La Commune,

Pont-Saint-Esprit, le Vieil Oncle, André. Le corps supplicié de Joan. Les sept évangélistes. L'Enfant qu'elle avait dérobé. Pourtant, elle avait toujours eu le choix, la possibilité de faire ou de ne pas faire.

Peut-être avait-elle accompli exactement ce contre quoi sa mère l'avait mise en garde ? Peut-être avait-elle été dépassée par ses pouvoirs et son sentiment de toute-puissance ? Peut-être sa haine l'avait-elle poussée à abuser de l'amour de Carol, de l'amitié de Lauren et Mona, de l'admiration que lui portaient Ruth et les autres ? Peut-être avait-elle pénétré le corps d'anciennes sorcières et expérimenté ce qu'elles avaient vécu ?

Bon Dieu, pourquoi trimballait-elle l'Enfant de Carol ?

En contemplant son visage imparfait et son regard trop mûr, elle sut qu'elle l'avait désirée, cette gosse, plus que tout même, et qu'elle la chérirait. Voilà où l'avait menée le sortilège d'infertilité que lui avait jeté madame Boutella. Pour y remédier, elle avait dû user de ses pouvoirs. Prendre possession d'un corps parce qu'il fallait bien un géniteur. Son plan avait fonctionné même si les choses ne s'étaient pas déroulées exactement comme elle l'aurait souhaité. Il y avait ce démon en elle qui gâtait tout. En tout cas, la môme était le fruit de son amour sincère pour Carol.

Carol.

Jeanne l'avait laissée seule au campement, privée de son enfant, trahie, abandonnée par ses sœurs. Elle était le *paramètre* qu'elle n'avait pas pu prendre en compte dans l'équation. L'affliction de Carol serait son châtiment.

Elle poursuivit son chemin par la rue Stephenson. À la porte du deuxième étage, personne ne répondit quand elle sonna. Elle monta chez madame Boutella qui avait un double des clefs. Une femme africaine avec une étrange mèche blanche dans sa chevelure noire lui ouvrit. Elles se regardèrent un moment en silence sur le pas de la porte. Et puis, Jeanne comprit d'instinct que sa mère était morte sans nouvelle de sa fille unique et que cette Congolaise avait succédé à madame Boutella dans la chaîne de *ses chères âmes mortes.*

La femme baissa les yeux sur l'Enfant.

Elle eut un air attristé comme si le nourrisson présageait une calamité, et disparut dans le couloir.

Jeanne la suivit, l'Enfant cramponnée à elle.

Dans le salon, elle découvrit un corbeau aux yeux bleus perché sur le bord de la fenêtre ouverte. Assis sur le fauteuil où elle avait passé tant d'années à écouter les histoires de madame Boutella, Youssef la dévisageait aux côtés de sa mère. Elle avait déjà vécu ce moment. Cent fois peut-être. Chaque fois, lui revenait en tête cette phrase que l'on faisait dire à Einstein.

La folie, c'est de faire toujours la même chose en s'attendant à un résultat différent.

Elle poussa un cri alors que lui revenait la seule question qui valait la peine d'être posée.

Que faire ?

32

Retour à Mulberry Lane

(Macabre Cadaver Magazine – Issue 7, mars/avril 2009 – Fiction, p. 25)

Je n'avais pas prévu d'écrire sur ce sujet, ni de publier quoi que ce soit dans l'étrange magazine que vous tenez entre les mains.

Initialement, je devais rédiger un papier pour le San Francisco qui préparait un numéro spécial sur le mouvement psychédélique et je leur ai proposé un reportage sur les Women's lands. La rédaction était réticente parce qu'elle ne voyait pas le rapport. J'ai insisté sur l'influence du wiccanisme dianique et du LSD dans ces communautés et sur l'invisibilité du féminisme lesbien, alors on a fini par me donner carte blanche en songeant qu'on trouverait bien une rubrique où caser mon article. Au fond de moi, en l'associant au psychédélisme, j'avais le sentiment d'avoir encore trahi la cause mais j'avais trouvé un bon prétexte pour retourner à Mulberry Lane. Je savais que le campement existait encore. J'ai laissé un message sur sa page Facebook qui comportait de moins en moins de photos et d'actualités. Au bout de quelques semaines, j'ai reçu une réponse. C'était Julia (il va sans dire que j'ai changé tous les prénoms) qui m'invitait à la rejoindre.

Sur la route d'Eugene, j'ai repensé à la période où j'avais vécu là-bas. J'en avais gardé un souvenir féerique mais je crois que le temps a contribué à sublimer la réalité en ne préservant que les belles choses, l'éclosion du printemps, les nuits d'été, l'émulation collective, les fous rires. C'était le milieu des années soixante-dix. Je venais de me découvrir lesbienne. J'avais soif de mysticisme et de retour à la nature. Intégrer l'une de ces communautés de femmes perdues au fond des bois m'avait semblé une évidence. En pénétrant dans la forêt de Willamette, des souvenirs me sont revenus. Des visages. Des habitudes. Des sensations. Mais en m'enfonçant sous les futaies de pins, j'avais l'impression de plonger dans les ténèbres et de me rappeler pourquoi j'étais partie, trente ans plus tôt. Les hivers interminables. Les pluies diluviennes. Le froid, la faim. La promiscuité. Les jalousies. L'ennui.

J'ai reconnu l'enclos au bout du chemin de terre. J'ai garé ma voiture au même endroit qu'autrefois. Le campement n'avait pas changé. Alors que je descendais la petite pente, Julia est sortie du refuge. Je l'ai trouvée vieillie. Elle ressemblait à un vieux chêne rongé par la mousse. On s'est prises dans les bras, par convenance plus que par tendresse. Elle m'a présenté deux femmes qui vivaient avec elle (appelons-les Cassie et Daisy) et dont les corps semblaient aussi avoir été colonisés par la forêt. On a parlé un peu, sans effusion, autour d'une tisane et de gâteaux secs, et Julia a tenu à me faire faire le tour du campement pour m'en montrer les derniers aménagements. Le potager. Le champ de maïs. La ferme. L'étang. Tandis que nous marchions dans l'herbe humide de cette fin d'après-midi, j'évoquais nos jeunes années. Julia m'écoutait d'une oreille distraite tout en rafistolant une clôture ou en nourrissant les poules. Elle souriait parfois, toujours à contretemps. J'ai même évoqué la relation que nous avions eue à l'époque mais rien n'y fit. Elle me laissait aller à mes souvenirs, sans m'interrompre, et reprenait le fil de sa visite comme de rien n'était. Elle ne s'intéressait qu'à son campement et à ses tâches quotidiennes, comme une mère de famille obsédée par son foutu foyer.

Le soir venu, nous étions autour du feu de camp lorsque des cris ont retenti dans l'obscurité. C'était effroyable ; à la fois humain et animal. Ça m'a fait penser à une phrase que j'avais lue. Un cri, un très grand cri, comme d'une désolation infinie, s'éleva dans l'air opaque. *Comme Julia ne réagissait pas, je n'ai rien dit la première fois, espérant que mes sens m'avaient joué un mauvais tour. Peut-être craignais-je aussi qu'en les évoquant, les cris ne deviennent réels. Mais ils résonnèrent à nouveau, effrayants et lointains.*

« Qu'est-ce que c'est ?

— Les Érinyes, me répondit Julia en continuant à se réchauffer les mains à proximité des flammes.

— Qui sont les Érinyes ?

— Tu les as rencontrées, à Lilith's camp. »

Le nom m'est revenu d'un coup. J'y étais allée plusieurs fois à l'été 1978. Il fallait tourner à Eugene, suivre la rivière McKenzie jusqu'à un patelin appelé Nimrod s'enfoncer assez profond dans la forêt de Willamette. Il y avait sur le chemin un champ de fétuques où il m'arrivait de cueillir un peu d'ergot de seigle. On craignait chaque fois de ne pas retrouver la clairière où quatre femmes s'étaient installées en amont d'un ruisseau. Nous avons passé une bonne partie de l'été à les aider. Il avait fallu tout leur apprendre. Les femmes de Lilith n'étaient ni accueillantes ni sympathiques. Bien qu'elle leur fût indispensable, notre présence les gênait.

La dernière fois que j'y étais allée, j'avais assisté à une scène étrange. Je tapais sur un tambour au cours d'un rituel nocturne lorsqu'une femme de Lilith avait commencé à convulsionner, avant d'entrer dans une transe spectaculaire. Et je me suis souvenue qu'il y avait trois chiennes sur le campement qu'elles avaient baptisées Alecto, Mégère et Tisiphone, du nom des Érinyes.

« C'est impossible, ai-je fini par dire à Julia dans un sourire pas très rassuré. Elles doivent être mortes depuis longtemps.

— Ce sont elles qui aboient. »

Je suis partie me coucher sans parvenir à dormir. Toute la nuit, j'ai entendu au loin des glapissements furieux.

Le lendemain, Julia se déroba à toutes mes questions sur nos anciennes voisines. Sur la défensive, elle me demanda si j'étais venue pour ça en réalité, pour enquêter sur les Hexen Holocaust. De quoi parlait-elle ? Le soir, alors que nous nous trouvions de nouveau toutes les deux autour du feu, les aboiements ont retenti.

« Il ne faut pas y aller, a-t-elle commencé. Te souviens-tu de Joan ? ».

Joan avait passé quelques semaines sur notre campement et c'est sa présence qui m'avait convaincue de retourner à la civilisation. Je crois même que c'est elle qui avait été à l'origine de notre rupture avec Julia.

« Oui, je m'en souviens. Elle n'était pas restée longtemps.

— Non, elle a rejoint Lilith's camp avec d'autres femmes fascinées par l'épisode de transe auquel elles avaient assisté, convaincues que leur chamane était une sorte d'être supérieur. Les premiers mois, on la croisait de temps en temps au supermarché d'Eugene au milieu des femmes de Lilith. Mais au bout

d'un moment, on ne l'a plus vue. Progressivement, on a perçu un changement chez les autres femmes de Lilith, devenues de plus en plus refermées sur elles-mêmes, pareilles à des adeptes d'une secte. Elles ont cessé de se joindre aux grands rassemblements des équinoxes et des solstices. Et puis, elles ont disparu. On avait beau ne pas les porter dans notre cœur, on ne pouvait pas rester à ne rien faire. Alors, avec deux autres filles, on a pris le pick-up pour aller voir ce qui se passait. On est arrivées en début d'après-midi. Le campement avait changé. Les mots Hexen Holocaust *étaient gravés dans le bois du portique. Le brasier était encore fumant. Du linge séchait. Des gamelles traînaient. Mais personne n'a répondu à nos appels. C'est alors qu'ont retenti des jappements terrifiants. À travers le brouillard trois paires d'yeux nous fixaient, tapies sous la terrasse du cabanon principal. C'étaient les trois chiennes que l'on avait... je ne sais pas... écorchées... brûlées vives... Nous avons craint qu'elles se jettent sur nous et reculé lentement vers la voiture. Et nous sommes reparties. Depuis ce jour, où que je sois, je les entends.*

— Comment ça où que tu sois... ?

— Que je dorme ici, à Eugene ou à San Francisco, toutes les nuits, je les entends. Et si tu les entends aussi, c'est que tu comptes t'y rendre et qu'elles te préviennent qu'il ne faut pas.

— Comment ça ?

— Ne me mens pas. Ce n'est pas pour Mulberry Lane que tu es revenue.

— Mais enfin, Julia, je ne connaissais même pas cette histoire avant de venir...

— Tu t'y rendras demain, pourtant... »

Je me demandais comment elle avait pu lire aussi distinctement dans mes pensées.

« Tu as toujours le choix de ne pas y aller.

— Que s'est-il passé à Lilith's camp ?

— On n'en sait rien. Un jour, des policiers sont venus nous trouver pour demander des nouvelles de Joan qui était portée disparue depuis des mois. Ils essayaient de remonter le fil et étaient parvenus jusqu'à nous…

— Que leur avez-vous dit ?

— Simplement qu'elle avait rejoint Lilith's camp environ deux ans auparavant mais que ça faisait plusieurs mois qu'on ne l'avait pas revue.

— La police s'y est-elle rendue ?

— Oui. En arrivant, les enquêteurs ont retrouvé sept pénis pendus sur le portique d'entrée et les restes de six nouveau-nés dans les cendres du brasier.

— Qui étaient-ce ?

— On n'a jamais su. Ni pour les enfants, ni pour les sexes.

— Restait-il encore des femmes sur le campement ?

— Une seule. Carol Schäffer.

— Qu'a-t-elle déclaré aux policiers ?

— Rien. Elle n'a jamais rien dit. Ni aux policiers, ni aux jurés, ni à personne. Et elle a pris un peu plus que la perpétuité.

— Ils n'ont jamais retrouvé les autres ?

— Non, mais je ne suis pas sûre qu'ils les aient vraiment cherchées. Personne n'est jamais revenu nous auditionner, ni nous, ni aucune femme des autres lands alors que nous étions les seuls témoins potentiels.

— Tu n'es jamais retournée là-bas ?

— Non, mais plusieurs randonneurs ont rapporté qu'ils y avaient croisé une femme nue et trois chiens monstrueux. Il ne faut pas y aller, ma chérie. »

Le lendemain, j'ai pris la route.

Lilith's camp n'était pas mon campement. Les Hexen

Holocaust n'étaient pas ma communauté, et leur histoire n'était pas la mienne. J'étais repartie à San Francisco à la fin de l'année 1978, bien avant que la situation ne dégénère, et je n'en avais entendu parler que l'avant-veille. Je tiens à préciser que durant tout le trajet, j'ai toujours eu la possibilité de renoncer. Plusieurs fois, je me suis arrêtée et je suis repartie en sens inverse pour me convaincre que c'était possible, que je n'étais pas moi-même en proie à une force supérieure qui guiderait mes faits et gestes. Malgré les avertissements de Julia, malgré la peur, j'y suis allée de mon plein gré. J'ai traversé la forêt de Willamette. Sans carte ni GPS, je n'avais aucune chance de parvenir à destination. J'ai conduit quatre heures sans savoir où j'allais.

Et Lilith's camp m'est apparu au bout d'un chemin boueux. La clairière était telle que me l'avait décrite Julia, envahie par une brume épaisse, comme si un nuage y était retenu prisonnier. Des cabanons, il ne restait plus que la structure et un toit défoncé. Au milieu, il y avait un bûcher, là où la chamane était retombée après sa transe et dont elle était ressortie miraculeusement indemne. En m'en approchant, j'ai compris que ce n'était pas de la brume qui avait envahi la clairière, c'était la fumée blanche qui s'échappait du feu de camp, comme si l'on venait de déverser un seau d'eau sur les braises chaudes. Mon regard a été attiré par l'ombre sous les pilotis du cabanon principal. J'y ai vu la même chose que Julia trente ans plus tôt. Trois paires d'yeux aveugles me fixaient sans me voir. Leurs cris ont retenti, les mêmes que ceux que j'avais entendus les deux nuits précédentes. J'ai voulu repartir en courant mais mes pieds se sont dérobés. Alors, j'ai fait comme Julia. J'ai fui à reculons, lentement, parce que j'avais entendu dire qu'il ne fallait jamais tourner le dos à une bête sauvage. C'est en reculant ainsi que j'ai découvert une femme accroupie dans la fumée blanche. Elle était nue, plutôt belle et bien faite mais d'une pâleur spectrale. Sous les mèches ondulées qui cachaient son visage, deux tiges en fer dépassaient de chaque extrémité du front. Cette femme comme ses chiens étaient déjà morts.

J'ai passé la nuit dans un motel merdique d'Eugene avec vue plongeante sur le trafic de l'Intersate 5 sans réussir à dormir à cause des Érinyes qui aboyaient sous mon crâne. Sur l'internet du motel, je n'ai pas trouvé grand-chose à propos de Carol Schäffer, si ce n'est qu'elle avait été reconnue coupable de treize meurtres dont six enfants par un jury de Salem le 17 juin 1984 et condamnée malgré des expertises psychiatriques ayant diagnostiqué des troubles de la personnalité narcissique et antisociale ainsi qu'une déviance sociopathe. En revanche, les charges pour le meurtre de Joan Smith avaient finalement été abandonnées avant le procès.

Au petit matin, j'ai repris la route pour Salem.

Au palais de justice, avec ma carte de presse j'ai demandé à consulter les archives du procès Schäffer (personne n'a pris mon nom). J'ai attendu dans un sous-sol glauque que le documentaliste remette la main sur le dossier mais il a fini par revenir les mains vides ou à peu près. Le dossier était parti en fumée dans l'incendie de 1988. Il m'a tendu des coupures de presse avec le mugshot de Carol Schäffer laissant voir un visage doux derrière des cheveux sales. Je n'ai pas reconnu la chamane qui avait failli s'envoler sous mes yeux à l'été 1978 ; mais trente ans après, comment aurais-je pu m'en souvenir ?

J'ai hésité à rentrer directement à San Francisco, mais j'étais fatiguée par mes nuits blanches précédentes, alors j'ai pris une chambre dans un motel. Je lisais un bouquin d'Ann Rule allongée sur mon lit lorsque le gérant m'a appelée pour me prévenir qu'on m'attendait à la réception. Ça n'avait aucun sens : je ne connaissais personne à Salem et j'avais atterri par hasard dans cet hôtel.

Une vieille femme, dont le visage me disait vaguement quelque chose, se tenait assise au fond du restaurant. Nous nous étions croisées le matin même au tribunal où elle travaillait comme agent d'accueil, m'apprit-elle, le seul boulot qu'elle pouvait encore exercer pour assurer ses vieux jours après trente-cinq ans dans la police. C'était elle qui m'avait envoyée vers le documentaliste.

« Mon collègue m'a dit que vous enquêtiez sur les Hexen Holocaust. Il n'y a plus d'archives mais je peux vous en parler si vous y tenez.

— Je n'enquête pas vraiment, je suis journaliste, et les investigations sont closes depuis 1984 de toute façon... Mais comment m'avez-vous retrouvée ici ?

— C'est loin d'être la chose la plus étrange dans cette affaire. »

J'ai acheté deux cafés à la machine.

« C'est moi qui étais chargée du dossier. »

J'ai dû la considérer d'un air interloqué parce qu'elle m'a aussitôt précisé qu'on le lui avait retiré dès que les choses étaient devenues sérieuses.

« Initialement, j'enquêtais sur Joan Smith à la suite d'un signalement de sa mère. C'était une femme d'une vingtaine d'années, originaire de Salem, portée disparue depuis plusieurs mois. Sa mère l'avait décrite comme psychologiquement très instable mais elle ne trouvait pas normal qu'elle ne lui ait pas donné de nouvelles depuis si longtemps. D'habitude, Joan se débrouillait pour l'appeler au moins une fois par mois. Le Procureur pensait qu'elle avait fugué et comme elle était majeure, il n'y avait pas grand-chose à faire. On m'a quand même demandé à moi, la nouvelle, de faire une enquête de routine. Une de ses

voisines avait déclaré qu'elle avait intégré une tribu hippie qui squattait une usine désaffectée de la périphérie. Là-bas, je n'ai trouvé que des junkies mais la moins défoncée l'a reconnue sur photo. D'après elle, la fille s'était barrée depuis longtemps avec l'intention d'intégrer une communauté lesbienne de l'Amazon trail. Elle ajouta qu'elle plaignait celles qui avaient dû se la coltiner. Et je me suis retrouvée à faire le tour de ce que l'on appelait à l'époque les Women's lands qui pullulaient de part et d'autre de l'Interstate 5. Les femmes d'un land m'ont confirmé que Joan avait bien vécu avec elles mais qu'elle les avait quittées deux ans plus tôt pour rejoindre un autre campement et depuis, elles n'avaient plus de nouvelles. Elles m'ont prévenue que la communauté que Joan avait rejointe n'avait rien à voir avec le féminisme lesbien mais que c'était une secte.

C'est comme ça qu'on a embarqué pour Lilith's land avec mon binôme.

C'était en mai 1980, le jour de la sortie de Shining au cinéma. J'attendais ce moment et j'avais déjà acheté ma place pour la séance du soir. Je n'imaginais pas qu'après ce que j'allais découvrir ce jour-là, je n'aurais plus jamais envie de voir un film d'horreur. Après des heures de route, on est tombé sur un grand portique duquel pendaient des trucs attachés à des fils. De loin, j'ai pensé à des petites poupées vaudoues ou à des pattes de poulets destinées à effrayer les importuns. C'est mon collègue qui m'a ouvert les yeux. J'ai été saisie d'une frayeur incontrôlable. Je tremblais de partout et je voulais partir au plus vite. Mais Harry m'a dit qu'on n'avait pas le choix, on était la police. La clairière était prise dans un brouillard étrange. Un petit feu crépitait sous un amas de bois qui s'élevait à hauteur d'homme, au-dessus d'un cercle de cendres délimité par des cailloux. Plusieurs formes étranges en dépassaient. Une femme était assise dans les cendres de l'autre côté du bûcher et avait le visage caché par ses longs cheveux crasseux. Elle tenait dans ses bras une masse informe semblable à celles que nous avions examinées dans les cendres. On aurait dit qu'elle l'allaitait. C'est pour ça que nous avons fait le rapprochement. Elle berçait le cadavre d'un nourrisson. On a paniqué, on l'a mise en joug, la sommant de lever les mains mais elle ne nous entendait pas. Lâchement, j'ai foncé vers la voiture pour tenter de rameuter des renforts mais la radio ne captait pas. Quand je suis revenue, mon collègue l'avait menottée sans qu'elle n'ait opposé de résistance. Le cadavre qu'elle tenait était retombé dans les cendres. On l'a installée sur la banquette arrière. Harry y est retourné pour inspecter les petits chalets. Je suis restée à la surveiller. Je voulais voir son visage. Ses yeux surtout. J'ai écarté ses mèches. Elle me fixait d'un air implorant. Il y avait un décalage tragique entre l'expressivité de ses yeux et l'apathie de son corps. J'ai eu l'impression qu'elle voulait me dire quelque chose mais elle n'y est pas parvenue. Elle n'y est jamais parvenue.

On a guidé la patrouille d'Eugène jusqu'à Lilith's camp. Ils ont décroché les verges et emporté les petits cadavres pour les analyser au laboratoire. On a retrouvé le titre de propriété du trust qui détenait Lilith's camp, libellé au nom de Carol Schäeffer et de Joan Smith. C'est comme ça qu'on l'a identifiée. Plus tard, on a aussi retrouvé sa voiture abandonnée sur un parking d'Eureka, sur la côte californienne. Quant aux sexes et aux cadavres, les expertises scientifiques n'ont pas réussi à établir d'où ils provenaient. Peut-être que l'ADN aurait permis d'en savoir plus mais vu leur état de décomposition et de combustion, rien n'est moins sûr. On n'a jamais pu déterminer si les nourrissons étaient morts ou vivants à la naissance ou durant leur crémation. On a tenté de faire des rapprochements dans tous les États-Unis avec des bébés disparus ou des cadavres mutilés mais rien ne correspondait, ce qui posait des problèmes juridiques d'ailleurs parce qu'une mutilation de cadavre n'est pas un meurtre. En tout cas, il y avait suffisamment de matière pour qu'elle soit inculpée et condamnée à la perpétuité même si son mutisme forcené n'a pas dû jouer en sa faveur... »

Elle baissa les yeux sur son gobelet de café froid qu'elle avala d'une seule traite.

« Et Joan ? Sait-on ce qu'elle est devenue ? demandais-je en pensant à la femme nue que j'avais surprise la veille à Lilith's camp. Pourquoi Carol Schäffer n'a-t-elle pas été inculpée pour son meurtre...

— Parce que l'on était sûr de rien. Un moment, on a même pensé qu'elle avait pu être victime d'un tueur en série, Randall Brent Woodfield, qui a commencé à sévir le long de l'Interstate 5 à la fin de l'année 1980 mais qui avait pu passer à l'acte bien avant. Et puis, la thèse du meurtre a pris du plomb dans l'aile après que plusieurs personnes qui n'avaient rien à voir entre elles ont déclaré à des mois d'intervalle l'avoir aperçue dans la forêt de Willamette...

— C'est ce que l'on m'a dit, en effet. Des randonneurs...

— Uniquement des randonneuses. Et quelques enfants aussi. Du coup, si elle n'était pas morte, son meurtre devenait un peu bancal...

— Combien de randonneuses l'ont vue ?

— Suffisamment pour qu'on la surnomme la sorcière de Willamette.

— Qu'ont-elles vu exactement ?

— Une femme nue aux cheveux noirs et bouclés, belle et blafarde, entourée de chiens hideux. D'après certaines, elle n'avait pas d'yeux.

— Et les autres membres des Hexen Holocaust ? Comment se fait-il que l'on n'en ait jamais retrouvé une seule ?

— Tous les indices ramenaient à Carol Schäeffer.

Les empreintes digitales, le trust qui détenait le land, la vieille Ford que les habitants de Nimrod et de Vida voyaient régulièrement passer... Et puis son expertise médicale a démontré qu'elle avait été enceinte très récemment, donc on a supposé qu'au moins l'un des gamins calcinés devait être le sien, ce qui n'expliquait pas tous les autres ni les sexes tranchés, certes...

— Pourquoi ne pas avoir interrogé les femmes des autres lands ?

— On l'a fait. Dans plusieurs lands en tout cas. Mais elles ne savaient rien ou ne nous ont rien révélé. Certaines avaient fréquenté les femmes de Lilith mais personne ne se souvenait de Carol. Et elles n'aimaient pas trop que l'on s'immisce dans leur petit monde.

— Et concernant l'identité des hommes mutilés, vous n'avez jamais eu la moindre piste ?

— On n'a jamais retrouvé leurs cadavres, ni pu identifier des disparus auxquels auraient pu appartenir les pénis... On n'a pu faire que des spéculations. Il semblait assez logique que les sexes soient ceux des géniteurs des gamins morts, donc on a supposé un viol collectif, des avortements foirés et une vengeance féministe... C'était quand même censé être une communauté sécessionniste lesbienne. Mais on n'a jamais rien pu prouver. On a essayé de faire des rapprochements avec des hommes morts à peu près à la même période mais rien n'y a fait. Un moment, j'avais espéré faire un lien avec le suicide collectif de sept gars d'ici dont on avait découvert les corps pendus dans le cimetière indien de Chemawa, dans le nord de Salem en 1981. C'est à ce moment-là que ma hiérarchie m'a retiré l'affaire...

— Pourquoi ? Vos supérieurs ne voulaient pas faire de vagues ? »

Elle m'avait regardée comme si j'étais la dernière des imbéciles.

« Les sexes ont été trouvés en mai 1980 alors que le suicide collectif date de l'année suivante. Si vous aviez fait un peu de biologie, vous sauriez qu'un homme ne peut pas survivre un an sans pénis. On m'a retiré l'affaire parce qu'elle était en train de me rendre folle, tout simplement...

— Qu'est-ce qui vous a fait croire que ces hommes pouvaient être concernés par ce qui s'était passé ?

— C'était un groupe d'évangélistes, très pieux et très impliqués dans l'église, qui avaient soudainement vrillé en 1979. Ils avaient quitté femme et enfants et étaient devenus alcooliques alors qu'aucun ne buvait auparavant. Des rumeurs disaient qu'ils n'avaient pas supporté de devenir impuissants, même si les probabilités qu'ils le soient tous devenus d'un coup paraissaient faibles. Selon plusieurs témoins, ils étaient convaincus d'être possédés par le Diable et poursuivis par les cavaliers de l'Apocalypse... L'un d'eux disait que le Diable lui avait volé son sexe après qu'il s'était mal comporté. Bref, tout ça ressemblait à des élucubrations de poivrot mais ils avaient manifestement des choses à se reprocher et peut-être quelque chose à voir avec les Hexen Holocaust. Quand j'ai commencé à avoir des soupçons, les corps étaient déjà enterrés...

— On ne vous a pas autorisée à... ?

— ... à déterrer des corps pour vérifier qu'on ne leur avait pas arraché la bite un an plus tôt ? Au risque vous surprendre, les familles s'y seraient opposées.

— On avait bien dû pratiquer une autopsie ? Je doute que ce type d'ablation ait échappé à l'œil des médecins légistes.

— Aucune expertise ne figurait dans leur dossier. À l'époque, je m'étais dit qu'on avait dû étouffer l'affaire pour préserver la mémoire des défunts. Mais en réalité, une autopsie n'aurait rien changé. Croyez-moi, cette piste n'avait aucun sens.

— Et Carol Schäffer, avez-vous essayé de l'interroger ?

— Nous avons tout essayé. Des collègues ont même tenté la méthode... brutale.

— Savez-vous comment elle se comporte en détention ?

— Oui. J'ai de bons rapports avec une des surveillantes pénitentiaires qui bossent à la prison pour femmes de Salem. Schäffer est mutique et apathique depuis trente ans, se nourrissant à peine. Le seul être vivant avec qui elle semble avoir noué un semblant de contact est un corbeau à qui elle murmure à travers les barreaux de la lucarne de sa cellule... Voilà, vous savez tout. »

Elle s'était arrêtée et avait perdu ses yeux dans les miens. Il y avait une dernière chose qu'elle ne m'avait pas dite et qui m'intriguait.

« Comment avez-vous su que j'étais descendue dans cet hôtel ?

— Je vous ai suivie.

— Pourquoi teniez-vous tant à me raconter ce que vous saviez ?

— Parce que c'est ce que vous cherchiez, et que je vous ai reconnue ce matin. Avec le temps, les sorcières savent se reconnaître entre elles. Ne vous en faites pas, je vous protégerai comme je vous ai toutes protégées.

— Qu'est-ce que ça signifie ?

— Le seul indice que l'on ait récolté dans l'un des cabanons de Lilith's land est un instantané qui avait glissé sous un lit et qui a brûlé avec les archives...

— Et alors ?

— On y voyait Carol Schäffer avec un couple, deux autres membres des Hexen Holocaust. Dont vous, avec trente ans de moins. »

33

Jeanne, Goutte d'Or, 2026 de la vie d'avant

La serveuse du Mistral apporta leurs pintes. Janis en avala les premières gorgées avec une avidité surjouée, pour faire comprendre à sa mère que son attention était désormais dédiée à la dégustation du houblon.

« Ah, quelle chaleur ! proclama-t-elle d'un ton conclusif en agitant sa pinte à moitié vide à destination de la serveuse. Sale temps pour les grosses ! » Jeanne se renfrogna dans sa chaise, entamant son verre pendant que sa fille achevait le sien. De toute façon, Jeanne savait qu'il n'y avait plus rien à espérer. Youssef était revenu, camouflé au milieu des mineurs isolés. Depuis des semaines, elle essayait de gagner du temps, comme elle le faisait depuis quarante-six ans mais tôt ou tard, il faudrait le suivre. Elle avait reconnu le *signe* chez la galeriste, lorsque Janis avait sorti sa toile.

« -1 ».

La Goutte d'Or la réclamait.

Jeanne avait espéré qu'elle finirait par l'oublier. Elle avait même cru pouvoir la duper ou se convaincre qu'elle lui avait déjà donné un enfant, celui d'André, et que Janis, qui n'était pas sa fille biologique, comptait pour du beurre. Jeanne savait aussi ce qu'elle devait à la Goutte d'Or.

Personne n'était venu lui demander le compte de ses *seventies*. Personne ne soupçonnait ses années californiennes, ni ne savait qui était les *Hexen Holocaust*.

Carol était morte. Seize ans après son décès, Jeanne y pensait sans répit. Comme elle, Jeanne avait purgé sa perpétuité dans un enclos à peine plus grand qu'une cellule. Elle se souvenait du jour où, sans le savoir, Janis lui avait annoncé que sa mère biologique l'avait retrouvée. « Maman, j'ai entendu un cri. *Un cri infini qui passait à travers l'univers et qui déchirait la nature.* » Jeanne en avait laissé tomber sa tasse au sol. Après dix ans de silence, dix ans à dévorer tous les livres de la bibliothèque, tout apprendre, tout connaître, tout absorber sans que rien – ni parole, ni pleurs, ni sourire – ne s'échappe jamais de ce corps hermétique aux émotions, Janis s'était mise à parler.

Il avait suffi que sa mère la retrouve.

Jeanne n'avait pas anticipé que les pouvoirs de Carol fussent devenus si grands. Elle avait repris contact, et lui avait écrit pendant vingt ans pour lui donner des nouvelles de leur fille. Au fil du temps, Carol était parvenue à s'extirper un tant soit peu de sa torpeur par une même phrase illisible. *Maman t'aime ma Dulle Griet.* Son amour avait façonné la personnalité de Janis autant que celui de Jeanne. Brueghel, les sorcières, la peinture médiumnique. Janis avait été élevée par ses deux mères. Ses journées avec Jeanne, ses nuits avec la Vieille Sorcière. C'était même Carol, plus que Jeanne, qui avait guidé sa vie. Janis n'avait eu d'yeux que pour son *œuvre absolue* qui devait la mener au *Triomphe de la Vérité*. Jeanne ne voulait pas que la vérité triomphe, justement ! Elle aurait voulu que sa fille se mette réellement à *quelque chose*. À la peinture, à la musique à l'écriture pour qu'elle se détourne enfin de sa quête absurde de la *Vérité*. Mais Janis n'avait rien produit. Elle n'avait fait qu'accumuler du savoir, des expériences, des références en espérant y découvrir le chemin à suivre dans sa foutue quête de la Vérité. Elle n'avait même pas cherché à apprendre d'où elle venait, ni qui était son père, ni qui était sa mère. La seule toile qu'elle avait fini par réaliser était cet *Infrisme* dans laquelle Jeanne avait aussitôt reconnu le *signe*.

Pendant toutes ces années, pour ménager sa conscience, Jeanne s'était employée à utiliser ses pouvoirs à bon escient. Elle aidait les femmes qui rêvaient d'enfant sans parvenir à procréer. Elle n'avait pas dit toute la vérité à madame Otoko qui l'assistait durant ses transes, quand elle prenait possession d'un corps, celui du mari ou du compagnon. Chaque fois qu'elle y retournait, elle se sentait dans la peau d'un violeur, et chaque nouvelle naissance lui semblait constituer un pacte de plus avec le Diable. Mais aucun des rejetons dont elle avait aidé à la procréation ne présentait d'anomalie. Seule Janis était un peu étrange, un peu à la marge, un peu trop brillante. Elle n'avait rien de *mauvais* ni de *maléfique*, cependant. Et puis, il y avait les pères des gosses qui, après coup, s'étaient tous pendus ou fait la malle, rongés par la dépression... Pourtant, quand elle croisait Léna, Moussa et les autres, elle se disait que si le Diable était pour quelque chose dans ces naissances, elle était peut-être parvenue à le berner.

Depuis le retour de Youssef, elle n'en était plus si sûre.

« Janis, on ne peut pas continuer comme ça, reprit Jeanne, espérant qu'en recentrant la conversation sur ce qui venait de se passer chez la galeriste, elle repousserait le spectre de Youssef. Tu m'avais encore juré... »

En réalité, Jeanne se moquait de la manière dont sa fille s'était comportée. Au contraire, elle l'admirait pour son intransigeance et son refus de la compromission. Elle l'aimait pour ce qu'elle était. Un fruit de l'amour et du Diable.

« Pardon, m'man. Je suis désolée.

— Janis, tu es toujours désolée. Tu... Je suis fatiguée... »

Alors, Jeanne cacha son visage dans ses mains pour pleurer en songeant à sa fille que bientôt elle ne reverrait plus.

Janis raccompagna sa mère au pied de son immeuble.

Jeanne savait que, bientôt, elle descendrait *en dessous*, au -1. Puis, elle renaîtrait au monde en ayant tout oublié. Au fil des ans, elle aurait des flashs. Des airs de déjà-vu. Janis Joplin chantant pour elle. Vincennes. Madame Boutella qui tenterait de briser la malédiction en la rendant stérile mais qui compliquerait tout. Les États-Unis. La Goutte d'Or qui retrouverait sa trace. *La Nuit du Diable.* L'accouchement de Carol. Son retour ici avec l'Enfant que Youssef lui réclamerait. Cette fois, comme toutes les fois précédentes, il faudrait le lui donner pour mettre un terme à leur supplice, en espérant par la suite surmonter la douleur et se faire pardonner par Carol et Alice... Elle ne pouvait se faire à cette idée. Revenir en arrière. Tout recommencer. Abandonner sa fille. Encore et encore. Elle se sentit dans la peau de Sisyphe qui, terminant sa descente, songeait déjà à ce qui l'attendait. Bientôt, Jeanne plongerait au fond du gouffre dont elle ressortirait une soixantaine d'années plus tôt.

Avant de partir, Janis lui déposa un baiser sur la joue que Jeanne accueillit avec un sentiment amer de finitude. Alors que sa fille s'engouffrait dans l'entrebâillement de la porte cochère, Jeanne lui lança un « Je t'aime, ma chérie » qui lui arracha le cœur, avant de sursauter en découvrant dans la pénombre Youssef assis sous le porche d'entrée.

Enfin, elle se souvint de ce qui lui était arrivé.

34

Youssef, 17 octobre 1961

Youssef attendait sa mère dans le hall d'entrée de son immeuble, encore traumatisé par ce qu'il venait de vivre. Les gars du FLN les avaient poussés à se déplacer en masse à la manif pour faire mentir Papon et démontrer que les Algériens n'étaient pas des voyous qu'il fallait enfermer chez eux une fois la nuit tombée. À peine arrivés dans le quartier latin, ils avaient constaté que les policiers les attendaient, armés de leur fureur et de leurs bidules. Youssef avait perdu sa mère dans la cohue du pont Saint-Michel dont il était miraculeusement parvenu à s'extirper sans se faire écraser par la foule ni fracasser le crâne. Il avait craint d'être balancé dans la Seine. Il avait attendu sa mère en vain un peu plus haut. Transi de peur et de froid, il avait fini par longer les immeubles du boulevard Sébastopol, et suivre le boulevard Magenta sans croiser ni flics ni blousons noirs. Chez lui, sa mère n'était pas rentrée. Il n'avait pas osé sonner chez celle de Jeanne à cette heure tardive. Alors, il était resté à attendre dans le hall de l'immeuble. Quand la porte cochère s'était ouverte, il avait espéré que ce serait sa mère, mais c'était une vieille dame, grande et habillée tout en noir, qui avait sursauté en le découvrant assis dans la pénombre.

« Youssef ? lui demanda-t-elle sans qu'il sache comment elle connaissait son nom.

— J'attends ma maman. Je l'ai perdue pendant la manifestation..., répondit-il timidement en essayant de remettre ce visage qui ne lui disait rien.

— Tu ne le sais pas encore mais on se connaît bien, toi et moi, lui assura-t-elle alors qu'elle s'accroupissait face à lui.

— Qui êtes-vous ?

— Je suis une maman qui, comme la tienne, a perdu son enfant. Et j'ai besoin de ton aide pour la retrouver. Est-ce que tu veux bien m'aider ? »

Youssef ne sut pas trop quoi répondre. Il préférait rester là, à attendre sa mère, sinon elle s'inquiéterait encore davantage si elle ne le voyait pas en arrivant.

« Je veux bien vous aider si ça ne prend pas longtemps.

— C'est juste à côté. »

Youssef la suivit. Une fois dehors, de retour dans la nuit pluvieuse, la dame lui raconta que cette petite rue en coude aux pavés raboteux dans laquelle il habitait, avant d'être le *passage de la Goutte d'Or*, s'appelait autrefois *passage Doudeauville* et se nommerait un jour *rue Francis Carco*, et que dans son immeuble avaient vécu, il y a très longtemps, *la Vierge noire* à qui l'on avait fait beaucoup de mal ainsi qu'une autre femme, un peu plus tard, baptisée *l'Ogresse* parce qu'elle avait étouffé des enfants. Actuellement, une sorcière y vivait encore ainsi que sa fillette qui en ce moment même devait les regarder par la fenêtre du deuxième étage. Tous deux s'étaient alors tournés vers l'immeuble, et Youssef avait vu Jeanne les observer depuis sa chambre.

S'enfonçant dans la Goutte d'Or, Youssef reconnaissait le tracé des rues et les croisements mais on aurait dit que les immeubles s'allongeaient, rapetissaient ou disparaissaient sur son passage.

« Vous aussi, vous êtes une sorcière ? demanda Youssef d'une voix tremblante. Comment faites-vous pour transformer les immeubles ?

— Je ne fais rien. C'est la Goutte d'Or qui est comme ça ; il suffit de bien regarder. Tout existe encore ici. Le passé, *le présent et ce qui doit arriver plus tard*, même si chacun se trouve englué dans son quotidien, sans mémoire d'hier ni souci du lendemain. »

Tout ce qu'elle lui disait paraissait flou mais au fur et à mesure qu'il avançait dans la rue Stephenson, il eut l'étrange impression que c'était vrai.

« Je ne suis pas sûr de pouvoir vous aider à retrouver votre enfant, vous savez...

— Si tu m'aides à retrouver ma fille, je te donnerai le pouvoir de te balader comme tu le voudras à travers les époques sans que personne ne te remarque hormis les enfants rêveurs et les sorcières.

— Comment je me baladerai ?

— Comme un enfant ou comme un oiseau.

— Je pourrai voler dans le ciel ?

— Oui.

— Alors, je veux bien vous aider. Où l'avez-vous perdue, votre fille ? À la manifestation ?

— Non. Il faut aller la chercher sous le sol de la Goutte d'Or. Il n'y a que toi qui puisses la faire venir à moi. »

Youssef ne comprit pas ce qu'elle voulait dire mais il continua à la suivre dans les rues mouvantes et chamboulées de son quartier jusqu'à une grande porte en métal. Elle s'ouvrit automatiquement sur une rampe bitumée.

« Où sommes-nous ?

— C'est un parking souterrain qui n'existe pas encore. »

Au sous-sol, des pylônes en béton se dressaient au milieu de voitures aux formes futuristes. En plein centre, une plaque d'égout ouvrait sur un trou noir.

La dernière chose que vit Youssef avant de s'y engouffrer fut l'inscription sur le mur du parking.

« -1 »

35

Jeanne, 3 février 1963

« ... Youssef ! »

Jeanne hurlait son nom quand elle se sentit attirée sous le cimetière. Le froid, d'un coup, la saisit, impitoyable et cruel. Elle fut subitement rattrapée par l'horreur de la situation. Le cimetière – l'impossible cimetière que le bitume avait englouti depuis cent ans – se refermait sur elle.

Seul un entrefilet de lumière, longiligne et lointain, entaillait l'obscurité et témoignait de la lumière du jour dont on l'avait privée. Ça ressemblait à une plaque d'égout mal refermée que Jeanne fixait depuis l'abîme. Elle lut « -1 » sur une paroi sombre.

Enfin, l'obscurité fut totale, comme le silence qui l'entourait.

Transie de peur, elle hésitait à creuser ou à tenter de remonter à la surface à la force des bras. Mais elle était incapable de distinguer le haut du bas. Elle s'étonna de parvenir encore à respirer, et d'une étrange sensation de flottement si l'on considérait les couches de terre qui l'entouraient. Un bruit, léger, perça le silence. Une voix humaine qui n'avait rien de réconfortant. Une complainte répétée à l'infini.

Elle semblait venir des profondeurs de la terre et se rapprochait. Jeanne devait continuer à couler vers le fond comme un poisson privé de sa vessie natatoire. Elle arriva à distinguer quelques mots inintelligibles : « ... *hard you know... being buried alive* ». Puis, elle comprit l'ensemble bien qu'elle ne connaisse pas un mot d'anglais.

> *Quelque chose ici essaye de me polluer le cerveau.*
> *Je suis enterrée vivante dans le blues*
> *C'est vraiment dur d'être enterrée vivante*
> *Lorsque vous êtes enterrée vivante ils vous passent devant sans vous voir*
> *Lorsque vous êtes enterrée vivante ils ne se soucient jamais de vous.*

Soudain, elle réalisa qu'elle n'avait plus de terre ni dans les narines dans la bouche. Au contraire, ses lèvres remuaient, faiblement. Cette étrange psalmodie qu'elle pensait monter des entrailles de la Goutte d'Or venait de sa propre cage thoracique.

Elle ferma la bouche, et le silence se fit à nouveau.

Dans l'obscurité, des objets prenaient forme au fur et à mesure qu'elle les devinait. Sa main caressa une paroi glissante. Elle était allongée par terre. Elle en éprouva un soulagement immense. La pesanteur était mille fois plus nécessaire à la survie que les points cardinaux. Elle se redressa pour se tenir assise, les jambes allongées. Elle tremblait. Une lumière blanche apparut au loin, trop puissante pour être artificielle mais pas assez majestueuse pour être le soleil. La courbure d'un astre se dessina pourtant dans le lointain qui éclaira l'horizon d'une lueur blafarde. Au-dessus de sa tête, l'espace était encore opaque et barbouillé d'étoiles. On se serait cru au milieu d'une nuit anormalement claire. Le décor autour d'elle commença à dévoiler ses mystères. Le grand marronnier dans le coin, le mur latéral, le bâtiment de briques. Jeanne était assise dans la cour de récréation mais son sol était parsemé de tombes.

Il y avait quelqu'un au fond de l'école-cimetière.

Jeanne se sentit si soulagée en reconnaissant Alice qu'elle se mit à courir sans faire aucun cas ni des stèles ni des crucifix. Mais plus elle se rapprochait, moins Alice paraissait rassurée. Comme si l'irruption de Jeanne dans son rêve étrange le faisait basculer dans l'épouvante. D'un coup, Alice tourna les talons et s'enfuit en hurlant. Il devait y avoir quelqu'un dans le dos de Jeanne que son amie avait repéré et qui les poursuivait toutes les deux. Jeanne hésita à se retourner pour au moins évaluer le danger qui les guettait, mais elle s'en garda bien, sachant qu'une telle curiosité pourrait lui être fatale. Alice avait déjà quitté le cimetière et pris à droite dans la rue Marcadet avant de s'engouffrer dans ce qui aurait dû être la rue Léon mais qui s'avérait être un *passage* ou une *cité* comme Paris en comportait parfois. Alors qu'elle courait sur les pavés verglacés, Jeanne fut étonnée par la vétusté des façades. On aurait dit des ruines. Elle craignait surtout que cette voie inconnue soit une impasse mais il était trop tard pour revenir en arrière. La *présence* était à leurs trousses. Alice poussa un cri désespéré en découvrant qu'elles s'étaient effectivement engouffrées dans un cul-de-sac. Elle se retourna, par réflexe. La frayeur sur son visage était telle que Jeanne en eut la chair de poule. Une seule chose comptait : trouver une voie d'évasion. Alice ouvrit une porte, au hasard. Jeanne sur ses talons, elles se retrouvèrent dans la rue Léon, telle qu'elle l'avait connue, un peu différente néanmoins. Sur leur gauche, la Pergola ressemblait à un immeuble d'habitation aux vitres défoncées. De l'autre côté, le mur de l'école était orné d'un message en lettres noires sur un fond blanc qui disait : *Nous sommes les petites-filles des sorcières que vous avez brûlées.*

Ensemble, elles refirent en sens inverse le chemin qui les avait menés jusqu'à l'école à une époque, si proche et si lointaine, où leurs poursuivants étaient des gamins hilares. En remontant vers le *démol*, Jeanne se demandait si c'était la lumière blanche qui rendait les immeubles lugubres ou si une déflagration avait eu lieu pendant qu'elles étaient sous le sol du cimetière. Les fenêtres n'étaient plus que des béances au milieu des façades. Sur le bord de la chaussée, on trouvait des voitures rouillées et des calèches dételées. La neige qu'elle foulait était épaisse et drue. La température était polaire, anormale sur cette partie du globe. Le *démol* était toujours là, avec son terrain vague enneigé, son passage Léon et son mur d'enceinte qui donnait sur la rue Polonceau mais il y avait un square au milieu, avec des jeux pour les gosses et des tables à damier. Un moulin aux ailes immobiles et brisées trônait au sommet de la petite butte, au-dessus d'une parcelle de vignes mortes. Tout ce qui avait un jour marqué le paysage de la Goutte d'Or semblait être sorti de terre et se superposer dans un même champ de ruines.

Elle vit Youssef surgir du moulin, et rejoindre Alice dans sa course folle.

Jeanne n'en pouvait plus. Ce n'était pas la fatigue ; elle avait besoin de savoir ce qu'elle fuyait. Qui était la *présence* qu'elle sentait dans son dos ?

Elle se retourna.

Il n'y avait personne et pourtant elle se savait observée à travers les lézardes des immeubles et les fenêtres brisées.

Elle entendit un son, comme un gémissement. Ou un ricanement. Elle regretta sa décision. L'horreur allait la cueillir. Le jour blafard était plus effrayant que les ténèbres. Les ricanements redoublèrent. Les maisons croulantes, le sol, les arbres sans feuille, les éléments se gaussaient d'elle. C'était un son aigu, insupportable, qui stridulait de tous les côtés. La luminosité naissante arracha aux ténèbres des milliers de corbeaux perchés sur les branches, sur les ailes fracassées du moulin, sur les armatures des immeubles, les toitures éventrées. Par la rue Saint Matthieu, elle longea l'église. À travers une immense faille dans sa façade latérale, on pouvait plonger le regard dans la nef. La pierre grise avait disparu sous un plumage noir. Jeanne se déplaçait lentement, sous des rangées de bêtes hideuses. Les corbeaux épiaient son passage depuis leurs perchoirs et lui donnaient l'impression qu'un même être l'observait. Elle n'avait aucune idée de ce qu'elle devait faire maintenant qu'elle avait cessé de courir. Elle se dirigeait chez elle, par habitude ou avec l'intuition qu'elle y retrouverait Alice et Youssef, ou bien qu'elle tomberait sur sa mère se réjouissant de ce monde enfin en phase avec ses vaticinations d'Apocalypse. Peut-être espérait-elle simplement qu'elle aurait moins peur dans le décor familier de son trois-pièces.

Le passage de la Goutte d'Or était comme le reste ; à la fois identique à ce qu'elle avait connu et tout à fait différent. La rue en coude se tortillait dans un deuxième angle droit et l'immeuble de sa mère était barbouillé de la suie des locomotives. La porte cochère se referma aussitôt qu'elle eut pénétré sous le hall, et elle sut qu'elle ne parviendrait pas à ressortir. Elle tira sur la poignée, manipula le loquet, prit appui sur un battant avec son pied. Rien n'y fit. La porte qui s'était laissé pousser si facilement était désormais scellée dans la roche. Alors, Jeanne s'effondra en larmes, secouée de soubresauts. Bien qu'elle y eût sa chambrette au deuxième étage, cet immeuble n'avait rien de rassurant. C'était celui de *l'Ogresse* et de ses petites victimes dont les sanglots résonnaient encore dans l'épaisseur des parois. Elle dut réfréner un cri de stupeur en découvrant une forêt d'ailes noires qui avait poussé sur le plafond du hall.

Des cris d'enfants retentirent depuis les étages.

Elle en eut la chair de poule ; elle avait cru reconnaître Alice et Youssef. Elle se releva lentement et plongea dans la semi-obscurité de la cage d'escalier. Sa semelle buta sur quelque chose. Elle sursauta alors que bruissait un battement d'ailes. Elle demeura immobile un moment, persuadée qu'elle serait dépecée par des becs revanchards mais le calme persista. Le plancher grinçait sous ses pieds. Des rayons blancs éclairaient faiblement l'escalier par intermittence, au gré des béances du toit et des fissures. Un nouveau cri retentit, puis plusieurs. Elle reconnut avec certitude le timbre de ses amis. Elle eut envie de fuir mais elle savait que la porte cochère ne s'ouvrirait pas et qu'au-dehors l'attendait une solitude fétide.

« Alice ! Youssef ! » s'essaya-t-elle, autant pour signaler sa présence que pour conjurer le silence.

Des hurlements semblèrent lui répondre dans les étages.

Elle se pencha par-dessus la rampe en prenant soin de n'effleurer aucun plumage ; le vide qui la séparait du rez-de-chaussée lui paraissait sans fin. Lorsqu'elle atteignit le palier de son appartement, la porte était en bon état mais grande ouverte. Elle regretta sa naïveté. Dès qu'elle l'eut franchi, la porte claqua subitement dans son dos. Jeanne s'acharna sur la poignée comme elle l'avait fait avec celle de l'immeuble tout en sachant que ça ne servirait à rien. Un filet de lumière blanche éclairait timidement le couloir qui s'étirait sur une quinzaine de mètres. Elle parcourut quelques pas et voulut reculer, s'acharner encore une fois contre cette foutue porte mais son buste était devenu trop gros pour se faufiler jusqu'à l'entrée ou bien les murs s'étaient rapprochés. Le salon lui apparut soudain, envahi de bocaux à même le sol dans chacun desquels flottait une même chose étrange. Elle s'approcha de l'un d'eux, et bien qu'elle fût trop jeune pour le savoir, elle reconnut, avec une anormale clairvoyance, un sexe d'homme tranché et conservé dans le formol. Elle buta sur un autre. Un croassement lui fit lever les yeux. Au-dessus d'elle, s'étirait le même tapis de plumes noires que dans le hall de l'immeuble. La puanteur nidoreuse qui avait submergé la pièce, l'assaillit sans prévenir. Elle crut défaillir mais se ressaisit pour avancer jusqu'à sa chambre où depuis d'interminables minutes tonnait l'épouvante d'Alice et Youssef.

Elle reconnut le mobilier, pareil et différent. Son lit, trop haut et trop étroit. Son bureau, devenu plus fin qu'une étagère. Le petit miroir, qui avait envahi l'espace. Elle dut s'accroupir pour chercher ses amis sous le sommier d'où surgissaient les cris. Jeanne les aperçut enfin, agrippés l'un à l'autre dans une même torpeur. Ils lui firent l'effet de deux gosses que le grand méchant loup aurait fini par débusquer.

« C'est moi ! » leur répétait Jeanne pour les rassurer mais sa voix, que la peur avait sans doute éraillée, semblait les effrayer davantage.

Alors, elle tendit les bras pour essayer de les récupérer, et parvint à leur agripper les mollets. En le faisant, elle se sentit bizarre. Ça lui rappelait la manière dont elle-même avait été entraînée sous le sol du cimetière. Lorsqu'elle les eut ramenés jusqu'à elle, dans la blancheur de la chambre, la sidération qu'elle lut sur leur visage l'irrita pour de bon. Et tout en se demandant pourquoi ils la dévisageaient comme si elle fut le Diable, Jeanne ressentit un changement en elle. Elle avait pris *de la hauteur*. Les mains qui avaient agrippé leurs mollets ressemblaient à des serres de vieillarde. Même son buste et ses jambes s'étiraient dans une élasticité absurde. Alors, elle ne put s'empêcher de se tourner vers le miroir au-dessus du bureau qui avait colonisé le mur de sa chambre. Elle n'y trouva ni les pommettes roses, ni le sourire espiègle de la petite Jeanne, mais un teint flétri, une silhouette oblongue, une natte blanche et désuète. C'était *elle* qu'Alice et Youssef avaient fuie. C'était *elle*, la présence. C'était *elle*, qui les avait attirés sous le sol du cimetière. Et pourtant, au milieu de cet ovale ridé, elle reconnut ses yeux diaphanes et sa timide fossette au menton. Au même moment, les images indistinctes que lui avait values sa dizaine d'années sur terre se mirent à folâtrer dans son cerveau au milieu de milliers d'autres. Des images issues de plusieurs vies qui dérivaient d'un passé lointain tout comme d'un futur proche. Elle avait croisé Jeanne d'Arc, batifolé entre les vignes et les moulins, connu le hameau Saint-Ange, la construction du chemin de fer et les enfants étouffés par l'Ogresse, elle avait supporté les guerres et la Commune, elle avait vécu ses années de liberté à Vincennes, ses *seventies* sur la côte ouest, elle avait éprouvé les grands travaux de la Goutte d'Or et vu s'enraciner *l'infinie canicule*... Elle crut qu'elle criait mais son reflet de vieille femme poussait un ricanement, de ceux qui la terrorisaient depuis qu'elle s'était échappée de l'école-cimetière.

La petite Jeanne portait les stigmates de six siècles d'injustice et de souffrance.

« Qu'est-ce que vous voulez ? ».

Les voix chevrotantes d'Alice et Youssef la ramenèrent à elle. Que pouvaient-ils comprendre à tout ça, les pauvres enfants ? Comment leur expliquer qu'il existait, dans les marges et les tréfonds du *monde du dessus*, des passerelles que seules les sorcières pouvaient emprunter pour accéder au *monde du dessous* où le champ des possibles était à la fois plus obscur et plus vaste. Que ce don était un privilège autant qu'une malédiction. Que dans cette contrée sous-jacente à la nôtre, tout était pareil et différent. Tout existait encore ; le passé, *le présent et ce qui doit arriver plus tard.* Toutes les époques, tous les êtres qui avaient vécu ou qui vivraient un jour, tous les événements qui s'étaient déroulés, les faits marquants comme le plus insignifiant détail, formaient un *tout* que *le sous-sol* reflétait comme un miroir déformant...

« Jeanne... ? »

Alice la regardait avec incrédulité maintenant qu'elle l'avait reconnue. Elle se tourna vers le miroir immense et parcourut son reflet de petite fille ravissante avec la même surprise que Jeanne avait découvert sa décrépitude. Elle se caressa longuement les joues, examina ses mains avec curiosité, étira quelques mèches sous ses yeux comme pour s'assurer de leur blondeur. La révélation de leur contraste emplit Jeanne d'une jalousie dont elle sut, à la première morsure, qu'elle dévorerait leur amitié. Contre toute attente, Alice se mit à pleurer, et cette fois, ce n'étaient plus des larmes d'épouvante. Ça ressemblait à du dépit ou à de la rage qui n'avait rien d'une colère enfantine.

« Ce n'est pas possible... », répétait-elle.

À ces mots, Youssef sembla également recouvrer ses esprits.

« On n'en sortira jamais... Jeanne, tu nous avais juré que

tu y parviendrais… On ne peut pas continuer comme ça, éternellement…

— Ta fille ! s'énerva Alice. Il faut que tu donnes ta fille, bordel ! »

Jeanne leur lâcha les mollets à tous les deux. Elle était déjà venue *ici*. Elle revenait toujours *ici*.

« Ça fait mille fois qu'on a la même conversation, reprit Alice en enfouissant son visage dans ses mains. Il n'y a pas d'autre solution. Tu as tout essayé pour changer le cours des choses mais on en revient toujours au même point.

— C'est comme ça, ajouta Youssef. Elle doit naître, et tu dois la donner…

— Mais tu n'as même pas à la donner puisque c'est toi qui la réclames *ici* ! s'énerva Alice.

— Pourquoi refuses-tu de me la laisser quand je viens la chercher *là-haut* ? »

Alors, Jeanne eut honte de leur imposer *en bas* ce qu'elle leur refusait *là-haut*. De les avoir entraînés dans cette malédiction.

« Je suis désolée. Tu sais bien qu'on n'oublie tout une fois qu'on n'est plus là, bredouilla-t-elle.

— Non, on n'oublie pas tout ! pesta Alice. Il nous reste l'intuition de ce qui s'est passé, et tu en as suffisamment pour savoir que tu n'as pas d'autre choix que de donner l'Enfant…

— Tu n'as pas d'enfant, Alice. Tu ne sais pas ce que c'est que de perdre son gosse…

— Ma mère ne le sait que trop… », intervint Youssef.

Jeanne ne rebondit pas ; il n'y avait rien à dire.

« Je préférerais qu'elle ne naisse jamais plutôt que de la donner…

— Tu as déjà essayé. Tu as tout essayé, mais tu ne peux

pas t'en empêcher. Malgré toi, tu fais tout pour que l'Enfant naisse. C'est comme ça, Jeanne, ta fille doit naître, *cette fille*, et tu dois la donner.

— Je sais. Mais quand je suis *là-haut*, je ne pense pas à *ici*, et quand je suis *ici*, c'est l'inverse...

— Sa place est *ici*, reprit Youssef.

— Je le sais même si j'en ignore la raison.

— Le *monde du dessous* a ses raisons qui nous dépassent tous les trois et que tu ne dois pas sous-estimer. Regarde-moi, je n'aurais jamais imaginé être capable de revenir *là-haut*, d'apporter le vin aux sorcières et de pouvoir reparler à ma mère.

— Tu connais le sous-sol mieux que moi à présent, Youssef.

— Je ne suis encore qu'un petit sorcier.

— Moi aussi je ne suis qu'une petite sorcière si je me révèle toujours incapable d'y voir clair une fois *là-haut*...

— Le *monde du dessous* te met à l'épreuve parce que tu as trop joué avec le Diable. Il te rappelle que c'est toujours lui qui finit par se jouer de toi. »

Là-haut, Jeanne était habitée par l'intuition qu'elle parviendrait à berner le Diable en elle. Elle avait avorté. Youssef avait convaincu madame Boutella de la rendre stérile. Mais chaque décision qu'elle prenait en pensant qu'elle la tiendrait éloignée des desseins du Diable, la précipitait dans ses bras. Fuir la Goutte d'Or pour échapper à la malédiction. Suivre Carol à Los Angeles. Utiliser ses pouvoirs pour la faire enfanter. Lui dérober l'Enfant et revenir *ici*. Il n'y avait qu'une fois au *sous-sol* qu'elle retrouvait la lucidité sur ce qu'elle était.

Elle-même et des milliers d'autres.

Elle était l'héritière des accoucheuses, guérisseuses,

bergères, fillettes, bourgeoises, pauvresses, mégères que l'on avait pendues, décapitées, torturée, jetées aux flammes. Elle se souvenait du temps des suspicions, des dénonciations et des interrogatoires. Elle portait dans sa chair les stigmates de l'ordalie, de l'estrapade, de la botte espagnole, des grésillons, de la chaise d'insomnie. Elle venait de Trier, de Molsheim, de Weert, de Schiedam, de Donmartin. Elle venait de Mayence, de Cologne, de Bamberg, de Würzburg, d'Osnabrück. Elle venait de Fulda, d'Ellwangen, de Cracovie, de Vardöhus, de Tartu, de Sélestat, de Colmar, de Saverne, d'Haguenau, de Berghem, de Vaudoncourt. Elle venait de Manningtree, d'Édimbourg, de Salem, de toutes ces villes maudites et ces patelins perdus où s'était abattue la folie meurtrière. Elle était la petite-fille de Jeannon-la-Belle et d'Anna Glowel, de Dederlin et de Katherine Campbell, de Lady Glammis, de Janet Horne, de Christence Kruckov, d'Anne Perderstotter Absalon, d'Elsa Piper, de Jeannette d'Abadie, de Marie Daguerre, d'Anne Bardot, de Marie Virot, de Necato, de la veuve Coman, de Marguerite Touret, de Léonarde Chastenet, d'Ayma Riondet, de La Gantière, de Schickelte, d'Anna Goldï, de Clara Goessen, de Marguerite Schäffer, de Maria Meyer, de Mary Dier... Elle était de ces femmes nées de mères célibataires et de pères inconnus auxquelles le Diable avait donné les pouvoirs que leurs aïeules brûlées n'avaient jamais eus.

Jeanne faisait partie des *Hexen Holocaust*.

Elle n'avait pas su utiliser ses pouvoirs avec parcimonie comme madame Boutella ou madame Otoko. À l'instar de sa mère, elle les avait employés égoïstement, sans discernement ni humilité, par haine ou par vengeance. Elle avait fait trop d'erreurs, trop de dégâts, trop de martyrs. Elle s'était emparée de trop de corps, pensant les punir ou les récompenser. Elle avait péché par orgueil, se prenant pour la Déesse et le Diable, convaincue qu'être une femme la mettait à l'abri des laideurs de l'âme et des abus de pouvoir. Mais elle aussi nourrissait des ambitions mesquines ; elle aussi avait ses bassesses et ses noirceurs. Les *sorcières* étaient des femmes avant d'être des *déesses*. Leur sacerdoce dépassait de très loin le pouvoir et les affaires humaines. Il était comme une inspiration qui s'insinuait dans les nuances du cœur, les interstices de l'âme et les vicissitudes de l'existence.

Quelque part entre l'Art et la Beauté.

Ici, elle sentait que le monde suivait un cours complexe dont la splendeur ne ressortait pas d'une couleur dominante mais de la finesse de ses nuances et de la tortuosité de ses méandres. Sa trajectoire devait changer si l'on voulait éviter qu'il ne débouche un jour sur l'univers blafard que lui renvoyait *le monde du dessous*. *Ici*, elle sentait que seule Janis, la fille issue de l'amour et du Diable, pourrait changer le cours du monde et le guider vers une embouchure moins marécageuse.

La Goutte d'Or réclamait sa fille comme le sacrifice que Yahvé avait exigé d'Abraham.

« Pourquoi nous as-tu embarqués là-dedans ? Nous étions tous les trois amis...

— Parce qu'il n'y a pas d'autre choix. Youssef doit disparaître pour que, de l'affliction de sa mère, naisse mon désir d'enfant. Quant à toi, Alice, tu as besoin des sorcières pour satisfaire tes ambitions comme elles auront besoin de toi un jour pour assouvir les leurs...

— Je ne demandais rien d'autre que de vivre ma propre vie, Jeanne. Pas que tu me la confisques, ni que tu m'aides à accéder au pouvoir pour que je puisse te le donner.

— Ce n'est pas une question de pouvoir mais d'équilibre.

— J'aurais préféré continuer à m'en foutre, de l'équilibre du monde…

— Personne ne peut s'en foutre. C'est notre cause à toutes.

— N'en ai-je pas déjà assez fait pour la cause ? Même si ça n'avait rien d'un sacrifice, en choisissant de ne pas avoir d'enfant, j'ai contribué à préserver le monde tout en sachant que rien ne m'y survivrait…

— Tu te trompes, Alice. Tout existe encore. Le passé, *le présent et ce qui doit arriver plus tard.*

— Que restera-t-il de moi si je renonce au pouvoir ?

— Nous le saurons un jour. »

Ils marchèrent en silence dans les rues blanches de la Goutte d'Or, au milieu de son architecture bouleversée. Les corbeaux alignés sur la crête des immeubles paraissaient moins menaçants. La lactescence du jour était plus conforme à ce que l'on pouvait attendre du soleil bien que le ciel fût encore obscur et constellé. Les ricanements avaient cessé. Alors qu'ils se dirigeaient vers l'école, Jeanne pensa à leurs jeunes années qui remontaient à ce matin et à six décennies plus tôt. Elle regrettait ce temps où tout était encore possible, pour eux et pour le monde, cet âge de l'innocence et de l'amitié éternelle que la Goutte d'Or leur avait ravi. Elle essaya de ne pas songer à ce qui se passerait bientôt, à ce qui s'était déjà passé. Ils rejoignirent l'école sans autre bruit que le crissement de la neige sous leurs semelles.

« C'est ici », indiqua Youssef une fois qu'ils eurent pénétré dans l'école-cimetière.

Il y eut un flottement. Rien ne pressait après tout puisque le temps n'existait pas. Alice s'approcha de Youssef et le prit dans ses bras. Jeanne les contempla avec envie et culpabilité. Elle comprenait qu'elle soit exclue de leurs embrassades et de leur effusion. C'était elle qui les avait embarqués dans *le sous-sol* et qui avait volé leur vie. Pourtant, des larmes d'enfant lui montèrent aux yeux. Elle était redevenue la petite fille qui pleurait à l'idée de ne pas être invitée à un anniversaire. Et bien qu'elle eût aimé trouver ça ridicule, elle ne s'en cacha pas. Elle n'avait pas honte *ici* ; de toute façon, on oublierait tout une fois *là-haut*. Et puis, ça lui faisait du bien de pleurer, ça la rendait vivante, plus *humaine* que sorcière. Parce que c'était facile à dire, *sorcière*, mais ça n'avait rien de reposant de se tenir en marge de tout. Il n'y avait qu'à la Goutte d'Or, qu'elle ne se sentait pas de trop, parmi les frustes et les déracinés. Et comme s'il l'avait entendue, le ciel se mit à pleurer des flocons tandis qu'au loin le sommet de Montmartre s'enfouissait dans l'épaisseur d'un nuage et Paris avait disparu dans un autre univers.

Alors, Alice et Youssef lui ouvrirent leurs petits bras d'enfants. Elle fut incluse dans leur minuscule cercle, entourée de compassion et de sollicitude. Elle put enfin se répandre en râles et en sanglots, et leur demander *pardon*, mille fois *pardon*, de sa voix grelottante de fillette perdue. Tous trois pleurèrent longuement, espérant sans doute que leur pacte d'amitié, scellé dans la sacralité du sang, se révélerait moins brinquebalant maintenant qu'ils le renouvelaient dans l'humilité des larmes.

« Je suis sûre que l'on peut y arriver, lui dit Alice en s'allongeant sur le sol du cimetière. Il faut se souvenir de ce moment-là, tu comprends. Je t'aimerai toujours, ma Jeanne.

— Moi aussi...

— Ce n'est pas simple, ce qui nous arrive.

— Non, c'est sûr, confirma-t-elle dans un sourire amer.

— L'avenir dépend un peu de nous...

— Oui, sourit encore Jeanne. Mais n'est-ce pas le cas de toutes les petites filles de découvrir un jour qu'elles portent en elles le devenir du monde ? »

Cette fois, c'était Alice qui avait souri.

« Tu parles encore d'enfant ?

— Plutôt de féminisme je crois. »

Alice éclata de rire.

« Tu n'abandonnes jamais.

— Peut-être qu'on ne change pas vraiment malgré les vies qui défilent.

— Tu y parviendras cette fois.

— Tu crois ?

— J'en suis sûre, Jeanne. Je ne sais pas comment ça se passera ensuite mais si je le peux, j'irai voir ta fille pour lui dire à quel point tu l'aimes.

— Si j'y arrive, elle n'existera plus.

— Je la trouverai quand même. Maintenant, je sais reconnaître les fantômes.

— C'est vrai.

— Jeanne ?

— Oui ?

— On s'aimera toujours. Il faudra qu'on s'en souvienne une fois là-haut. D'accord ?

— Promis juré. »

La dernière image que Jeanne vit d'Alice fut ses lèvres qui simulaient un baiser. Enfin, elle disparut sous les flocons de la rue Pierre Budin qui n'existait pas vraiment mais dont Jeanne sentait les pavés affleurer sous ses semelles.

Au fond de la cour, Youssef l'attendait, accroupi au-dessus d'une fosse commune.

« C'est là qu'est enterrée la Vierge noire.
— Oui.
— C'était toi ?
— Moi et mille autres.
— Tu peux t'allonger, la terre est douce sous la neige.
— Youssef?
— Oui ?
— Pourquoi tu pleures ?
— Je ne pleure pas.
— Tu n'as donc rien appris *ici* ? Pleurer n'est pas une honte.
— Je pleure parce que l'on ne se verra plus.
— On se voit tout à l'heure chez madame Otoko, le 15 avril 1980, comme d'habitude. Je te donnerai l'Enfant cette fois.
— Je sais que ça marchera.
— Tu réussiras à me convaincre ?
— Non, pas moi.
— Qui alors ?
— Je ne viendrai pas seul chez madame Otoko. Je ramènerai ma mère. Elle saura te convaincre. Elle seule sait ce que ça représente.
— Alors, ça marchera. Pourquoi pleures-tu dans ce cas ?
— Parce que je ne sais pas ce qui se passera ensuite.
— Pourquoi as-tu accepté de rester ?
— Parce que l'on a prêté serment.
— Tu es le seul à le respecter.
— Vous finirez par le respecter aussi.
— Ce n'est pas vraiment par amitié que tu restes, n'est-ce pas ?
— Tu me dis toujours ça à ce moment-là.
— Et quelle est ta réponse ?

— Toujours la même.

— C'est par amour ?

— Oui. Et aussi parce que tu m'as promis que je pourrais voler comme un oiseau si je t'aidais à retrouver ta fille, ajouta-t-il pour faire oublier son accès de sincérité.

— Je n'ai pas oublié.

— Tu as menti pour m'attirer ?

— Les sorcières ne mentent pas, elles sentent les choses.

— Promets-moi que je pourrai voler alors.

— Je n'en sais rien.

— Promets-moi quand même.

— Je te le promets si tu me promets à ton tour qu'il ne t'arrivera rien.

— *Je ne t'ai jamais dit, mais nous sommes immortels*, chantonna-t-il. Je te le promets.

— Promis juré. Au revoir, mon Youssef. Alice a bien de la chance. »

« Ce n'est ni pour Alice ni pour voler que je reste. »

La prochaine fois, il lui dirait avant qu'elle disparaisse.

36

Jeanne, 1990 de la vie d'après

Sur la place de l'église, Jeanne distribuait des quignons aux moineaux. Deux nouveaux venus l'observaient timidement depuis le porche d'entrée, perchés sur le crâne des gargouilles, et elle songea à ces deux gamins qui, le dimanche précédent, étaient morts en jouant sur le chantier du futur gymnase. Au loin, le fracas des bulldozers et des pelleteuses couvrait les lamentations des vieilles pierres. Chaque jour, le quartier s'éveillait, amputé d'un pâté de maisons et d'un fragment d'histoire. Jeanne le traversait avec la légèreté des courants d'air qui s'infiltraient dans les béances des immeubles en démolition. Après un siècle à réchauffer les foyers ouvriers et les familles arabes, le soleil dégringolait dans une clairière ceinturée de palissades. La Goutte d'Or ressemblait à un bois enchanté que l'on aurait déforesté à la hâte dans l'espoir d'y déloger les esprits malfaisants.

Jeanne divaguait au hasard des feux rouges et des intersections. D'anciennes voisines de sa mère ou de vieux commerçants qui avaient connu la petite Jeanne espiègle la saluaient parfois. Elle les frôlait sans les voir ni modifier sa trajectoire. Elle s'arrêtait sur la place de l'église pour nourrir les moineaux dont elle caressait les têtes brunes. Les rares touristes la prenaient pour une folle mais les riverains ne la remarquaient plus. Le reste de la journée, elle vivait recluse à sa table de travail, en guettant l'inspiration. Elle songeait à ce rêve récurrent, sans doute prémonitoire, qui lui faisait voir le monde suffoquer sous une chaleur vengeresse, et à ce pressentiment qu'elle pourrait encore y changer quelque chose. Elle avait cru qu'en l'absence d'enfant à éduquer, elle s'adonnerait pleinement à la création. Mais depuis dix ans, elle passait des journées amorphes, suspendue au clavier de sa machine Adler sans rien pouvoir écrire d'autre que ce prénom qu'elle marmonnait du matin au soir pour ne pas l'oublier.

Le dimanche, après l'office, elle s'autorisait une visite chez madame Otoko. Elle y passait des heures vaporeuses autour du carafon tiède, à l'écouter raconter la Goutte d'Or et son lointain Congo. La voisine l'appelait *ma chérie* comme l'avaient fait sa mère et madame Boutella. Elle ne s'agaçait pas de son apathie, ni ne cherchait à lui arracher d'autres mots que le prénom éternellement répété. C'était dans ce salon sans charme, le 15 avril 1980, que Jeanne avait donné l'Enfant à Youssef bien que ce dernier fût mort depuis vingt ans. Elle ne savait plus très bien ce qui s'était passé. Peut-être qu'elle avait tout inventé après tout. *La vie d'avant* avec sa fille. *La vie d'après* sans. Les enfants des femmes infertiles que sa magie avait fait naître et que le Diable avait repris. Carol Schäffer et les Hexen Holocaust. Les mères-zombies, de plus en plus nombreuses, qui comme elle, erraient dans les rues saccagées du quartier en murmurant le prénom d'un de ces gamins que Jeanne n'avait jamais fait naître et qu'elle croyait réincarnés dans des corps de moineaux. Elle avait, dans sa tête, tellement de bouquins, tellement de musique et de cinéma, tellement de noms, de théories, de citations, tellement de références que son imagination avait pu s'emmêler avec la réalité ou voler à son secours pour l'extirper d'une vie d'insignifiance. Tout ça lui paraissait étrange et incertain. Bien qu'elle fût encore jeune, elle avait la sensation d'avoir vécu tant de vies que sa mémoire s'effaçait sous l'assaut des années comme celle de la Goutte d'Or sous ceux des marteaux-piqueurs.

*

Le soleil pénétra par la fenêtre grande ouverte et fit scintiller le métal de la machine à écrire. Assise à son bureau, Jeanne était confrontée à l'éternelle page blanche qu'elle s'apprêtait à noircir du prénom vénéré lorsqu'un corbeau vint se poser sur le garde-corps. Elle avait toujours détesté ces bêtes hideuses, avec leur houppelande macabre et leurs yeux de sycophante. Le matin, sur le parvis de l'église, il arrivait qu'un de ces spécimens se mêle au repas des moineaux sans y avoir été invité, et elle n'aimait pas la manière qu'ils avaient d'imposer leur envergure et leur noirceur. Mais plus qu'à leur réputation funeste, elle pensait devoir sa phobie infantile à une rancœur prémonitoire. Chaque fois qu'un corbeau s'approchait, elle l'entendait répondre, en écho au prénom qu'elle chuchotait, «*jamais plus*» comme dans le poème d'Edgar Allan Poe.

Toutefois, celui-là était différent.

Ses yeux ronds n'étaient pas totalement noirs, mais teintés d'un bleu diaphane qui lui rappelait les siens. Il lui sembla que c'était le volatile qu'elle trouvait souvent juché sur l'appui de fenêtre de madame Otoko. Elle n'avait jamais pris la peine de l'observer mais maintenant qu'elle le scrutait attentivement, elle lui trouvait quelque chose d'humain, notamment dans la manière qu'il avait de soutenir son regard. Elle tendit la main pour l'inviter à s'approcher sans même se rendre compte qu'elle psalmodiait...

« Janis... Janis... Janis... »

Alors qu'elle commençait à en effleurer les ailes, elle fut submergée par une émotion inédite, de l'ordre de l'amour maternel. C'était puissant comme l'amitié d'enfance avec Alice et la passion immodérée que lui avait vouée Carole. Elle se mit à pleurer. Elle se vit telle qu'elle était ; vieille avant l'heure, rongée par le ressentiment. Le corbeau murmurait. Ce n'étaient pas vraiment des mots. Ça ressemblait à un souffle. Jeanne se sentit pénétrée d'une inspiration extraordinaire. Elle pensa aux femmes qui l'avaient aimée. Alice. Carol. Elle ressentit pour l'une et l'autre un sentiment absolu, sans ternissures, débarrassé de la rancœur et de la culpabilité.

C'est ce corbeau qui perpétuait la parole des *chères âmes mortes*, et son murmure qui un jour éclairerait l'horizon.

Jeanne se souvint que Carol lui avait dit qu'en plus du *monde du dessous* il devait exister un *monde céleste.*

Elle tapa sur sa machine Adler.

Pour la première fois, ce ne fut pas le prénom de sa fille qui apparut sur la page mais les premiers mots d'un poème dont la récitation durerait vingt ans.

Nous sommes les petites-filles des sorcières que vous avez brûlées.

Épilogue

Janis, Goutte d'Or, 2027-1429-1990

Là-haut, l'air était chaud, d'un bleu franc que troublait à peine une coulée de cirrus au-dessus de Saint-Ouen. Dès que l'on commençait à en deviner la courbure, la Terre semblait moins vaste. La ville ravalait sa fierté. Même la Défense, au loin, avait cessé les coups de menton et ressemblait à une motte hirsute protubérant d'une terre aride. Janis aurait pu regretter, en découvrant l'étroitesse du monde, de n'en avoir parcouru qu'une portion dérisoire. Et pourtant, même d'ici, elle ne voyait que ça, la Goutte d'Or. L'univers entier semblait tourner autour du clocher de l'église Saint-Bernard. D'ici, son quartier n'avait jamais autant ressemblé à un village-fantôme avec ses rues torrides où ne circulait plus que la horde éparpillée des mères-zombies. Vu du ciel, le timide hexagone qui englobait l'église Saint-Bernard et le square ressemblait à un cercueil coiffé d'une croix chrétienne. Janis virevolta longtemps autour du clocher, se laissant porter partout où trouvait à s'engouffrer le souffle tiède du vent.

Enfin, elle se posa sur l'un des crochets qui saillaient de

la flèche de l'église, juste au-dessus de la couronne d'épines qui la ceignait en son milieu.

Ainsi assise au bord du monde, Janis se demanda si ce qui lui arrivait trouvait son explication dans Dieu ou dans la Science. Elle n'avait jamais adhéré à aucune religion mais elle avait toujours pressenti qu'il devait exister une sorte de cosmologie intelligente qui rendrait la vie moins absurde, moins sujette au hasard, un agencement universel, inaccessible à la compréhension humaine, qui remettrait tout dans le bon ordre, qui assurerait la jonction entre l'infiniment grand et l'infiniment petit, les ferait se rencontrer, qui réunirait toutes choses en un même absolu sans que rien des éléments qui le composent ne soit occulté, aucun détail, aucune couleur, aucune nuance. Elle avait lu des théories absconses qui soupçonnaient l'existence de *dimensions* copiés-collés sur la nôtre où prospérait chaque alternative à tous les choix qui toutes les secondes s'offraient à chacun d'entre nous. Chaque question, chaque dilemme, chaque situation à laquelle nous étions quotidiennement confrontés se dupliquait en autant d'univers parallèles qu'il y avait de réponses ou de réactions envisageables. L'infinité des possibles constituait un *multivers* sans cesse en expansion. Et Janis pensa qu'elle était peut-être passée d'un monde où elle avait grandi à un autre où sa destinée avait cédé la place au succès de *L'Affliction de Médée*. Au moins, le temps avait cessé d'être écartelé entre deux cours.

Sur le parvis de l'église, en contrebas, une mère-zombie dans un manteau sombre, s'arrêta pour nourrir les oiseaux. Aussitôt, des dizaines de moineaux rappliquèrent comme s'ils lui faisaient la fête, se posant sur ses bras qu'elle étendait à la manière d'un épouvantail.

La vieille tourna la tête vers le clocher de l'église.

C'était sa mère qui la fixait.

Décrépie, voûtée, poussiéreuse. Un visage décati qui témoignait d'une vie de souffrance.

Janis n'identifia ni surprise ni joie dans son regard mais une vive émotion faisait scintiller ses yeux diaphanes. Elle semblait avoir quelque chose à se reprocher et l'espoir que sa fille lui pardonnerait.

Tous les moineaux s'envolèrent en même temps et se mirent à lui virevolter autour comme un essaim d'enfants découvrant un trésor, avant de se poser sur le clocher ou à proximité, s'agrippant aux crochets des pinacles, aux rebords des pignons, aux branches des croix de pierre. Bien qu'elle fût transie de peur, Janis ne bougea pas d'une plume. Il fallait qu'elle accepte sa nouvelle condition.

Elle songea qu'elle avait dû garder du chef-d'œuvre d'Hitchcock une légère ornithophobie.

Les oiseaux l'observaient.

Elle craignait leur agressivité et leur intelligence sournoise. Toutefois, elle ne discerna aucune malveillance dans leur attitude. Au contraire. L'un d'eux la dévisageait avec douceur. Il avait un manteau brun strié de bandes blanchâtres et une tête enfantine d'où dépassait un bec châtain. Elle reconnut dans ses yeux une expression qu'elle avait déjà vue quelque part. Chez un être humain.

C'était Léna, la petite fille qui avait disparu dans la cour de l'école et que sa mère-zombie avait fini par oublier.

Elle identifia Moussa un peu plus loin, et deux autres gamins disparus. Puis les autres. Tous les enfants que les sortilèges de la daronne avaient offerts à des mères infertiles dans *la vie d'avant* et que la Goutte d'Or avait rappelés à elle dans *la vie d'après*, se tenaient sur le clocher, ressuscités en moineaux.

Un peu plus loin, un corbeau la fixait depuis une tourelle. Elle reconnut immédiatement le gamin qui était sorti de terre pour approvisionner madame Otoko en vin et qui ressemblait à Youssef. Il s'envola comme pour l'inviter à la rejoindre. Janis le suivit, entraînant dans son sillage une nuée de passereaux dont les piaillements, mêlés aux clameurs des gargouilles, résonnaient dans l'univers comme des jubilations d'enfants.

Mais cette fois, la Goutte d'Or ne se contenta pas de lui offrir ses toits en zinc, ses arbres sans feuilles et ses rues goudronnées qui en morcelaient le paysage comme des marais salants.

La Goutte d'Or s'anima.

Plusieurs immeubles bougèrent. Certains rapetissaient. D'autres poussaient comme des chaumes de bambou. Ce n'étaient pas des mouvements brusques, mais des ondulations. On aurait dit une pâte à modeler que l'on étirait ou que l'on compressait lentement. Des logements récents se changeaient en constructions anciennes, d'abord insalubres mais qui retrouvaient progressivement la fringance de leur début. Une rangée d'immeubles vint rogner les bords du square Léon qui se suréleva sur lui-même et fut soudain à moitié ceinturé par un haut mur de pierre. Janis reconnut un instant le *démol* de son enfance mais il se transforma bientôt en une immonde décharge qui retrouva finalement sa quiétude initiale de petit monticule chauve coiffé d'un grand moulin à plâtre. Un peu plus bas, les pâles de quatre moulins plus petits giraient sur un sentier qui menait à une nitrière. L'église Saint-Bernard s'aplatissait doucement pour se muer en un vaste terrain puis en un champ où s'activaient des paysans indifférents au survol de cet essaim de moineaux que guidait un corbeau noir. Où qu'elle aille, où qu'elle voltige, où qu'elle tournoie, seuls les mômes semblaient la voir et lançaient des cris de joie à son passage ou essayaient de lui frôler les ailes lorsqu'elle les survolait en rase-mottes. Plus rien n'était figé. Tout se déformait, se remodelait, s'étirait ou disparaissait. Les trois écoles étaient recouvertes par un immense cimetière bordé de fosses communes. En face, l'avortoir de la rue d'Oran ressuscita puis devint le cul-de-sac d'une impasse qui s'ouvrait sur la rue Marcadet. Les rues de Suez et de Panama furent ensevelies par une usine d'omnibus puis par d'immenses forges où l'on construisait des machines à vapeur. Le grand lavoir ressuscita au milieu de la rue des Islettes avant de s'effondrer et de renaître à nouveau. La rue des Poissonniers était un chemin boueux où défilaient les charrettes que des bœufs résignés tiraient depuis la mer du Nord. Chaque époque recelait des bruits, des couleurs, des puanteurs singulières qu'une même odeur de pisse unifiait à travers les siècles. On y respirait aussi bien les épices des étals bigarrés du marché Dejean que les vapeurs des locomotives qui recouvraient les façades d'une épaisse couche de suie. Les boulevards, les ruelles, les tortilles champêtres transpiraient d'arrangements et de larcins. Dans les maisons d'abattage, les simulations d'extase couvraient le souffle chaud des gros lards. Dans l'ancien appartement de sa mère, les cris des enfants finissaient étouffés par l'Ogresse. Partout, retentissaient les bisbilles des mineurs isolés, les règlements de compte, les querelles des souteneurs, des Polacks, des ouvriers, des Apaches. Dans ses habitations, sur ses marchés, dans l'ivresse de ses assommoirs, la Goutte d'Or résonnait de mille ans de disputes, de crimes et de réconciliations hilares. Parfois, au gré d'un éclat d'obus, d'une fusillade, de l'édification d'une barricade, les petites histoires du quartier se fondaient dans la grande, celle du pays et celle du monde. Et si l'on tendait l'oreille, on pouvait remonter jusqu'aux guerres de religion. Peut-être même à Jeanne d'Arc…

Janis voulut voir les vignes.

Il suffit qu'elle y pense, depuis la cime d'un pommier du Moyen-Âge où elle s'était posée, entourée de sa petite bande d'enfants-moineaux, pour que le paysage se fige.

Paris avait fui à des kilomètres, au-delà des champs et des prairies paisibles, et se recroquevillait derrière un rempart et un fossé en eau. À l'ouest, des moulins tournoyaient sur la grande butte. À son sommet, se dressait bien une petite abbaye mais, sans le Sacré-Cœur, Montmartre ressemblait à un évêque sans mitre. Quelques bergeries ornaient ses flancs, entre une chapelle édifiée à mi-pente du versant sud et des vignes qui dégoulinaient du versant nord. De l'autre côté, à l'est, le village de la Chapelle était reconnaissable à sa petite église qu'encerclaient quelques maisonnettes de laboureurs et de meuniers. La Goutte d'Or, quant à elle, était recouverte de champs bien découpés dont les teintes variaient de l'ocre au verdâtre selon que l'on y cultivait du seigle ou du froment. Une charrue à bœufs en retournait la terre dans le jour déclinant. Derrière une rangée d'arbres fruitiers, Janis fut réconfortée de découvrir les plants de vignes qui habillaient un flanc de la petite butte. Bien qu'elles fussent plus modestes qu'elle ne l'imaginait, les vignes existaient bel et bien. Elle en contempla longuement les grappes blanches qui pendaient des sarments, les pieds robustes enfoncés dans la terre, les feuilles ciselées et les vrilles joyeuses.

Son émerveillement l'empêchait de prêter attention à l'étrange cortège qui s'acheminait lentement vers le pommier où elle se tenait. C'est le son des sabots et de la ferraille qui lui fit tourner la tête vers Paris d'où revenait en file indienne un bataillon dépité de cavaliers en armure. Après avoir contourné un immense enclos qui regroupait une église, un cimetière et ce qui ressemblait à un hôpital, la garnison commença à longer la petite butte par le sud pour rejoindre le village de la Chapelle. Un chevalier descendit alors de sa monture et s'avança jusqu'au bas des vignes. Ses congénères tentèrent de l'en dissuader, mais il n'écoutait déjà plus, et il s'agenouilla dans la terre humide. Janis vola jusqu'à un plant voisin et s'agrippa à un sarment d'où elle put explorer le visage décasqué et boueux qui dépassait d'un harnois.

C'était une femme.

Elle aussi l'observait.

Et durant cet instant, le paysage, qui n'avait cessé d'évoluer à travers les siècles depuis que Janis s'était mise à voler, se figea. La femme et le corbeau se tenaient seuls au monde dans ce silence absurde qui avait jailli au milieu des hommes revenant du champ de bataille. Bien qu'une mèche noire lui cachât une partie du visage, Janis retrouva un air de sa mère dans ses iris diaphanes. La femme porta la main à sa cuisse. Une tige en fer sortait de sa cotte de mailles. En l'extrayant, elle réfréna un cri de douleur, et Janis reconnut un carreau d'arbalète. Un filet de sang s'échappa de sa jambe, dégoulina sur la maille et ruissela sur le sol. Un chapelet de perles rouges scintilla à la surface de la terre noire. Janis sentit comme une respiration qui venait *du dessous*. Elle vit des larmes poindre sur les joues de la cavalière tandis que les gouttes de sang disparaissaient subitement, aspirées par le sous-sol. La femme pleurait sans bruit maintenant, sans rien montrer à la garnison d'hommes dans son dos. Janis se demanda si elle se reprochait de ne s'être pas montrée à la hauteur de Dieu, de la France ou de son roi. Savait-elle déjà que tout était fini ? Paris ne lui ouvrirait jamais ses portes. Le roi lui fermerait bientôt les siennes. Elle demeurerait en marge de tout. De Paris, de la France, de la condition humaine. Peut-être craignait-elle que Dieu ait pu l'abandonner ? Enfin, elle se releva et regagna ses troupes. Le bataillon reprit sa marche vers le village de la Chapelle. Le soleil rouge de la fin d'été se réfléchit un moment sur le dos des armures avant de disparaître derrière la butte Montmartre.

Tout le temps qu'avait duré la scène, elle avait gardé des yeux implorants sur Janis.

Son ami corbeau, demeuré en retrait sur le pommier, s'envola de nouveau, entraînant Janis et son escorte d'enfants-moineaux. Le paysage se métamorphosa en sens inverse. L'ambre des champs se mua en un sol terreux où poussa un hameau de quelques lotissements qui s'agrandit à son tour en un village puis en une cité industrielle qui devint rapidement un quartier bétonné submergé d'immeubles massifs d'où s'échappaient des odeurs de goudron et de locomotives. Les moulins réapparurent. Le vent les fit tourner un peu, quelques décennies ou quelques siècles, puis ils s'affaissèrent sous un terrain vague qui se modela en une décharge au moment où se creusait le boulevard Barbès. L'église Saint-Bernard sortit de terre et retrouva son parvis. Le démol se reforma, tel que Janis et sa mère l'avaient connu, avant de disparaître sous du ciment. La timide pente du nord demeura longtemps vierge avant d'être transformée en un cimetière sur lequel se dressèrent bientôt trois écoles. Les siècles défilèrent à toute allure, dans le bon sens cette fois, et ralentirent au moment où Janis se demandait quel serait son rôle dans le paysage de ce temps sans cours.

Elle eut envie de voir sa mère.

Elle reconnut l'immeuble de l'Ogresse et se posa sur le rebord de la fenêtre ouverte du deuxième étage alors qu'au-dehors retentissait le tintamarre des chantiers. Elle la trouva assise à son bureau face à sa vieille machine à écrire. Jeanne la contempla longuement de ses yeux embués.

Toutes deux surent alors ce qui allait se passer.

Janis lui murmurerait à l'oreille une œuvre à la hauteur de la *question léninienne* et de la Vielle Sorcière.

Le monde traverserait des décennies étranges.

Des hivers étouffants.

De la neige en été.

Mais bientôt, des bourgeons à feuilles réapparaîtraient à la surface des branches mortes, et des cris d'enfants perceraient le silence du printemps.

Remerciements

Je tiens à remercier mes éditeurs, Élisabeth Samama et Stephen Carrière, pour leur confiance renouvelée et leurs précieux conseils.

Jean-Ro pour le temps qui n'est jamais perdu.

Merci à tous les amoureux de la Goutte d'Or, connus ou anonymes, riverains ou non, libraires, historiens ou simples passionnés, qui à travers leurs ouvrages, articles, blogs, films, podcasts, photos ou conseils de lecture, ont permis la rédaction de ce livre. D'avance, je présente mes excuses à tous ceux qui ont pu m'inspirer et dont j'aurais oublié de mentionner les travaux, ainsi qu'à tous ceux qui m'ont inspiré et qui auraient préféré s'en passer. Parmi les sources extraordinaires que j'ai pu consulter, je salue en particulier l'énorme travail des contributeurs des différents blogs consacrés au quartier et dont une liste figure dans la bibliographie.

À propos des sources – Bibliographie non exhaustive

Si l'écriture d'un roman est un travail solitaire, sa conception est collective. Le lecteur trouvera ci-dessous une bibliographie non exhaustive des sources ayant aidé à la rédaction du présent ouvrage, au-delà des sites généralistes, et non moins indispensables, que sont Wikipédia, Gallica, l'INA et les archives du journal *Le Monde*.

Naturellement, le résultat de la consultation de toutes ces sources n'engage aucunement leurs autrices et auteurs, et les opinions et points de vue des personnages du roman n'engagent qu'eux-mêmes.

Goutte d'Or

Marie-Hélène BACQUÉ et Yankel FIJALKOW, *En attendant la gentrification : discours et politiques à la Goutte d'Or (1982-2000)*, Presses de Sciences Po, Sociétés contemporaines, n° 63, p. 63 à 83, 2006.

Hajer BEN BOUBAKER et Angélique TIBAU, *Une histoire du Mouvement des travailleurs arabes, épisode 2, La Goutte *d'Or fait déborder le vase*, in LSD, La série documentaire, 2021.

Emmanuel Blanchard, *La Goutte d'Or, 30 juillet 1955 : une émeute au cœur de la métropole coloniale*, Actes de la recherche en sciences sociales, vol. 195, no. 5, pp. 98-111, 2012.

Sophie Bouly de Lesdain, *Château-Rouge, une centralité africaine à Paris*, in *Ethnologie française*, Presses Universitaires de France, pp.86-99, 1999.

Marc Breitman et Maurice Culot (sous la direction de), *La Goutte d'Or, Faubourg de Paris*, HAZAN et Archives d'Architecture moderne, 1988.

Katharina von Bülow et Fazia Ben Ali, *La Goutte d'Or ou le mal des racines*, Stock, 1979.

Marie Chabrol, *Évolutions récentes des quartiers d'immigration à Paris*, Hommes & migrations, 1308, p. 87-95, 2014.

Danielle Chadych et Dominique Leborgne, *Le Guide du Promeneur – 18e arrondissement*, Parigramme, 2001

Daniel Duval, *Ma dernière nuit à la Goutte d'Or*, film documentaire, 1985.

Joseph Garin, curé de Saint-Bernard, *L'Église de Saint-Bernard*, Bulletin Paroissial de Saint-Bernard, 1933.

Maurice Goldring, *La Goutte d'Or, quartier de France, La mixité au quotidien*, Autrement Frontières, 2006.

Abdellali Hajjat, *Alliances inattendues à la Goutte d'Or*, in Philippe Artières et Michelle Zancarini Fournel. 68, Une histoire collective, La Découverte, p. 521-527, 2008.

Perrine Kervran, *Des villes transformées par l'exil : mes voisins les migrants, Épisode 1 : La Goutte d'Or face aux mineurs isolés,* in LSD, La série documentaire, 2018.

Bruno LEMESLE, *Goutte d'Or, Carnets de voyage*, 2021 ; *La Goutte d'Or, vivre ensemble*, film documentaire, 2010 ; avec Pierre ATTIA, *La Goutte d'Or insolite*, film documentaire, 1990 ; *La Goutte d'Or, histoires brèves*, film documentaire 2017.

Lydie MARLIN et Andres CRISCAUT, *Barbès batailles*, film documentaire, 2019.

Khelifa MESSAMAH et Jean-Claude TOUBON, *Coexistence et confrontation dans un quartier pluriethnique : le cas de la Goutte d'Or*, Sociétés contemporaines, vol. 4, no. 4, pp. 37-50, 1990.

Sami SARKIS et Isabelle ALIBERT, *Pour tout l'or d'une goutte*, film documentaire, 1993.

Gérard STREIFF, *Les Caves de la Goutte d'Or*, Baleine, 2001.

http://28rueaffre.eklablog.com/

http://actionbarbes.blogspirit.com/

https://gouttedor-et-vous.org

www.lesamisdulouxor.fr

https://www.paperblog.fr/7845102/sous-l-ecole-le-cimetiere/

https://untouralagouttedor.wordpress.com/

LE 18E DU MOIS.

Paris, Goutte d'Or, journal du quartier.

Documents de Synthèse réalisés par l'Observatoire de la Vie Locale du Quartier de la Goutte d'Or – Association Salle Saint Bruno.

Guerre d'Algérie en métropole

Linda AMIRI, *La Bataille de France, la guerre d'Algérie en métropole*, Robert Laffont, 2004.

Agnès DENIS et Mehdi LALLAOUI, *Le Silence du Fleuve*, film documentaire, 1991.
Jean-Luc EINAUDI, *La Bataille de Paris (17 octobre 1961)*, Seuil, 1991.
Chloé LEPRINCE, *Massacre du 17 octobre 1961 : la fabrique d'un long silence*, article publié sur France Culture, 2021.
Jacques PANIJEL, *Octobre à Paris*, film documentaire, 1962.
Benjamin STORA, *Les Algériens à Paris pendant la guerre d'Algérie : Installation, travail et conditions de vie*, in Le Paris des étrangers depuis 1945, La Sorbonne, 1995.
Rémy VALAT, *Les Calots bleus et la bataille de Paris*, Michalon, 2007.
Anonyme, *J'avais dix-sept ans la nuit du 17 octobre 1961*, in Chimères, Revue des schizoanalyses, N° 44, Clandestins, pp. 66-78, 2001.

Féminisme et écoféminisme

Sasha ARCHIBALD, *On Wimmin's Land*, Places Journal, 2021.
Hélène CIXOUS, *Le Rire de la Méduse et autres ironies*, Galilée, 2010.
Jan CLAUSEN & Collectif, *Je transporte des explosifs on les appelle des mots, Poésie & féminismes aux États-Unis*, Cambourakis, 2021.
Pauline CORRE, *Refus radical et pratique féministe : les Rote Zora*, Trajectoires, 11, 2018.
Pauline DELAGE et Fanny GALLOT (sous la direction de), *Féminismes dans le monde, 23 récits d'une révolution planétaire*, Textuel, 2020.
Andrea DWORKIN, *Pornography and the New Puritans:*

Letters From Andrea Dworkin and Others, in New York Times, 3 mai 1992.
Françoise d'Eaubonne, *Le Féminisme ou la mort*, Le passager clandestin, 2020.
Françoise Flamand, *Women's Lands, construction d'une utopie, Oregon USA 1970-2010*, iXe, 2015.
Émilie Hache (choisis et présentés par), *RECLAIM, Anthologie de textes écoféministes*, Cambourakis, 2016.
Irene, *La Terreur féministe : Petit éloge du féminisme extrémiste*, Divergences, 2021.
Starhawk, *Rêver l'obscur ; femmes, magie et politique*, Cambourakis, 2015.
Benedikte Zitouni, *Contre la destruction de la planète. L'écoféminisme dans les années 1980 en Grande-Bretagne et aux États-Unis*, Travail, genre et sociétés, vol. 42, no. 2, pp. 49-69, 2019.
Carol Schäffer, *L'Affliction de Médée*, Éditions Goutte d'Or, 2026.
Lori Schroeder, *Second Women's Musical Festival in Michigan, Hysteria in Hesperia*, in Paid My Dues, Journal of Women and Music, volume 2, Issue 1, p. 18, Autumn 1977.
Collectif, *La grande histoire du féminisme, La force d'une idée*, Sciences Humaines, n° 63, 2021.

Sorcières

Guy Betchel, *La Sorcière et l'Occident. La destruction de la sorcellerie en Europe des origines aux grands bûchers*, Plon, 1997.
Mona Chollet, *Sorcières, la puissance invaincue des femmes*,

Zones, 2018.
Céline du Chéné et Laurent Paulré, *Sorcières*, podcast en quatre épisodes, in LSD, la série documentaire, France Culture, 2018.
Maxime Préaud, *Sorcières, Femmes démoniaques*, BNF Éditions, 2021.
Jacques Roehrig, *L'Holocauste des sorcières d'Alsace, un effroyable massacre au cœur de l'Europe humaniste*, La Nuée Bleue, 2011.
Jules Michelet, *La Sorcière*, Calmann Lévy, 1878.

Siège et Commune de Paris

A. de Balathier-Bragelonne (classés, coordonnés et annotés par), *Paris insurgé : histoire illustrée des événements accomplis du 18 mars au 28 mai 1871 : pièces et documents recueillis au jour le jour*, Le Voleur, 1872.
Michel Cordillot (coordonné par), *La Commune de Paris 1871 : Les acteurs, l'événement, les lieux*, l'Atelier, 2021.
Edmond Deschaumes, *La France moderne : journal d'un lycéen de 14 ans pendant le siège de Paris (1870-1871)*, Firmin-Didot, 1890.
Paul Fontoulieu, *Les Églises de Paris sous la Commune*, E. Dentu, 1873.
Anaïs Kien et Somany Na, *La Commune de Paris, dernière révolution avant la République*, in LSD, La série documentaire, 4 épisodes, 2021.
Xavier Mauduit et Éric Lancien, *La Commune, ruines et postérités*, in Le Cours de l'histoire, podcast France Culture, 2021.
Odile Krakovitch, *Violence Des Communardes : Une*

mémoire à revisiter, in *Revue historique*, vol. 297, no. 2 (602), pp. 521-31, 1997.

Marc Lagana, *Un peuple révolutionnaire : la Commune de Paris 1871*, Cahiers Bruxellois, n° 1, pp. 175-198, 2018.

Louise Michel, *Mémoires de Louise Michel écrits par elle-même*, F. Roy, 1886 ; *La Commune*, PV Stock, 1898.

Jacques Rougerie, *La Commune de 1871*, Presses Universitaires de France, 2009

Stéphanie Sauget, *Enterrer les morts pendant le double siège de Paris (1870-1871)*, in *Revue historique*, vol. 675, no. 3, pp. 557-586, 2015.

Mariam Shengelia, *Les femmes et la révolution : une lecture de la Commune de Paris*, Le Télémaque, vol. 59, no. 1, pp. 125-136, 2021.

Pierre Vésinier, *Histoire de la Commune de Paris*, Chapman et Hall, 1871.

Collectif, *1871, La Commune – entre révolution et guerre civile*, *Le Figaro Histoire* n° 56, juin-juillet 2021.

Université de Vincennes :

Katharina Bellan, *Le Vent de Vincennes*, film documentaire, 2005.

Jean-Michel Carré et Adams Schmedes, *Le Ghetto expérimental*, film documentaire, 1975.

Virginie Linhart, *L'Université perdue de Vincennes*, film documentaire, 2016.

Yolande Robveille et Jean Condé, *Université Paris 8 Vincennes : Roman noir pour université rouge*, film documentaire, 2008.

Brueghel

Dominique Allart, *Redécouverte de la Dulle Griet de Pieter Bruegel l'ancien*, conférence en ligne sur https://www.youtube.com/watch?v=gndX76xjfm4, 2019.
Jennifer Beauloy (coordination et rédaction), Expositions en lignes sur Bruegel, Musée Royaux des Beaux-Arts de Belgique, https://artsandculture.google.com/partner/royal-museums-of-fine-arts-of-belgium?hl=fr.
Jean de Loisy et Franck Lilin, avec Sandrine Vézilier-Dussart et Michel Weemans, *Peter Bruegel, anthromorphiste de la nature*, in L'art et la matière, podcast France Culture, 2018.
Philippe et Françoise Roberts-Jones, *Bruegel*, Flammarion, 2020.
Dominique Rolin, *L'Enragé*, Espace Nord, 2016.
Carol Schäffer, *Representation of Evil in Brueghel the Elder in the Spanish Netherlands and the beginnings of the witch hunt in Europe at the start of the Renaissance*, D. Phil, Thèse, Université d'Oxford, 1973.
Carel van Mander, *Le Livre des peintres*, J. Rouam, 1884.
Renilde Vervoort et Vanysacker, Dries, *Bruegel's Witches: Witchcraft Images in the Low Countries between 1450 and 1700*, 2015.
Michel Weemans et Reindert L. Falkenburg, *Brueghel*, Hazan, 2018.

Divers

Amy J. Berg, *Janis: Little Girl Blue*, film documentaire,

2015.
Christine Bernard, *Pain Maudit à Pont Saint-Esprit*, in Une histoire particulière, podcast France Culture, 2017.
Warren Bismuth, *LES DIGGERS DE SAN FRANCISCO, 1966-1968*, in (https://hirsutefanzine.wordpress.com/2014/12/11/les-diggers-de-san-francisco-1966-1968/)
Didier Dereoeux (textes et documents réunis par), *Fleury Joseph Crépin*, Idée'art, 2000.
Alice Gaillard, *Les Diggers. Révolution et contre-culture à San Francisco (1966-1968)*, L'Échappée, 2009 ; avec Céline Deransart, *Les Diggers de San Francisco*, film documentaire, 1998.
Christophe Hondelatte, *Jeanne Weber, l'ogresse de la Goutte d'Or*, in Hondelatte raconte, podcast Europe 1, 2022.
Steven L. Kaplan, *Le Pain maudit. Retour sur la France des années oubliées*, Fayard, 2008.
Nick Kent, *Apathy for the Devil, les seventies voyage au cœur des ténèbres*, Rivages, 2012.
Sébastien Lapaque, *Simon Leys contre les maoïstes français : un visionnaire au royaume des aveugles*, *Le Figaro*, 25 août 2017.
Musée Maillol, *Esprit es-tu là, Les peintres et les voix de l'au-delà*, 10 juin-1er novembre 2020 ; catalogue de l'exposition, Fonds Mercator, 2020 ; Solène de Bure, Beaux-Arts, 2020.
Xavier Mauduit et Thomas Beau, *Ni mort, ni vivant, une histoire, épisode 2 : Mort de peur ! Quand les revenants hantent le Moyen Âge*, in Le Cours de l'histoire, podcast, 2023.
Martin Quenehen et Doria Zenine, *Jeanne d'Arc, une rencontre*, in Les Grandes Traversées, podcast France Culture, 2018.

Samuel Sadoune, *La Peur au Moyen Age*, Ouest-France, 2018.
Corine Sombrun, *La Diagonale de la joie : Voyage au cœur de la transe*, Albin Michel, 2021.
Henri Wallon, *Jeanne d'Arc*, 1860.
So Foot n° 49, édito, 29 octobre 2007.
Collectif, Le Vieux Montmartre. *Il y a soixante ans*, Nouvelle série fascicule 73, p. 9-24, 2004.

Sources citées

Chimamanda Ngozi Adichie, *Americanah*, Gallimard, 2015.
Aristophane, *Lysistrata*, -411 av. J.-C.
Margaret Atwood, interviewed by Mary Morris, *The Paris Review* n° 117, Winter 1990, The Art of Fiction n° 121, 1990.
Jane Austen, *Orgueil et Préjugés*, 1813.
Alains Bashung, *Immortels*, in En Amont, 2018.
Charles Baudelaire, *Les Fleurs du Mal*, Poulet-Malassis et De Broise, 1857.
John Bradfow, Craven Herald & Pioneer, Thursday, April, 18, p. 4, 1957.
Albert Camus, *Le Mythe de Sisyphe*, 1942.
Rachel Carson, *Printemps silencieux*, 1962.
Francis Carco, *L'Équipe*, Émile Paul Frères, 1919.
Joseph Conrad, *Au cœur des ténèbres*, 1899.
François Cusset, *French Theory, Foucault, Derrida, Deleuze & Cie et les mutations de la vie intellectuelle aux États-Unis*, La Découverte, 2003.
Diabologum, *C'était un lundi après-midi semblable aux*

autres, 1993, et #3, (Lithium), 1996.
Philippe DIANE, *Meurtre d'André, le militant gauchiste : la thèse fasciste se rapproche ; les meurtriers s'éloignent*, *Détective* n° 1434, p. 22, 31 janvier 1974.
Mircea ELIADE, *Le Mythe de l'éternel retour*, 1949 ; *Le Chamanisme et les techniques archaïques de l'extase*, 1951.
Paul ÉLUARD, *Au rendez-vous allemand*, 1944.
Romain GARY, *La promesse de l'aube*, Gallimard, 1960.
Hexen HOLOCAUST, *Lilith's Quarterly* n° 121.
Jill JOHNSTON, *Lesbian Nation: The Feminist Solution*, 1973.
Janis JOPLIN, *Big Brother & the Holding Company*, 1967 ; *Cheap Thrills*, 1968 ; *I Got Dem Ol' Kozmic Blues Again Mama!*, 1969 ; *Pearl*, 1971.
James JOYCE, *Ulysse*, 1920.
Stephen KING, *Shining*, 1977.
Stanley KUBRICK, *Shining*, 1980.
Vladimir Ilitch LÉNINE, *Que faire ?*, 1902.
Simons LEYS, *Les Habits neufs du président Mao*, Champ Libre, 1971.
Ruth ORTHLIN, *The Hexen Holocaust: criminals or ecofeminist revolutionaries?*, Ms. Magazine, Summer, 2026, p. 14 ; *Female representation in modern male literature: from the role of objectified facade to fantasized subjectivity*, thèse, université de Berkley, 1985.
Russel PARKER, *Joan of Arc, Wake Up!*, *Zyzzyva*, n° 137, p. 10, Summer, 2026.
THE BEACH BOYS, *California Girls*, in Summer Days (and Summer Nights!!), 1965.
Thomas PYNCHON, *V.*, 1963.
Edgar Allan POE, *Le Corbeau*, 1845.
George A. ROMERO, *La Nuit des morts-vivants*, 1968.

Valérie Solana, *Scum Manifesto*, 1967.
Mona Stahl, « La vérité sur l'affaire Carol Schäffer », *Los Angeles Times*, 19 octobre 2026.
Henry M. Stanley, *Cinq années au Congo 1879-1884, Voyages explorations, fondation de l'État Libre du Congo*, 1885.
Virginia Woolf, *Une chambre à soi*, 1929.
Collectif, *Sisterhood Is Powerful: An Anthology of Writings from the Women's Liberation Movement*, Robin Morgan, 1970.
Anonyme, *Back to Mulberry Lane*, Macabre Cadaver Magazine n° 7, march/april 2009, p. 25.

Achevé d'imprimer par
La Nouvelle Imprimerie Laballery
à Clamecy
pour le compte de S.N. Éditions Anne Carrière,
39, rue des Mathurins, 75008 Paris
en avril 2024

Imprimé en France
Dépôt légal : avril 2024
N° édition : 801396 – N° impression : 404255